KB123454

성시전도시로 읽는
18세기 서울

성시전도시 13종 역주

박현욱

서울역사박물관 학예연구부장
경북대학교 사학과를 졸업하고 성균관대학교 문헌정보학과에서 서지학을 공부하였다.
20여 년 동안 서울역사박물관에서 서울의 장소, 사람에 대하여 호기심을 가지고 일과 공부를 병행하고 있다. 「서울의 옛 모습」, 「조선 여인의 삶과 문화」, 「광화문 연가, 시계를 되돌리다」, 「1950·· 서울··」, 「강남 40년, 영동에서 강남으로」, 「종로 엘레지」 등 서울과 관련된 전시를 기획하였으며, 「청계천의 자연환경과 역사문화」, 「'한경지략'의 저자와 현존 제본에 대하여」, 「성시전도 속 18세기 서울-이덕무의 작품을 중심으로」, 「이집두의 성시전도시」, 「성시전도시의 유형과 18세기 서울의 경관」 등의 논문과 『서울의 옛 물길 옛 다리』, 『서울 2000년사 13-조선시대 서울의 도시경관』(공저) 등의 저서가 있다.

성시전도시로 읽는 18세기 서울

성시전도시 13종 역주

2015년 8월 27일 초판 1쇄 펴냄

옮긴이 박현욱
펴낸이 김흥국
펴낸곳 도서출판 보고사

책임편집 황효은
표지디자인 이준기

등록 1990년 12월 13일 제6-0429호
주소 서울특별시 성북구 보문동7가 11번지 2층
전화 922-5120~1(편집), 922-2246(영업)
팩스 922-6990
메일 kanapub3@naver.com
http://www.bogosabooks.co.kr

ISBN 979-11-5516-435-8 93810

정가 22,000원

이 도서의 국립중앙도서관 출판예정도서목록(CIP)은 서지정보유통지원시스템 홈페이지(http://seoji.nl.go.kr)와 국가자료공동목록시스템(http://www.nl.go.kr/kolisnet)에서 이용하실 수 있습니다.(CIP제어번호: CIP2015020524)

성시전도시로 읽는 18세기 서울

13종 성시전도시 역주

박현욱 옮김

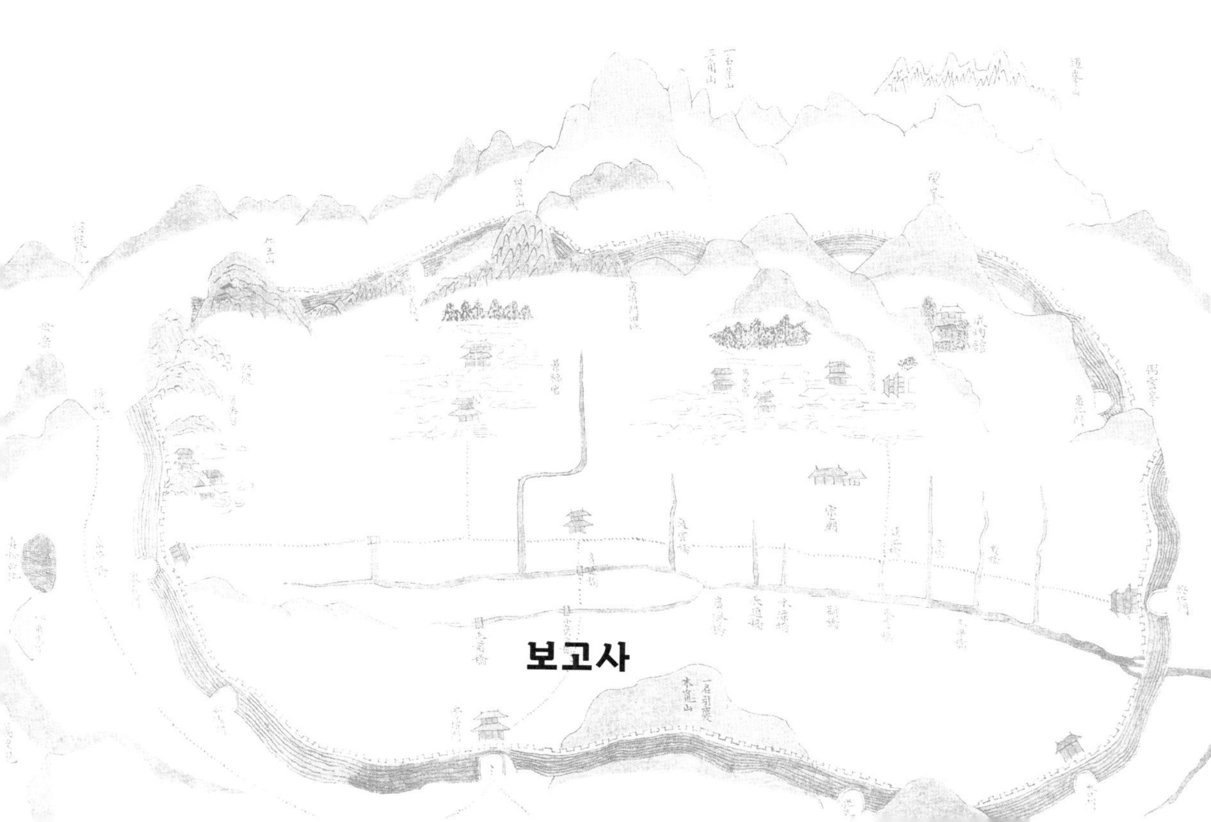

보고사

머리말

내 개인적으로 상당히 긴 시간을 「성시전도시」에 매달려 있었다. 2000년 박물관 개관을 준비하면서 서울이 조선의 수도가 된 이후 가장 화려하고 재미있고 생동감 넘쳤던 '18세기 서울'을 함축해서 보여줄 수 있는 것이 무엇일까 고심하다가 '성시전도'를 재현하면 좋겠다는 생각이 떠올랐다. 그때부터 틈틈이 기존에 알려진 「성시전도시」를 다시 읽고 새로운 시를 찾고 또 다른 분이 찾은 시도 함께 읽었다. 그로부터 15년의 세월이 흘렀으며, 그 사이 모두 13종의 「성시전도시」가 세상에 알려졌다.

「성시전도시」를 읽으면서 내 머릿속에는 몇 가지 생각이 늘 따라다녔다. 먼저 어명으로 같은 날, '성시전도城市全圖'라는 같은 시제試題로 지은 시가 이렇게 서로 다를까 하는 점이었다. 물론 시는 문학적 창작으로서 같은 주제라 하더라도 개인에 따라 다른 것이 오히려 당연하겠으나 병풍이니 두루마리니 하는 그림의 형태 묘사에서까지 차이가 나는 것은 선뜻 이해가 가지 않았다. 그러자 「성시전도시」를 지을 당시 「성시전도」라는 그림이 있었을까 하는 의문이 들었다.

앞으로 보다 구체적인 연구가 뒤따라야 하겠지만, 13종의 「성시전도시」를 읽고 난 다음 내 나름의 결론은 1792년(정조 16) 4월 24일 정조의 명을 받고 여러 신하가 「성시전도시」를 지을 당시 그림 「성시전도」는 없었다는 것이다. 이때 참여한 신하들은 그림을 보고 시를 지은 것이 아니다. 그들은 각자 머릿속에 담겨 있는 당시 서울의 모습, 중국에서 들어온 「청명상하도」를 보면서 각인되었던 이미지를 떠올리거나 한양에 대한 개인의 관심과 지식, 관직 생활 등의 경험을 담아 시를 지었던 것이다.

그럼 정조는 어떤 생각으로 「성시전도시」를 지으라고 한 것일까? 호학군주로서 당시 한양에 유통되고 있던 한두 종의 「청명상하도」를 일별하였을 것이 분명한 정조는 한양도성에 대해서도 「청명상하도」와 같은 그림을 그리고자 하였을 것이다. 그리고 화원을 시켜 그림을 그리자면 우선 그 속에 무엇을 담을 것인가 하는 일종의 지침이 필요하였을 것이다. 즉 정조는 「성시전도」를 그리기에 앞서 그림의 지침서를 만들기 위하여 문재文才가 있는 규장각 각신, 검서관, 초계문신 등으로 하여금 '성시전도'를 시제로 시험을 보았던 것이다.

시간 순서로 보아도 「성시전도시」는 1792년 4월에 창작되었으며, 「성시전도」를 그림으로 그리는 일은 그보다 4년 뒤인 1796년(정조 20)에 처음 시도되었다. 1796년 6월 25일 시행된 자비대령화원의 녹취재에서 처음으로 '속화성시전도俗畵城市全圖'가 시제로 제시되었다. 이때 화원들은 아마도 1792년 여러 신하가 지은 「성시전도시」를 근거로 삼아 그림을 그렸을 가능성이 높다.

이런 점에서 「성시전도시」와 「성시전도」의 관계를 정리하자면, 「성시전도시」가 「성시전도」를 보고 지은 화제시畵題詩가 아니라, 「성시전도」가 「성시전도시」에 담긴 소재와 의미를 주제로 삼아 그린 시의도詩意圖라고 할 수 있다. 「성시전도시」의 창작과정과 「성시전도」와의 관계에 대해서는 이 책 앞의 "「성시전도시」에 대하여"에서 자세하게 소개하였다.

시작은 나 혼자 참고하기 위해서 시를 번역하고 주석을 단 것이지만, 막상 책으로 펴내고자 하니 마음속에서 이런저런 두려움이 생긴다. 무엇보다 나의 미숙한 공부로 13종이나 되는 1백운의 장편 고시를 번역하고 주석을 다는 작업이 쉽지 않았을 뿐더러 시의 내용과 뜻을 곡해하지나 않았을까 하여 주저하게 된다. 그러면서도 한편으로는 만족스럽지 못한 번역이지만 이것이 성시전도 자체는 물론 18세기 서울에 대한 여러 분야의 연구에 조금이나마 도움이 되지 않을까 하는 생각에서 책을 내기로 마음먹었다. 많은 분들이 「성시전도시」에 관심을 갖고 보다 정확한 번역이 나오기를 기대한다.

번역한 원고를 책으로 엮으면서 몇 가지 사항을 염두에 두었다. 먼저 앞부분에

“「성시전도시」에 대하여”라는 글을 실어 「성시전도」와 「성시전도시」를 개괄적으로 소개하였다. 13종 「성시전도시」의 번역과 주석은 “1. ‘성시전도’라는 주제성에 충실한 작품”, “2. 역사성과 의고성이 강한 작품”, “3. 그림 「성시전도」에 비중을 둔 작품”, “4. 개인의 삶이 반영된 작품” 등 4개 유형으로 나누어 실었다. 왜 이렇게 분류하였는가에 대해서는 뒷부분 “「성시전도시」의 유형과 그 특징”에서 자세하게 설명하였다. 원래 이 글은 앞의 “「성시전도시」에 대하여”와 함께 “성시전도시의 유형과 18세기 서울의 경관”(『향토서울』 90호 게재)이라는 하나의 글이었는데, 좀 더 보완하여 앞뒤로 나누어 실었다. 「성시전도시」가 1백운 200구의 장편고시임을 감안하여 각 시구마다 번호를 붙여 찾아보기 쉽도록 하였다. 「성시전도시」는 문학작품이기도 하지만, 18세기 서울의 자연경관과 도시경관을 담은 지리지적 성격이 다분하다. 따라서 당시 서울의 자연, 도시경관, 인정과 세태, 사회풍속을 이해하는 데 주안점을 두어 번역하였으며, 『한경지략』이나 『경도잡지』 등 서울 관련 문헌을 참고하여 주석을 붙였다. 유득공 시의 말미에 「춘성유기春城遊記」를 덧붙인 것도 「성시전도시」는 물론 18세기 서울을 이해하는 데 조금이나마 도움이 될 것 같아서이다. 동일한 지명이나 인명, 전거가 여러 시에 나오는 경우, 중복되더라도 각 시별로 주석을 모두 붙여 독자들이 읽기에 편리하도록 하였다.

요즘 여기저기에서 ‘책 읽는 사회’를 만들기 위해 경쟁적으로 캠페인을 벌인다. 그만큼 사람들이 책을 읽지 않는다는, 출판시장의 상황이 어렵다는 점을 역설적으로 말해준다. 더구나 이런 종류의 책은 찾아서 읽을 사람이 많지 않을 게 분명하다. 그럼에도 불구하고 선뜻 이 책의 출판을 승낙해주신 보고사 김홍국 사장님, 어지러운 원고를 깔끔하게 정리해서 책으로 만들어준 박현정 편집장님과 황효은 선생께 고마운 마음을 전한다.

2015년 7월
박현욱

차례

3. 그림 「성시전도」에 비중을 둔 작품

4. 개인의 삶이 반영된 작품

「성시전도시」에 대하여

1. 「성시전도」와 「성시전도시」

규장각의 업무일지라고 할 수 있는 『내각일력』 1792년(정조 16) 4월 24일 기사를 보면, 정조는 내각의 각신을 비롯한 검서관, 초계문신 등에게 문체는 '칠언백운고시', 시제試題는 '성시전도城市全圖', 압운은 '시市'로 정하여 시를 짓도록 명하고, 3일의 기한을 주었다. 그리고 3일 후인 4월 27일 정조는 신하들이 제진한 「성시전도시」에 대하여 고과와 평을 하였다. 또 다른 기록인 이덕무의 『아정유고』를 보면, "앞서 임금께서 도성의 풍물을 그려 병풍으로 만들고 이름을 '성시전도'라고 하였다. 임자년(1792, 정조 16) 4월 금직의 여러 신하에게 (성시전도)를 제진하도록 하였다."라고 하였다.

즉 「성시전도」는 같은 이름의 두 가지 실체이다. 하나는 그림으로서 「성시전도」로, 18세기 말 '도성의 풍물을 그려 병풍으로 만든 그림'이다. 다른 하나는 '성시전도'를 시제로 하여 1792년 정조가 대궐 금직 신하들로 하여금 지어 올리라고 한 1백운의 장편 칠언고시인 「성시전도시」이다.

현재 그림으로서 「성시전도」는 확인된 실체가 없다. '태평성시도', '성시풍속도' 등의 이름으로 연구가 이루어진 바 있고, 서울 옛 지도에 '성시전도'라는 이름이 붙은 경우도 있지만, 연구자나 소장자가 자의적으로 이름을 붙였을 뿐, 모두 그림으로서 「성시전도」, 특히 정조의 명에 의해 '도성의 풍물을 그려 병풍으로 만든 성시전도'는 아니다. 그러나 『아정유고』의 기록과는 달리 '성시전도'를 시제試題로 규장각 자비대령화원에게 녹을 주기 위한 녹취재祿取才가 처음 실시된 것은 정조가 대궐의 금직 신하들에게 '성시전도'를 시제로 1백운 고시를 지어 올리라고 한 1792년 4월보다 4년이나 늦은 1796년(정조 20) 6월 25일이며,[1] 이후 여러 차례 같은 시제로 화원의 녹취재가 시행되었으나 득의작을 얻지 못하였다. 또한 「성시전도시」가 개인 문집 등에 여러 차례 언급되는 것과는 달리 「성시전도」는 그 존재에 대하여 전혀 언급된 바가 없다. 이규경李圭景은 『오주연문장전산고』에서 박제가의 「성시전도시」를 언급하였으며, 고종 때 이유원李裕元은 "성시전도는 그림이 아니고 바로 시인데, 박제가가 지은 것이다."라고 하여 「성시전도」의 존재를 부정하였다.

반면 「성시전도시」는 현재 13종이 알려져 있다. 1985년 『향토서울』 제43호에 이덕무, 박제가, 박주대 등 3인의 작품을 역주되어 소개되었다. 이후 2009년 안대회는 신광하, 서유구, 이만수, 이덕무, 유득공, 박제가, 신택권, 이학규, 신관호 등 9인의 「성시전도시」를 『문헌과해석』 2009년 봄호에 소개하였다. 그리고 같은 해 이를 종합적으로 비교·분석하여 「성시전도시와 18세기 서울의 풍경」이란 제목으로 『고전문학연구』 제35집에 발표하였다. 이 글에서 안대회는 『향토서울』 제43호에 실려 있는 박주대의 「성시전도시」가 이학규의 작품이라는 것을 밝혔다. 이어 안대회는 정동간, 이희갑, 김희순 등 3인의 「성시전도시」를 발굴하여 『문헌과해석』 2013년 봄호에 소개하였다. 그리고 2014년 필자가 『향토서울』 제87호에 이집두의 「성시전도시」를 소개하였다. 이로서 지금까지 「성시전도시」는 이덕무, 박제가, 신광하, 서

1 『아정유고』에 나오는 "앞서 임금께서 도성의 풍물을 그려 병풍으로 만들고 이름을 '성시전도'라고 하였다"라는 기록은 이덕무가 쓴 것이 아니라, 1793년 이덕무가 세상을 떠난 후 그의 문집을 편찬하는 과정에서 아들 이광규가 기록한 것이다. 또한 이 기록은 국립중앙도서관 소장 간본 『아정유고』에만 나오고 서울대학교 규장각 소장 『청장관전서』에는 이 기록이 없다. 『아정유고』는 이덕무가 세상을 떠난 지 2년 후인 1795년(정조 19) 정조의 명에 의해 편찬되었으며, 1797년(정조 21) 2월 28일 간행되었다. 즉 이 기록은 후에 덧붙여진 것으로, '성시전도'를 시제로 화원들의 녹취재를 처음 시행한 것은 『내각일력』의 기록처럼 1795년(정조 20) 6월 25일이 처음이라고 보아야 할 것이다.

유구, 이만수, 유득공, 신택권, 이학규, 신관호, 정동간, 이희갑, 김희순, 이집두 등 모두 13인의 작품이 알려지게 되었다. 특히 이집두의 작품은 시권試券의 형태로 남아 있어 주목된다. 시권의 크기는 세로 139.0cm, 가로 92.5cm로, 아랫부분에 붉은 글씨로 크게 '차상次上'이라고 쓰여 있다. 이것은 정조가 이집두의 「성시전도시」를 평가한 점수이다. 이집두의 시권은 「성시전도시」의 제진과 관련한 『내각일력』의 기록을 실증적으로 뒷받침해주는 의미 있는 자료라고 할 수 있다. 이집두의 성시전도시권을 포함하여 지금까지 밝혀진 「성시전도시」를 정리해보면 다음과 같다.

[표 1] 현재까지 알려진 13종의 「성시전도시」

	지은이	출 처	비 고
1	신광하	진택선생문집	한국역대문집총서, vol.1117~1118 수록, 경인문화사(1997)
2	박제가	정유각집	국사편찬위원회 영인본(1961), 한국문집총간 vol.261 수록
3	이만수	극원유고	한국학중앙연구원 장서각 소장, 한국문집총간 vol.268 수록
		내각일력	서울대학교 규장각 소장
4	이덕무	아정유고	국립중앙도서관 소장 간본(刊本), 한국문집총간 vol.257~259 수록
5	유득공	영재집	수경실 소장
6	이집두	성시전도시권	경기도 수원박물관 소장
7	정동간	산고(散稿)	고려대학교 중앙도서관 육당문고 소장
8	서유구	내각일력	서울대학교 규장각 소장
9	이희갑	동시(東詩)	수경실 소장
10	김희순	산목헌집	국립중앙도서관 소장, 한국문집총간 vol.속104 수록
11	신택권	저암만고	서울대학교 규장각 소장
12	이학규	낙하생집	한국한문학연구회편, 아세아문화사(1985), 한국문집총간 vol.290 수록
13	신관호	신대장군전집	서울대학교 규장각 소장

「성시전도시」의 사료적 가치는 일찍부터 주목받아왔다. 1963년 이우성은 "이 시기 서울의 전경을 가장 잘 그려 놓은 것으로 초정의 「성시전도시」를 들 수 있다"고 하였다. 이후 「성시전도시」는 18세기 서울과 관련한 도시사, 사회사, 생활사, 회화사 등 여러 분야의 연구자들로부터 꾸준히 주목을 받아왔다.

2. 「성시전도시」의 창작과 정조의 평가

「성시전도시」의 창작 과정에 앞서 「성시전도」의 제작에 대하여 먼저 살펴보는 것이 순서일 것 같다. 『아정유고』에 따르면 1792년 4월 정조는 도성의 풍물을 그려 병풍으로 만들어 '성시전도'라 이름하고 대궐 안의 여러 신하에게 '성시전도'를 시제로 1백운 고시를 지어 올리도록 하였다.

그러면 왜 정조는 도성의 풍물을 그려 병풍으로 만들 생각을 했으며, 신하들에게 이 '성시전도'를 시제로 하여 시를 짓도록 하였을까? 여러 이유가 있겠으나 한 가지 분명한 것은 「청명상하도」의 영향이다. 이 그림은 북송의 화가 장택단張澤端이 청명절에 송나라 수도 변하의 풍경을 그린 것으로, 원작은 전하지 않고 명나라 구영仇英 등 후대 화가들이 그린 모방작만 전한다. 그런데 조선 후기 연행을 통하여 청나라의 많은 문물이 조선으로 유입되면서 「청명상하도」의 모방작도 조선에 전해졌다. 1701년(숙종 27) 관아재 조영석趙榮石이 쓴 「청명상하도발」에는 "그림은 대개 세 부분인데 앞부분은 원근에서 시장에 가는 모습이며, 뒷부분은 성안의 시전과 누대의 모습이요, 가운데 부분은 곧 다리에서 열린 시장의 성대함이다. … 사람의 크기는 대추씨만도 안되지만 이목구비와 정신이 분명히 드러나 있고 노소남녀가 각각 그 모습을 갖추고 있다. … (그림을) 보는 사람이 정말로 그 안에 들어가 있는 것처럼 또렷하니 참으로 그림이 오묘하다. 이 그림은 이동산의 소장이다"고 하였다.

박지원은 여러 본의 「청명상하도」를 열람하고 발문을 지었는데, 『연암집』에는 「청명상하도발」, 「관재소장 청명상하도발」, 「일수재소장 청명상하도발」, 「담헌소장 청명상하도발」[2] 등 4편의 발문이 실려 있다. 그는 이 중 「청명상하도발」에서 "이 두루마리 그림을 그리자면 10년은 품을 들여야 했을 것이다. 이 두루마리 그림

2 관재(觀齋)는 서상수(徐常修, 1735~1793)로 영·정조 때 서화고동의 감식가이고, 일수재(日修齋)는 영조의 사위이자 박지원의 삼종형인 금성위(錦城尉) 박명원(朴明源, 1725~1790)이며, 담헌(湛軒)은 홍대용(洪大容, 1731~1783)이다.

을 제외하고도 내가 본 것을 세어 보면 이미 일곱 종이나 된다"고 하였다. 또 "나는 이 그림에 발문을 지은 것이 이미 여러 번 있었는데, 모두 십주 구영의 그림이라고 일컫고 있으니, 어느 것이 진품이고 어느 것이 위조품인가"라고 하여, 당시 한양에 여러 본의 「청명상하도」가 유통되고 있었음을 시사하고 있다. 이런 정황을 감안할 때 호학군주로서 서화에 관심이 많았던 정조 또한 적어도 한두 종의 「청명상하도」를 직접 보았을 것이며, 바로 이 「청명상하도」가 정조로 하여금 「성시전도」를 제작하도록 영향을 미쳤을 것이라는 점은 추측하기 어렵지 않다.

앞서 언급한 바와 같이 1792년 4월 24일 「성시전도시」의 제진에 몇 명이 참여하였는지는 알 수 없으나 정조의 고과와 평을 보면, 1등은 병조정랑 신광하, 2등은 검서관 박제가, 3등은 검교직각 이만수이며, 승지 윤필병, 겸검서관 이덕무·유득공은 삼상三上으로 공동 4등을 하였다. 그리고 정조는 1등에서 4등까지 6편의 시에 대해서는 직접 평을 하였는데, 1등을 한 신광하의 시권에 대해서는 '소리가 있는 그림 같다[有聲畵]', 2등의 박제가의 시권은 '말을 알아듣는 그림 같다[解語畵]', 3등 이만수의 시권에 대해서는 '시권이 좋다[試券帑]', 4등 윤필병의 시권에 대해서는 '넉넉하다[贍]', 이덕무의 시권에 대해서는 '아취가 있다[雅]', 유득공의 시권에 대해서는 '모두가 그림 같다[都是畵]'고 평하였다. 정조는 5등 이하의 신하들에게는 상을 내렸는데, 7등을 한 승지 김효건에게는 종이 2두루마리, 붓 3개, 먹 2개, 8등을 한 전봉교 홍낙유에게는 종이 1두루마리, 붓 2개, 먹 1개를, 공동 9등을 한 승지 이집두, 검교직각 서영조, 전봉교 이중련, 승지 이백형, 좌랑 정관휘, 승지 신기, 주서 서유문, 정랑 정동간, 전검서관 이신모 등 9인에게는 각각 종이 1두루마리를 내려주어 모두 17명을 포상하였다. 이때 포상을 받은 17명의 작품 중에서 신광하, 박제가, 이만수, 이덕무, 유득공, 이집두, 정동간 등 7인의 시가 현재 알려져 있다. 또 시의 제진에는 참여하였으나 등위 안에 들지 못한 서유구, 이희갑, 김희순 등 3인의 시가 전해진다. 『내각일력』에 기록된 「성시전도시」에 대한 정조의 고과와 평, 논상의 내용을 정리하면 다음과 같다.

[표 2] 1792년 「성시전도시」 참여자의 성적과 고과

	관직 및 성명	성적	어평/논상
1	병조정랑 신광하	거수(居首), 이하일(二下一)	유성화(有聲畵)
2	검서관 박제가	이하(二下)	해어화(解語畵)
3	검교직각 이만수	삼상일(三上一)	시권가(試券哿)
4	승지 윤필병		섬(贍)
5	겸검서관 이덕무	삼상(三上)	아(雅)
6	겸검서관 유득공		도시화(都是畵)
7	승지 김효건	삼중(三中)	종이 2두루마리, 붓 3자루, 먹 2개
8	전봉교 홍낙유	삼하(三下)	종이 1두루마리, 붓 2자루, 먹 1개
9	승지 이집두		
10	검교직각 서영보		
11	전봉교 이중련		
12	승지 이백형		
13	좌랑 정관휘	차상(次上)	종이 1두루마리
14	승지 신기		
15	주서 서유문		
16	정랑 정동간		
17	전검서관 이신모		
18	대교 서유구	–	–
19	초계문신 이희갑	–	–
20	초계문신 김희순	–	–

이외 신택권, 이학규, 신관호 등 3인의 작품은 이때의 「성시전도시」를 모방하여 나중에 지은 것이다.

3. 「성시전도시」에 나타난 18세기 서울의 경관

「성시전도시」에 나타난 18세기 서울의 경관은 크게 자연경관과 도시경관으로 나누어 볼 수 있으며, 자연경관은 산과 강, 도시경관은 성곽, 궁궐, 종묘와 사직, 관

아, 거리와 마을, 시전, 개천, 사적과 명승, 놀이·풍류·세시풍속, 인물과 동물로 세분할 수 있다. 「성시전도시」에 당시 서울의 자연경관과 도시경관이 어떻게 묘사되었는지 살펴보는 것은 곧 「성시전도」에 무엇을 담고자 하였는지 추측해 볼 수 있는 중요한 단서가 될 것이다.

1) 자연경관 : 산과 강

「성시전도시」에서 한양의 자연경관에 대해서는 북쪽 진산鎭山인 삼각산과 남쪽 한강, 그리고 도성을 둘러싸고 있는 백악산, 목멱산, 타락산, 인왕산 등 내사산을 중점적으로 묘사하고 있으며, 내사산과 연결되는 무악, 원교, 사현 등 주변 산과 외사산으로 관악산이 등장하고 있다. 한양의 산은 이덕무의 시에 가장 폭넓게 등장하는데, 백악산, 인왕산, 목멱산, 타락산 등 내사산의 형상과 무악과 곡성曲城, 원교圓嶠 등을 묘사하였다. 이외 정동간, 이희갑, 이만수, 서유구 등도 한양의 산을 비교적 비중 있게 다루었다. 반면 박제가, 신택권, 신관호는 성시전도라는 주제성에 충실하지만 자연경관에 대해서는 간략하게 다루었다. 신광하의 경우 유일하게 외사산 중 관악산을 언급하였으며, 서유구의 시에는 사현沙峴과 계당치鷄堂峙가 언급되어 있다.

한강은 배산임수의 지형에서 한양의 남쪽 경계임과 동시에 요해처로서 묘사되었다. 이덕무가 "한수 한줄기는 남쪽 경계를 이루었네"(26)라고 한 것이나 이만수가 "맑은 한수는 금대되어 기세가 만 리나 뻗쳤네"(14)라고 한 것은 모두 요해처로서 한강을 묘사한 것이다.

또한 한강의 나루와 강창, 조운선이 주요하게 다루어졌다. 이덕무는 "십리 강창에는 곡식이 억만 섬이네 / 안개 낀 물결 너머 아득히 보이는 삼남의 배 / 총총히 늘어선 돛단배 만 척이나 정박해 있네"(172~174)라고 하였다. 조선시대에는 서울을 중심으로 흐르는 한강을 경강京江이라고 불렀다. 그리고 경강의 주요 중심지를 근거로 하여 삼강三江, 오강五江, 팔강八江, 십이강一十二江이라고 불렀는데, 이는 경강상업의 발달에 따라 늘어나는 나루를 중심으로 한강을 불렀기 때문이다. 즉 18세기 이전에는 삼강으로 부르다가 18세기 중엽에는 오강, 18세기 후반에는 팔강, 19세기 들어와서는 십이강으로 불러 18세기 이후 한강의 나루가 급속하게 늘어나는 것을 알 수 있다. 삼강은 한강, 용산강, 서강을 말하며, 오강은 한강, 용산강, 서강, 마포, 망원정을, 팔강은 오강에 두모포, 서빙고, 뚝섬을 더한 것이다. 또한 선박은 미곡 운송선을 포함하여 어선 등 소소한 선박까지 포함하면 그 수가 2천여 척에 달하였다.[3] 마포 주변에는 세곡을 보관하는 광흥창, 대흥창, 총융창 등 많은 창고들이 있었는데, 강창은 이를 두고 한 말이다.

[표 3] 「성시전도시」에 등장하는 한양의 산과 강

	이덕무	박제가	신광하	유득공	이만수	이집두	정동간	서유구	이희갑	김희순	신택권	이학규	신관호
북한산	○	–	○	○	○	–	○	○	○	○	○	–	○
백악산	○	–	–	○	○	○	○	○	○	–	–	–	–
인왕산	○	–	–	–	–	○	○	–	○	○	○	○	–
타락산	○	–	–	–	○	–	○	○	○	○	–	–	–
목멱산	○	○	○	○	○	○	○	○	○	○	–	○	○
기타	기봉 원교	–	관악산	–	무악	–	–	사현 계당치	사현 남한산성	–	–	모악 원산	–
한강	한수	원수 遠水	한수	한수 열수 양화진	금대	한수 팔강	한수 오강	한수 열수 양화진 행호 두강	한수 팔진 금대	한수	한수	한수	한수 노량진

3 고동환, 『조선 후기 서울상업발달사연구』, 지식산업사, 1988, 215~245쪽 참조.

2) 도시경관

① 성곽

「성시전도시」에서 성곽에 대해서는 기본적으로 '도성 둘레 40리' 또는 '9,970보'의 규모를 묘사하였다. 이것은 『한경지략』에서 "도성은 둘레가 9,975보요, 높이가 40척, 리로 계산하면 40리이다."라고 한 것과 일치한다.

작가에 따라 성곽 묘사의 주안점을 달리하였는데, 유득공은 정도 초기 성곽 건설의 대역사에 초점을 두었다. "한양도성 우뚝하니 얼마나 장엄한가 / 일만 장부의 구령 소리 터를 다지는데 / 공이 찧는 소리 우레처럼 진동하여 토맥을 감추고 / 추를 휘두르니 바람이 일고 산속 깊이 갈라져 / (…) / 동쪽은 흥인문 서쪽은 돈의문 남쪽은 숭례문이라 / 무지개 모양 여덟 성문 묘하게 쌓아 올렸구나"(53~60)라고 하였다. 유득공은 장부들의 힘찬 구령 속에서 내사산을 연결하여 둥글게 완성되어 가는 성곽과 성문의 모습을 묘사하였다. 한양도성은 1396년(태조 5) 1월 9일부터 2월 28일까지 경상, 전라, 강원, 서북면, 동북면 백성 118,070명을 동원하여 1차 축성을 하였다. 그리고 그해 8월 4일부터 9월 24일까지 경상, 전라, 강원도 백성 79,400명을 동원하여 보수공사를 하고 8곳에 문을 내고 이름을 붙였다. 이희갑이 "오년에 성곽의 공역 마쳤음을 고하니 / 길고 넓어 둘레가 사십 리라네"(11, 12)라고 한 것은 이 사실을 말한다.

신광하, 이만수, 이집두는 설성雪城에 관한 고사를 언급하였다. 신광하가 "눈을 따라 성을 쌓았다는 옛 이야기가 있듯이"(173)라고 하였는데, 『택리지』에 따르면 태조 이성계가 성곽을 쌓을 터를 정하지 못하고 있었는데, 하루는 밤에 눈이 내려 밖은 쌓이고 안은 녹았으므로 그 눈을 따라 성터를 정하였다고 한다.

신택권은 "광대한 성군의 계책은 수성에 있고 … 규모를 갖추어 실은 한 권 책자"(29, 31)라고 하여 1746년(영조 22) 영조가 『수성절목』을 만들어 삼영에서 도성을 나누어 관리하도록 한 내용을 묘사하였으며, 박제가는 "묻노니 흥인문만 왜 저렇게 유별난가? / 유독 편편하고 홀로 네모난 치성이 있네"(161~162)라고 하여 사대문

중 유일하게 옹성으로 둘러싸여 있고 치성이 있는 흥인문의 특이한 모습을 묘사하였다. 이덕무는 곡성과 인왕산에서 탕춘대성으로 연결되는 서성西城을 언급하였으며(82, 83) 이만수는 사람들이 드나드는 관문으로서 사대문을, 신관호는 사대문의 이름에 인의예지仁義禮智의 뜻을 담았음을 묘사하였다.

② 궁궐

경복궁은 임진왜란 때 불에 탄 폐허의 모습으로 묘사되었다. 이덕무는 "옛 궁궐의 뿌연 수양버들 봄빛을 그린 듯한데 / 지금 같은 태평시대에도 임진년 왜란을 말하네 / 어구에 흐르는 물은 이끼보다 푸르고 / 벽사와 천록 서로 꿇어 앉아 마주하고 있네"(85~88)라고 하였다. 박제가도 "옛 궁궐 길 푸른 아지랑이 날아오고 / 지나가는 사람들 임진년 불탄 일 이야기하네 / 사람처럼 서 있는 주춧돌은 못빛에 옮게 비추고 / 백로가 날아와 앉으니 소나무 가지 죽었네"(165~168)라고 하였다. 이에 대해 『한경지략』에는 "경회루의 누각은 불에 타 버렸으나 석주는 지금도 촘촘히 서 있으니 예전 건물의 장대하고 화려함을 알 수 있을 것 같다. 궁궐 안 소나무 숲에는 백로들이 많이 살고 있어 멀리서 보면 눈이 내린 것 같다"고 하였다. 이런 모습은 정선이 그린 「경복궁」에도 똑같이 묘사되었다.

정선, 「경복궁」, 고려대학교 박물관 소장

창덕궁과 창경궁에 대하여 이덕무는 징광루, 선정전, 후원의 희우정, 규장각, 선원전을 주요 소재로 묘사하였다. "동서 두 궁궐 자세히 살피어 들여다보니 / 오색구름 한가운데 금작이 우뚝 솟았네 / (…) / 징광루는 우뚝 솟고 푸른 나무 빙 둘러있으며 / 비늘 같은 푸른 기와 켜켜이 쌓여 있네 / 구자평은 푸르게 여린 잎을 펼치고 /

만년지는 붉게 새 꽃술을 터뜨렸구나 / (…) / 높이 솟은 용도각 태액가에 있고 / 위로 규성에 응하였으니 별 모양이 신과 비슷하네 / (…) / 붉은 문은 멀리서 보아도 진전임을 알겠으니 / 추연한 것이 선왕이 옥궤에 기대앉은 듯하구나"(89~104) 라고 자세하게 묘사하였다. 징광루澄光樓는 창덕궁 대조전 옆에 있었던 누각이며, 지붕이 푸른 기와로 되어 있는 전각은 선정전宣政殿을 가리킨다. 만년지萬年枝가 나오는 구절은 이덕무의 「규장각팔경」 중 '희우소광喜雨韶光'에서 "꽃피는 궁성에 기름 같은 비 흡족하니 만년지 위에 꽃이 먼저 붉었네"[4]라고 한 구절이 있어, 후원의 희우정喜雨亭의 풍경을 읊은 것임을 알 수 있다. 용도각龍圖閣은 중국 송나라 때 황제의 어서, 어제, 문집, 전적, 도서 등을 보관하던 곳으로 정조 초년에 규장각을 설치할 때 용도각의 제도를 모방하여 설치하였다. 진전眞殿은 역대 임금의 초상을 보관하던 곳으로 선원전璿源殿을 말한다. 박제가는 "창덕궁과 창경궁 나누어 펼쳐지는데 / 건양문 가운데 높이 솟아 있구나"(35, 36)라고 하여 창덕궁과 창경궁은 각각의 궁이지만 궁성은 하나로, 건양문을 통하여 두 궁을 서로 왕래하였다는 것을 묘사하였다.

경희궁에 대해서는 박제가와 신택권이 묘사하였다. 박제가는 "서쪽 궁궐 가장 높은 곳 바라보니 / 경희궁 금빛 현판 맑은 하늘에 걸렸구나"(41, 42)라고 하였으며, 신택권은 "구름 속 용과 바람 탄 범 같은 경희궁 / 선왕께서 이곳에 임어하신 일 아직도 생각나네"(13, 14)라고 하였다. 선왕은 영조를 말하는 것으로, 영조는 1760년(영조 36) 이후 1776년(영조 52)에 세상을 떠날 때까지 사실상 경희궁에 상주하였다.

③ 종묘와 사직

종묘와 사직은 '좌묘우사'로 함축되었다. 이덕무는 "왼쪽에 종묘 오른쪽 사직단은 옛 제도를 따른 것으로 / 키 큰 삼나무와 오래 된 잣나무 무성하여 서로 의지하네

4 "花暖宮城膏雨洽 萬年枝上是先紅"(『청장관전서』 권20, 아정유고12 응지각체 규장각팔경)

/ 사직은 늘 단과 담이 깨끗하고 / 종묘는 오래도록 그 기지가 굳건하구나"(37~40)라고 하였다.

정동간은 "궁궐의 아름다운 기운 궁장으로 이어지고 / 고요한 종묘는 지척으로 보이네"(91, 92)라고 하여 종묘가 동궐의 궁장과 연결되어 있음을 묘사하였다. 이어 "바닥에 구멍 뚫린 붉은 줄 비파는 훌륭한 덕을 노래하고 / 해마다 때 되면 제관은 메기와 잉어 제사에 올리네"(93, 94)라고 하였는데, '바닥에 구멍 뚫린 붉은 줄 비파[疏越朱絃]'는 종묘제례에 쓰이는 악기로, 『예기』를 인용한 것이다. 메기와 잉어는 『시경』에서 "자가사리·피라미·메기·잉어로써 제사 지낸다"고 한 것으로 제례에 쓰이는 희생을 말한다.

정동간은 사직단에 대해 "네모난 제단에 석주를 세우고 주변에 소나무를 심고 / 기우제 날 규벽과 희생은 한나라 제단을 따랐네 / 제사를 잘 모시니 신이 복을 내리시고 / 좋은 곡식 풍성하여 억만 섬이나 쌓였네"(99~102)라고 하였다. '네모난 제단'은 사직단에 설치된 정방형의 지단을 말하며, '석주[祏]'는 돌로 세운 지신의 위패를 말한다. 국사와 국직의 위패를 봉안하고 후토신과 후직을 배향하는 사직단에 제사를 잘 지내 풍년이 들었음을 찬양한 것이다.

④ 거리와 마을

도성거리에 대해서는 오극삼조五劇三條, 십이가十二街, 강장팔달康莊八達, 사달지구四達之衢 등 복잡한 가로의 형상이나, 황도黃道, 강장대도康莊大道, 십자대도十字大道, 구궤九軌, 팔궤八軌 등과 같이 넓고 큰 대로의 형상을 드러내는 데 초점을 두었다.

한양의 도로는 여러 차례 논의를 거듭한 끝에 대로·중로·소로의 체계가 정립되었다. 『경국대전』에는 대로는 너비 56척(17.5m), 중로는 16척(5m), 소로는 11척(3.4m), 도로 양편의 배수구 너비 각 2척(0.6m)으로 규정하였다. 그러나 육조거리의 경우 실제 186척(58m)으로 『경국대전』의 규정된 대로의 폭보다 3.3배나 넓었으며,

운종가는 24~28m, 광통교에서 남대문로에 이르는 도로의 폭은 19.8~30.6m로 모두 『경국대전』에 규정된 대로(17.5m)보다 넓게 조성되어[5] 실제 한양의 주요 대로는 '강장대도'의 위용을 갖추고 있었다.

도성의 마을은 5부 49방 체제와 천문만호의 형상을 묘사하였다. 이덕무는 "팔만여 가옥 오부에서 통괄하고 / 49방은 세 저자를 끼고 있네"(47, 48)라고 하였으며, 박제가는 "민가는 오부에서 통괄하고 / 병영은 삼영에서 관리하네 / 즐비하게 늘어선 기와집 4만 호 / 물결 속에 방어와 잉어가 숨어 있는 듯하네"(11~14)라고 하였다. 신관호는 "49방은 5부로 나뉘고 / 큰길은 경계되어 화살과 숫돌 같네 / 징청방 안국방 그리고 수진방 / 중부와 북부에 자리하여 서로 이어져 있고 / 통운교 옆은 옛 사동이라 / 층층이 높은 백탑 어찌 그리 겹겹이 쌓였나 / 천달방과 황화방 동서로 마주하고 있으며 / 훈도방과 명례방은 남산 아래 있구나"(93~100)라고 하여 구체적인 방명坊名을 들어 도성의 마을을 묘사하였다. 민가의 호수에 대해서는 박제가는 4만 호, 유득공은 5만 가, 이덕무는 8만 호, 신광하와 이만수는 10만 호라고 하였는데, 「성시전도시」가 창작된 시기와 근접한 1798년 작성된 『호구총수』에 의하면 당시 도성 인구는 총 43,929호에 189,153명이었다.

⑤ 관아

관아는 의정부와 육조, 규장각, 성균관, 삼영을 비롯한 병영이 주로 다루어졌으며, 그 외에 사헌부, 선혜청, 한성부, 사복시, 교서관 등이 언급되었다.[표 4 참고]

이만수는 "의정부와 육조 문 앞 붉은 어대 찬 관원들 / 대오동 사립문 안에서 숙직을 하네 / 의정부 사인 일하는 곳에 / 작은 정자 완연하게 못 가운데 섬처럼 있네 / 온갖 서적들 운각에 보관되어 있고 / 새벽에 관리들 누원에서 입궐을 기다리

5 박현욱, 「도로 정비와 개천 준설」, 『서울2천년사 13-조선시대 서울의 도시경관』, 서울특별시 시사편찬위원회, 2013.

네”(61~66)라고 하였다. 의정부와 육조 앞에서 분주하게 움직이는 관원들의 모습, 의정부 사인청 내의 작은 못과 정자, 서적으로 가득한 운각(교서관의 별칭), 그리고 아침 일찍 입궐하여 대루원에서 조참하는 시각까지 기다리는 관원 등 관아와 그 주변 풍경을 비교적 자세하게 묘사하였다.

[표 4] 「성시전도시」에 나타난 관아

	이덕무	박제가	신광하	유득공	이만수	이집두	정동간	서유구	이희갑	김희순	신택권	이학규	신관호
의정부/육조	○	○	○	○(호조)	○	○	○		○	○	○	○	○
성균관	○	○	○		○	○	○		○		○	○	○
규장각	○		○		○	○	○				○		○
삼(오)영	○삼영 북영	○삼영	○오영	○사영	○삼영		○오영		○오영	○오위	○오영		○삼영
장용영	○					○					○		
사헌부										○	○		○
선혜/균역청		○									○		○
한성부											○	○	
사복시			○							○			
교서관				○(비성)	○					○			
기타	조지서			평시서	대루원				도화서		의금부 홍문관 승정원 승문원 준천사		중추부 기로소 장악원

성균관은 인재 양성과 공자의 위패를 봉안하는 문묘로서의 기능에 초점을 두었다. 신택권은 “벽수 흐르는 동쪽 둔덕에 문선궁이 있는데 / 인재를 기르는 즐거움에서 유학의 교화 시작되었네 / 비천당 열어 옛 성인 보위하고 / 명륜당 편액 걸린 곳에서는 많은 선비 시험보네”(85~88)라고 하였다.

특히 주목되는 것은 규장각과 장용영으로, 이덕무는 “이영의 붉은 구슬 같은 얼굴의 젊은 장수들 / 한가롭게 구정에서 십팔기를 구경하네”(127, 128)라고 하였으며, 신택권은 “위의는 규장각이 제일이라 말하고 / 두터운 은혜는 장용영에 많이 돌아가네”(193, 194)라고 하였다. 규장각과 장용영은 모두 정조가 직접 설치하고 각별하게 관심을 갖고 있었던 상황을 묘사한 것이다. 『한경지략』에도 “정조 초에 장용영을 설치하였는데, 군사들이 날쌔고 건장한 것이나 군영 건물의 웅장하고 화려함이 여러 병영 중 가장 뛰어났다”고 하여 이덕무, 신택권이 묘사한 내용을 뒷받침하고 있다.

⑥ 시전

시전은 점포와 물건, 그리고 분주한 모습이 중심이다. 박제가는 “배오개 종루와 칠패 / 바로 도성의 3대 저자라”(47, 48)라고 시작하여 제47~88구까지 총 42구에 걸쳐 시전의 점포와 진열된 물품, 사람의 움직임을 세밀하게 묘사하였다. 이덕무는 시전의 전체 구조와 경관, 주요 점포를 중심으로 묘사하였다.

[표 5] 박제가와 이덕무의 시에 묘사된 시전의 점포와 물건

박제가의 시, 제47~58구		이덕무의 시, 제157~168구	
梨峴鍾樓及七牌	배오개 종루와 칠패	沿街左右千步廊	거리 좌우로 길게 늘어선 시전 행랑들
是爲都城三大市	바로 도성의 3대 저자라	百貨山積許倍蓰	온갖 물화 산처럼 쌓이고 쌓였구나
百工居業人磨肩	수많은 장인 생업하고 사람들은 어깨 부딪치고	錦肆紅綠班陸離	비단 가게 울긋불긋 눈부시게 펼쳐졌으니
萬貨趨利車連軌	온갖 물건 이익을 좇고 수레들 이어졌네	紗羅練絹綾縠綺	사라 연견 능 곡 기 비단이요
鳳城羢帽燕京絲	봉성의 융모와 연경의 비단실	魚肆新鱗足珍腴	어물 가게 싱싱한 생선 통통하게 살이 올랐는데
北關麻布韓山枲	북관의 마포와 한산의 모시라	鮆鱸鯖鱖鯔鮒鯉	갈치 농어 준치 쏘가리 숭어 붕어 잉어라네
米菽禾黍粟稷麥	쌀 콩 벼 기장 조 피 보리며	米肆隣近飯顆山	싸전 인근에는 쌀알들이 쌓여 산을 이루고
梗楠楮漆松梧梓	느릅나무 녹나무 닥나무 옻나무 소나무 오동나무 가래나무라	白粲雲子滑流匕	운자석 같은 흰 쌀은 윤기가 흐르네
菽蒜薑葱薤芥蕈	콩잎 마늘 생강 파 부추 겨자 버섯이요	酒肆本自人間世	주사는 본시 인간 세상으로
葡萄棗栗橘梨柿	포도 대추 밤 귤 배 감이라	熊白猩紅滿滿匜	웅백과 성홍 잔마다 가득가득하네
有剖而鱅貫以腒	갈라서 말린 생선포와 꿰어서 말린 꿩고기며	行商坐賈指難僂	행상 좌고는 손꼽을 수 없이 많은데
章擧石首鰈鱅鮪	문어 조기 가자미 청어 상어라	細瑣幺麤無不庀	자질구레한 물건까지 없는 것이 없구나

박제가는 “무게를 다려는 듯 닭 한 마리 들어보기도 하고 / 소리 지르는 것이 싫은지 돼지 두 마리 지고 있네 / 소에 실은 땔감 사려는 듯 고삐를 끌기도 하고 / 말 이빨을 살피려고 옆구리에 채찍을 꽂고 있으며 / 눈을 껌뻑이며 말 거간꾼을 부르기도 하고 / 싸움을 말리려고 동서할 것 권하거나 / 새 노래에 맞추어 거문고를

타고 / 피리 불며 묘한 재주 자랑하는 이도 있네"(65~72)라고 하였다. 이렇듯 박제가는 인물의 다양한 움직임을 통해서 시장의 분주함을 살리고 생동감을 불어넣었다.

공시인貢市人 순막詢瘼도 시의 소재로 등장하였다. 정동간은 "해마다 운종가에 행차를 멈추고 / 폐단을 물으라는 임금 분부에 백성 즐겁구나"(157, 158)라고 하였다. 서유구는 "일찍이 어가 멈추고 공계와 시전을 살피시니 / 전왕과 후왕의 헤아림 한결같네"(193, 194)라고 하였다. 순막은 백성들의 고질적인 폐단을 물어 해결해주는 것으로, 특히 영·정조 이후 나라에 공물을 바치는 공계원貢契員과 시전의 상인들을 보호하기 위하여 임금이 직접 공시인들과 접촉하여 폐단을 순문하는 일이 잦았다.

⑦ 개천

한양에는 주변 산과 계곡에서 발원하여 개천으로 흘러들어가는 물길 28개가 있었다. 서유구는 "시내의 원류 백 갈래 모두 동쪽으로 향하고 / 수양버들 그늘 깊게 드리운 곳에 맑은 물 흐르네"(167, 168)라고 하였다. 개천에 관해서 이덕무와 이만수는 영조의 경진준천을 비중있게 다루었다.

여기서 '경진수평庚辰水平' 또는 '경진고표庚辰古標'는 1760년(영조 36) 경진년 영조가 대대적으로 준천을 시행한 후 광통교, 수표교 등 다리의 교각과 수표水標에 '경진

[표 6] 이덕무와 이만수의 시에 묘사된 개천

이덕무의 시, 제147~156구		이만수의 시, 제77~84구	
御河元知明堂水	궁궐 안 금천은 명당수임을 알겠고	中央一道御溝水	가운데 한 길로 어구의 물이 흐르고
疏瀹淸流歲在巳	깨끗이 씻어내어 맑은 물 흐르도록 한 일 사년이라네	二十四橋紅欄倚	스물네 개 다리에 붉은 난간 기대 있네
車車馬馬起晴雷	수많은 수레와 말들이 맑은 하늘에 우레를 일으키는데	圓覺浮圖按虹腰	원각사 부도는 무지개 허리에 닿아 있고
幾坐虹橋列雁齒	이곳저곳 무지개다리 가지런히 벌여 있네	庚辰古標屹沙觜	경진년 고표는 모래톱 위로 솟아 있네
庚辰水平白玉柱	경진수평 백옥 같은 기둥에 새겨 있고	英陵盛際魚學士	세종임금 치세 시 어효첨이 있었는데
一群花鴨弄淸泚	한 무리 예쁜 오리 맑은 물에서 놀고 있네	疏滌川渠此其始	개천의 준천은 이것이 시작이네
高樓兩岸咽笙歌	개천 양안 높은 누대에서는 피리 소리 드높아	十里隄成萬世利	십리 제방 완성되어 만세토록 이로우니
不覺東城昃花晷	동성의 해시계 기우는 것도 몰랐네	不復都民憂墊圮	도성 사람들 잠기고 무너질까 다시 근심 않게 되었네
東流直瀉鐵窓急	동쪽으로 곧게 흐르는 물은 철창으로 빠르게 쏟아지고		
萬柳如眼綠迤邐	눈처럼 생긴 수많은 버들개지 푸르게 이어졌네		

지평庚辰地平' 글자를 새기고 선을 그어 이후 준천 시 개천 바닥을 쳐내는 기준으로 삼도록 한 것을 말한다. 지금도 광통교, 수표교의 교각에 '경진지평' 네 글자가 남아 있다. 이만수가 세종 때 어효첨으로부터 준천이 시작되었다고 한 것은 1444년(세종 26) 집현전 교리 어효첨이 상소를 올려 도성에는 사람들이 많이 살기 때문에 더럽고 냄새나는 것을 흘려보낼 넓은 시내가 있어야 도성이 깨끗하게 유지될 수 있다고 주장한 사실을 말한다.

1773년(영조 49) 영조는 훈련도감, 금위영, 어영청 등 삼영을 동원하여 개천 양안에 석축을 하고 나무를 심는 제방공사를 하였다. 이만수가 '십리 제방 완성되어 만세토록 이로우니'라고 한 것은 이를 두고 한 말이다. 채제공은 「준천가」에서 "개천 양안 십리 활시위처럼 곧아졌으며 / 삼영에서 쌓은 석축 흐트러짐이 없네 / 맑은 물결 찰랑거리고 수양버들 그늘 짓고 / 하늘의 맑은 기운 궁성을 밝게 비추네 / 어찌하면 백성들이 침수를 면하게 하겠는가 / 오직 땅 기운에 응하여 물이 잘 흐르고 소통되도록 하는 것이라"고 하였다.

⑧ 사적과 명승

「성시전도시」에는 성곽, 궁궐, 종묘와 사직, 관아를 제외하고도 종루, 원각사탑, 경모궁 등 사묘祠廟, 단壇, 누정 등 사적과 필운대, 누란동, 삼청동 등 명승이 소재로 등장한다.

공간과 장소에 초점을 두고 한양의 경관을 묘사한 이덕무의 시에 특히 많은 사적과 명승이 등장한다. 훈련원의 연무장, 모화관과 연조문, 북영, 세검정과 세검천, 조지서, 삼청동문과 초단, 인왕산 자락의 백대청풍, 세심대, 필운대, 종루, 백탑, 경모궁, 관왕묘, 적전, 필운대, 홍천취벽, 신대, 반송지, 화양정 등이 이덕무의 시에 등장하는 사적과 명승이다. 이학규의 시에는 종루, 태평관의 명설루, 수정신사(동관왕묘), 필운대, 팔정려문, 모화관, 연자루, 반송지 등이 등장하고, 신관호의 시에는 종루, 원각사탑, 선무사, 대보단, 조양루, 석양루, 몽답정, 팔정려문, 관가정 등이 등장한다. 반면 시전, 거리풍경, 세시풍속에 집중한 박제가의 시나, 담배, 술, 혼례, 상례 등 사회풍속에 집중한 신택권의 시에는 극히 한정된 소재만 등장한다.

사적과 명승 중 가장 많이 등장하는 것은 종루이다. 이덕무는 "운종가의 흥천사 대종 / 커다란 누각 가운데에 날듯이 발돋움하네"(135, 136)라고 하였다. 이희갑은 "늘어선 시전 가운데 종각이 있고"(39), 이학규는 "큰 종 걸린 종루는 넓은 집 가렸는데"(23)라고 하였으며, 신관호는 "사방 종횡으로 뻗은 길 종루에서 시작되네"(4)라고 하였다. 우뚝 솟은 종루가 당시 도성의 상징이자 중심이었다는 점을 알 수 있다. 신광하는 "종이 울리고 닭이 우니 성문 활짝 열리고"(57)라고 하였고, 이만수는 "큰 종이 있어 파루와 인정을 알리네"(86)라고 하여 인정과 파루를 알리는 시보時報로서 종루의 기능에 초점을 두었다. 조선왕조는 1395년(태조 4) 운종가에 종각을 짓고 대종을 달아 새벽과 밤을 알렸다. 이후 1468년(세조 13) 대종을 다시 주성해 달았으나 임진왜란 때 불타 녹아버리자 1594년(선조 27) 당시 원각사에 옮겨져 있었던 흥천사의 대종을 이곳으로 옮겨 달았다. 이덕무가 흥천사 대종이라고 한 것은 이를 두고 말한 것이다.

도성의 또 하나 상징은 원각사탑이었다. 이덕무는 "우뚝 솟은 원각사 백탑은 / 층층이 하늘 높이 쌓여 열네 층이네"(133, 134)라고 하였으며, 이만수는 "원각사 부도는 무지개 허리에 닿아 있고"(79)라고 하였다. 신관호는 "층층이 높은 백탑 어찌 그리 겹겹이 쌓였나"(98)라고 하였다. 원각사탑은 1467년(세조 13) 4월 8일 완성되었는데, 현재 10층 옥개석까지 남아 있고 그 위의 상륜부는 없어졌다. 이덕무가 탑을 14층이라고 한 것은 탑의 층수를 세는 방식에 차이가 있거나, 아니면 이때에는 원각사탑이 온전하게 유지되어 있었던 게 아닐까 추측된다. 이덕무는 백탑 부근에서 태어나 오랫동안 거주하였으므로 탑의 모습에 대해 늘 관찰하고 있었을 것이다.

명승으로는 필운대가 가장 많이 언급되었다. 유득공은 "유란동 깊은 곳 이슬 맺힌 나뭇잎 우거지고 / 필운대 높은 곳 눈꽃이 흩날리네"(89, 90)라고 하였으며, 정동간은 "필운대는 최고의 풍류지요"(159)라고 하였다. 이만수가 "필봉의 풍류는 동산기의 옛일을 따른 것이네"(126)라고 한 것은 중국 진晉나라 사안謝安이 동산에서 놀면서 늘 기생을 대동하였다는 고사를 인용한 것이다. 필운대는 경치가 좋아 봄이 되면 도성 사람들이 꽃구경하기 위해 즐겨 찾는 장소였으며, 여항인들이 술을 마시고 시부詩賦를 읊으며 즐겼다고 한다. 「성시전도시」에 등장하는 사적과 명승을 정리해 보면 다음과 같다.

[표 7] 「성시전도시」에 나타난 사적과 명승

창의문 밖 (도성 북쪽)	돈의문 밖 (도성 서쪽)	도성 안	흥인문 밖 (도성 동쪽)	숭례문 밖 (도성 남쪽)	한강
세검정 세검천	선무사 모화관 연자루 반송지	운종가 : 종루, 원각사탑 창덕궁 부근 : 북영, 대보단, 몽답정, 응봉 창경궁 부근 : 경모궁, 함춘원 삼청동 지역 : 삼청동문, 초단 인왕산 자락 : 필운대, 육각현, 세심대, 백세청풍 백악산 자락 : 유란동 타락산 자락 : 조양루, 석양루, 홍천취벽, 신대 개천 이남 : 태평관(명설루) 목멱산 부근 : 봉수, 취미루	동관왕묘 (수정신사) 우단(동교) 선농단 동적전 관가정 북둔(묵사동) 훈련원 마장 화양정	남관왕묘 팔정려문	행호 양화진 노량진 두모포 강창

⑨ 놀이·풍류·세시풍속

박제가는 설희說戱, 줄타기, 꼭두각시 놀이, 원숭이 놀이, 지패·경측 등 노름, 연날리기, 초파일의 연등과 수부희水缶戲 등 세시풍속의 묘사에 시의 많은 부분을 할애하였다. 노름에 대해 "노소팔색 모든 사람들 지패 들고 소리치는데 / 심한 자는 미친 듯이 해가 지도록 하네 / 경측은 팥알 두 개를 쪼개서 만드는데 / 무릎을 치며 패를 던져 견주어 보네"(97~100)라고 하였다. 김득신의 풍속화 「투전」이 연상된다.

초파일과 관련하여 "부처님 오신 날 저자에 등을 만들어 다니 / 도성 가득 떠들썩한 소리 정월 대보름 같구나 / 물에 바가지 띄워 두드리니 물장구 소리 들리고 / 느티나무 잎 넣어 삶은 국수 그릇에 가득 담겨 있네"(105~108)라고 하였다. 수부희는

김득신, 「밀희투전」, 간송미술관 소장

4월 초파일 아이들이 연등 아래 돗자리를 펴놓고 느티떡과 볶은 콩을 먹고, 그 등불을 매단 장대 아래에서 물을 담은 동이에 바가지를 엎어놓고 빗자루로 두드리면서 그 소리에 맞춰 노래를 부르기도 하고 춤을 추며 즐기는 물장구 놀이로 수부水缶, 수고水鼓라고 하였다.

신택권은 대보름 다리밟기, 상사일의 답청과 계음, 관등일을 시의 소재로 선택하였다.(141~174) 그는 다리밟기의 대상이 되는 20여 개의 다리 이름을 하나하나 열거하였다.

이학규와 신관호는 석전石戰을 묘사하였다. 이학규는 "남쪽 언덕에는 석전으로 바람에 쓰러지듯 하네"(152)라고 하였으며, 신관호는 "수많은 사람들 종소리 들은 후에 / 씨름과 석전으로 바람에 풀 쓰러지듯 하네"(123, 124)라고 하였다. 석전은 삼문(숭례문, 돈의문, 소의문) 밖과 아현 주민들이 만리동 고개에서 돌을 던지며 서로 싸웠는데, 심한 경우 이마가 깨지고 팔이 부러지는 상해를 입기도 하였다.

풍류와 관련하여 아회雅會가 소재로 등장한다. 이덕무는 "뉘 집의 고상한 모임인지 푸른 옷 입은 동자 노래하고 / 곳곳의 즐거운 잔치에 아리따운 기녀 춤을 추네"(131, 132)라고 하였으며, 이만수는 "시단의 고상한 모임은 서원의 객과 같고"(125)라고 하였다. 정동간도 "서쪽 정원에서 글과 술 즐기니 진나라 재상과 손님이요"(161)라고 하였다. 아회雅會 또는 아집雅集은 문인들이 모여 시문을 짓는 운치 있는 모임을 말하는데, 중국 송나라의 소식, 황정견 등 문인들이 서원에서 모임을 가진 '서원아집西園雅集'이 대표적이다. 조선 후기 한양에는 이를 본받아 시인묵객들이 인왕산을 중심으로 많은 시회를 열었다. 유득공의 시에서 "완을 타고 다시 쟁을 켜는 곳 뉘 집이며 / 상 소리 머금고 또 치 소리 내는 곳 어느 곳인가 / 단판과 그림부채 가렸다 비추었다 어지럽고 / 노랫소리는 양춘으로부터 하리에 이르렀네"(103~106)라고 한 것도 이러한 아회를 묘사한 것이다.

⑩ 인물과 동물

「성시전도시」는 '성시전도'라는 공통된 시제로 창작된 것이지만, 시의 소재는 작가에 따라 많은 차이를 보이고 있다. 그중 가장 두드러지게 차이가 나는 것이 인물과 동물이다. 이덕무의 경우 도성의 경관과 사적·명승에 대해서는 폭넓게 묘사하였지만, 인물과 동물의 묘사는 거의 없다. 신광하, 유득공, 정동간, 서유구도 마찬가지이다. 반면 박제가를 비롯하여 신택권, 이학규, 신관호의 시에는 다양한 인물이나 동물이 등장한다.[표 8 참고]

박제가, 신택권, 이학규, 신관호 4인의 시에 등장하는 인물군상은 대부분 하급 관리나 시정과 여항에서 생업을 하는 중하층민이다. 박제가의 시에서 초헌에 앉은 관리와 가마를 탄 정승이 등장하지만, 이들은 주인공이 아니라 일산을 받쳐 든 하인과 가마를 바싹 따라 붙는 영사를 돋보이도록 하기 위해 상전으로 출연한 조연일 뿐이다. 박제가는 인물의 모습을 그들의 직역이나 생업과 관련하여 묘사하거나, 늙은이와 아이들, 소매치기와 순라군, 하인과 상전 등에서처럼 서로 대조시켜 묘사함으로써 각 인물의 개성이 뚜렷하게 드러나도록 하면서 동시에 시에 생동감을 불어넣었다. 특히 옷을 갈아입어 사람의 눈은 감쪽같이 속였으나 냄새 때문에 개에게 들켜 눈을 흘기는 개백정의 낭패스러운 모습, 상전에게 허리를 굽실굽실거리며 저두굴신이 몸에 밴 이서, 이빨 사이로 침을 찍찍 내뱉는 불량기가 넘치는 시정, 행여 상전이 뜨거운 햇볕에 노출될까 일산을 받쳐 들고 숨을 헐떡이며 '예', '예' 하고 초헌을 따라가는 하인 등의 묘사에서는 당시 풍속화에서 볼 수 있는 해학이 넘쳐난다. 신택권은 임금의 행차나 국가제례, 관아의 모습과 관련하여 하급 관리나 군관, 아전이나 서리 등을 주로 묘사하였으며, 신관호는 금패 찬 규장각 각신, 붉은색 황삼 입은 양원兩院(내의원과 장악원)의 기생, 쟁자錚子(갓의 정상에 다는 장식) 달린 초

[표 8] 「성시전도시」에 등장하는 인물과 동물

	인물	동물
박제가	64무명수건 쓴 여인 65닭 무게 다는 사람 66돼지 진 사람 67땔감 사려는 사람 68말 이빨 살피는 사람 69말 거간꾼 70싸움 말리는 사람 71거문고 타는 사람 72피리 부는 사람 81대장장이 갖바치 85화장한 젊은 여인 88너나 다투는 사람 90설희하는 광대 115장님과 아이들 117개백정 119급제소식 알리는 사람 121좋은 말 탄 낭군 123승양초립 쓴 액례 125대통 맨 늙은이 126총각머리 아이들 129이서와 시정 131안장 없이 말 탄 마부 132바구니 차고 팔짱 낀 여종 133큰 버선 신은 내시 134곁눈질하는 기생 136좀도둑과 불량배 137순라꾼 139초헌 탄 관리 141일산 든 시종 146가마 탄 정승 147영사 149회색 서모 쓴 사람 150검은 각대 찬 사람 170나무하는 아이들 171활 쏘는 사람 172화살 만지는 사람 178봉수대 사휜	65닭 66돼지 67나무 실은 소 68말 95원숭이 109송골매 111 비둘기 113거위 오리 118개 179양떼, 준마
신택권	40시골뜨기 41시졸 42시골노파 61한량과 마후배 62액례와 공장 69집주름 84공무 보는 관리 88시험 보는 선비 94낙방한 선비 95유가하는 급제자 101금부의 관원 102도로순찰 하는 사령 104표하군 107상언 찬 중관 108임금분부 전하는 차사 115헌관 116찬알과 축사 117감찰 181녹사 185사헌부 갈도 189패를 반납하는 순장 190감군 191진배관	
이학규	24공 차려는 한무리 26책상다리 한 사람 27털 짜는 사람 30 장님악사 31거리아이 33부채로 얼굴가린 서울사람 35뭉툭머리 어린종 37살찐 말 탄 고관 39갈도 45멱리 쓴 궁인 52오교 거간꾼 54과장의 선비 104풍악소리 기생 121빈 되질하는 아전 12누더기 걸친 사내 137점호 받는 병사 141서산의 나무꾼	32고기 낚아채는 솔개 36울부짖는 나귀 46울부짖는 과하마 48땔감 실은 소와 말 51검은 말 누런 말 120날뛰는 돼지 126까마귀 129짐바리 실은 나귀
신관호	33꽃게 파는 인천 여인 35숯 파는 사릉사람 39약 파는 구리개 늙은이 41규장각 각신 42양원의 기생 43초립 쓴 별감 44태사혜 청포 입은 관리 53한량 126굿하는 무당 127사주팔자 보는 장님 130짧은 다리 얹은 할멈 132의관 갖춘 문무관원 135삼영의 반당 136초엽선 쓴 정승	

립을 쓰고 붉은 옷을 입은 별감, 태사혜 신고 청포 입은 관리 등과 같이 인물의 복색에 초점을 두어 묘사하였다.

동물 또한 시의 생동감을 불러일으키는 중요한 요소로, 박제가의 시에는 닭, 돼지, 소, 말, 원숭이, 매, 비둘기, 거위, 오리, 개 등이 등장하며, 이학규의 시에는 솔개,

나귀, 과하마, 검은 말, 누런 말, 돼지, 까마귀 등이 등장한다. 이학규 시의 음울한 분위기는 동물의 묘사에도 그대로 나타나 있다. "과하마는 울부짖으며 채찍을 피하는구나"(46), "까마귀 까악 대며 썩은 고기 찌꺼기 쪼아 먹는구나"(126)라는 구절이 그러하다. 이 점은 박제가가 동물의 움직임을 해학적으로 묘사한 것과 대조적이다.

4. 「성시전도」를 그리기 위한 지침서로서 「성시전도시」

「성시전도시」에 나타나는 18세기 서울의 경관을 보면, '성시전도'라는 공통의 시제에도 불구하고 작가에 따라 소재의 선택에 상당한 차이가 있다. 시의 소재를 선택하고 묘사하는 것은 오로지 작가의 몫이기는 하지만, 같은 시점에 같은 그림을 보고 시를 지었다고 하기에는 시에 나타난 공간, 경물, 계절 등 시간, 병풍이니 두루마리니 하는 그림의 형태나 형식 등 외형적 요소에서조차 서로 차이가 난다. 이것은 1792년 「성시전도시」의 창작 당시 신하들이 그림을 보지 않고 시를 지었다는, 즉 「성시전도」가 존재하지 않았다는 반증이기도 하다. 그렇다면 신하들은 시제의 대상이 된 그림을 보지 않고 어떻게 시를 지었을까? 그들은 그림 대신 평소 보아왔던 익숙한 도성의 풍경을 떠올리거나 개인의 경험과 지식을 바탕으로 시를 창작하였다.

『내각일력』에 따르면 정조가 대궐의 금직 신하들에게 「성시전도시」를 짓도록 한 것은 1792년(정조 16) 4월 24일이며, '성시전도'를 시제로 녹취재祿取才(녹봉을 받지 못하는 관원에게 녹봉이 있는 관직을 주기 위해 시행하는 시험)를 시행한 것은 4년 후인 1796년(정조 20) 6월 25일이다. 기록상 「성시전도시」를 창작한 것이 「성시전도」를 제작하도록 한 것보다 4년 앞서 있다. 그러면 왜 정조는 그림에 앞서 먼저 시를 짓도록 한 것일까? 한 가지 생각해볼 수 있는 것은 정조가 「성시전도」에 어떤 모습을 담을 것인가를 구상하기 위해 화원을 통해 그림을 그리기에 앞서 글하는 신하들로 하여금 시를 짓도록 한 것이 아닌가 추측할 수 있다. 이런 점에서 「성시전도시」는 「성시전도」를 그리기 위한 일종의 지침서 같은 역할을 하였을 것이다. 즉 「성시전도시」가 「성시전도」라는 그림을 보고 지은 화제시畵題詩가 아니라, 「성시전도」가 「성시전도시」를 읽고 그리고자 한 시의도詩意圖(시의 뜻을 주제로 그린 그림)이었을 가능성이 있다.

실제로 조선 후기에는 정선이나 김홍도 등에 의해 진경화풍이나 풍속화풍의 시의도가 유행하였으며, 규장각 자비대령화원의 녹취재에서 중국의 고사, 당시, 송시 구절을 시제로 하여 시의도를 빈번하게 제작하였다.[6] 이런 점에서 1796년(정조 20) 6월 25일 처음으로 시행된 자비대령화원의 녹취재에서 '속화 성시전도俗畵城市全圖'를 시제로 내건 것은 바로 이러한 시의도를 그리기 위한 시도의 하나라고 할 수 있다. 즉 1796년 6월 25일 화원들은 1792년 창작된 「성시전도시」를 읽고, 시에 담긴 형상과 느낌을 지침으로 삼아 「성시전도」를 그렸을 것이다. 그리고 1803년(순조 3) 순조가 쓴 「성시화기城市畵記」는 바로 1796년 시의도로서 제작된 「성시전도」를 보고 쓴 것으로 추측된다.[7] 그 내용을 살펴보면 박제가의 「성시전도시」를 읽는 듯하다.

이제 지금까지 발굴된 「성시전도시」를 통하여 「성시전도」를 재구성할 수 있을 것이다. 시에 등장하는 산과 강의 자연경관과 성곽, 궁궐, 종묘와 사직, 관아, 거리와 마을, 시전, 개천, 사적과 명승, 그리고 놀이와 세시풍속, 인물과 동물 등이 바로 「성시전도」를 구성하는 중요 소재이다. 특히 이덕무가 묘사한 공간 속에 박제가를 비롯한 신택권, 신관호의 시에 등장하는 다양한 사람과 동물, 풍속을 담는다면, 정조가 얻고자 했던 '도성의 풍물이 담긴' 「성시전도」를 생생하게 재현할 수 있을 것이다.

---

6 곽인희, 『조선 후기 시의도 연구』, 동국대학교 대학원 미술사학과 박사학위논문, 2013, 201~267쪽 참조.

7 순조의 「성시화기」에는 다음과 같이 기록되어 있다. "우리나라 성시를 그린 작은 그림으로 모두 하나의 두루마리이다.(…) 모두 사람의 일이 56가지이며, 크고 작은 사람들이 1,717명인데 같은 사람이 없다.(…)사람과 사물의 모습과 숫자를 기록하여 두었다가 때로 살펴서 민간 여항의 일을 알고자 한다.[我國城市小畵共一卷(…)凡人之事五十有六 爲人大小一千七百十有七 而莫有同者焉(…)記其人物之形狀與數 而時觀之 以知民間閭巷之事]"라고 하였다.(『순재고』 권2, 기, 성시화기계해)

1

‘성시전도’라는 주제성에 충실한 작품

이덕무

성시전도_ 칠언 고시 백운

城市全圖 七言古詩百韻

우뚝 솟은 원각사 백탑
층층이 하늘 높이 쌓여 열네 층이네
운종가의 흥천사 대종
커다란 누각 가운데에 날듯이 발돋움하네
수많은 사람 끊임없이 오고 가는데
바다를 이룬 사람들 아득하여 끝이 보이지 않네

이덕무李德懋(1741~1793)는 1792년 규장각의 겸검서관으로서 「성시전도시」의 제진에 참여하였으며, 유득공과 함께 '삼상三上'의 점수와 정조로부터 '고아하다雅'라는 평을 받았다. 이덕무는 "구중궁궐에서 내린 한 글자의 포상이 미천한 신하의 평생을 결단할 수 있다."라고 하면서, 이때부터 호를 '아정雅亭'이라고 자호하였다.

이덕무는 시에 담을 소재와 분량을 미리 구상한 듯 전체 구도와 전개 순서가 매우 짜임새 있다. 또한 대상을 과장 없이 사실적으로 묘사함으로써 당시 지도나 그림, 지리지와 일치하는 바가 많다. 이것은 이덕무 스스로 "이 몸 한성에서 태어나고 자라서 / 눈으로 또렷이 보았으니 어찌 기쁘지 않으리"라고 한 바와 같이, 그가 한양에서 태어나 실사구시적인 눈으로 한양을 줄곧 관찰하였기 때문이다. 다만 이덕무의 시는 공간과 장소, 건물이 중심이며, 사람이나 동물의 움직임이 보이지 않는다. 그러다 보니 매우 정적이며 생동감과 재미가 부족하다.

이덕무는 박지원, 홍대용 등과 함께 조선 후기의 대표적인 북학파 실학자로, 1742년(영조 18) 한성 중부 관인방 대사동 4가(지금의 탑골 공원 뒤편)에서 태어났다. 1778년(정조 2)에는 연행에 참여하였으며, 1779년(정조 3)에는 박제가, 유득공, 서이수 등과 함께 초대 규장각 검서관이 되어 규장각의 도서 편찬과 간행에 참여하였다.

이덕무의 「성시전도시」는 한양의 경관을 총괄적으로 묘사하였으며, 그의 시 앞에 「성시전도」가 무엇인지와 함께 1792년 「성시전도시」를 짓게 된 전말이 서술되어 있어, 「성시전도시」 전체를 이해하는 데도 도움이 된다. 이런 이유로 이덕무의 시를 제일 앞에 놓았다.

앞서 임금께서 도성의 풍물을 그려 병풍으로 만들도록 명하고 성시전도라고 하였다. 임자년(1792, 정조 16) 4월에 대궐 안의 여러 신하들에게 (성시전도를) 지어 올리도록 하였는데, 병조좌랑 신광하, 검서관 박제가, 검교직각 이만수, 우부승지 윤필병 및 공公과 겸검서관 유득공, 동부승지 김효건, 전봉교 홍득유, 행좌승지 이집두, 검교직각 서영보, 전봉교 이중련, 좌부승지 이백형, 병조좌랑 정관휘, 우승지 신기, 주서 서유문, 병조정랑 정동간, 전검서관 이신모가 우등으로 뽑혔다. 우등인 여섯 사람의 시권에는 각각 어평이 있었는데, 공의 시권에는 '아雅(고아하다)' 자를 쓰셨다. 여섯 사람에게 재시험으로 금강일만이천봉 오십 운의 배율을 짓도록 하였다.[1]

001 金尺山河一萬里　금척으로 정한 우리 강산 일만 리[2]
002 漢京翼翼黃圖裏　한경의 웅장한 모습 황도[3] 속에 담겼네
003 黃圖一案大都會　황도 한 폭에 대도회를 그렸는데
004 歷歷鋪敍掌紋視　또렷하게 펼쳐져 손금을 보는 것 같네
005 詞臣解撰題畵詩　글하는 신하 그림을 시제로 시를 지으니

1 이덕무의 『아정유고』에 실린 「성시전도시」를 짓게 된 배경이다. 이 부분은 이덕무 자신이 쓴 것이 아니라 1793년 이덕무가 세상을 떠난 후 1795년 정조의 명에 의해 이덕무의 문집을 편찬하는 과정에서 그의 아들 이광규가 쓴 것이다. 여기서 '공(公)'이라고 한 것은 바로 이덕무를 말한다. 『내각일력』의 내용과 인명과 관직명에는 조금 차이가 있으나 거의 같은 내용이다. 다만 '앞서 임금께서 도성의 풍물을 그려 병풍으로 만들도록 명하고 성시전도라고 하였다'고 한 부분은 국립중앙도서관 소장 간본 『아정유고』에만 실려 있는 것으로 「성시전도」가 구체적으로 어떤 그림인지 잘 정의해주고 있다.

2 금척(金尺)은 조선 개국 초기 정도전이 태조의 공덕을 칭송하기 위하여 만든 악장인 「몽금척(夢金尺)」에서 온 말이다. 태조 이성계가 잠저에 있을 때 꿈에 신령이 금으로 만든 자를 주면서 "이것을 가지고 국가를 정제하시오."라고 하였다는 것을 내용으로 하고 있다.

3 황도(黃圖)는 『삼보황도(三輔黃圖)』의 약칭이다. 『삼보황도』는 당나라 때 편찬된 지리서로 수도 장안(長安)과 그를 둘러싼 세 위성도시를 설명한 책이다. 여기서는 도성을 그린 그림을 말한다.

006 盛事何幸承恩旨　성대한 일에 왕명을 받았으니 얼마나 행운인가

007 董越作賦差强意　동월이 지은 부[4] 대개 뜻에 맞고

008 徐兢爲圖豈專美　서긍이 그린 그림[5] 어찌 아름답기만 하랴

009 朝鮮萬世不拔基　조선왕조 만세토록 기틀 흔들리지 않고

010 文物繁華盡在此　번화한 문물 모두 다 여기에 있네

011 鬼秘神慳若有待　귀신이 숨기고 아낀 것은 때를 기다린 듯

012 請從鴻荒說源委　옛일부터 본말을 말하고자 하노라

013 烏干遠上負兒嶽　오간이 멀리 부아악에 올랐으니

014 龜食奠自溫祚始　도읍을 정하는 일은 온조로부터 시작되었네[6]

015 燕天析木應乾文　연나라 석목은 천문에 응한 것이고[7]

016 漢界樂浪稽地理　한나라 땅 낙랑은 지리지에서 상고할 수 있네[8]

017 聞道肅王設南京　듣건대 고려 숙종이 남경을 설치하였다고 하는데[9]

---

4 동월(董越)은 1488년(성종 19) 조선에 왔던 중국 명나라 사신으로 이때 조선에서 얻은 각종 견문과 감회들을 정리하여 『조선부』를 지었다.

5 서긍(徐兢)의 『고려도경』을 말한다. 서긍은 1123년(인종 1) 송나라의 사신으로 개경을 방문하였을 때, 보고 들은 것을 그림과 곁들여서 『선화봉사고려도경』을 편찬하였다.

6 온조가 백제를 건국할 때 오간을 비롯한 신하들이 한산의 부아산(負兒山)에 올라가 살 만한 땅을 살펴보고, 하남 땅이 도읍으로 삼기에 가장 적합하다고 간하였다고 한다. 부아악(負兒嶽)은 북한산을 가리키는 것으로 북한산의 한 봉우리인 인수봉 뒤에 튀어나온 바위가 꼭 어머니가 어린아이를 업고 있는 형상을 한 데서 유래하였다. 구식(龜食)은 주공이 낙읍을 도읍으로 정할 때 거북점이 낙수를 지적해서 낙수 동쪽에 도읍터를 정했다는 고사에서 나온 말이다.

7 석목(析木)은 하늘의 별자리 28수를 12분야로 나누었을 때, 기성과 두성 사이로 중국의 연나라와 조선은 여기에 해당한다.

8 한나라가 기원전 108년 위만조선을 멸망시키고 낙랑·진번·임둔·현도 등 한사군을 설치한 것을 말한다. 이 중 중심 역할을 한 것은 낙랑으로 대동강 유역의 고조선 땅에 위치하였다.

9 서울은 고려 문종 때에 남경으로 승격하였으나 곧이어 다시 양주로 격하되었다. 그러나 숙종 때 김위제가 지리도참설에 의거하여 남경의 건도를 주창함으로써 다시 남경으로 승격되었다. 1099년(숙종 4) 숙종은

018 舊事堪徵高麗史　옛일 고려사에서 찾아볼 수 있네

019 龍樓鳳闕五德丘　오덕구[10]에 용루와 봉궐을 짓고

020 翠華時巡不遑徙　임금이 때로 순행하였으나 미처 옮기지 못하였네[11]

021 終古神區自有主　예로부터 신령한 장소는 원래 주인이 있는 것이니

022 奕葉磻根我仙李　잎은 무성하고 뿌리 든든한 우리 선리라네[12]

023 青茅帝許鰈城封　사신을 보내니 황제가 조선에 봉함을 허락하여[13]

024 奠厥鴻基錫金璽　큰 터전 정하고 금새를 내리었네

025 華山三朶作北鎭　화산 세 봉우리는 북쪽의 진산이 되고

026 漢水一帶爲南紀　한수 한줄기는 남쪽 경계를 이루었네

027 山川向背定土圭　산천의 향배는 토규로 정하고[14]

028 道里遠近同車軌　거리의 멀고 가까움은 수레의 제도와 같이 하였네

029 周官六翼刱業初　개국 초에 주나라 제도에 따라 관제를 두었으니[15]

재신과 일관 등에게 양주에 남경을 건설하는 것을 논의하도록 하였다.

10 오덕구는 오행의 덕을 갖춘 언덕으로 삼각산 남쪽 한양을 말한다. 가운데 면악(삼각산)은 원형으로 토덕이며, 북쪽 감악산은 곡형으로 수덕, 남쪽 관악산은 첨형으로 화덕, 동쪽 양주의 남행산은 직형으로 목덕, 서쪽 수주 북안은 방형을 말한다.(『동국여지비고』 권1, 경도 국도)

11 고려 숙종 때 남경을 설치하고 이후 고려의 왕들이 여러 차례 남경을 순행하였다. 공민왕도 남경으로 천도하고자 하였으나 뜻을 이루지 못하였다.

12 선리(仙李)는 조선왕조의 이씨(李氏)를 말한다. 노자가 이수(李樹) 아래에서 태어나서 성을 '이(李)'로 했다는 전설이 있으며, 당나라 왕실에서 노자의 후손이라고 자처하였으므로 그 종족을 선리(仙李)라고 지칭한 데에서 유래하였다.

13 청모(青茅)는 술을 거를 때 사용하는 푸른 띠 풀[菁茅]로, 중국 초나라 지역에서 바치던 공물이다. 여기서는 중국에 사신을 보내는 것을 말한다. 접성(鰈城)은 조선을 가리킨다. 즉 1392년(태조 1) 11월 주문사 한상질을 중국에 보내어 조선(朝鮮)과 화령(和寧), 두 가지 국호를 올려 명나라 홍무제의 재가를 청하였으며, 이듬해 2월 국호를 '조선'으로 정하여 돌아온 사실을 말한다.

14 토규(土圭)는 중국 고대의 옥기로 해의 그림자를 측량하는 기구이다.

15 주관육익(周官六翼)은 고려 말 김구용이 주나라 관제를 상고하여 편집한 책이다. 지금은 전해지지

030 建國經邦聖人以 나라 세워 다스림에 성인의 제도를 따른 것이네

031 形勢周家東都如 형세는 주나라 동도와 같고

032 佳麗漢代西京擬 아름답고 화려하기는 한나라 서경과 비길만 하네[16]

033 經營位置面岳南 궁궐의 위치를 정함에 면악 남쪽에 두니[17]

034 王者之居壯如彼 임금이 거처하는 곳 저와 같이 장엄하구나

035 人物樓坮三壯觀 인물과 누대의 세 가지 장관

036 球陽使者驚弔詭 구양사자가 기이함에 놀랐구나[18]

037 左廟右社遵古制 왼쪽에 종묘 오른쪽 사직단은 옛 제도를 따른 것으로

038 高杉老栢森相依 키 큰 삼나무와 오래된 잣나무 무성하여 서로 의지하네

039 太社常時潔壇壝 사직은 늘 단과 담이 깨끗하고

040 清廟多年鞏基址 종묘는 오래도록 그 기지가 굳건하구나

041 高明爽塏城東隅 높고 밝게 탁 트인 성 동쪽 모퉁이에서는

042 虔祀儒宮孔夫子 유궁의 공부자를 경건하게 제사 지내네[19]

않지만 『동국여지승람』 등에 이 책을 많이 인용한 것으로 보면 조선 초기까지도 남아있었던 것으로 보인다.

16 주나라 동도는 낙양, 한나라 서경은 장안을 말한다.

17 면악(面岳)은 북한산을 말한다. '궁궐의 위치를 정함에 면악 남쪽에 두니'라고 한 것은 한양도성을 건설할 때 북한산을 진산으로 삼아 궁궐을 그 아래에 배치한 것을 말한다.

18 『필원잡기』에 유구국 사자와 세 가지 장관에 관한 이야기가 실려 있다. "요즈음 유구국의 사신이 본국으로 돌아가서 사람들에게 말하기를, '내가 조선에 가서 세 가지 장관을 보았는데, 경회루의 돌기둥을 둘러싸고 있는 용의 무늬가 매우 기이하고 웅장하였으니 첫 번째 장관이요, 제일 윗자리에 앉은 재상은 긴 수염이 눈같이 희고 풍채가 준수하며 노성한 덕이 있었으니 두 번째 장관이요' 하였으니, 이는 봉원부원군인 영의정 정창손을 가리키는 말이다. 또 '사신을 대하는 관원이 큰 술잔으로 셀 수 없이 대작하여 한 섬의 술을 마실 수 있었으니, 세 번째 장관이었다.' 하였으니, 이는 성균관 사성 이숙문을 가리키는 말이다."라고 하였다.(『필원잡기』 권2)

19 유궁(儒宮)은 공자의 신위를 모시고 있는 문묘를 말한다.

043 濟濟靑衿肄絃誦　수많은 선비들 학문을 익히고
044 秩秩緇帷列簠簋　검은 막은 정연하고 제기는 가지런하네[20]
045 六曹百司領大小　육조와 여러 관아 크고 작은 일 맡고 있고
046 八門四郊通遐邇　팔문은 사방 교외 어느 곳이든 통하네
047 八萬餘家統五部　팔만여 가옥[21] 오부에서 통괄하고
048 四十九坊控三市　사십구방은 세 저자를 끼고 있네[22]
049 週遭石城似金甌　빙 두른 성곽은 쇠그릇처럼 견고하니
050 此是王京大略耳　이것이 바로 왕경의 대략이로다
051 許多沿革五百年　오랜 세월 지나온 지 5백 년
052 未必於斯觀止矣　반드시 여기에서 보고 그칠 것만은 아니네
053 重熙累洽聖繼神　성스럽고 신령스러운 자손 계승하여 태평성대 이어지고[23]
054 制作新新殊未已　문물 제도 새롭고 신선하여 뛰어나기 그지없네
055 復向圖中論仔細　다시 그림을 보고 자세히 논하니
056 萬品紛然歸點指　온간 물건 뒤섞여 손으로 가리킬 수 있네
057 昔見淸明上河圖　예전에 청명상하도 본적 있어[24]

---

20 치유(緇帷)는 검은 장막으로 강학하는 곳을 말하는데, 성균관의 강학하는 장소는 명륜당이다. 보궤(簠簋)는 제기를 말하는 것으로 여기서는 공자의 위패를 모시고 제사를 지내는 성균관의 문묘를 말한다.

21 「성시전도시」 제진 당시와 비슷한 시기인 1798년 『호구총수』에 의하면 도성의 인구는 총 43,929호에 189,153명이었다. 여기서 이덕무가 8만 호라고 한 것은 다소 착오가 있었던 것 같다.

22 49방은 조선 후기 한성부의 행정조직이 5부 49방으로 구성되어 있었음을 말한다. 삼시(三市)는 운종가, 남대문의 칠패, 동대문의 이현을 가리킨다.

23 중희누흡(重熙累洽)은 전후로 공업을 잇고 이어서 누대로 태평성대가 계속되는 것을 말한다. 반고의 「동도부」에 "영평의 시대에 이르러 거듭 빛나고 누대로 흡족하다.[至永平之際 重熙而累洽]"라고 하였다.

24 「청명상하도」는 청명절에 송나라 수도 변하를 거슬러 오를 때 보이는 풍경을 그린 대작이다. 송나라 때 장택단이 그렸다고 하는데, 원작은 전하지 않고 명대 구영 등 후대 화가들의 모방작만 전한다.

058 拭眼渾疑臨汴水　눈을 비비며 혹 변수[25]인가 의심하였네
059 千門萬戶漢宮畵　천문만호 그려진 한나라 궁궐 그림을[26]
060 豔羡曾聞夾漈氏　일찍이 협제씨[27]가 부러워했다 들었네
061 生於長於漢城中　이 몸 한성에서 태어나고 자라서[28]
062 目擊犂然寧不喜　눈으로 또렷이 보았으니 어찌 기쁘지 않으리
063 一覽一披進一觴　한번 펼쳐 살펴볼 때마다 한 잔씩 마시는데
064 天晴日永聊復爾　하늘은 맑고 해는 길어 애오라지 거듭하네
065 九千九百七十步　9천 9백 7십 보[29]
066 粉堞如帶明千雉　띠 같은 성곽은 천치의 성임이 분명하네[30]
067 星羅碁置鞏如許　별이 펼쳐지고 바둑알이 놓인 듯 공고하고
068 虎踞龍蟠秀無比　범이 웅크린 듯 용이 서린 듯 뛰어나기 비할 데 없네[31]
069 北山無如白岳好　북쪽 산은 백악만큼 좋은 곳이 없고
070 右把仁王伯仲似　오른쪽으로 인왕산을 잡고 있으니 형과 아우 같네

25 변수(汴水)는 북송의 수도 변하(汴河)를 말한다.

26 장화(張華)가 그린 한나라 궁궐 제도를 말한다. 진(晉)나라 무제가 장화에게 한나라의 궁궐 제도에 관해 묻자, 장화는 땅에다 지도를 그려가며 청산유수로 답하였다고 한다. 그는 『박물지』 10권을 저술하였다.

27 협제씨(夾漈氏)는 송나라 학자 정초(鄭樵)로, 그는 삼황에서부터 수나라에 이르는 동안의 역사적인 사실을 기록한 『통지』를 저술하였다.

28 이덕무는 1742년(영조 18) 한성 중부 관인방 대사동(지금의 탑골 공원 뒤편)에서 태어났다.(『청장관전서』 권70, 부록 하 선고적성현감부군연보 상)

29 『한경지략』에 "도성은 둘레가 9천 9백 7십 5보요, 높이가 40척, 리로 계산하면 40리이다."라고 하였다.(『한경지략』 권1, 성곽)

30 분첩(粉堞)은 하얀 회를 바른 성곽을 말하며, 치(雉)는 적을 쉽게 방어하기 위하여 성벽을 돌출시켜서 쌓은 성곽의 시설물로, 여기서 천치라고 한 것은 9천 9백 7십 보의 긴 도성을 묘사한 것이다.

31 『신증동국여지승람』에 한양의 형승을 "(동쪽에) 용이 서리고 (서쪽에) 범이 웅크린 형세"라고 한 것을 말한다.(『신증동국여지승람』 권1, 경도 상)

071 英靈所鍾石氣靑　영령한 기운 모여 돌빛이 푸르니

072 其下往往生奇士　그 아래에서 왕왕 기이한 선비 나타났다네

073 南山無如紫閣秀　남쪽 산은 자각봉[32]처럼 빼어난 곳이 없는데

074 翠眉浮天天尺咫　푸른 눈썹 같은 봉우리[33] 높이 솟아 하늘도 지척이네

075 云是奔馬脫鞍形　이를 일러 달리는 말이 안장을 벗는 형국이라 하는데[34]

076 平安火擧通南鄙　평안함을 알리는 봉화 올려 남쪽 지방에 알리네[35]

077 東山無如駱峰妙　동쪽 산은 낙봉만큼 기묘한 것이 없어

078 玄聖門墻枕其趾　현성의 문장 그 아래 자리하고 있네[36]

079 浮爐暖翠卓筆高　푸르스름한 아지랑이 피어오르고 탁월한 글씨 드높으니[37]

080 學士遺居齋名企　학사가 살았던 집 이름 기재로다[38]

081 西山無如岐峰險　서쪽 산은 기봉[39]만큼 험한 곳 없으니

---

32 자각(紫閣)은 신선이나 은자가 사는 곳으로 남산을 말한다. 이덕무는 실제 이곳 남산에 살았었다.

33 박지원이 지은 「취미루기(翠眉樓記)」에 "이군 유일의 서루에 올랐다. 누각이 남산 기슭에 있는데, 북으로는 백악을 바라보고 서로는 안산을 대하고, 동으로는 낙산을 마주하고 있다. 사면이 확 트여 있어 수많은 집들이 지상에 널려 있고, 먼 봉우리들이 처마 위에 떠 있어 마치 미인의 눈썹처럼 아름다웠다. 누각의 이름을 '취미루'로 지은 것은 이 때문이었다."고 하였다.(『연암집』 권7, 별집 취미루기)

34 『한경지략』에 "목멱산은 도성 남쪽 산이다. 본명은 인경산(引慶山)이며, 일반적으로 남산이라고 하는데, 달리는 말이 안장을 벗은 형국과 같다."고 하였다.(『한경지략』 권2, 산천 남산)

35 조선시대에는 전국의 모든 봉수가 집결하는 중앙 봉수가 목멱산에 위치하여 목멱산봉수 또는 남산봉수라고 불렀다.

36 현성(玄聖)은 공자를 말한다. 송나라 때 공자의 시호를 현성문선왕(玄聖文宣王)이라고 하였던 것을 말한다. 문장(門墻)은 스승의 문을 말하는데, 여기서는 공자의 학문을 공부하는 성균관을 가리킨다.

37 강세황이 쓴 '홍천취벽(紅泉翠壁)' 네 글자를 말한다. 『한경지략』에 "타락산 아래 … 석벽에 '홍천취벽' 네 자가 새겨져 있는데 표암 강세황의 글씨이다."고 하였다.(『한경지략』 권2, 각동 어의동)

38 기재(企齋) 신광한(申光漢, 1484~1555)을 말한다. 『한경지략』에 따르면, 신광한의 집이 타락산 아래 어의동에 있었는데, 명승지로 알려져 '신대'라고 하였으며, 사람들이 이곳에 가서 놀기를 좋아하였다고 한다.(『한경지략』 권2, 각동 어의동)

082 曲城圓嶠相角掎　곡성과 둥그재[40] 서로 대치하고 있네

083 峰西一路走箕城　봉우리 서쪽 한 길은 기성으로 내닫는데[41]

084 戰跡滄茫如古壘　싸움의 자취 아득하여 오래된 보루 같구나

085 舊宮烟柳春似畫　옛 궁궐[42]의 뿌연 수양버들 봄빛을 그린 듯한데

086 太平如今說壬癸　지금 같은 태평시대에도 임진년 왜란[43]을 말하네

087 御溝流水碧於苔　어구에 흐르는 물은 이끼보다 푸르고

088 辟邪天祿相對跪　벽사와 천록[44] 서로 꿇어앉아 마주하고 있네

089 東西兩闕入憑眺　동서 두 궁궐 자세히 살펴 들여다보니

090 五色雲中金爵峙　오색구름 한가운데 금작[45]이 우뚝 솟았네

091 觚稜金碧炫晴空　대궐의 금빛 푸른빛 단청은 맑은 하늘에 빛나고

092 佳氣三時鬱鬱紫　아름다운 기운 언제나 붉고 가득하네

093 澄光樓聳碧樹圓　우뚝 솟은 징광루[46]에 푸른 나무 빙 둘렀고

---

39 기봉(岐峰)은 무악산을 말한다. 『동국여지비고』에 "모악은 도성 서쪽에 있는데, 안현이라 하기도 하고 기봉이라 하기도 한다."고 하였다.(『동국여지비고』 권2, 산천)

40 곡성(曲城)은 성(城)의 방어를 쉽게 하기 위해 지형을 따라 곡선으로 쌓은 성을 말하는데, 인왕산 서쪽에 있었다. 원교(圓嶠)는 지금의 서대문구 금화산을 가리키는 것으로, 산이 둥글고 곱다하여 둥그재라고 하였다.

41 기성(箕城)은 평양으로, 인왕산에서 서북쪽으로 탕춘대성과 연결되는 서성(西城)을 묘사한 것이다.

42 경복궁을 말하는 것으로, 경복궁은 임진왜란 때 불에 타 소실된 이후 고종 때 복원할 때까지 폐궁으로 남아 있었다.

43 임계(壬癸)는 임진왜란이 일어난 임진년(1592)과 다음 해인 계사년(1593)을 말한다.

44 경복궁 영제교의 양 끝 좌우에 있는 서수(瑞獸)들을 말한다. 유득공이 지은 「춘성유기(春城遊記)」에 "(경복)궁 남문 안에 다리가 있는데 다리 동쪽에 돌로 만든 천록 둘이 있고 다리 서쪽에 하나가 있다. 비늘과 수염이 살아 꿈틀거리는 듯 잘 새겨져 있다. 남별궁 후정에 등에 구멍이 난 천록이 있는데 이것과 매우 닮았는데, 필시 다리 서쪽의 천록 중 하나를 옮겨 놓은 것 같으나 증빙할 만한 것이 없다. 다리를 건너 북쪽으로 가니 바로 근정전 옛터이다."라고 하였다.(『영재집』 권15, 잡저 춘성유기)

45 금작(金爵)은 궁전의 용마루 위를 장식한 구리로 만든 봉황을 말한다.

094 翠瓦鱗鱗盪旖旎　비늘 같은 푸른 기와 켜켜이 쌓여 있네[47]

095 九子萍綠展嫩葉　구자평[48]은 푸르게 여린 잎을 펼치고

096 萬年枝紅綻新蘂　만년지는 붉게 새 꽃술을 터뜨렸구나[49]

097 就中金殿鬱岧嶢　그 가운데 금빛 전각이 빽빽하고 높으니

098 左介青陽卽此是　임금이 거처하는 곳[50] 바로 이곳이라

099 龍圖高閣太液畔　높이 솟은 용도각은 태액가에 있고[51]

100 上應奎星星似履　위로 규성에 응하였으니 별 모양이 신과 비슷하네[52]

101 玄雲翳翳北苑北　검은 구름 어슴푸레 북원을 뒤덮으니

102 如見三皇降三畤　삼황이 삼치[53]에 내려오는 것을 보는 듯

103 紅門遙辨是眞殿　붉은 문은 멀리서 보아도 진전임을 알겠으니[54]

---

46 징광루(澄光樓)는 대조전 옆에 있었던 누각으로 1833년(순조 33)에 불이 나 역대 왕의 복식과 기구가 모두 불타버렸다.

47 푸른 기와로 덮은 창덕궁 선정전(宣政殿)을 가리킨다.

48 구자평(九子萍)은 마름을 말하는 것으로 마름이 물에 뜨면 하룻밤에 아홉 포기로 늘어남으로 '구자평'이라 한다.

49 만년지(萬年枝)는 연대가 오래된 나무를 말하기도 하며, 사철나무라고도 한다. 이덕무가 지은 「규장각팔경」 중 희우소광(喜雨韶光)에 "꽃피는 궁성에 기름 같은 비 흡족하니 / 만년지 위에 꽃이 먼저 붉었네[花暖宮城膏雨洽 萬年枝上是先紅]"라는 구절과 상통하는 것으로 희우정의 풍경을 읊은 것이다.

50 좌개청양(左介青陽)은 천자가 봄에 거처하는 궁을 말한다.

51 용도각(龍圖閣)은 중국 송나라 때 황제의 어서·어제·문집·전적·도서 등을 보관하던 곳으로 여기서는 규장각을 말한다. 정조 초년에 규장각을 설치할 때 송나라 용도각의 제도를 모방하여 설치하였다. 태액지(太液池)는 중국 한나라 무제가 건장궁(建章宮)에 큰 못과 정자를 만들고 태액지라고 하였는데, 여기서는 규장각 앞의 부용지(芙蓉池)를 가리킨다.

52 규성(奎星)은 28수 중 굴곡이 문자 획과 비슷해 문운(文運)을 상징한다고 알려져 있다. '별 모양이 신과 비슷하다[星似履]'는 표현은 별의 위치가 둥글고 굽은 형세를 이루고 있는 것을 말한 것이다.

53 삼황(三皇)은 중국 상고시대의 전설상의 인물인 복희·신농·황제를 말하며, 치(畤)는 천지와 오제에게 제사하는 제단을 말한다.

54 진전(眞殿)은 역대 임금의 초상을 보관하던 선원전을 말하는 것으로 창덕궁 인정전의 서쪽에 있었는데,

104 愀若先王憑玉几　추연한 것이 선왕이 옥궤에 기대앉은 듯하구나

105 月覲門連夾城仗　월근문은 궁장을 끼고 이어지니

106 聖慕何嘗一日弛　임금의 사모함이 어찌 하루라도 해이할 수 있으랴[55]

107 東南關廟遙相望　동쪽 남쪽 관왕묘 멀리서 서로 바라보니[56]

108 妥靈千秋芬苾祀　천년 세월 영령을 받들어 정성스럽게 제사 지내네[57]

109 綠槐陰畔黃扉開　푸른 홰나무 그늘 아래 누런 사립문 열려 있고[58]

110 佐理三公摠百揆　삼정승은 임금을 도와 백관을 통솔하네

111 演武場濶靑門內　동문 안 넓은 연무장에는[59]

112 粉帿星奔破的矢　하얀 과녁에 별이 쏟아지듯 화살이 적중하네

113 金莎如剪慕華館　금빛 잔디 깎은 듯한 모화관[60]

114 延詔門路平於砥　연조문[61] 길은 숫돌보다 평평하네

115 淸溪一道貫北營　맑은 계곡 한줄기 북영을 관통하고[62]

1921년 창덕궁 후원 서북쪽에 선원전을 새로 지어 왕의 초상을 옮긴 뒤부터 구선원전으로 불리게 되었다.

55 정조의 생부 사도세자에 대한 효심을 말한 것이다. 월근문은 창경궁 동북쪽 통화문과 집춘문 사이에 있는 문이다. 정조는 사도세자의 사당인 경모궁을 쉽게 오가기 위해 1779년(정조 3) 창경궁에는 월근문, 경모궁에는 일근문을 만들어 세웠다.

56 관왕묘는 중국 후한 말 촉한의 장수 관우의 위패를 모신 사당이다. 임진왜란 때 명나라가 원군과 함께 관왕묘를 세울 것을 요구하여 남대문 밖에 남관왕묘(1598년)와 동대문 밖에 동관왕묘(1604년)가 세워졌다.

57 분필(芬苾)은 제사 음식을 말한다.

58 녹괴(綠槐-푸른 홰나무), 황비(黃扉-누런 사립문) 모두 정승이 일하는 곳, 의정부를 가리킨다.

59 청문(靑門)은 도성의 동문을 가리킨다. 여기서는 흥인문 남쪽 훈련원의 군사 훈련 장면을 묘사한 것으로 보인다.

60 모화관은 조선시대 중국 사신을 영접하던 곳으로 현재 서울 서대문구 천연동에 있었다.

61 모화관 앞에 있던 영은문(迎恩門)을 말한다. 1536년(중종 31) 기둥이 두 개 있는 문으로 바꾸어서 세우고, 녹색 유리 기와로 덮은 후 편액을 '연조문'이라고 하였는데, 1539년(중종 35)에 중국 사신 설정총이 '조(詔)'와 '칙(勅)'은 다르다고 하여 편액을 '영은문'이라고 바꾸었다.(『한경지략』 권1, 궁실 모화관)

116 應峀倭松青不死　응봉[63]의 작은 소나무 푸르러 시들지 않네
117 紅亭繞以洗劒川　붉은 정자 세검천으로 둘러싸여 있고[64]
118 空谷砧鳴白硾紙　빈 골짝에 백추지 다듬는 방망이 소리 울리네[65]
119 丫字泉分作雨聲　샘은 두 갈래로 갈라져 빗소리 내는데
120 坐久泠泠欲洗髓　오래 앉았으니 차가운 기운이 뼛속까지 씻는 듯하네
121 三清洞門石鐫紅　'삼청동문' 바위에 붉게 새겨 있고[66]
122 醮壇蓊然白雲起　초목 무성한 초단[67]에는 흰 구름 이네
123 孤亭獨戴大明天　외로운 정자는 홀로 밝은 하늘 이고 있고
124 百代清風皎不滓　'백대청풍'은 맑아서 때가 끼지 않았네[68]
125 洗心坮花弼雲映　세심대의 꽃은 필운대[69]에 어리니

---

62 북영(北營)은 훈련도감의 속영(屬營)으로 창덕궁 서북쪽 공북문(拱北門) 밖에 있었다.

63 응수(應峀)는 창덕궁 뒤 응봉(鷹峰)을 가리킨다.

64 붉은 정자는 세검정(洗劍亭)을, 세검천은 세검정 앞을 흐르는 오늘날 홍제천을 가리킨다.

65 백추지(白硾紙)는 순수하게 닥종이로 만든 희고 질이 좋은 종이를 말한다. 조선시대 종이 만드는 일을 관장하던 조지서가 바로 세검정 주변에 있었다.

66 「한양도성도」에 바위에 붉은 글씨로 '삼청동문' 네 글자가 쓰여 있는데, 지금도 종로구 삼청동 국무총리 공관 정문 건너편 암벽에 '삼청동문' 글씨가 남아 있다.

67 초단(醮壇)은 도가에서 하늘에 제사 지내는 제단을 말한다. 원래 삼청동에는 삼청전(三淸殿)이 있었고, 삼청(三淸)의 성신(星辰)에 대한 초제를 관장하는 소격서가 있었다.

68 '백세청풍(百世淸風)'을 말한다. '백세청풍'은 중국 고대 은나라의 백이·숙제의 절개를 상징하는 말로 현판을 만들어 걸거나 바위에 글씨를 새기기도 하였다. 병자호란 때 강화도에서 순절한 김상용(金尙容, 1561~1637)의 절개를 기리기 위해 그가 살았던 인왕산 청풍계의 바위에 '大明日月 百世淸風' 여덟 글자를 새겼는데 지금은 '百世淸風' 네 글자만 남아 있다.

69 세심대는 정조가 세운 누대로 인왕산 아래 선희궁(宣禧宮 ; 사도세자의 생모인 영빈 이씨를 모신 사당) 뒤에 있었으며, 필운대는 현재 종로구 필운동 배화여자고등학교 별관 건물 뒤쪽 바위에 '필운대'라는 글씨가 남아 있다. 세심대와 필운대는 경치가 좋아 봄이 되면 도성 사람들이 꽃구경을 하기 위해 즐겨 찾는 장소였다.

126 寵光千葩與萬蘤　천 송이 만 송이 영롱하게 빛나네

127 梨營小將如紅玉　이영의 붉은 구슬 같은 얼굴의 젊은 장수들[70]

128 閑看毬庭十八技　한가롭게 구정에서 십팔기를 구경하네

129 朱門處處甲乙第　곳곳에 붉은 문을 단 훌륭한 저택들

130 喬木陰森纏碧藟　교목이 우거지고 푸른 등나무 넝쿨 얽혀 있네

131 雅集誰家謳青童　뉘 집의 고상한 모임[71]인지 푸른 옷 입은 동자 노래하고

132 良讌幾處舞紅妓　곳곳의 즐거운 잔치에 아리따운 기녀 춤을 추네

133 亭亭白塔大圓覺　우뚝 솟은 원각사 백탑은

134 層給遙空十四累　층층이 하늘 높이 쌓여 열네 층이네[72]

135 興天大鍾雲從街　운종가의 흥천사 대종은[73]

136 傑閣堂中翼斯跂　커다란 누각 가운데에 날듯이 발돋움하네[74]

---

70 장용영의 군사들을 말한다. 장용영은 1793년(정조 17)에 왕권 강화를 위해 정조가 설치한 군영으로 광해군의 옛 궁인 이현(梨峴) 별궁에 설치하였다. 장용영은 군사들이 날쌔고 건장하였으며, 군영 건물이 웅장하고 화려하였다고 전한다.

71 아집(雅集)은 아회(雅會)라고도 하는데 여러 문인들이 모여 시문을 짓는 운치 있는 모임을 말한다. 중국 송나라의 소식, 황정견, 진관, 조무구 등 문인들이 서원(西園)에서 모임을 가진 '서원아집'이 대표적인데, 조선 후기에 이르러 도성에서도 이러한 시인묵객들의 아집이 유행처럼 일어났다.

72 원각사 석탑은 현재 10층 옥개석까지 남아 있고 그 위의 상륜부는 없어졌다. 탑을 14겹이라고 한 것은 이때에는 원각사탑이 온전하게 유지되고 있었거나 탑의 층수를 세는 방법이 요즘과 달랐을 수 있을 것 같다. 이덕무는 백탑 부근에서 태어났고 오랫동안 거주하였으므로 탑의 모습에 대해 늘 관찰하고 있었을 것이다.

73 1395년(태조 4) 운종가에 종각을 짓고 대종을 매달아 새벽과 밤을 알렸다. 이 대종은 1468년(세조 13)에 다시 주성해 달았는데, 임진왜란 때 불타 녹아버리자 1594년(선조 27) 당시 원각사에 옮겨져 있었던 흥천사의 대종을 이곳으로 옮겨 달았다. 한편 종루의 대종은 1869년(고종 6)에 불타고, 1895년(고종 32) '보신각'이라는 현판을 걸게 됨에 따라 이때부터 보신각종이라 부르게 되었다.

74 조선 초에 건립한 종루는 동서 5칸, 남북 4칸으로 그 밑으로 인마가 지나다닐 정도로 큰 규모였다. 동월의 『조선부』에 "종고라는 누각이 있는데(도성 안 네거리에 있는데, 매우 높고 크다-원주), 도성 안에 우뚝 솟았고 길가에 높고 높도다."라고 하였다.

137	來來去去去又來	수많은 사람 끊임없이 오고 가는데
138	人海茫茫不見涘	바다를 이룬 사람들 아득하여 끝이 보이지 않네
139	萬人心事吾自知	모든 사람의 마음을 내 알 수 있으니
140	貧者求錢賤求仕	가난한 사람은 돈을 구하고 천한 사람은 벼슬을 구하네
141	賢愚老少日復日	현명하고 어리석고 늙고 젊은 사람들 날이면 날마다
142	五劇三條撲如蟻	여러 갈래 대로[75]에 개미처럼 모여드네
143	輕軺過處喝衆隸	초헌[76]이 빠르게 지나가니 하례가 '물럿거라' 소리치고
144	小轎歸時擁群婢	작은 가마 돌아갈 때에 여종들이 에워쌌네
145	游閒公子一何都	한가롭게 노니는 공자들 어찌 하나같이 아름다운가
146	鞍馬輝煌競華侈	번쩍이는 안마는 화려함을 다투는구나
147	御河元知明堂水	궁궐 안 금천은 명당수임을 알겠고
148	疏瀹清流歲在巳	깨끗이 씻어내어 맑은 물 흐르도록 한 일 사년이라네[77]
149	車車馬馬起晴雷	수많은 수레와 말들이 맑은 하늘에 우레를 일으키는데
150	幾坐虹橋列雁齒	이곳저곳 무지개다리 가지런히 벌려 있네
151	庚辰水平白玉柱	경진수평 백옥 같은 기둥에 새겨 있고[78]

75 오극(五劇)은 사방으로 통하는 대로를 말하고 삼조(三條)는 세 갈래 길을 말한다. 즉 운종가의 복잡한 길을 표현한 것이다.

76 초헌은 종2품 이상 관원이 타던 수레. 외바퀴가 달렸고 앉는 자리는 의자처럼 꾸며져 있다.

77 사년(巳年)이라고 한 것은 대대적으로 준천을 시행한 경진년(1760, 영조 36)을 다음 해인 신사년(辛巳年)과 혼동하여 사년(巳年)이라고 한 것이 아닌가 추측된다.

78 영조는 1760년(영조 36) 경진년에 대대적으로 개천(開川, 지금의 청계천)을 준설한 후 광통교, 수표교, 오간수교, 영도교의 교각과 수표(水標)에 '경진지평(庚辰地平)' 네 자를 새기고, 이후 개천을 준설할 때 개천 바닥을 쳐내는 기준으로 삼도록 하였다. 지금도 광통교, 수표교 교각에 '경진지평' 네 글자가 남아 있다.

152 一群花鴨弄清沘 한 무리 예쁜 오리 맑은 물에서 놀고 있네

153 高樓兩岸咽笙歌 개천 양안 높은 누대에서는 피리 소리 드높아

154 不覺東城昃花晷 동성의 해시계 기우는 것도 몰랐네

155 東流直瀉鐵窓急 동쪽으로 곧게 흐르는 물은 철창으로 빠르게 쏟아지고

156 萬柳如眼綠迤邐 눈처럼 생긴 수많은 버들개지 푸르게 이어졌네[79]

157 沿街左右千步廊 거리 좌우로 길게 늘어선 시전 행랑[80]

158 百貨山積許倍蓰 온갖 물화 산처럼 쌓이고 쌓였구나

159 錦肆紅綠班陸離 비단 가게 울긋불긋 눈부시게 펼쳐져 있으니

160 紗羅練絹綾縠綺 사라 연견 능 곡 기 비단이요

161 魚肆新鱗足珍腴 어물 가게 싱싱한 생선 통통하게 살이 올랐는데

162 鮆鱸鰣鱖鯔鮒鯉 갈치 농어 준치 쏘가리 숭어 붕어 잉어라네

163 米肆隣近飯顆山 싸전 인근에는 쌀알들이 쌓여 산을 이루고

164 白粲雲子滑流匕 운자석[81] 같은 흰쌀은 윤기가 흐르네

165 酒肆本自人間世 주사는 본시 인간 세상으로

166 熊白猩紅滿滿匜 웅백과 성홍[82] 잔마다 가득가득하네

79 동대문 남쪽 성곽 철창으로 된 오간수문(五間水門) 주변의 풍경을 묘사한 것이다. 영조 때 개천을 대대적으로 준설한 다음 제방이 무너져 내리는 것을 막기 위해 개천 양안에 수양버드나무를 많이 심었는데, 풍광이 아름다워 도성 사람들의 봄놀이 장소로 유명하였다.

80 천보랑(千步廊)은 북경 황성에 동서로 길게 설치한 시전 행랑을 말한다. 조선시대 도성 내 시전 행랑은 1412년(태종 12)부터 시작되어 1414년까지 2년에 걸쳐 종루를 중심으로 서쪽 혜정교(지금의 교보문고 부근)에서부터 동대문까지, 남북으로는 창덕궁 입구에서부터 숭례문까지 약 2천여 칸이 설치되었다.

81 운자석은 밥알처럼 흰 돌을 말하며, 쌀밥을 비유한다.

82 웅백(熊白)은 곰의 가슴에 있는 흰 기름으로 맛이 매우 좋다고 하며, 성홍(猩紅)은 피처럼 붉은색을 말하는 것으로 여기서는 좋은 술을 가리킨다.

167 行商坐賈指難僂 행상 좌고는 손꼽을 수 없이 많은데

168 細琑幺髍無不庀 자질구레한 물건까지 없는 것이 없구나

169 京中物華已題了 도성 안 화려한 풍경 이제 짓기를 마쳤으니

170 復從郊坰一評批 다시 교외로 나아가 한번 비평해 보세

171 崇禮門外何所見 숭례문 밖에는 무엇이 보이는가

172 十里江廠粟億稊 십리 강창[83]에는 곡식이 억만 섬이네

173 烟波極望三南船 안개 낀 물결 너머 아득히 보이는 삼남의 배

174 簇簇帆竿萬艘艤 총총히 늘어선 돛단배 만 척이나 정박해 있네[84]

175 敦義門外何所見 돈의문 밖에는 무엇이 보이는가

176 舞槍春郊猿騎駃 봄날 교외에서 창을 휘두르고 원기 놀이 하고 있네[85]

177 蟠松池水綠可染 반송지 물은 푸르러 물을 들일 수 있을 것 같고

178 演漾青荷涵白芷 푸른 연꽃은 물결에 흔들리고 백지도 잠겨 있네[86]

179 興仁門外何所見 흥인문 밖에는 무엇이 보이는가

---

83 십리 강창(江廠)은 세곡을 보관하는 창고들로 한강변에는 광흥창, 대흥창, 총융창 등 여러 창고들이 있었다.

84 조선 후기 경강상업의 발달과 함께 한강에 수많은 배들이 드나들었다. 18세기 전반 경강에는 미곡 운송선을 포함하여 어선(漁船) 등 소소한 선박까지 포함하면 선박의 수가 2천여 척에 달하였던 것으로 추정되며, 선박의 규모도 2천 석을 싣는 선박까지 건조하였다.(고동환, 『조선후기 서울상업발달사연구』, 지식산업사, 1988, 243쪽)

85 원기놀이[猿騎戲]라는 것은 달리는 말 위에서 원숭이처럼 온갖 재주를 부리는 것으로 마상재(馬上才)라고도 하였다. 「경기감영도」를 보면 모화관 뒤편에 큰 연무장이 보이는데 이곳을 묘사한 것이다.

86 반송지(蟠松池)는 서지(西池, 현재 서울 서대문구 천연동 금화초등학교 자리)를 말하는 것으로, 도성의 여러 못 중에서 가장 넓었으며, 연꽃이 많아서 연밥을 거두어 대궐에 공급하였다고 한다. 못가에 가지가 넓게 뻗은 소나무가 있어서 반송지라고 하였으며, 이곳의 지명을 반송방(盤松坊)이라고 하였다. 고려왕이 일찍이 남경에 행차하였다가 이곳에서 비를 피하였다고 한다.(『한경지략』 권2, 산천) 백지(白芷)는 구릿대라고 하는 식물로 어린잎은 식용하고 뿌리는 한약재로 쓴다.

180 耤畝農人秉青耜　적무에서 농부가 푸른 쟁기 잡고 있네[87]
181 華陽亭逈石柵古　화양정은 우뚝하고 석책은 오래되었는데
182 碧草粘天騰騄駬　하늘에 맞닿은 푸른 초원에 준마들이 달리고 있네[88]
183 惠化門外何所見　혜화문 밖에는 무엇이 보이는가
184 點綴青林白沙嘴　푸른 숲 흰 모래밭 점점이 이어졌네
185 北屯桃花天下紅　북둔의 복숭아꽃 온 천하에 붉은데[89]
186 短籬家家碧溪沚　푸른 냇가 집집마다 낮은 울타리
187 金城天府儘美哉　견고하고 비옥한 우리 땅 참으로 아름답고
188 壽域春臺亦樂只　태평성대 또한 즐겁구나[90]
189 小臣拜獻北斗杯　소신 절하며 북두배를 올리니
190 殿下千千萬萬禩　전하께서는 천세만세 누리소서
191 執藝於今有餘意　미천한 신하[91] 아직 남은 뜻이 있으니

---

87 적무(耤畝)는 흥인문 밖에 있었던 동적전(東籍田)을 가리킨다. 적전은 농경국가에서 권농책으로 국왕이 친히 농경의 시범을 보이기 위해 의례용으로 설정한 토지로 조선시대에는 개성 교외에 설치한 서적전과 흥인문 밖 동적전이 있었다.

88 화양정(華陽亭)은 조선 초기 사복시의 마장이 있었던 곳으로 1432년(세종 14) 정자를 세우고 화양정이라고 하였다. 석책은 마장의 말들이 달아나지 못하도록 돌로 울타리를 쌓아 놓은 것을 말한다. 현재 서울 성동구 마장동에 있었던 마장의 모습을 묘사한 것으로, 이 석책 유적은 현재도 아차산, 배봉산 일대에 남아 있다.

89 혜화문 밖 북사동(北寺洞)을 말하는 것으로, 어영청의 북창이 이곳에 있어서 북둔(北屯)이라고 하였다. 맑은 계곡의 좁은 언덕에 사람이 살고 있었는데, 복숭아 기르는 것을 업으로 하였다고 한다. 봄이 되어 복숭아꽃이 활짝 피면 도성 사람들이 다투어 구경을 하려왔으며, 속칭 도화동이라고 하였다.

90 수역춘대(壽域春臺)는 태평성세(太平盛世)와 같은 말이다. 수역(壽域)은 인수지역(仁壽之域)의 준말로 천수(天壽)를 다하며 오래도록 살 수 있는 태평성대를, 춘대(春臺)는 따뜻한 봄날의 높은 누대를 말한다.

91 집예(執藝)는 기예를 가진 미천한 공인(工人)을 말하는 것으로, 여기서는 '미천한 신하'라는 뜻으로 스스로를 낮추어 표현한 말이다.

192 餘意區區未敢止　남은 뜻 구구하나 감히 그만두지 못하네

193 願將此圖替無逸　원컨대 장차 이 그림을 무일[92]과 바꾸어

194 昇平恒若不足恃　태평한 세월을 항상 믿지 못할 것 같이 하소서

195 吾王聖明不忘危　우리 임금 밝으시어 위태함을 잊지 않으시니

196 惕慮詎必臣言俟　반드시 신의 말을 기다려서 삼가고 염려하겠나이까

197 肯堂丕責在貽燕　선왕의 유업을 이어 자손에게 편안함을 물려주신다면

198 佇看綿綿垂福祉　면면히 복 내리는 것 지켜보겠네

199 帝京景物急就篇　제경경물략과 급취편[93]

200 竊效斯文愧下俚　그 글 본받았으나 저속할까 부끄럽네

92 무일(無逸)은 『서경』의 편명으로 주공이 성왕에게 "임금은 안일하지 말아야 한다."고 경계한 글이다. 중국 송나라 인종 때 학사 손석이 무일편의 내용을 그림으로 그려서 인종에게 올렸다고 한다.

93 『제경경물략』은 명나라 유동·우혁정이 편찬한 당시 북경의 경물을 기록한 책이며, 『급취편』은 한나라 원제 때에 사유(史游)가 편찬한 것으로 물명·인명 등이 수록되어 있다.

준천도, 부산박물관 소장.

1760년(영조 36) 경진년 준천 때 영조가 흥인문 남쪽 오간수문 위에 올라가 역부들이 준천하는 모습을 지켜보고 있는 그림이다. 수문에 철문이 설치되어 있고 주변에 수양버드나무가 무성하다. 이덕무는 "동쪽으로 곧게 흐르는 물 철창으로 빠르게 쏟아지고 / 눈처럼 생긴 수많은 버들개지 푸르게 이어졌네"(155, 156)라고 하였다.

박제가

성시전도_ 임금의 명에 응하여 짓다

城市全圖應令

민가는 오부에서 통괄하고
병영은 삼영에서 관리하네
즐비하게 늘어선 기와집 4만 호
물결 속에 방어와 잉어가 숨어 있는 듯하네
화공은 털끝같이 세밀하게 그려 넣으려는 생각에
돋보기로 비춰 보듯 종이 위에 줄여 담았네

박제가朴齊家(1750~1805)의 시는 '이하二下'의 성적으로 2등을 차지하였으며, 정조로부터 '말을 알아듣는 그림 같다[解語畵]'는 평을 받았다.

고종 때 이유원은 박제가의 「성시전도시」는 사람들이 모두 외워서 전한다고 하였으며, 또한 얼마나 자세한 지 그것을 중국에 들어가게 한 사람을 정조가 벌하였다고 하였다. 박제가는 시장과 거리 풍경, 인정세태를 돋보기로 들여다보듯 세세하고 생동감 넘치게 묘사하였다. 옷을 갈아입어 사람들에게 감쪽같이 자신의 생업을 속였으나 냄새 때문에 개에게 들킨 나머지 눈을 흘기는 개백정의 낭패스러운 모습이나 상전에게 허리를 굽실굽실거리며 저두굴신이 몸에 밴 이서들, 이빨 사이로 침을 찍찍 내뱉는 불량기가 넘쳐나는 시정의 건달 등의 묘사에서는 김홍도의 풍속화에서와 같은 해학이 넘쳐난다.

박제가는 이덕무, 유득공 등과 함께 연암 박지원의 문생으로 조선 후기 북학파 실학자이다. 그는 1776년 이덕무·유득공·이서구 등과 함께 『건연집』이라는 시집을 내어 청나라에까지 이름을 떨쳤으며, 1778년 청나라에 갔다가 돌아온 뒤 보고들은 것을 정리해 『북학의』를 저술하여 청의 문물을 적극적으로 수용할 것을 주장하였다. 1779년 이덕무, 유득공, 서이수 등과 함께 초대 규장각 검서관이 되어 규장각의 많은 서책의 편찬과 간행에 참여하였다.

001 君不見漢陽宮闕天中起　그대 한양 궁궐 하늘 높이 솟은 것 보지 못하였나

002 繚以層城四十里　층층이 둘러싼 성곽 40리라네[1]

003 左廟右社宏樹立　왼쪽 종묘 오른쪽 사직단에 큰 나무 서 있고

004 背負叢山面遠水　울창한 산을 등에 지고 멀리 강물을 바라보네

005 天開地闢南平壤　남평양[2]에 하늘과 땅이 열리고

006 舊邦新命先王以　옛 나라에 새로운 천명이 선왕께 내리셨네

007 文明日月近榑桑　빛나는 해와 달은 부상[3]에 가까이 비추고

008 慶會風雲護仙李　바람과 구름[4]의 경사스러운 모임은 선리를 보호하네

009 六曹高臨白道傍　육조는 훤한 길가에 높이 임해 있고

010 七門聳出丹霞裏　칠문[5]은 붉은 노을 속으로 우뚝 솟아 있네

011 民惟五部之統轄　민가는 오부에서 통괄하고[6]

012 兵乃三營所管理　병영은 삼영에서 관리하네[7]

013 戢戢瓦鱗四萬戶　즐비하게 늘어선 기와집 4만 호[8]

---

1 『한경지략』에 "도성은 둘레가 9천 9백 7십 5보요, 높이가 40척, 리로 계산하면 40리이다."라고 하였다.(『한경지략』 권1, 도성) 실제 서울성곽의 둘레는 18.627km로 리로 계산하면 약 46.6리가 된다.

2 남평양(南平壤)은 고구려가 한성을 점령하고 고친 이름으로, 한양을 말한다.

3 부상(榑桑)은 동해 속에 있다는 상상의 신목(神木)으로, 여기서는 조선을 가리킨다.

4 풍운(風雲)은 "구름은 용을 따르고 바람은 범을 따른다[雲從龍 風從虎]"는 『주역』에 나오는 말로 훌륭한 임금과 신하가 만난 태평시대라는 뜻이다.

5 칠문(七門)은 도성의 사대문과 사소문에서 숙정문을 제외한 나머지 일곱 문을 가리킨다. 숙정문은 험준한 산악에 위치한데다가 조선 초기부터 풍수설에 의해 문을 폐쇄하였기 때문에 실질적인 성문의 기능을 하지 못하였다.

6 조선시대 한성부의 하부 행정조직은 5부 49방으로 되어 있었다. 5부는 중부, 동부, 서부, 남부, 북부이다.

7 삼영은 조선 후기 국왕 호위와 수도 방어를 위해 중앙에 설치되었던 군영으로 훈련도감, 금위영, 어영청을 말한다.

8 1798년 작성된 『호구총수』에 의하면 도성의 인구는 총 43,929호에 189,153명이었다.

014 髣髴淪漪隱魴鯉　물결 속에 방어와 잉어가 숨어 있는 듯하네
015 畫工思入秋毫細　화공은 털끝같이 세밀하게 그려 넣으려는 생각에
016 映以玻瓈縮以紙　돋보기[9]로 비춰 보듯 종이 위에 줄여 담았네
017 五城衚衕列次第　궁궐과 마을은 차례대로 늘어서고[10]
018 大都宮殿疏源委　큰 도성과 궁전은 처음과 끝이 트여 있네
019 風俗猶傳董越賦　풍속은 아직 동월의 부에 전해지고[11]
020 方言舊說倪謙紀　방언과 옛 이야기는 예겸이 기록하였네[12]
021 事有孫穆類外別　고사는 손목의 유사에 별도로 실려 있고[13]
022 圖從徐兢經中揣　그림은 서긍의 고려도경에서 헤아릴 수 있다네[14]
023 設色詳於輿地家　색을 칠하는 것은 여지가보다 자세하고[15]
024 掌故宜先職方氏　옛 관례는 마땅히 직방씨보다 앞서네[16]
025 川渠巷陌紛可數　하천과 도로 많아도 헤아릴 수 있고
026 歷歷闤闠連郊鄙　또렷한 저자는 성 밖까지 이어져 있구나

---

9 파려(玻瓈)는 유리구슬로 돋보기를 말한다. 홍대용은 "눈에 파려를 대고 보면 미세한 털도 손가락만큼 크게 보이니 이것은 파려의 힘이다."라고 하였다.(『담헌집』 내집 권4, 의산문답)

10 오성(五城)은 궁궐을, 호동(衚衕)은 거리, 골목, 마을을 뜻한다.

11 동월(董越)은 명나라 사신으로 1488년(성종 17) 조선에 왔다가 돌아간 후, 조선에서 보고 들은 것과 여러 문헌을 참고하여 『조선부』를 지었다. 여기에는 조선의 지형, 생업, 각종 예법, 도성과 궁궐의 풍경, 조례, 궁궐의 예절 등 15세기 말의 조선의 인문지리, 풍속에 관한 내용이 실려 있다.

12 예겸(倪謙)은 1450년(세종 32)에 명나라 사신으로 조선에 왔는데, 지나는 곳마다 감회를 읊은 시를 지었으며, 조선에 사행한 일을 기록한 『조선기사』가 있다.

13 손목(孫穆)은 송나라 휘종 때 사람으로 고려에 사신으로 온 적이 있으며 『계림유사』 3권을 저술하였다.

14 서긍(徐兢)은 1123년(인종 1) 송나라 사신으로 고려에 왔다가 돌아간 후 개성에서 보고 들을 것을 바탕으로 『선화봉사고려도경』을 저술하였다.

15 여지가(輿地家)는 풍수, 자연의 관찰에 뛰어난 사람을 말한다.

16 직방씨(職方氏)는 천하의 지도, 나라의 사람, 물산, 지방의 공물 등을 맡아보던 직책이다.

027 豆人寸馬還笨伯 콩알만 한 사람과 손마디만 한 말은 도리어 크고[17]

028 屋僅如黍樹如蟻 집은 겨우 기장알 만하고 나무는 개미처럼 작네

029 杜陵花接舂陵氣 두릉의 꽃이 용릉의 기운과 접하니[18]

030 別有光景生微紫 불그스레한 기운 일어나는 광경 유별나구나

031 仙山樓閣卷何有 신선이 산다는 누각은 그림 속 어디에 있는지

032 汴河淸明局可擬 변하의 청명한 모습 헤아릴 수 있겠네[19]

033 震爲弘化離敦化 동쪽은 홍화문 남쪽은 돈화문[20]

034 讀畫先從禁籞始 그림을 보는 것은 먼저 대궐로부터 시작하네[21]

035 分開昌德與昌慶 창덕궁과 창경궁 나누어 펼쳐지는데

036 建陽一門中間峙 건양문 가운데에 높이 솟아 있구나[22]

037 靑葱樹認春塘路 푸른 나무 우거진 곳 춘당[23]으로 가는 길임을 알겠고

---

17 박지원이 「청명상하도」를 평하면서 "콩알만 한 사람과 겨자씨 같은 말들은 소리쳐 불러야 할 만큼 가물가물하다[豆人芥馬 渺渺可喚]"라고 한 바 있는데,(『연암집』 권7, 별집 종북소선 청명상하도 발문) 이것은 「성시전도시」의 창작에 「청명상하도」가 상당한 영향을 미쳤음을 암시해 주고 있다. 분백(笨伯)은 비대한 사람을 폄하하는 말이다.

18 두릉(杜陵)은 중국 섬서성 장안 동남쪽에 있는 지방이며, 용릉(舂陵)은 호북성 조양현 동쪽에 있는 지명으로 후한(後漢) 광무제가 이곳에서 일어섰다고 한다. 당나라 시인 노조린의 「장안고의」에 '활을 매고 매를 날리니 두릉의 북쪽이요'라고 하였다. 여기서 두릉(杜陵)과 용릉(舂陵)이 어디를 가리키는지 알 수 없다.

19 송나라 장택단이 청명절에 북송의 수도 변하를 그린 「청명상하도」를 염두에 두고 하는 말이다. 원작은 전하지 않고 명나라 구영 등 후대 화가들의 모방작만 전하는데, 당시 변하의 번화한 풍경, 사람들의 모습 등이 상세하게 그려져 있다.

20 진(震)은 팔괘의 하나로 봄을 상징하고, 동쪽에 해당하며, 이(離)는 여름을 상징하며, 남쪽에 해당한다. 즉 창경궁의 홍화문은 동쪽에, 창덕궁의 돈화문은 남쪽에 있음을 말한다.

21 이 부분은 마치 「성시전도」 그림이 창덕궁, 창경궁부터 시작되는 듯한 인상을 준다.

22 창덕궁과 창경궁은 각각의 궁이지만 궁성은 하나로, 가운데 있는 건양문을 통하여 두 궁을 서로 출입하였다.

23 창경궁 후원에 있는 춘당대를 말한다.

038 軟羅巾歸泮宮士 고운 비단 두건 쓰고 돌아가니 반궁의 학사라[24]

039 北苑松陰特地寒 소나무 그늘 진 북원은 유난히 추운데

040 羽衛肅肅皇壇祀 엄숙한 호위 속에 황단에 제사 지내네[25]

041 西望觚稜最高處 서쪽 궁궐 가장 높은 곳 바라보니

042 慶熙金榜晴空倚 경희궁 금빛 현판이 맑은 하늘에 걸렸구나

043 乍聞漂聲近御溝 근처 어구에서 간간히 빨래하는 소리 들리고

044 復有槐花拂彤戺 홰나무 꽃은 붉은 계단을 쓸고 있네

045 小李金碧夕陽山 소이장군이 금빛 푸른빛으로 노을진 산을 그린 듯[26]

046 愛此玲瓏入骨髓 이 영롱함 좋아하여 뼛속으로 스며드네

047 梨峴鍾樓及七牌 배오개 종루와 칠패[27]

048 是爲都城三大市 바로 도성의 3대 저자라

049 百工居業人磨肩 수많은 장인 생업하고 사람들은 어깨 부딪치고

050 萬貨趨利車連軌 온갖 물건 이익을 쫓고 수레들 이어졌네

---

24 반궁(泮宮)은 태학 주변에 반수(泮水)가 흐르고 있어 붙여진 이름으로, 성균관을 가리킨다. 춘당대는 유생을 대상으로 과거시험을 보기도 하였는데, 이를 춘당대시(春塘臺試)라고 하였다.

25 황단(皇壇)은 창덕궁 북원, 후원에 쌓은 대보단(大報壇)을 말한다. 대보단은 임진왜란 때 원군을 보내 준 명나라 신종의 은혜를 추모하고, 병자호란 이후 멸망한 명나라에 대한 절의를 지킨다는 뜻을 담아 1704년(숙종 30)에 쌓았다.

26 중국 당나라 화가 이소도(李昭道)를 가리킨다. 이소도의 아버지는 산수화의 대가 이사훈(李思訓)으로 우무위 대장군이었으므로, 그를 대이장군(大李將軍)이라 부르고, 아들인 이소도를 소이장군(小李將軍)이라고 불렀다는 고사가 있다.

27 이현(梨峴)은 '배오개'라고 하며 지금의 종로 4가로, 여기에 큰 시장이 있었으며, 현재 동대문시장의 연원이 되었다. 운종가(雲從街)는 지금의 종로를 중심으로 한 시전을 말하며, 칠패(七牌)는 지금의 서소문 밖에 선 시장을 말한다. '칠패'라는 명칭은 조선 후기 훈련도감·금위영·어영청이 각 관할 구역을 8패(牌)로 나누어 순찰하던 제도에서 비롯된 것으로, 이곳을 어영청의 칠패(七牌)가 관할하고 있었기 때문에 붙여진 이름이다.

051 鳳城羢帽燕京絲　봉성의 융모[28]와 연경의 비단실

052 北關麻布韓山枲　북관의 마포와 한산의 모시라[29]

053 米菽禾黍粟稷麥　쌀 콩 벼 기장 조 피 보리며

054 梗楠楮漆松梧梓　느릅나무 녹나무 닥나무 옻나무 소나무 오동나무 가래나무라

055 菽蒜薑葱薤芥蕈　콩잎 마늘 생강 파 부추 겨자 버섯이요

056 葡萄棗栗橘梨柿　포도 대추 밤 귤 배 감이라

057 有剖而鱐貫以腒　갈라서 말린 생선포와 꿰어서 말린 꿩고기며

058 章擧石首鰈鱅鮪　문어 조기[30] 가자미 청어 상어라

059 柏葉灑果潤欲滴　잣나무 잎으로 과실을 닦으니 윤이 반질반질 나고

060 緜核護卵明於舐　목화씨로 계란을 싸니 입으로 핥은 듯 깨끗하구나

061 賣腐篩筐高似墖　두부 파는 광주리는 탑처럼 높게 쌓여 있고

062 盛瓜網眼踈如麂　참외 가득한 망태기 그물코는 노루눈처럼 늘어졌네

063 蟹笥在首兒在背　게 광주리 머리에 이고 아이는 등에 업고

064 浦女靑靑吉貝縱　젊디 젊은 나루터 여인은 무명수건[31] 썼구나

---

28 봉성(鳳城)은 조선과 중국의 국경지대에 위치한 봉황성(鳳凰城)을 말하는 것으로, 책문이 설치되어 있어 중국 사행 시에 반드시 거쳐는 가는 곳이었다. 융모(羢帽)는 양털로 만든 모자를 말한다. 박지원의 『열하일기』에 "우리나라에서 쓰는 털모자는 모두 이곳 중후소(산해관으로 들어가기 전에 위치)에서 나오는 것이다. 점포가 모두 세 개 있는데, 한 점포가 30~50칸이고 점포 안에서 작업하는 일꾼이 백 명은 더 된다. 의주 만상들이 점포 안에 북적대며 돌아갈 때 모자를 실어 가려고 예약하고 있다."고 하였다.(김혈조 옮김, 『열하일기』 1, 돌베개, 2009, 323쪽) 봉성의 융모가 의주 만상들에 의해 이곳에서 수입되어 유통됨을 알 수 있다.

29 북관(北關)은 함경도 지방을 말하는 곳으로 이곳에서는 올이 가늘고 고운 삼베가 생산되었다. 한산은 충청남도 서천 지역으로 이곳에서 생산된 모시를 전국에서 제일로 여겼다.

30 장거(章擧)는 문어, 석수(石首)는 조기를 말한다.

065 或試其重擧一鷄　무게를 다려는 듯 닭 한 마리 들어보기도 하고
066 或壓其嘶負雙豕　소리 지르는 것이 싫은지 돼지 두 마리 지고 있네
067 或買牛柴自牽轡　소에 실은 땔감 사려는 듯 고삐를 끌기도 하고
068 或相馬齒傍插箠　말 이빨을 살피려고 옆구리에 채찍을 꽂고 있으며
069 或瞬其目招駔儈　눈을 껌뻑이며 말 거간꾼을 부르기도 하고
070 或解其紛勸妯娌　싸움을 말리려고 동서할 것 권하거나
071 或有彈琴依新聲　새 노래에 맞추어 거문고를 타고
072 或有吹簫誇絶技　피리 불며 묘한 재주 자랑하는 이도 있네
073 誰云畫樂不畫音　누가 악기는 그려도 소리는 그릴 수 없다고 하였나
074 指法亦足審宮徵　손가락 대는 법만으로도 족히 음률을 살필 수 있네[32]
075 唐詩杜律貼對聯　당시와 두률[33]이 대련으로 붙어 있고
076 樓梯處處憑長几　누각 곳곳에서 긴 의자에 앉아 있네
077 迎門喚客者爲誰　문에서 손님을 불러 맞아하는 자 누구인가
078 鞋鼻尖尖偪有耳　신발코는 뾰족뾰족 하고 행전[34]에는 귀가 달렸네
079 易知誰忘染靛局　염전국 누가 잊을까봐 쉬이 알 수 있도록
080 滿壁靑痕搨掌指　벽 가득 푸르게 손자국을 찍어 놓았네[35]

---

31 길패(吉貝)는 목면을 말한다.

32 지법(指法)은 악기를 다룰 때 손가락을 대는 방법을 말하며, 궁치(宮徵)는 궁상각치우(宮商角徵羽)의 음률을 말한다.

33 중국 당나라 두보의 율시를 말한다.

34 행전은 바지나 고의를 입을 때 정강이에 감아 무릎 아래 매는 물건을 말한다.

35 염전국(染靛局)은 염색집을 가리킨다. 전(靛)은 푸른색을 물들이는 청대를 말한다. 옷감을 물들이는 일을 맡은 제용감을 염국(染局)이라고 하였다. 『한경지략』에 "염전국은 여러 곳에 있는데, 문밖 벽에 청대 꽃물로 손바닥 자국을 찍어서 표시를 하였다. 그러므로 정유 박제가의 「성시전도시」에 '염전국 누가 잊을

081 鼓冶皮革恒比隣　대장장이 갖바치[36] 늘 이웃해 있는데
082 上掛鞦銜下釜錡　위에는 고삐와 재갈 걸려 있고 아래에는 솥이 놓여 있네
083 葦簾中人頗似閒　갈대발 안에 있는 사람 자못 한가로운 듯
084 坐秤川芎與白芷　앉아서 천궁과 백지를 달고 있네
085 梳頭少婦元峕粧　머리 빗는 젊은 부인네 최신 화장이 으뜸이고
086 綯索垂垂門半闔　새끼줄 주렁주렁 늘어지고 문은 반쯤 열려 있네
087 忽若閒行過康莊　홀연 한가로이 걸어 큰길을 지나려는데
088 如聞嘖嘖相汝爾　서로 너니 나니 다투는 소리 들리는 듯하네
089 賣買旣訖請說戲　사고파는 일 끝나고 설희를 청하는데[37]
090 伶優之服駭且詭　광대들 복색은 놀랍고도 해괴하구나
091 東國撞竿天下無　우리나라 줄타기[38] 세상에 없는 것이라
092 步繩倒空縋如蟢　줄 위를 걷고 공중에 거꾸로 서는 것이 거미가 매달린 듯
093 別有傀儡登場手　따로 꼭두각시 있어 마당에 오르려는 참에
094 勅使東來掌一抵　칙사가 동쪽에서 나와 따귀를 한 대 치네
095 小猴眞堪嚇婦孺　새끼 원숭이 실감나게 아녀자와 아이들에게 으르렁대고
096 受人意旨工拜跪　사람의 뜻을 알아들어 무릎 꿇고 절도 잘하네

까봐 쉬이 알 수 있도록 벽 가득 푸르게 손자국을 찍어 놓았네'라는 구절이 있는데, 바로 이것이다."라고 하였다.(『한경지략』 권2, 각전) 『오주연문장전산고』에 "요즘 우리나라 전색 제조는 경성과 호서의 부여, 해서의 해주, 관서의 평양에서 나는 전색이 매우 곱고, 나머지는 모두 보통의 전색이다."고 하였다.(『오주연문장전산고』 인사편, 복식류 염료 제전법 변증설)

36 고야(鼓冶)는 대장장이, 피혁(皮革)은 가죽으로 신발 등을 만드는 갖바치를 말한다.

37 설희(說戲)는 시장터 등 사람이 많이 모이는 곳에서 벌어지는 연극과 재담을 곁들인 마당놀이를 말하는 것으로 보인다.

38 당간(撞竿)은 줄을 매달기 위해 양쪽에 높이 세운 장대를 말하는 것으로, 여기서는 줄타기를 말한다.

097 老少八色號紙牌 노소팔색 모든 사람 지패[39] 들고 소리치는데

098 甚者如狂窮日晷 심한 자는 미친 듯이 해가 지도록 하네

099 瓊畟剖成二赤豆 경측[40]은 팥알 두 개 쪼개서 만드는데

100 拍膝擲之环珓比 무릎을 치며 패를 던져 견주어 보네

101 風車紙鳶總依然 바람개비 종이연 모두 의연하고

102 瑣細不嫌求諸邇 자질구레한 것 마다않고 가까운 데서 구하네

103 月餠花餻節已過 월병 화고 먹는 계절 이미 지나가고

104 市色居然月建巳 저자 풍경은 어느새 4월[41]로 접어들었네

105 如來生日作燈市 부처님 오신 날 저자에 등을 만들어 다니

106 雜遝傾城上元似 도성 가득 떠들썩한 소리 정월 대보름 같구나

107 泛水鳴匏聞坎缶 물에 바가지 띄워 두드리니 물장구 소리 들리고[42]

108 入麵蒸楡有饛簋 느티나무 잎 넣어 삶은 국수[43] 그릇에 가득 담겨 있네

109 少年一隊簇擁去 젊은 아이들 한 무리 우르르 몰려가는데

110 鷂兒在臂矜毛觜 어깨 위에 앉은 매새끼는 털과 부리 자랑하네

111 鵓鴿名字過數十 비둘기 이름은 수십 가지가 넘고

---

39 지패(紙牌)는 종이로 만든 패로, 투전하는데 사용하는 기구이다.

40 경측(瓊畟)은 투자(骰子), 곧 놀이할 때 쓰는 도구로 주사위를 말한다.

41 월건사(月建巳)는 4월을 말한다. 월건(月建)은 월마다 배당되는 각 달의 간지로, 1월은 인월(寅月), 2월은 묘월(卯月), 3월은 진원(辰月) 4월은 사월(巳月)에 해당한다.

42 4월 초파일 아이들이 연등 아래 돗자리를 펴놓고 느티떡과 볶은 콩을 먹고, 그 등간 아래에서 물 위에 바가지를 띄워 엎어놓고 빗자루로 두드리면서 그 소리에 맞춰 노래를 부르기도 하고 춤을 추며 즐기는데, 이를 수부(水缶), 수부희(水缶戲), 수고(水鼓)라고 하였다. 즉 물장구 놀이를 말한다.

43 『열양세시기』에는 4월 초파일에 느티떡[楡葉餻]을 먹는 것으로 되어 있다. 느티떡은 연한 느티나무 잎을 따서 멥쌀가루와 섞어 버무린 다음 팥고물을 켜켜이 얹어 찐 설기떡으로 4월 초파일에 먹는 대표적인 절식이다.

112 彫籠彩篏風旖旎 예쁘게 꾸민 새장 바람에 흔들거리네[44]

113 舒雁舒鴨恣呷唼 거위 오리 흩어져 마음대로 모이를 쪼아 먹고

114 酒家臨水糟爲壘 물가 술집에는 술지게미 쌓여 보루가 되었네

115 有瞽叫罵兒童笑 장님이 소리 질러 꾸짖으니 아이들은 웃어대고

116 欲渡未渡橋已圮 물 건널까 말까 하는데 다리는 이미 끊어졌구나

117 狗屠更衣人不識 개백정 옷을 갈아입어 사람들은 알아보지 못하는데

118 狗隨而暭怒睨視 개가 쫓아다니며 짖어대니 성을 내며 흘겨보네

119 可笑南宮報捷人 우습구나 남궁의 급제소식[45]을 알리는 사람

120 何急於汝衣半褫 얼마나 급하길래 옷을 반쯤 입다가 말았는가

121 阿郎寶馬一品衣 낭군은 좋은 말 타고 좋은 옷 입고

122 青扇黃囊擁羅綺 푸른 부채 황색 주머니에 비단으로 둘렀구나[46]

123 崧陽草笠茜紅衫 숭양초립[47] 쓰고 붉은 적삼 두르고

124 掖隷翻翻輕步履 액례[48]는 성큼성큼 발걸음도 가볍네

44 이옥(李鈺, 1760~1815)의 『백운필(白雲筆)』에 비둘기에 관하여 다음과 같은 이야기가 실려 있다. "비둘기를 집에서 기르는 것은 당나라 현종과 송나라 고종 때부터 그러하다. 그런데 서울의 호사가들은 그것으로 업을 삼는 이가 많아서 새장 기둥 위에 산 모양을 새겨 넣고 수초 그림을 그리고는 동으로 된 철사로 망을 만들어서 한 조롱의 값이 많게는 수천 전(錢)에 이르렀다. 그 종류를 들자면 전백이[仝白], 승(僧), 자허두(紫虛頭), 흑허두(黑虛頭), 점모(點毛), 사점모(絲點毛) 등등 여덟 가지 품종이 있는데, 그중에 점모가 제일 비싸서 한 쌍에 백 문(文)을 넘기도 하였다."(『완역 이옥전집』 3, 휴머니스트, 65쪽)

45 남궁(南宮)은 예조를 가리킨다. 보첩(報捷)은 전쟁에서 승리를 알리는 것으로, 여기서는 과거급제를 말한다.

46 과거에 급제한 선비가 스승과 선배, 친지를 찾아다니면서 인사하는 유가(遊街) 행렬을 말한다.

47 숭양초립(崧陽草笠)은 송도의 여공들이 누른 풀로 짠 갓으로 액례(掖隷) 등이 썼다.

48 액례는 액정서에 딸린 서리나 하례(下隷)로, 액정서는 왕의 명령을 전달하고 왕이 쓰는 필기구, 대궐 안의 열쇠, 시설 등을 관리하는 관청이다.

125 井邊黃篾箍筩叟 우물가에는 누런 대나무통 맨 늙은이
126 柳下雙丱黏蟬子 버드나무 아래는 총각머리하고 매미 잡는 아이들
127 三三五五各有求 삼삼오오 제각기 하는 일이 있어
128 來來去去紛無已 왔다 갔다 분주하기 그지없네
129 吏胥之拜拜以腰 이서들은 굽실굽실 허리를 굽히고
130 市井之唾唾以齒 시정들은 찍찍 이 사이로 침을 뱉네[49]
131 不鞍而騎何處圉 안장도 얹지 않고 말 타는 이는 어느 곳 마부이며
132 挾籃而拱誰家婢 바구니 차고 팔짱 낀 이는 뉘 집 여종인가
133 徒而寬襪是黃門 큰 버선 신고 걷는 이는 바로 내시들이며
134 眄而褰裳卽紅妓 곁눈질하며 치맛자락 걷어 올린 이 곧 기생들이네
135 物衆地大無不有 물건도 많고 땅도 넓어 없는 것이 없으니
136 亦能偸竊藏奸宄 도둑질도 하고 부랑배도 숨어 있구나
137 赤索邏者來睢盱 붉은 오랏줄 찬 순라군 달려와 눈을 부릅뜨고 살피다가
138 衆中側身立以俟 군중 속에 조심스레 서서 기다리네
139 須臾辟易官人來 잠시 물러나 피하니 관리가 오는데
140 軺車之坐高可跂 초헌[50]에 높이 앉으니 우뚝하구나

49 조선 말 고종 때 이유원의 『임하필기』에 다음과 같은 내용이 실려 있다. "성시전도는 그림이 아니고 바로 시인데, 박제가의 작품이다. 그 체가 죽지사와 같고, 종이 가득 펼쳐진 것이 우리나라의 풍속이 아닌 것이 없다. 그것이 중국에 들어가게 되자 정조가 깊이 헤아려 살피고는 그 사람을 벌하였다. 이 시는 남회(南匯)의 오성란(吳省蘭)이 편집한 『예해주진(藝海珠塵)』에 실려 있다. 내가 중국 사람과 필담을 하는데, 성시전도 가운데 '시정들이 이 사이로 침을 찍찍 뱉고 이서들은 허리를 굽실굽실 한다'는 것에 대해 그 의미를 물어 왔다. 내가 대답하기를, '이 시를 처음 보아 그 뜻을 이해하지 못하겠다.' 하니, 서로 돌아보며 웃고는 다시 묻지 않았다. 저 사람들이 기미를 알아차리는 민첩함이 이와 같았다."라고 하였다.(이유원, 『임하필기』 권30, 춘명일사 성시전도)

141 荷傘隨者喘最急　일산 들고 따르는 자 너무 급해 숨을 헐떡이면서
142 且聽且趨諾唯唯　분부 듣고 좇아가며 예 예 대답하네
143 烙竹烟盃長一丈　그림 새겨진 대나무 담뱃대[51]는 길이가 한 길이요
144 螺鈿小盒輕可喜　나전으로 된 작은 함은 가벼워서 좋구나
145 蕉葉扇欹大如帆　비스듬한 초엽선은 크기가 돛 같고
146 曳地便輿議政是　땅에 끌릴 듯한 가마에는 정승이 타고 있네
147 令史義不廢張纓　영사는 으레 갓끈도 풀지 않은 채
148 腋隨何嘗離半跬　반걸음이라도 뒤처지면 어찌할까 바짝 붙어 따르네
149 帽灰鼠者未陞品　회색 서모 쓴 사람은 아직 벼슬에 오르지 못한 사람이요
150 帶烏角者初筮仕　검은 각대를 찬 사람은 처음 벼슬길에 나간 사람이네
151 一幅森羅大都會　한 폭 그림 위에 대도회 온갖 풍경 담았으니
152 世態人情畢輸此　세태와 인정 모두 여기에 옮겨 놓았네
153 太平文物侔中華　태평성대의 문물은 중국과 대등하고
154 休養生成四百禩　백성들을 쉬게 하고 길러 준 지 4백 년이네
155 此圖豈非關世道　이 그림이 어찌 세상 일과 관련 없겠는가
156 蔀屋不違天尺咫　초가집은 하늘과 지척으로 닿아 있네
157 眞同盤礴郭河陽　광대하기는 참으로 곽하양과 같고[52]
158 不數風流趙承旨　풍류는 조승지를 꼽을 것도 없다네[53]

50 초헌(軺軒)은 종2품 이상 관리들이 타는 외바퀴로 된 수레이다.

51 낙죽연배(烙竹烟盃)는 문양이 새겨진 대나무 담뱃대를 말한다.

52 곽하양(郭河陽)은 중국 송나라 화가 곽희(郭熙)로, 하양(河陽)의 온현(溫縣) 사람이므로 곽하양이라고 한 것이다. 곽희는 산수화에 뛰어났다.

始知王會圖非偶　비로소 왕회도[54] 우연이 아님을 알겠으니
休言急就章皆俚　급취장[55] 모두 속되다 말하지 말라
借問興仁門自別　묻노니 흥인문만 왜 저렇게 유별난가?
匾獨也方城獨雉　유독 편편하고 홀로 네모난 치성이 있네[56]
最憐城北屯邊俗　도성 북쪽 마을 풍속 참으로 아름다우니
不種桃花以爲恥　복숭아꽃 심지 않은 것을 부끄러이 여긴다네[57]
空翠飛來舊宮路　옛 궁궐 길에 푸른 아지랑이 날아오고
行人解說龍蛇燹　지나가는 사람들 임진년 불탄 일 이야기하네[58]
石礎人立池光淺　사람처럼 서 있는 주춧돌은 못빛에 엷게 비추고[59]
白鷺飛踏松枝死　백로가 날아와 앉으니 소나무 가지 죽었네[60]

---

53 조승지(趙承旨)는 남송의 화가 조맹부(趙孟頫)로, 그가 한림원학사승지(翰林院學士承旨)를 지냈기 때문에 붙여진 이름이다. 박학다식하였고 글씨와 그림에 뛰어났으며, 그의 송설체는 고려 말 조선 초 우리나라에도 크게 영향을 미쳤다.

54 왕회도는 천자에게 조공하기 위해 제후나 번국(藩國)들이 회합하는 것을 그린 그림으로 당나라 화가 염립본(閻立本)이 그렸다고 한다.

55 급취장(急就章)은 한나라 사유(史游)가 편찬한 것으로 물명·인명 등이 수록되어 있다.

56 도성의 사대문 중 흥인문은 유일하게 옹성(甕城)으로 둘러싸여 있고 치성(雉城)이 있었는데, 이 치성은 적을 효과적으로 방어하기 위하여 외부로 돌출되어 있었으며, 네모난 방성(方城)이었다.

57 혜화문 밖 북사동에 관한 내용이다. 『한경지략』에 따르면, 이곳에 어영청의 북창이 있어서 북둔(北屯)이라 하였다. 이곳은 맑은 계곡의 좁은 언덕에 사람이 살고 있었는데, 복숭아 재배하는 것을 업으로 하였다고 한다.(『한경지략』 권2, 각동)

58 용사(龍蛇)는 곧 임진왜란을 말한다. 간지(干支) 상으로 용(龍)은 진(辰)에 해당하고, 사(蛇)는 사(巳)에 해당하므로 임진년과 계사년을 표현한 것이다. 이덕무의 「성시전도시」에 "옛 궁궐의 뿌연 수양버들 봄빛을 그린 듯한데 / 지금 같은 태평시대에도 임진년 왜란을 말하네."(이덕무의 시, 85·86)라고 한 것과 비슷하다.

59 임진왜란 때 화재로 소실되어 주춧돌만 남아 있는 경회루 모습을 묘사한 것이다.

60 『한경지략』에 "경회루의 누각은 불에 타 버렸으나 석주는 지금도 촘촘히 서 있으니 예전 건물의 장대하고 화려함을 알 수 있을 것 같다. 궁궐 안 소나무 숲에는 백로들이 많이 살고 있어 멀리서 보면 눈이

169 指點林端射垜明　손으로 가리키는 숲 저쪽에 활터가 환하고
170 亦有樵兒暮乘垝　나무하는 아이는 저물도록 담을 타고 노네
171 立辮鬌者彈虛弓　머리 묶은 사람은 서서 빈 활을 당겨보고
172 坐屈指者調横矢　앉아서 손가락 꼼지락거리는 이는 휘어진 화살 펴고 있네
173 太平館東明雪樓　태평관 동쪽에 있는 명설루는[61]
174 紅表丹楹宛在彼　붉게 드러난 단청 기둥 저렇게 완연하구나
175 惠廳均廳國之淵　선혜청과 균역청은 나라의 곳간으로[62]
176 倉庾崇崇萬億秭　높고 높은 창고에는 억만 섬의 곡식 쌓였구나
177 黄昏幾點平安火　해질 무렵 여러 봉수에서 평안화[63] 올라와
178 分與南山屬司烜　남산봉수에 나누어 주어 사훤[64]에게 맡기네
179 微茫郊署辨羖攊　아득한 교외에 있는 양떼들 분별할 수 있고
180 磊落天閑滾騄駬　드넓은 목장에는 준마들 뛰어 노네[65]

내린 것 같았다. 지금은 위장의 직소만 있을 뿐이다."고 하였다.(『한경지략』 권1, 궁궐 경복궁) 백로의 배설물은 요소 성분이 강하여 둥지를 튼 나무들이 말라 죽는다.

61 태평관은 중국 사신을 접대하던 곳으로 지금의 중구 소공동에 있었다. 명설루는 태평관에 있었던 누각이다.

62 선혜청은 1608년(광해군 즉위년) 대동법 실시와 함께 설치한 관청으로 대동미, 대동포, 대동전 등을 맡아 보았다. 숭례문 안 지금의 중구 남창동 남대문 수입상가시장에 있었다. 균역청은 1751년(영조 27) 균역법을 시행하면서 줄어든 군포를 보충할 재원을 마련하기 위하여 설치한 관청으로 1753년 선혜청에 합병되었다. 지금의 중구 충무로 3가 극동빌딩 자리에 있었다.

63 조선시대 전국 봉수는 도성에 있는 목멱산 봉수로 집결되는데, 평안화는 변방에서 무사함을 알리는 봉화를 말한다.

64 사훤(司烜)은 봉수군을 말한다. 남산봉수대 봉수군은 군사 4명과 오장 2명을 배속시켰는데, 모두 봉수대 근처에 거주하는 사람으로 선정하였다.

65 천한(天閑)은 임금의 마구간을 말하는 것으로, 동대문 밖 살곶이벌의 마장을 가리킨다. 『신증동국여지승람』에 "곧 도성 동쪽 교외는 땅이 평평하고 넓으며, 물과 풀이 매우 넉넉하므로 울타리를 둘러쳐서 나라에서 쓰는 말을 기른다. 사방 34리이다."라고 하였다.(『신증동국여지승람』 권3, 한성부 형승 전곶)

181 對畫應須說畫義　그림을 대하면 마땅히 그림의 뜻을 설명해야 하는데
182 丹青妙諦通於史　채색의 오묘한 경지는 사서와도 통하네
183 濬川疏尋魚孝瞻　준천을 상소한 것은 어효첨이요[66]
184 地志編修鄭麟趾　지리지를 편찬한 것은 정인지라네[67]
185 拜賀吾王昭儉德　우리 임금 검소한 덕 밝히심을 절하며 하례드리니
186 民風朴素無華侈　백성의 풍속은 순박하고 검소하여 사치함이 없네
187 南自乇羅北不咸　남쪽 제주도로부터 북쪽 백두산[68]
188 東至于山西馬訾　동쪽 울릉도와 서쪽 압록강[69]에 이르는
189 四千餘里耒所剌　4천여 리 농사지을 수 있으니
190 三十六國船不使　삼십육국의 배를 쓰지 않아도 되네
191 民無遊手屋皆富　놀고먹는 백성 없으니 집집마다 모두 넉넉하고
192 金不欺秤俗盡美　황금은 저울을 속이지 않고 풍속은 모두 아름답구나
193 立國仁城義市中　나라 세워 인으로 성을 이루고 의는 저자에 가득하니
194 不以繁華佳麗恃　번잡하고 화려한 것으로 아름답다고 여기지 않는다네

66 1444년(세종 26) 11월 집현전 수찬 이선로(李善老)는 개천에 더럽고 냄새나는 물건을 버리지 못하도록 금지하여, 물을 늘 깨끗하게 해야 한다고 주장하였다. 이에 대해 같은 해 12월 집현전 교리 어효첨(魚孝瞻)이 상소를 올려 도성은 사람들이 많이 살기 때문에 더럽고 냄새나는 것들이 쌓이게 마련이며, 더러운 것을 흘려보낼 넓은 시내가 있어야 도읍이 깨끗하게 유지될 수 있으며, 따라서 개천의 물은 맑을 수 없다는 주장을 폈다. 이때 세종은 어효첨의 주장을 받아들임으로써 이후 개천의 기능은 도심의 생활하천으로 결정되었다.(박현욱, 『서울의 옛 물길 옛 다리』, 172~173쪽 참조)

67 조선 초기 지리지는 『경상도지리지』, 『신찬팔도지리지』, 『세종실록지리지』가 있다. 그런데 이 지리지의 편찬은 1424년(세종 6) 세종의 명에 의해 변계량이 주도하였다. 정인지가 지리지를 편찬했다는 것은 착오가 있었던 것 같다.

68 탁라(乇羅)는 제주, 불함(不咸)은 백두산의 옛 이름이다.

69 우산(于山)은 울릉도를, 마자(馬訾)는 압록강을 말한다.

195 鳳凰來巢麟在藪 봉황이 와서 둥지를 틀고 기린이 숲에 있으니
196 熙熙壽域惟民止 밝고 밝은 태평성세에 백성들 살고 있네
197 只將淡墨歲一掃 장차 엷은 먹으로 해마다 한 번씩 그려낸다면
198 畫裏人烟應倍蓰 그림 속 인가 몇 갑절 늘어나겠네
199 擬追張華漢宮對 한나라 장화가 궁궐 제도에 답한 일을 좇았으니[70]
200 掖垣瀟雨吹燈蘂 궁궐에 쓸쓸히 비 내리고 꽃술 같은 등불 흔들리네

70 장화(張華, 232~300)는 진(晉)나라 때 학자로 『박물지』를 저술하였다. 진 무제가 그에게 한나라의 궁궐 제도에 관해 묻자 그가 땅에다 지도를 그려가며 청산유수로 응답하였다고 한다.

김홍도, 「담와홍계희평생도」 중 '좌의정 행차', 국립중앙박물관소장

김홍도가 그린 조선 후기 문신 홍계희洪啓禧(1703~1771)의 평생도 중 '좌의정 행차' 부분이다. 박제가가 "비스듬한 초엽선은 크기가 돛 같고 / 땅에 끌릴 듯한 가마에는 정승이 타고 있네 / 영사는 으레 갓끈도 풀지 않은 채 / 반걸음이라도 뒤처지면 어찌할까 바짝 붙어 따르네"(145~148)라고 한 구절이 그림에 그대로 나타나고 있다.

신택권

성시전도_ 응제시를 모방하여 백운 고시를 짓다

城市全圖 擬應製 百韵古詩

위로는 재상으로부터 아래로 하인까지
안으로 규방에서 밖으로 고을 기생에 이르기까지
입 있는 사람이라면 누가 즐기지 않으리요
귀하고 천하고 현명하고 어리석고 간에 하나같이 빠져서
손님 맞는 첫 예로 담배 밖에 없으며
비변사의 공사에서도 이것을 지나칠 수 없구나

신택권申宅權(1722~1801)의 시는 응제시는 아니지만, 다른 어떤 시보다도 '성시전도'라는 시제에 충실하다. 궁궐과 종묘사직, 성곽, 시전, 담배, 술, 집주름, 관아, 성균관, 과거, 임금행차, 국가제례, 혼례, 상례, 도성수비, 세시풍속, 태평성대, 하급 관원 등의 소재는 각각 한편의 시로서 독립성을 가지면서도 전체가 '성시전도'라는 하나의 주제로 통합된다. 특히 담배, 술, 집주름, 혼례, 상례 등은 당시 한양의 유행과 사회풍속을 살펴보는 데도 의미가 있다.

신택권은 1763년(영조 39) 42세의 늦은 나이로 증광사마시에 합격하였으나 대과에 낙방하고 20년 동안 성균관 유생으로 있다가 결국은 음직으로 낮은 벼슬을 전전하게 된다. 그가 "마른 나무에서 올빼미 울고 통쟁이는 부르짖는데 / 과거에 낙방한 선비는 죽고 싶은 심정이라네 / 인간의 영욕이 이 순간에 결정되니 / 인생사 구름과 진흙처럼 피차가 달라졌네"라고 한 것은 과거에 대한 이런 그의 회한을 담은 것이다. 또한 그의 시에 한량, 마후배, 액례, 표하군, 중관, 차사, 군교, 순장, 감군 등 대부분 하급 관료들이 등장하는 것도 그가 거쳐 간 관직의 상황을 반영한 것이다.

신택권은 하급 관료나 기생, 시졸, 색기, 집주름 등 하층민들의 동작을 해학적으로 묘사하였는데, 이 점은 박제가의 시와 통한다. 그러면서도 신택권은 굳이 비유나 상징, 과장 없이 대상을 있는 그대로 자연스럽게 묘사하였는데, 이 점은 이덕무의 시와 유사하다. 이런 면에서 신택권의 시는 가장 조선적인 모습으로 한양의 성시를 묘사하였다고 할 수 있다.

001 聖祖龍興奠神都 우리 태조 나라를 일으키고 도읍을 정하시니

002 自古漢陽名山水 예로부터 한양은 산수로 이름 높았네

003 三江浩淼緯羣龍 삼강[1]의 큰 물줄기는 뭇 용들이 가로지른 듯

004 四山逶迤綿百雉 사산은 굽이굽이 긴 성곽을 이루었네[2]

005 中天秀出蓮花峯 하늘 높이 우뚝 솟은 연화봉[3]

006 宮殿肇開萬年址 이곳에 궁궐을 세우니 만년의 터전이네

007 千官曉趨慶會樓 수많은 관원 새벽에 경회루로 달려가고

008 萬人肩磨雲從市 운종가 시전에는 수많은 사람 붐비네

009 左祖初營太廟制 종묘는 먼저 태묘의 제도 따라 영건하였고[4]

010 右社虔祀句龍氏 사직단에서는 구룡씨[5]를 경건하게 제사하네

011 昌德近接明政殿 창덕궁과 창경궁은 가까이 붙어 있는데[6]

012 雙闕中分建陽峙 두 궁궐 한가운데 건양문이 솟아 있네[7]

013 雲龍風虎慶熙宮 구름 속 용과 바람을 탄 범[8] 같은 경희궁

014 尚憶先王臨御是 선왕께서 이곳에 임어하신 일 아직도 생각나네[9]

---

1 삼강(三江)은 18세기 이전에 한강을 부르던 말로 한강, 용산강, 서강을 말한다.

2 사산(四山)은 백악·인왕·목멱·타락산을 말하고, 백치(百雉)는 사산을 따라 길게 이어진 성곽을 말한다.

3 연화봉(蓮花峯)은 중국 서악(西岳)인 화산(華山)의 중봉으로, 여기서는 한양의 화산인 삼각산을 가리킨다.

4 한양에 수도를 건설할 때 『주례』의 '좌묘우사(左廟右社)'의 제도를 따랐으며, 1395년(태조 4) 9월 가장 먼저 종묘와 궁궐을 완성하였다.

5 구룡씨(句龍氏)는 사직단에서 제사를 지내는 후토신을 말한다.

6 명정전(明政殿)은 창경궁의 정전으로, 여기서는 창경궁을 가리킨다.

7 창덕궁과 창경궁은 담 하나로 구분되어 있었는데, 가운데에 있는 건양문을 통해서 두 궁궐을 왕래하였다.

8 운용풍호(雲龍風虎)는 『주역』 건괘에 "구름은 용을 따르고 바람은 범을 따른다[雲從龍 風從虎]"고 한 데서 온 말로, 훌륭한 임금과 신하가 만나는 것을 뜻한다.

015 仁王佳氣鬱葱籠　인왕산에는 아름다운 기운이 울창하게 서려 있고
016 其上常時五雲紫　그 위에 늘 오색구름이 붉게 감도네[10]
017 王都體勢等洛邑　왕도의 형세는 낙읍과 같아
018 髣髴三河瞻嶽鄙　삼하와 비슷하고 악비를 바라보네[11]
019 崇墉匝地屹百仞　높은 성곽은 땅을 둘러 백 길이나 우뚝 솟고
020 大道如天通九軌　큰길은 하늘 같아 구궤[12]와 통하네
021 巡城摘奸本兵長　도성을 순찰하며 적간하는 본병장[13]
022 呵導堂堂竟春晷　가도[14]들 당당하니 바야흐로 따스한 봄볕이네
023 周羅粉堞較高低　빙 둘러싼 성곽은 높았다가 낮았다가
024 離立墩臺捡成毁　나란히 선 돈대[15]에서 성한지 허물어졌는지 살피네
025 譙樓女墻驗無事　초루와 여장[16]은 무사함을 증험하느라

---

9 선왕(先王)은 영조를 말한다. 영조는 경희궁 건영 이후 가장 오랜 동안 경희궁에 머물렀던 임금으로 1760년(영조 36) 이후 1776년(영조 52) 세상을 떠날 때까지 사실상 경희궁에 상주하였다.

10 광해군이 인왕산 기슭에 왕기가 서려 있다는 점쟁이의 이야기를 듣고 그 기운을 누르고자 경희궁을 세웠다는 고사가 있다. 『한경지략』에 "『문헌비고』에 이르기를 '인경궁은 서부 인왕산 아래에 있는데, 본래 원종의 사저였다. 광해군 병진년(1616)에 술자가 새문동에 왕의 기운이 있다고 하자, 이 궁을 세워 그 기운을 누르고자 하였다.'고 하였다."(『한경지략』 권1, 경희궁)

11 한양을 주나라의 수도 낙읍에 비유한 것이다. 여기서 삼하(三河)는 낙읍 주변의 황하, 낙수, 이수를 가리키며, 악(嶽)은 태항산(太行山)을 말하며, 악비(嶽鄙)는 태항산 주변의 성읍을 말한다. 『서경』에 "내(무왕)가 남으로 삼도를 바라보고 북으로 악비를 바라보며 황하를 살펴보고 다시 낙수와 이수 유역을 바라보니, 도읍을 멀리 둘 수 없다. (무왕이) 주나라를 다스림에 낙읍에 거처한 후 떠났다."고 하였다.(『서경』 주서 소고)

12 구궤(九軌)는 수레 아홉 대가 나란히 다닐 수 있는 넓은 길, 즉 천자가 다니는 길을 말한다.

13 본병(本兵)은 병조 또는 삼영(三營)의 본영을 말한다. 조선 후기 도성의 순찰은 훈련도감, 금위영, 어영청의 삼영에서 나누어 맡았다.

14 가도(呵導)는 대관의 행차 때 앞에서 큰 소리를 질러 일반인의 통행을 금지하는 하례(下隷)를 말한다.

15 돈대(墩臺)는 성벽에서 망을 보거나 적을 방어할 때 유리하도록 조금 높게 쌓아 만든 구조물을 말한다. 한양도성에는 돈대가 없으며, 수원 화성(華城)에 여러 곳에 돈대가 설치되어 있다.

026 城內長呼城外唯　성안에서 길게 소리치면 성밖에서 '예'하고 대답하네

027 寇來百隊不敢上　외적들 수없이 밀려와도 감히 기어오르지 못하고

028 獸角峩峩列魚齒　짐승 뿔처럼 우뚝하고 물고기 이빨처럼 가지런하네

029 洋洋聖謨在守城　광대한 성군의 계책은 수성에 있으니

030 地利人和斯足恃　지리와 인화 믿을 만하구나

031 規模備載一冊子　규모를 갖추어 실은 한 권의 책자[17]

032 金石千年期勿垝　금석 같은 도성 천년 동안 허물어지지 않기를 기약함이네

033 城中人戶問幾萬　성안 민가 몇 만 호인가

034 樂業何患呼庚癸　본업을 즐기니 무슨 근심 있어 다급함을 외치리오[18]

035 街衢列肆儼相對　거리에 늘어선 점포들 정연하게 마주 보고

036 百貨星羅又雲委　온갖 물화 별처럼 펼쳐지고 구름처럼 쌓여 있네

037 坐賈布木兼魚果　좌고에서는 포목과 생선 과일을 팔고[19]

038 立廛紗緞與錦綺　선전에서는 온갖 비단 팔고 있네[20]

039 遊閑市井舞機智　한가히 노니는 시정은 온갖 상술로 춤을 추는데

---

16 초루(譙樓)는 망을 보기 위해 성 위에 세운 누각을, 여장(女墻)은 성벽 위에 적으로부터 몸을 숨기고 총포를 쏘기에 유리하게 쌓은 낮은 담장으로 모두 성곽의 시설이다.

17 『어제수성윤음(御製守城綸音)』을 가리킨다. 1746년(영조 22) 영조는 도성의 방비를 위해 『수성절목』을 만들도록 하였는데, 여기에는 한성부 5부의 백성들을 훈련도감·어영청·금위영의 3군문에 소속시키고, 3군문에서 성첩을 나누어 맡아서 관리하는 구체적인 방안을 만들도록 하였다. 그러나 이것이 제대로 시행되지 않자 1751년(영조 27) 영조가 직접 수성(守城)에 대한 구체적인 명령을 내리게 되었는데, 이것이 『수성윤음』이다.

18 경계(庚癸)는 양식과 음료를 보내 달라는 다급한 요청을 말한다.

19 좌고(坐賈)는 조선시대 운종가에서 관에서 소유한 시전 행랑을 빌려 장사하는 것을 말한다.

20 입전(立廛)은 선전(線廛)으로, 비단을 파는 시전을 말한다. 한양도성에 시전을 세울 때[立市]에 먼저 선전을 세웠는데, '선(線)'의 음과 '설[立]'의 뜻이 비슷하므로 또한 '입전(立廛)'이라고도 하였다.

040 眩賣愚氓不厭詭　시골뜨기 홀려 팔면서 속이기를 마다 않네

041 朝看厮卒買鞅韉　아침에는 시졸이 뱃대와 언치를 사고[21]

042 暮見村婆貿絲枲　저녁에는 시골 노파가 실과 모시 바꾸네

043 滛霖積雪困凍餒　장마 지고 눈이 쌓이면 춥고 주리어 괴로우니

044 一駄柴價踊倍蓰　한 바리 땔감 값 몇 곱절로 치솟네

045 誰開藥肆不二價　누가 약방을 열고 값을 다르게 하지 않는다 하였나

046 桂附參黃與朮枳　계피 부자 인삼 황기와 백출 탱자라

047 東方物貨茅一件　우리나라 물화 중 띠풀 하나

048 南草流傳鎭三時　남초가 진안과 삼등에서 들어오는데[22]

049 坊坊行首折草廛　고을마다 행수들 절초전을 하니[23]

050 各肆凡廛誰敢企　모든 가게 누가 감히 바라겠는가

051 上自卿宰下輿臺　위로는 재상으로부터 아래로 하인까지[24]

052 內至閨房外邑妓　안으로 규방에서 밖으로 고을 기생에 이르기까지

053 人之有口孰不嗜　입 있는 사람이라면 누가 즐기지 않으리요

054 貴賤賢愚一色靡　귀하고 천하고 현명하고 어리석고 간에 하나같이 빠져서

---

21 시졸(厮卒)은 군중(軍中)에서 나무하고 밥을 짓는 시양졸(厮養卒)을 말하며, 앙천(鞅韉)은 뱃대(마소의 안장이나 길마를 얹을 때에 배에 걸쳐서 졸라매는 줄)와 언치(말이나 소의 안장이나 길마 밑에 깔아 그 등을 덮어 주는 방석이나 담요)를 말한다.

22 남초(南草)는 연초, 곧 담배를 말한다. 담배는 문헌상으로 1614년(광해군 6) 이수광의 『지봉유설』에 처음 소개되었으며, 일본에서 전래되었다고 하여 남초(南草)·남령초(南靈草)라고 불렸다. 진삼(鎭三)은 전라도 진안(鎭安)과 평안도 삼등(三登)을 가리킨다. 이옥(李鈺, 1760~1815)은 "담배를 재배하는 땅은 강원도의 홍천, 충청도의 청양, 전라도의 진안, 평안도의 삼등이 연향(烟鄕)으로 이름났다."고 하였다.(실시학사 고전문학연구회, 『완역 이옥전집』 3, 380쪽 담배)

23 행수(行首)는 여러 사람의 우두머리를 말하며, 절초전(折草廛)은 담배 가게를 말한다.

24 여대(輿臺)는 천한 일을 하는 사람, 노복을 말한다.

055 賓筵初禮不外斯　손님 맞는 첫 예로 담배 밖에 없으며

056 備局公事無過彼　비변사의 공사에서도 이것을 지나칠 수 없구나[25]

057 煙茶孰如麯蘗好　누가 담배를 술보다 좋다고 하였는가

058 大醴居然巨富擬　큰 술통 턱 놓고 있으니 거부가 된 듯

059 騷人墨客杏花節　소인묵객 살구꽃 피는 시절이면

060 醉爲高致不醉恥　취한 것을 고상하게 여겨 취하지 않음을 부끄러이 여기네

061 閑良中路馬後輩　한량은 길을 나서며 마후배[26]를 거느리고

062 掖隷工匠各色技　액례와 공장은 각각 색기를 탐하네[27]

063 床頭有錢不解惜　상머리에 돈 있어도 아까워서 풀지 않다가

064 半酣握手肝膽披　반쯤 취하자 손잡으며 속내를 드러내네

065 秋曺漢城醞酒禁　형조와 한성부에서 술 빚기를 금하니

066 街上狼藉加鞭箠　길가에 어지러이 흩어져 매질만 더하는구나[28]

---

25 담배의 유행에 대해 조선 정조 때 문인 이옥(李鈺)은 "내가 일찍이 들건대, 담배가 처음 전래되었을 때에는 술로 쪄서 복용했는데도 피우는 자들이 현기증을 느꼈다고 한다. 그러므로 오륙십 년 전에는 담배 피우는 자들이 열에 두셋이었는데, 지금은 안으로 부인에서 아래로 어린아이에 이르기까지 피우지 않은 이가 없다. 심지어는 네댓 살 먹은 어린아이까지도 여러 대를 연달아 피우면서 달기가 우유 같다고 하니, 또한 시속이 크게 변한 것이다. 나 또한 여러 번 목격한 사실이다."라고 하여, 당시 담배가 조선 사회 전체에 매우 유행하였음을 말하고 있다.(실시학사 고전문학연구회, 『완역 이옥전집』 3, 378~382쪽, 담배)

26 마후배(馬後輩)는 상전의 말 뒤를 따르는 노복을 말한다.

27 액례(掖隷)는 액정서에 소속되어 임금의 행차 등을 맡은 별감. 공장(工匠)은 조선시대 수공업을 하는 장인을 말한다. 액례, 별감, 경아전, 역관, 시정상인, 공장, 포도청 포교 등을 왈자라고 하는데, 이들은 완력과 호기를 바탕으로 유흥가를 주름잡고, 기방을 장악하고 있었다. 유만공의 『세시풍요』에 "옷깃 펄럭 펄럭 액례는 어딜 바삐 가는가 / 꼭두서니빛 붉은 옷에 누런 초립 썼네 / 듣자니 교방에 새로 온 기생이 / 기쁜 마음으로 별감에게 잔치를 베푼다 하네"라고 하였다.

28 주금(酒禁)은 정해진 기간 동안 술을 빚어 팔거나 마시는 것을 금한 것으로, 우금(牛禁-소를 함부로 잡는 것을 금함), 송금(松禁-소나무를 함부로 베는 것을 금함)과 함께 삼금(三禁)이라고 하여 어기는 자는 매우 엄중하게 다스렸다.

067 常時閭巷鬧熱宜　평상시 여항은 시끄럽고 분주한 것이 당연하니
068 幽處山林問何似　조용한 산림은 어떠한가 물어보려네
069 別有家儈爲生業　특별히 집주릅[29]이라고 있어 생업으로 삼는데
070 大屋蝸廬心內揣　큰 집인지 작은 집인지 마음속으로 헤아리네
071 千緡賣買百緡價　천 냥짜리 집을 매매하고 백 냥의 대가를 받고
072 東舍居生西舍指　동쪽 집에 살면서 서쪽 집을 가리키네
073 一家遷移十家動　한 집이 옮기면 열 집이 움직이느라
074 奴輸馬載無時已　종들이 옮기고 말에 실어 나르는 일이 그칠 때가 없네
075 僻巷袖深生理難　외진 골목에서 팔짱만 끼고는 살아가기 어려워
076 盤處貧居近市以　시정 근처에 터 잡고 가난하게 살고 있네
077 南村北里有名屋　남쪽 마을 북쪽 동네 이름난 집 있는데
078 富貴應須聲勢倚　부귀에는 응당 명성과 권세에 따른다네
079 自古兩班喜靜僻　예로부터 양반은 조용하고 후미진 곳을 좋아하나
080 而今士夫貪喧庳　지금 사대부는 떠들썩하고 낮은 곳을 탐하네
081 六曹高開街東西　육조는 거리 동서로 높이 열려 있고[30]
082 兩倉分排城表裏　양창은 도성의 안팎에 나누어 있네[31]
083 五營帥臣嚴節度　오영[32]의 장수는 절도가 엄격하고

29 가쾌(家儈)는 '집주릅'으로, 집을 사고 팔 때 흥정을 전문으로 하는 중개인을 말한다.

30 육조거리 동쪽에는 의정부·이조·한성부·호조가, 서쪽에는 예조·중추원·병조·형조·공조 등이 있었다.

31 양창은 도성 안의 선혜청 창고와 도성 밖 한강변에 있었던 창고를 말한다. 선혜청 창고는 내청고를 비롯하여 별창, 남창, 북창 등이 있었으며, 한강변에는 광흥창, 대흥창 등 여러 창고가 있었다.

32 오영(五營)은 임진왜란 이후 설치한 것으로 훈련도감, 총융청, 수어청, 어영청, 금위영을 말한다.

084 百司多官勤坐起 모든 관아 수많은 관리 부지런히 공무를 보네

085 壁水東畔文宣宮 벽수 흐르는 동쪽 둔덕에 문선궁이 있는데[33]

086 菁莪樂育儒化始 인재를 기르는 즐거움에서 유학의 교화 시작되었네

087 堂開丕闡衛前聖 비천당 열어 옛 성인 보위하고

088 扁揭明倫試多士 명륜당 편액 걸린 곳에서는 많은 선비 시험보네[34]

089 頭邊高着民字巾 머리 위에 민자건 높이 쓰고

090 京外青衿集如蟻 서울과 지방의 선비들 개미처럼 모여드네

091 各司吏胥書全榜 각 관아의 이서는 급제자 방을 써 붙이고

092 滿城喧譁不暫止 도성 가득 떠들썩한 소리 잠시도 그치지 않네

093 鴟鳴枯樹桶匠呼 마른 나무에서 올빼미 울고 통쟁이[35]는 부르짖는데

094 落榜科儒愁欲死 과거에 낙방한 선비는 죽고 싶은 심정이라네

095 街童共傳賜花榮 거리의 아이들은 어사화의 영광 함께 전하고[36]

096 侍臣皆識天顏喜 근신들 모두 임금의 기쁜 얼굴 알아보네

097 人間榮辱判斯須 인간의 영욕이 이 순간에 결정되니

098 世上雲泥殊彼此 인생사 구름과 진흙처럼 피차가 달라졌네[37]

33 벽수(壁水)는 벽옹(壁雍-천자국의 태학) 주변에 흐르는 반수를 말하며, 문선궁(文宣宮)은 공자를 모시는 문묘이다.

34 비천당(丕闡堂)은 성균관 부속 건물로 임금이 성균관에 친림하여 과거를 시행할 때 시험 장소로 사용되었던 곳이며, 명륜당(明倫堂)은 유생들이 글을 배우고 익히는 강학당이다.

35 통장(桶匠)은 나무통을 만드는 장인을 말한다.

36 과거에 장원 급제한 사람이 머리에 어사화를 꽂고 말을 타고 거리를 돌아다니며 시험관과 선배, 친족을 방문하며 인사하는 유가(遊街)를 말하는데, 삼일 동안 한다고 하여 삼일유가(三日遊街)라고 하였다.

37 운니(雲泥)는 '한 사람은 구름을 타고, 한 사람은 진흙탕을 밟고 다닌다[乘雲行泥]'는 말로, 두 사람의 지위가 예전과 달리 현격하게 차이가 남을 뜻한다.

099 逐年擧動東西郊 해마다 동서 교외로 거둥하는데

100 盡日陪從文武仕 종일토록 문무 관원들이 배종하네

101 三嚴導駕禁府官 삼엄[38]으로 어가를 인도하는 금부의 관원

102 九衔治途巡察使 거둥길 고치고 닦는 순찰사령

103 家前法例植千炬 집 앞에는 법에 따라 모두 횃불을 내걸고[39]

104 標下傳敎飛一矢 표하군[40]은 임금 분부 전하느라 화살 한 대 날리네

105 軍門帳設費幾錢 군문의 장막 설치에 많은 돈 들어가고

106 扈從粮資齎百里 호종[41]에 쓰이는 식량과 물자는 백 리에서 날라오네

107 中官腰佩上言乎 중관이 허리에 찬 것은 상언이요[42]

108 差使身爲傳語只 차사는 직접 임금의 말씀 전하고 있네[43]

109 沿途◯吹動仙樂 길따라 나팔 불어 아름다운 음악 울리고

110 紅傘旗旄襯玉几 붉은 일산과 깃발은 옥궤 가까이 있네

111 沿途簇擁攢手祝 길따라 빼곡하게 둘러싸서 손 모아 축원하고

112 萬姓欣瞻羽毛美 만백성 기뻐하며 우러러 보니 임금 행차 아름답구나

113 仁政殿上親傳香 인정전에서는 임금께서 친히 향을 전하고[44]

---

38 삼엄(三嚴)은 임금의 거둥이 있을 때 경계의 신호로 울리는 세 번째의 북소리이다. 첫 번째 초엄에는 대오를 갖추고, 두 번째 중엄에는 무기를 갖추고, 삼엄에 행군을 시작한다.

39 식거(植炬)는 밤에 임금이 거둥할 때 길 양쪽에 횃불을 세우는 것을 말한다.

40 표하군(標下軍)은 대장이나 각 장관 수하의 병사이다.

41 호종(扈從)은 임금의 행차 때 어가를 모시고 따라가는 것을 말한다.

42 중관(中官)은 내시부(內侍府)의 관원을 말하며, 상언(上言)은 임금이 궁 밖에 거둥할 때 백성들이 올리는 글을 말한다. 임금의 거둥 때 백성들이 올리는 글을 받아들이는 상언별감(上言別監)의 행동을 묘사한 것이다.

43 임금의 거둥 때 어명을 전하는 전어차사원(傳語差使員)의 모습을 묘사한 것이다.

114 百官分差陵廟祀　백관들 나누어 보내 능묘에 제사하네

115 前行獻官與典祀　헌관과 전사 앞서 가고[45]

116 後隨賛謁兼祝史　찬알과 축사 뒤따르고[46]

117 香陪緩駈監察從　향배[47]가 천천히 움직이고 감찰이 따라가는데

118 周道無塵坦如砥　넓고 깨끗한 길 평탄하기가 숫돌 같네

119 玉童紅燭那家婚　옥동이 붉은 초롱 들고 있는 곳 뉘 집 혼사이며

120 金鞍白騎何人子　금빛 안장에 백마 탄 사람 누구의 자식인가

121 紅紗燭籠短長牽　길고 짧은 홍사초롱 앞세우고 가니

122 道上光輝爭先視　길가에서는 휘황한 불빛 먼저 보려고 다투네

123 三日禮行新婦子　삼일 동안 예를 행한 새색시[48]

124 八人轎裝金谷沚　팔인교는 금곡지 떠날 차비하네[49]

125 藍袍侍倍一隊吏　남색 도포 입고 따르는 한 무리의 서리

---

44 인정전은 창덕궁의 정전이다. 전향(傳香)은 국가의 대사(大祀)에서 임금이 친히 제를 올릴 때 향축을 헌관에게 전하는 것을 말한다.

45 헌관(獻官)은 나라에서 제사를 지낼 때 임시로 임명된 제관을 말하며, 전사(典祀)는 제사를 맡아보는 벼슬아치를 말한다.

46 찬알(贊謁)은 제향이나 의식이 있을 때 임금을 앞에서 인도하고 절차를 아뢰는 일을 맡은 사람을 말하며, 축사(祝史)는 제향을 할 때 제관 옆에 서서 일을 돌보는 사람을 말한다.

47 향배(香陪)는 제향을 할 때 향과 제문을 받들고 가는 사람을 말한다.

48 전통혼례에서 신부가 시집으로 오면 사흘 동안은 시어머니가 며느리를 데리고 가까운 친척 집에 다니면서 인사를 시키고, 친척들은 신부에게 식사를 대접하였다. 그리고 사흘이 지나면 부엌에 들어가 일을 시작하였다고 한다. 중국 당나라 왕건(王建)의 「신가랑(新嫁娘)」이라는 시에 "시집온 지 사흘 만에 부엌에 가서 / 손을 씻고 국을 끓이네 / 시어머니 식성을 아직 몰라 / 먼저 시누이에게 맛보게 하네[三日入廚下 洗手作羹湯 未諳姑食性 先見小姑嘗]"라고 하였다.

49 팔인교(八人轎)는 여덟 명이 매는 가마로 공주나 옹주, 대갓집 신부들이 타던 가마이다. 금곡지(金谷池)는 진(晉)나라의 큰 부호였던 석숭(石崇)의 별장이 있던 곳으로, 부호들의 화려한 혼인풍속을 묘사한 것으로 보인다.

126 錦裳姸粧八雙婢 비단 치마에 고운 화장한 여덟 쌍의 여종

127 男婚女嫁矜繁華 장가들고 시집가는데 화려함을 자랑하고[50]

128 武將宮家競豪侈 무장이 호위하는 왕실의 혼사 호사스러움을 다투네

129 都門薤露一何悲 도성문 상여 소리[51] 어찌 하나같이 슬픈가

130 月下搖鈴喧入耳 달빛 아래 방울 소리 시끄럽게 귓전에 들어오네

131 何來返魂哭聲長 어디에서 오는 반혼인지 곡소리도 길어라

132 郭外軒騶終日俟 성밖에는 수레와 말이 종일토록 기다리네

133 丘山華屋等一夢 산기슭 무덤과 화려한 집 한차례 꿈 같으니

134 歌哭悲歡同是理 노랫소리 곡소리 슬픔 기쁨 모두 이치는 같다네

135 三營軍校別巡更 삼영의 군교는 도성을 순찰하고[52]

136 五夜街鍾忙擧趾 밤새도록 도성거리 바쁘게 오고 가네

137 誰人一燈兩三群 등불 하나 앞세우고 가는 두세 무리 누구인가

138 頭冒長衣足曳屣 머리에 장옷 덮어쓰고 신발 끌며 가네

139 鄕軍不識副提學 지방에서 온 군인 부제학[53]도 몰라보는데

---

50 『경도잡지』 풍속 혼인에 "신랑은 백마를 타고 자색비단의 단령을 입고 서대를 띠고 겹날개가 달린 사모를 쓴다. 행렬 앞에는 청사등롱 네 쌍을 배치한다. 기러기애비[鴈父]는 주립에 흑단령을 입고 기러기를 받들고 천천히 앞서 걸어간다. 관청 하인들을 빌어 행차를 배호한다. 신부는 황동으로 정수리를 장식한 팔인교를 탄다. 사면은 발을 드리고 행렬 앞에 청사등롱 네 쌍과 안보 한 쌍을 배치시키는데, 대추, 포, 옷상자, 경대는 머리에 이고 가고 부용향은 들고 간다. 여종 12명은 단장을 곱게 하고 고운 옷을 입고 짝을 지어 앞에 가고 유모는 검은 비단으로 만든 가리마를 쓰고 말을 타고 뒤를 따르는데, 또한 관청 하리들을 동원하여 배호시킨다."라고 하여 조선 후기 화려한 혼인 풍속을 설명하였다.(『경도잡지』 혼의)

51 해로가(薤露歌)는 상여가 나갈 때 부르는 만가(挽歌)를 말하는데, 부추에 이슬[薤露]처럼 인생이 덧없음을 노래한 것이다.

52 조선시대에 훈련도감·어영청·금위영 등 삼영에서 패장 1명이 군졸 5명을 거느리고 도성의 담당 구역을 초경부터 날이 밝을 때까지 순찰하는 것을 말한다.

53 부제학(副提學)은 홍문관이나 규장각의 정3품 당상관의 관직이다.

140 士子寧分金與李　선비가 김씨인지 이씨인지 어찌 분별하겠는가

141 金吾放夜上元夕　금오에서 정월 대보름 밤에 통금을 해제하니[54]

142 雜遝傾都無我爾　온 도성은 너나없이 부산하구나

143 藍輿在前挈壺榼　가마 앞에 술병과 술통을 매달고

144 鞍馬當中紛舃履　말안장 한가운데는 신발이 어지럽네

145 纖歌幾處月笛和　여기저기 고운 노래 달밤의 피리 소리와 어울리고

146 美肴誰家春酒旨　맛있는 안주 뉘 집인지 봄날 술맛을 더하네

147 長橋競踏二十四　장통교 다리밟기는 스물네 다리로 이어지고[55]

148 到處軒堂陳八簋　곳곳의 큰 집에서는 성찬을 베푸네

149 鐘樓南畔廣通橋　종루 남쪽은 광통교라[56]

150 迤下長昌溝水涘　장창교 아래로 맴돌아 흐르는 도랑물[57]

151 水標西挾濬司過　수표교 서쪽 준천사를 끼고 지나가고[58]

---

54 금오(金吾)는 중국 고대에 궁궐과 도성을 순찰하고 치안을 맡은 관청으로, 조선시대에 의금부를 말한다. 평상시에는 밤 10시가 되면 인정과 함께 도성문을 닫고 통행이 금지되었지만, 정월 대보름이나 초파일에는 통금을 해제하였다.

55 장교(長橋)는 장통교로, 중부 장통방에 있었으므로 장교, 장창교, 장통교라고 하였다. 조선 정조 때 안조환의 『만언사』에 "춘정일 십오야 상원야 밝은 달에 / 장안시상 열두 다리 다리마다 바람 불어 / 옥호금준은 다리다리 배반이요 / 적성가곡은 다리다리 풍류로다 / 웃다리 아래다리 석은다리 헛다리 / 철물다리 판자다리 두다리 돌아 들어 / 중촌을 올라 광통다리 굽은다리 수표다리 / 효경다리 마전다리 아량위겻다리라 / 도로 올라 중학다리 다리 나려 향다리요 / 동대문 안 첫다리며 서대문 안 학다리 / 남대문 안 수각다리 모든 다리 밟은 다리"라는 구절이 있다.

56 광통교는 궁궐 – 종루 – 숭례문으로 갈 때 개천을 건너는 도성 제일의 다리였다. 1410년(태종 10) 석교로 조성되었으며, 1762년(영조 38) 중축되었다. 태종 때 처음 다리를 놓을 때, 정릉(貞陵, 중구 정동에 있었던 태조 이성계의 계비 신덕왕후의 능)의 옛터에 남아 있던 돌을 사용하였는데, 다양한 문양이 새겨진 무덤돌이 지금도 남아 있다. 2005년 청계천을 복원하면서 원래 위치보다 상류로 약 150m 옮겨 복원하였다.

57 장창교(長昌橋)는 장통교의 다른 이름이다.

58 수표교는 장통교 바로 하류에 있었던 다리로 부근에 개천의 수위를 측정하는 수표(水標)가 있었으므로

152 河梁東至孝敬遖　하량교 동쪽을 지나 멀리 효경교에 이르네[59]

153 馬廛新橋亘南北　마전교와 신교는 남북에서 이르고[60]

154 長慶凝鑾連尺咫　장경교와 응란교는 지척에서 이어지네[61]

155 芹宮始踐香橋也　성균관은 처음 향교를 건너고[62]

156 梨峴終到黃叅矣　배오개 지나 마침내 황참의교에 이르렀네[63]

157 洞口經歷芭子廛　종묘동구의 파자전을 지나[64]

158 中學門前移步跬　중학[65] 문 앞에서 발걸음을 옮기니

159 十字橋通慈壽宮　십자교는 자수궁교와 통하고[66]

160 朽橋尚存琮琛圯　무너진 다리 그대로 있으니 종침 흙다리라네[67]

수표교라고 하였다. 준천사(濬川司)는 1760년(영조 36) 개천의 준천과 관리를 위해 설치한 관아로 수표교 부근에 있었다.

59 하량교, 효경교 모두 개천에 있었던 다리로 각각 지금의 청계 3가, 청계 4가에 있었다.

60 마전교(馬廛橋)는 다리 주변에 소와 말을 빌려주거나 매매하는 마전이 있었기 때문에 붙여진 이름이다. 현재 청계 5가에 있었다. 신교(新橋)라는 이름의 다리는 도성 여러 곳에 있었는데, 여기서는 뒤의 시구로 보아 개천 북쪽 성균관홍덕동천(지금의 대학로를 따라 흘렀던 하천)에 놓여 있었던 신교를 말하며, 조양교(朝陽橋)라고도 하였다. 이 물이 흘러 마전교 부근에서 개천과 합류하였다.

61 장경교(長慶橋), 응란교(凝鑾橋) 모두 성균관홍덕동천에 놓여 있었다. 장경교는 궁중에서 쓰던 관곽의 제작과 수선을 하던 장생전(長生殿) 앞에 있었기 때문에 붙여진 이름이며, 응란교는 경모궁(정조의 생부 사도세자의 묘당) 앞에 놓여 있었다.

62 향교(香橋)는 성균관 탕평비 앞에 놓여 있었던 다리로 비각교(碑閣橋)라고도 하였다.

63 이현(梨峴)은 현재 종로 4가에 있었던 고개로 '배오개'라고도 하였다. 황참의교는 창경궁에서 흘러나오는 물길(창경궁로를 따라 흘러 개천으로 들어감)에 놓여 있었던 다리로, 황교, 황참교 등이라고 불렀다.

64 동구(洞口)는 종묘동구(宗廟洞口)를 말한다. 파자전(把子廛)은 대나무 제품을 파는 가게로 종묘동구 앞에 있었으며, 주변에 파자전교(把子廛橋)라는 다리가 있었다.

65 중학(中學)은 현재 종로구 중학동에 있었던 도성 내 사학(四學)의 하나인 중학을 말하며, 그 앞에 중학교(中學橋)라는 다리가 있었다.

66 십자교는 경복궁 동쪽 현재 동십자각 부근에 있었던 다리이며, 자수궁교는 경복궁 서쪽 자수궁(현재 종로구 창성동 자하문길에 있는 자교교회 부근) 앞에 있었다.

67 종침교(琮琛橋)는 백운동천(백악 서쪽 백운동 계곡에서부터 흘러내려 개천으로 흘러들어가는 개천의

161 大道西邊惠政橋　큰길 서쪽에는 혜정교가 있고[68]

162 小路軍寺接松杞　작은 길의 군기시교는 송기교와 접하네[69]

163 水閣東連會賢坊　수각교는 동쪽으로 회현방과 이어지고[70]

164 鍾峴南路筆洞汜　종현 남쪽 길로 필동천이 흐르네[71]

165 水沈橋接青寧尉　수침교는 청녕위교와 접하는데[72]

166 餘橋鎖鎖何足紀　나머지 다리 자잘하여 어찌 다 들 수 있겠는가[73]

167 方春花柳好風景　바야흐로 봄꽃과 버드나무 좋은 풍경 이루고

168 分日遨遊趁上巳　날을 나누어 즐겁게 노니는데 3월 상사일 좇아오네

169 三月踏青禊飮好　3월 답청에는 계음하기 좋고[74]

발원지이다)에 놓여 있었던 다리로 현재 종로구 도렴동 종교교회에 앞에 있었다. '종교(琮橋)'라는 명칭은 바로 종침교라는 다리 이름을 딴 것이다.

68 혜정교(惠政橋)는 중학천과 종로대로가 만나는 지점에 놓여 있었던 다리로, 현재 광화문우체국 부근에 있었다.

69 군시(軍寺)는 군기시교(軍器寺橋)를 가리킨다. 군기시는 병장기나 깃발 등 군에서 사용하는 물건을 관장하던 관아로, 현재 태평로 서울시청과 프레스센터 자리에 있었다. 군기시교는 정릉동천(정동 쪽에서 흘러내려오던 물길)에 놓여 있었던 다리로, 지금의 서울시청 뒤편 무교동에 있었으며, 군기교, 무교라고도 하였다. 송기교(松杞橋)는 현재 세종로사거리에서 세종문화회관 뒤편으로 통하는 길목에 있었다.

70 수각(水閣)은 숭례문 안에 있었던 수각교를 말하고, 회현방은 지금의 중구 회현동을 말한다.

71 종현(鍾峴)은 현재 명동성당 앞 고갯길로 정유재란 때 명나라 장수 양호(梁鎬)가 이곳에 진을 치고 남대문에 있던 종을 갖다가 달았으므로 북달재라고 하고, 한자로 '종현'이라고 하였다. 필동천은 현재 남산 한옥마을 부근에서 발원하여 개천으로 흘러들어가는 하천이었으며, 필동교라는 다리가 놓여 있었다.

72 수침교와 청녕위교는 묵사동천(현재 남산 아래 중구 필동 2가 부근에서 발원하여 방산시장을 지나 개천으로 흘러들어간 하천)에 있었던 다리이다. 수침교는 장마가 지면 물에 잠긴다고 하여 '수침교'라고 하였으며, '물에 잠긴다'는 말을 음차하여 '무침교'라고도 하였다. 청녕위교는 청교, 청녕교 등으로도 불렀다.

73 「도성대지도」, 「수선전도」 등 옛 지도와 『한경지략』 등 옛 문헌에 나타난 다리를 정리해 보면, 이름과 위치를 확인할 수 있는 조선시대 도성의 다리는 총 97개 정도 된다.(박현욱, 『서울의 옛 물길, 옛 다리』 참조)

74 3월 답청과 계음은 모두 음력 3월 3일 삼짇날을 말한다. '답청(踏青)'은 새봄을 맞아 교외의 푸른 들판에

170 四月觀燈街禁弛 4월 관등일에는 통금을 푼다네[75]
171 光明世界竪竹竿 세상이 환하도록 대나무 등간을 세우니
172 錯落天星擁花蔿 어지러이 떨어진 별이 꽃처럼 둘러싸서
173 千街晃燿総眼纈 거리마다 휘황한 불빛 온통 눈을 어지럽히고
174 萬人喧笑紛掌抵 수많은 사람들 웃고 떠들며 시끄럽게 손뼉 치네
175 昇平盛事聳觀瞻 태평시대 성대한 일 더욱 우러러 보이고
176 如海洪恩頌姚姒 바다같이 넓은 은혜는 순임금 우임금처럼 칭송 받네[76]
177 齊言市肆百堵晏 한결같이 시전 점포 길고 평온하다 말하고
178 化自城闉八域被 도성에서 시작된 교화 팔도까지 미치었네
179 承院亦在爕理地 승원 또한 조정의 정무를 보는 곳이라[77]
180 夏雨冬寒誰怨讟 여름에 비 오고 겨울에 추운들 누구를 원망하리요
181 沙堤遙望錄事導 모래둑에서 멀리 바라보니 녹사[78]가 앞서 가는데
182 蕉扇難分左右揆 초엽선으로는 좌의정인지 우의정인지 분간하기 어렵네

나가 꽃놀이를 하고 새 풀을 밟으며 봄을 즐긴다고 하여 붙여진 이름이며, '계음(禊飮)'은 이날 액막이로 모여 술을 마신다고 하여 붙여진 이름이다. 『동국세시기』에 "도성의 풍속에 산언덕 물굽이를 찾아 놀러 다니는 것을 화류놀이라고 하는데, 이것은 곧 삼짇날 답청(踏靑–처음 돋은 풀을 밟는다)의 풍속에서 유래한 것이다. 필운대의 살구꽃, 북둔(성북구 성북동에 있는 마을로 과거 어영청의 북둔이 있었음)의 복사꽃, 흥인문 밖의 버들 등이 경치가 가장 좋은 곳으로 화류놀이꾼들이 주로 여기에 모인다."고 하였다.(『동국세시기』 삼월)

75 『경도잡지』에 "종가에 늘어선 시전들은 항상 크고 높은 것을 좋아하여 등대에 새끼줄 수십 개를 매달아 쓰러지지 않도록 일으켜 세운다. 왜소한 등대를 세웠다가는 남들의 웃음거리가 된다. 이날 밤은 관례에 따라 야간통금이 해제된다. 등구경을 나온 사람들은 남산이나 북악산 같은 남쪽과 북쪽의 산록으로 올라가거나 혹은 퉁소와 북을 들고 시가를 이리저리 돌아다닌다."고 하였다.(『경도잡지』 사월 팔일)

76 요(姚)는 순임금의 성이고, 사(姒)는 우임금의 성이다.

77 승원(承院)은 조선시대 외교에 관한 문서를 맡아서 보던 승문원을 가리킨다.

78 녹사(錄事)는 의정부나 중추원에 소속된 아전을 말한다.

183 長聲纔出衆騎下　긴 소리는 기병들 밑으로 겨우 새어 나오고
184 短刺纔通百僚跪　짧은 명함은 신하들 무릎 사이로 겨우 통하는구나
185 霜臺喝道白簡凜　사헌부 갈도소리는 탄핵문 같이 씩씩하고[79]
186 尙宮乘轎紅毯累　상궁은 가마 타고 붉은 담요 둘렀네
187 銀臺入直曉鍾聞　승정원[80] 관원은 새벽 종소리 들으며 입직하고
188 玉堂承召快馬駛　홍문관[81] 관원은 임금의 부름을 받고 빠르게 달려가네
189 巡將納牌弊鞍籠　패를 반납하는 순장은 안롱[82]이 해어졌고
190 騎卽監軍整鞭弭　감군은 말에 오르자마자 편미를 정돈하네[83]
191 進排多官嚴辟除　많은 진배관 벽제도 삼엄하고[84]
192 挾路紛紛羊及豕　좁은 길에는 양 돼지 어지럽게 날뛰고 있네
193 威儀最說奎章閣　위의는 규장각이 제일이라 말하고
194 恩渥多歸壯勇壘　두터운 은혜는 장용영[85]에 많이 돌아간다 하네
195 包羅盛蹟入詠歎　두루 펼쳐진 성대한 공적 칭송하여 노래하는데

---

79 상대(霜臺)는 사헌부의 별칭이며, 백간(白簡)은 탄핵문을 말한다.

80 은대(銀臺)는 승정원의 별칭이다.

81 옥당(玉堂)은 홍문관을 말한다.

82 안롱(鞍籠)은 수레나 말안장을 덮는 우비를 말한다.

83 조선시대 도성의 순찰은 좌·우순청은 구역을 나누어 순행하였는데, 순장과 감군 각 2명은 매일 병조에서 점호를 받고, 신시(오후 3시~5시)에 궁전의 뜰에서 패(牌)를 받은 다음 순찰을 시작하였으며, 순행이 끝나면 새벽에 패를 반납하였다.

84 진배관(進排官)은 궁궐이나 관아에서 쓸 물품들을 조달하는 관리를 말한다. 지위가 높은 사람이 출입할 때에 앞에서 하인이 "물렀거라"고 소리를 지르면 사람들이 피하는데, 이것을 벽제(辟除)라고 한다.

85 장용영(壯勇營)은 1793년(정조 17) 정조가 왕권 강화를 위해 설치한 군영으로, 정조로부터 상당한 지원을 받았다. 『한경지략』에 의하면 "장용영은 동부 연화방에 있다. 광해군의 옛 궁인 이현 별궁에 설치하였는데, 군사들이 날쌔고 건장한 것이나 군영 건물의 웅장하고 화려함이 여러 병영 중 가장 뛰어났다."고 하였다.(『한경지략』 권2, 궐외각사) 정조가 세상을 떠난 후 1802년(순조 2)에 혁파되었다.

196 里謠村謳雜鄙俚　시골 마을에서 부르는 노래 비속함도 섞여 있구나
197 神京歷歷眼前森　한양 모습 또렷하게 눈앞에 펼쳐져 있으니
198 一幅昭昭盈筆泚　한 폭 종이에 선명하게 붓을 적셔 가득 채웠네
199 圖中城市意中詩　그림 속에 성시를 담고 마음속에 시를 담아
200 拜獻丹墀斂袵跽　대궐에 옷깃 펴고 꿇어앉아 절하며 바치나이다

신관호

금직의 여러 신하가 지은
성시전도 응제 백운 시에 화운하여 짓다

奉和 禁直諸臣城市全圖應制百韻

사십구 방은 오부로 나뉘고
큰길은 경계되어 화살과 숫돌 같네
징청방 안국방 그리고 수진방
중부와 북부에 자리하여 서로 이어져 있고
통운교 옆은 옛 사동이라
층층이 높은 백탑 어찌 그리 겹겹이 쌓였나
천달방과 황화방은 동서로 마주하고 있으며
훈도방과 명례방은 남산 아래 있구나

신관호申觀浩(1810~1888)의 시는 그가 훈련대장으로 임명된 1866년(고종 3)경에 지은 것으로 추측된다. 그는 "미욱한 신하 일찍부터 궁마업을 닦아 / 군국의 일 감히 소홀히 할 수 없었네"라고 하여, 무장으로서 군국지사에 강한 사명감을 드러내었다. 시에 등장하는 노량진에서 군사들에게 진법을 조련하는 장면이나 강화·개성 유수부와 남·북한산성, 임진왜란과 명나라의 원병, 대보단과 대명홍, 선무사에 대한 묘사 등 국방이나 군사훈련에 대한 관심을 적극적으로 시에 담았다.

신관호는 "뉘 집에서 마마신 쫓으려 굿하는가 / 무당은 방울 흔들며 해괴한 말 전하구나 / 뉘 집에서 무슨 일이 있어 사주팔자 보는가 / 장님이 상을 한번 보자 담장 따라 가는구나"라고 하여 민간에서 굿하는 장면과 점을 보는 장면을 묘사하였다. 장님이 관상을 본다는 것도 재미있지만, 그런 장님의 한마디에 덜컥 겁이 나서 걸음도 제대로 못 걸어 담장을 짚고 조심조심 가는 모습을 묘사한 것은 매우 해학적이다. 유장儒將으로서 신관호의 문학적 자질을 보여주는 대목이다.

신관호는 조선 후기의 무신이자 외교가로 관호觀浩는 초명이며, 후에 헌櫶으로 개명하였다. 정약용, 김정희 문하에서 수학하였으며, 개화파 인물 강위, 박규수 등과 교유하였다. 순조 조에서 고종 조에 걸쳐 중요 무반직을 두루 역임하였다. 1876년에 판중추부사로 전권대관이 되어 일본의 구로다 기요타카黑田淸隆와 강화도 조약을 체결하였으며, 1882년에는 미국의 슈펠트(Shufeldt, R.W.)와 조미수호조약을 체결하였다.

001 丹青之雅烟花史　고아한 그림 태평성대의 역사라
002 小臣親見全圖是　내가 본 성시전도 이것이라네
003 中有雲從街蕩蕩　가운데 운종가는 넓고 평탄하고
004 四方縱橫鍾樓始　사방 종횡으로 뻗은 길은 종루에서 시작되네
005 鍾南正門禮爲號　종루 남쪽 정문은 '예'로 이름 하였고
006 鍾東鍾西仁義以　종루 동쪽은 '인' 서쪽은 '의'로 하였네[1]
007 正北肅靜凝如辰　정북쪽은 엄숙하고 고요하여 별처럼 응연한데
008 天門九重擁槍壘　대궐문 구중으로 보루처럼 둘러쌌네
009 葱蘢映蔚紛難名　빽빽하게 어리비치니 이름을 알기 어렵고
010 粉額諸司遙點指　하얀 현판의 여러 관아는 멀리서 점으로 가리키는 듯
011 吾王耆舊皆壽星　우리 임금의 원로대신 모두 수성이라[2]
012 靈壽之閣最華美　영수각[3] 참으로 화려하고 아름답구나
013 春營繁華屬都監　번화한 춘영은 도감에 속해 있고[4]
014 夢踏之亭且雄視　몽답정[5] 또한 웅장하게 보이네
015 曰社曰寺紅門道　무슨 사[6] 무슨 시 붙어 있는 붉은 문 솟은 길

---

1 도성 남쪽의 숭례문, 동쪽의 흥인문, 서쪽의 돈의문을 말한다.

2 수성(壽星)은 노인성(老人星)의 별칭으로 장수를 상징한다. 나이가 많은 원로를 뜻하는 말로 쓰인다.

3 영수각(靈壽閣)은 기로소 안에 있는 어첩을 보관하는 누각으로, 여기서는 기로소를 가리킨다. 기로소는 1394년(태조 3)에 창건하였으며, 영수각은 1719년(숙종 45) 숙종이 기로소에 들어가면서 건립하여 어첩을 보관하였다. 문관의 경우 정2품 이상으로서 나이 70세 되는 사람에 대해서 들어가도록 허락되었다.

4 춘영(春營)은 어영청의 분영으로 창경궁 집춘문 밖에 있었던 집춘영(集春營)을 가리키는 것으로 보인다. 도감(都監)은 일반적으로 훈련도감을 말하나 여기서는 집춘영의 본영인 어영청으로 가리킨다.

5 몽답정은 창덕궁 서쪽 훈국 북영 안에 있었는데, 계곡과 바위의 경치가 뛰어났다고 한다. 숙종이 꿈에 이 정자에 행차하였기 때문에 몽답정이라 하였다고 한다.

6 원문에는 '社(사)'로 되어 있으나 어의상 관아의 명칭에 붙는 '司(사)'가 옳을 것 같다. 즉 내수사(內需

016 爲溝爲泮開川水 도랑과 반수는 흘러서 개천수가 되었네[7]

017 粲哉門千兮戶萬 찬란하구나 천문만호 수많은 집들이여

018 八百周廊粗擧爾 대략 들어도 8백 주랑이라[8]

019 一廊一廛廛廛開 행랑 하나 점포 하나 가게마다 열려 있고

020 擾擾紛紛六注比 떠들썩하고 분주한 곳 육주비라네[9]

021 列貨山積誰所致 즐비한 물건 산처럼 쌓였으니 누가 한 것인가

022 請說先王通貨理 선왕의 물화유통 다스림을 들어보고자 하네

023 有堂不覆桐油瓦 집은 동유와[10] 덮지 않았으며

024 有樓不飾雕文綺 마루는 화려한 비단으로 꾸미지 않았으되

025 非無赤間關外珍 적간관[11] 밖의 진기한 물건이 아닌 것이 없고

026 非無琉璃廠內侈 유리창[12] 안의 사치한 물건이 아닌 것이 없네

027 韓山白苧雪霏如 한산의 뽀얀 모시는 눈이 흩날리는 것 같고

司), 전설사(典設司), 사복시(司僕寺), 군기시(軍器寺) 등 여러 관아를 말한다.

7 반수(泮水)는 성균관 주변에 흐르는 시내로 성균관흥덕동천(지금의 대학로를 따라 흐르던 시내)으로 유입되어 개천으로 흘러들어갔다. 조선시대 개천으로 흘러드는 물길은 도성 안에 24개, 도성 밖에서 4개로, 개천에 모두 28개의 지천이 있었다.

8 도성의 시전 행랑은 돈의문과 흥인문을 연결하는 동서대로를 따라 혜정교(지금의 광화문우체국 앞)에서 흥인문까지, 창덕궁 정문인 돈화문에서 종루까지, 종루에서 숭례문까지 연결되는 도로변 좌우에 2천 칸이 넘은 규모로 설치되었다.

9 육주비(六注比)는 육의전(六矣廛)으로 선전, 면포전, 면주전, 내외어물전, 지전, 저포전을 말한다.

10 동유와(桐油瓦)는 동유를 바른 기와로, 동유는 기름오동나무의 열매에서 짠 기름으로 점성이 높고 도장막이 강하고 탄력성이 있어 옛날부터 장판지나 단청, 기와 등의 도장유로 사용하였다.

11 적간관(赤間關-아카마가세키)은 조선통신사가 동래항을 출발하여 대마도를 거쳐 일본 본토로 들어서는 첫 관문으로 지금의 시모노세키(下關)이다.

12 유리창(琉璃廠)은 북경성 정양문 남쪽에 있는 거리이다. 북경성을 건설할 때 유리와를 굽는 가마가 있었으므로 이름 붙여졌다고 한다. 서점, 골동품점이 많기로 유명하였다.

028 鍾布慈紬兼海紫　종포 자주 해자라[13]
029 魚塩果菰不一足　어물 소금 과일 채소 그 수가 얼마던가
030 美哉羅人貢柑柿　아름답구나 탐라인이 올린 귤과 감이여[14]
031 梅邊盆植海榴花　매화나무 옆 화분에 해류화 심고[15]
032 紗下囱明竹清紙　밝은 사창 아래 죽청지라[16]
033 可憐仁川賣蟹娘　가련하구나 꽃게 파는 인천 아낙네
034 蓬鬟竹筐斜相倚　헝클어진 머리에 대광주리 비스듬히 이고 있네
035 可憐思陵買炭人　가련하구나 숯 파는 사릉[17] 사람
036 瘦馬孤擔倦行止　비쩍 마른 말 홀로 짐을 지고 걸음도 지쳤구나
037 可憐通橋色酒家　가련하구나 광통교 색주가에는
038 別字燈掛列卓匜　별자등 걸어 놓고 탁자와 주전자 널려 있네
039 可憐銅峴賣藥翁　가련하구나 약을 파는 구리개[18] 늙은이

13 종포(鍾布)는 함경도 종성 등 북관에서 생산되는 마포를 말하는 것으로, 이곳에서는 올이 가늘고 고운 삼베가 생산되었다. 자주(慈紬)는 평안도 자산군(慈山郡) 지역에서 나는 명주를 말하는 것으로 보인다. 자산군은 평안도 성천도호부(成川都護府) 소속으로 『오주연문장전산고』나 『임원경제지』에 이곳에서 나는 합사주(合絲紬)가 특산물로 되어 있다. 해자(海紫)는 바닷가 지역에서 나는 자초(紫草)를 가리킨다. 우리말로 지초(芝草)라고 하는데, 뿌리를 채취하여 자주색 염료로 사용한다. 『신증동국여지승람』에 지초는 전국 여러 곳에서 토산물로 소개되어 있으며, 황해도 해주(海州)의 토산물로도 소개되어 있다.

14 『열양세시기』에 "제주도는 옛 탐라국이다. 감귤 생산지로 해마다 공물로 감귤이 동짓달과 섣달 두 달에 걸쳐 서울에 이른다."고 하였다.(『열양세시기』 십이월)

15 해류(海榴)는 석류의 일종으로 신라 때 바다 밖에서 들어왔다 하여 '해류'라고 이름하였다고 한다.

16 죽청지(竹淸紙)는 우리나라에서 생산되는 종이로 대나무 속껍질처럼 푸른빛이 돌아서 죽청지라고 하였다.

17 사릉(思陵)은 단종의 비 정순왕후 송씨의 능으로 경기도 남양주에 있다.

18 동현(銅峴)은 '구리개'로 지금의 을지로에 해당한다. 조선 후기 이곳에는 약을 판매하는 곳이 집중해 있었다. 『한경지략』에 "약을 판매하는 곳은 다 동현 좌우에 늘어져 있다. 각 처에 흩어져 있는 것은 문 옆에 반드시 '신농유업', '만병회춘'의 구호를 써 붙였으며, 창은 가로 쪽으로 나 있는데 반드시 갈대로

040 騣巾婆娑坐簾裡　종건[19] 쓰고 한가로이 발 속에 앉아 있네

041 天恩金牌內閣斑　임금의 은혜 입어 금패 찬 규장각 각신[20]이요

042 唐色黃衫兩院妓　붉은색 황삼 입은 양원의 기생이라[21]

043 鏳草笠者紅衣監　쟁자 달린 초립 쓴 사람은 붉은 옷 입은 별감이요[22]

044 太師鞋者靑袍士　태사혜 신은 사람은 청포 입은 관리로다[23]

045 天廏萬匹照地光　궁궐 마구간의 수만 필 말은 땅에 비춰 빛이 나고[24]

046 奚官調習皆騄駬　해관이 조련시키니 모두 준마라네[25]

047 平明騎出興仁門　동틀 무렵 말을 타고 흥인문을 나서니

048 東郊芳草地黃似　동교의 향기로운 풀이 땅을 노랗게 덮은 듯

049 凜凜遂令觀者動　늠름하여 마침내 보는 사람 감동하는데

엮은 발을 내렸다."고 하였다.(『한경지략』 권2, 시전)

19 종건(騣巾)은 말의 갈기나 꼬리로 만든 두건을 말한다.

20 조선시대 규장각 각신이 나갈 때 길을 인도하는 하인이 금패를 들고 앞서 가게 하였다. 이외에도 규장각 각신은 특별한 대우를 받았는데, 아무리 관직이 높아도 규장각에 함부로 들어올 수 없었으며, 정조는 '객래불기(客來不起 – 손님이 와도 일어나지 말라)', '수대관문형 비선생무득승당(雖大官文衡 非先生毋得升堂 – 비록 대관과 문형이라도 각신이 아니면 당 위에 오르지 못한다)' 등 글을 써서 규장각 곳곳에 걸어 두도록 하였다.

21 내의원과 장악원을 말한다. 조선시대 기생은 내의원에 소속되어 의침(醫針)을 하는 약방기생과 장악원에 소속되어 연회나 행사 때 노래와 춤을 담당하였다. 장악원에는 150명 정도의 기녀가 소속되어 있었으며, 내의원 기녀도 무악정재기(舞樂呈才妓)로 나가 화려한 옷을 입고 춤을 추기도 하였다.

22 쟁자(鏳子)는 갓의 정상에 다는 장식으로 정자(頂子)라고도 한다. 홍의(紅衣)는 거친 무명에 붉은색을 물들인 소매가 좁은 옷으로 대전별감, 종묘나 사직의 제사를 맡아보던 수복(守僕)이 주로 입었다.

23 태사혜는 울을 헝겊이나 가죽으로 하고 코와 뒤에 흰 줄무늬를 새긴 남자용 신으로 흔히 사대부나 양반들이 평상시에 신었던 신발이다. 청포는 조선시대 종3품부터 4, 5, 6품의 관리들이 입었던 공복이다.

24 천구(天廏)는 임금의 마구간 또는 마장(馬場)을 말한다. 조선시대 궁마와 목장은 사복시(司僕寺, 현재 종로구 수송동 종로구청 자리)에서 관장하였으며, 마장은 동교(東郊, 현재 성동구 마장동 일대)에 있었다.

25 해관(奚官)은 말 기르는 일을 맡아보는 관직을 말하며, 녹이(騄駬)는 준마를 뜻한다.

050 蟒衣騰風隨馬技　망의를 바람에 휘날리며 마기를 따르네[26]

051 氣增都城一萬步　기세는 도성 일만 보 드높이고[27]

052 力壓關塞三千里　힘은 삼천리 우리 강토 누르네

053 閑良脚底踏生風　한량[28]들 발밑에서는 바람이 일고

054 彎弩如月六兩矢　달 같은 쇠뇌를 당겨 육량시[29]를 쏘네

055 或爲高麗鰲山隊　혹 고려 오산[30]의 대오를 지었다가

056 乍作新羅花郎喜　문득 신라 화랑놀이를 하기도 하네[31]

057 敦義門出遙遙塵　돈의문 나서니 아득히 먼지가 일고

058 崇禮門出深深軌　숭례문 나서니 수레바퀴자국 깊고 깊구나

059 朝聲暮聲追蠡鍾　아침저녁 종소리 울리고[32]

060 太祖太宗建基址　태조 태종께서 기틀을 세우셨네

061 鎭國名山萬丈峰　나라 지키는 명산의 높디 높은 봉우리[33]

062 當時歌曲新飜子　당시 새로운 노래 불렀다네

---

26 망의(蟒衣)는 군사들이 무예를 연습할 때 입는 옷의 하나로 용무늬를 수놓았다. 마기(馬技)는 말을 타고 달리며 말 위에서 부리던 여러 가지 무예를 말한다.

27 『한경지략』에 "도성은 둘레가 9천 9백 7십 5보요, 높이가 40척, 리로 계산하면 40리이다."라고 하였다.

28 한량은 조선 후기 무과 합격자로서 벼슬을 받지 못한 사람을 가리킨다.

29 육량시(六兩矢)는 무게가 여섯 냥인 철전(鐵箭)을 말한다.

30 오산(鰲山)은 연회나 행사를 하기 위하여 마련한 가설 무대로, 자라등처럼 생겼다고 하여 오산이라고 하였다. 여기서는 고려 때 자라등 모양의 진법을 이야기하는 것으로 추측된다.

31 『삼국사기』에 화랑에 대하여 "서로 도의를 닦거나 서로 노래와 음악으로 즐겁게 하며, 명산대천을 두루 유람하여 멀리 가보지 않은 곳이 없었다. 이것을 통해 사악하고 바른 것을 알게 되니 선량한 자를 뽑아서 등용하였다."라고 하였다.(『삼국사기』 제4권 신라본기 진흥왕 37년) '화랑희(花郎喜)'란 바로 『삼국사기』에서 말한 신라 화랑의 이러한 수련을 말하는 것이 아닌가 추측된다.

32 새벽과 밤에 울리는 파루와 인정을 말한다.

33 만장봉(萬丈峰)은 아주 높은 봉우리라는 뜻으로 여기서는 삼각산을 가리킨다.

063 昔聞崑崙正三角　예전에 들으니 곤륜산[34]이 바로 삼각산이라 하였는데
064 今見此山臨漢涘　이제 보니 이 산 한수를 바라보고 있구나
065 漢時洌水今漢江　한나라 때 열수는 지금의 한강이라[35]
066 兩南大同千艘艤　대동미[36] 실은 영호남의 배 수천 척 대었네
067 百官祿牌仰惠倉　모든 관원 녹패 들고 선혜청 창고 우러러 보니[37]
068 十層廨廒成儲峙　10층 창고에 가득하게 쌓였구나
069 民以柔順爲田畝　백성은 유순으로 밭고랑을 짓고
070 國以恭儉爲耒耜　나라는 공검으로 쟁기질을 하네
071 春塘水邊觀稼亭　춘당 못가에는 관가정이 있어[38]
072 秋事先占數頃秠　가을 수확 몇 이랑이나 되는지 먼저 헤아려 보네
073 閒閒南麓百畝桑　한가로운 남쪽 기슭 넓은 뽕나무 밭에서는
074 中壼親蠶學太姒　왕비가 친잠하며 태사를 배우네[39]

---

34 곤륜(崑崙)은 중국 전설상의 높은 산으로 옥이 나고, 서왕모(西王母)가 살며 불사의 물이 흐른다고 한다.

35 『한서』에서 한강을 열수라고 하였다.

36 1608년(선조 41)부터 실시된 대동법에 따라 거두어들이는 쌀을 말한다.

37 혜창은 대동미를 보관하는 선혜청 창고를 말하는 것으로 선혜청(지금의 남대문 수입상가 자리에 있었음)의 창고로는 선혜청 내의 내청고를 비롯하여 별창, 남창, 북창, 강창, 신창, 평창, 동창 등 여러 곳에 있었다. 녹패는 관리가 녹봉을 받을 수 있는 증서로 조선시대 중앙 관원의 녹봉은 서강에 위치한 광흥창에서 지급하였다.

38 관가(觀稼)는 일정한 곳에 정자나 누각을 짓고 임금이 그곳에 나가 백성들이 농사짓는 모습을 관찰하는 것을 말한다. 도성에서는 숭례문 밖 청파 남쪽에 관가정이 있었으며, 동쪽 도성 밖 선농단에도 관경대(觀耕臺)가 있었다. 또한 창덕궁 후원 춘당대(春塘臺) 곁에는 관풍각(觀豊閣)이 있는데, 앞에 논이 있었다. 매년 농사를 지어 가을에 이르러 벼를 수확하여 근신에게 나누어 주는데 이름하여 '춘당도(春堂稻)'라고 하였다.(『한경지략』 권1, 궁궐 창덕궁)

39 중곤(中壼)은 왕비를 말하는데, 왕비가 직접 누에를 치고 고치를 거두는 일을 친잠이라고 한다. 태사(太姒)는 주나라 문왕의 비이자 무왕의 어머니로 부덕(婦德)의 전범으로 비유된다.

075 稼穡艱難重豳風　농사의 어려움 빈풍[40]에서 중하게 여겼으니
076 翼翼規模三代擬　높고 훌륭한 규모는 하 은 주 삼대와 비기네
077 人物漸殖四百年　사람과 물자 점점 늘어나기를 4백 년
078 昇平可期億萬禩　태평성대 억만 년을 기약할 수 있다네
079 亦有皇恩在龍蛇　또한 임진왜란 때 황은을 입어[41]
080 再造難忘今如此　재조의 잊기 어려운 은혜 지금도 이와 같다네[42]
081 拱北冽泉二門開　공북 열천 두 문을 여니[43]
082 壇在北苑最密邇　북원 가장 가까이에 대보단이 있네[44]
083 而今還似舊雨露　지금 돌아봐도 옛날 은혜와 흡사하여
084 大明紅發兩三蘂　대명홍 두세 송이 피어 있구나[45]
085 邢楊之祠在城南　형양의 사당은 도성 남쪽에 있는데[46]

---

40 빈풍은 『시경』의 편명으로 주나라 주공이 나이가 어리고 경험이 부족한 성왕을 등극시킨 뒤, 백성들의 농사짓는 어려움을 인식시키기 위하여 지은 것이라고 한다. 후대에 임금이 백성의 일을 염려하는 훌륭한 덕을 모범으로 삼고자 빈풍 칠월의 시를 그림으로 그린 빈풍도, 빈풍칠월도 등이 많이 그려졌다.

41 용사(龍蛇)는 용의 해인 임진년(壬辰年)과 뱀의 해인 계사년(癸巳年)을 말하는 것으로, 여기서는 임진왜란을 말한다.

42 명나라가 원군을 보내어 조선을 구원해 준 은혜를 말하는 것으로, 선조는 친히 어필로 생사당(生祠堂), 선무사(宣武司) 등에 '재조번방(再造藩邦－번국을 다시 일으켜 세움)'이라 써 그 은혜를 기리었다.

43 공북문(拱北門)은 창덕궁 서북쪽에 있는 문으로 대보단으로 들어가는 문이며, 열천문(冽泉門)은 대보단의 중문이다.

44 임진왜란 때 명나라 신종(神宗)이 원병을 보내 조선을 구원해 준 공을 생각하여 설치한 대보단을 말하는 것으로, 1704년(숙종 30)에 창덕궁 북쪽 내빙고터에 설치하였다.

45 어떤 꽃인지 자세하지 않으나 대보단 앞에 있던 꽃을 '대명홍'이라고 불렀던 것으로 보인다. 허목의 『기언』에 "대명홍은 우리 동방에는 없던 꽃으로, 꽃은 붉고 꽃술은 자줏빛이며 줄기는 검고 잎은 작다. 키가 수척으로 7월에 꽃이 핀다. 꽃잎은 다섯 개가 가지런히 나고 향기가 청량한 특이한 꽃이다. 이 꽃은 중국에서 온 것으로 우리나라에 전해져 심었는데, 대명홍이라 한 것이다. 명나라가 폐망하고 흑한(청나라)이 천하를 호령한 지가 30년이 되었지만 사람들이 옛날을 잊지 못하는 것이 이와 같다."고 하였다.(『기언』 권14, 중편 대명홍설)

086 猗歟君臣一體祀 아 임금과 신하 함께 제사지내네
087 臣讀春秋列國傳 내 춘추열국전을 읽으니
088 尊周五伯假仁已 주 왕실 받든 다섯 제후는 인을 가탁하였을 뿐이라네[47]
089 朝鮮一賦自有感 조선부 한 권 저절로 느끼는 바 있으니
090 博拾風謠董天使 우리 풍속 널리 수습한 동천사라네[48]
091 圖兮圖兮展展來 그림이여 그림이여 펼치고 펼치니
092 萬象昭回惟尺咫 온갖 형상 바로 지척에서 두루 비추네
093 四十九坊分五部 사십구방은 오부로 나뉘고[49]
094 大道爲界如矢砥 큰길은 경계 되어 화살과 숫돌 같네
095 澄淸安國與壽進 징청방 안국방 그리고 수진방[50]
096 布置中北相逶迤 중부와 북부에 자리하여 서로 이어져 있고[51]
097 通雲橋上古寺洞 통운교 옆은 옛 사동이라[52]

---

46 임진왜란 때 군사를 거느리고 와서 조선을 도운 명나라 병부상서 형개(邢玠)와 경리 양호(楊鎬)를 제사하는 선무사(宣武祠)를 말하는 것으로 남대문 안 태평관 서쪽(지금 중구 서소문동 120번지)에 있었다. 1598년(선조 31) 창건하였으며, 처음에는 형개의 위패만을 봉안하였다가 1604년 양호를 함께 봉안하였다. 창건 당시 선조 어필의 '再造藩邦(재조번방)'이라는 현판을 걸었으며, 1746년 영조 어필로 '垂恩海東(수은해동)'이라는 현판을 써 걸게 하였다.

47 존주오백(尊周五伯)은 제나라 환공, 진나라 문공, 초나라 장왕, 오나라 부차, 월나라 구천을 가리킨다. 인을 가탁하였다는 것은 이들이 겉으로는 주 왕실을 섬기는 것처럼 하나, 실제로는 힘을 내세운 패자(霸者)라는 것으로, 이들을 춘추오패(春秋五霸)라고 하였다.

48 1488년 사신으로 조선에 왔던 동월(董越)을 말한다. 그는 당시 조선에서 얻은 각종 견문과 감회들을 정리하여 『조선부』를 지었다.

49 조선 후기 한성부의 행정조직이 5부 49방으로 구성되어 있었음을 말한다.

50 징청방(澄淸坊-현재 주한 미국대사관 일대), 안국방(安國坊-현재 안국동 일대), 수진방(壽進坊-종로구청 일대)을 말한다.

51 징청방과 수진방은 중부에, 안국방은 북부에 위치해 있었다.

52 통운교는 안국동에서 내려오는 안국동천과 종로가 만나는 지점, 즉 현재 탑골공원 서쪽 지점에 있었던

098 白塔層層何戢孴　층층이 높은 백탑 어찌 그리 겹겹이 쌓였나[53]

099 泉達皇華東西對　천달방과 황화방은 동서로 마주하고 있으며[54]

100 薰陶明禮南山抵　훈도방과 명례방은 남산 아래 있구나[55]

101 將軍樓閣映高槐　장군가의 누각은 큰 느티나무 비추고

102 宰相門前多種李　재상가 문 앞에는 오얏나무 많구나

103 廟苑綠樹蔭垂垂　묘원의 푸른 나무는 그늘을 드리우고

104 閟宮紅蓮水瀰瀰　종묘의 붉은 연꽃은 물결에 넘실거리네

105 容亝已去青雀飛　용제가 이미 떠나갔으니 청학도 날아가고[56]

106 樞府舊居白雲起　중추부[57]의 옛터에는 흰 구름 이네

107 怊悵盡如仙人別　모두 신선이 이별하는 듯 슬퍼하며

108 白雲青雀空延企　백운과 청학이 하늘 높이 솟아 바라보네[58]

다리이다. 부근에 철물전이 있었기 때문에 철물전교, 철물교라고도 하였다. 사동(寺洞)은 현재 탑골공원 일대로 원각사가 있었기 때문에 붙여진 이름이다.

53 원각사탑을 말하는 것으로, 이 탑은 1467년(세조 13) 4월 8일 완성되었다.

54 천달방은 동부에, 황화방(중구 서소문동 37번지 일대)은 서부에 소속되어 있음을 말한다. 천달방은 1751년(영조 27)에 폐지되었다.

55 훈도방은 지금의 중구 예장동 일대, 명례방은 지금의 명동 일대에 해당한다.

56 용재(容亝)는 용제(容齊) 이행(李荇)을 가리키는 것으로 보인다. '재(亝)'는 '재(齋)'와 같은 자이다. 이행은 조선 중종 때 문신으로 이조판서, 우의정 등을 역임하였다. 청학(靑鶴)은 남산을 가리키는 것으로 보인다. 남산 청학동은 병풍 같은 바위와 반석이 그윽하고 고요하여 경치가 매우 좋았는데, 이행이 이곳에 서당을 짓고 스스로 청학도인(淸鶴道人)이라 호를 지었다고 한다. 그는 길을 끼고 좌우에 소나무와 전나무·복숭아·버드나무를 심었고, 공무가 끝나면 지팡이를 짚고 한가롭게 거닐어 마치 야인과 같이 생활하였다고 한다. 청학동은 『한경지략』에 "『여지승람』에 이르기를, '옛날 우의정 이행의 서재가 있다. 언덕 바위에 새기길 용재이선생서사유지(容齋李先生書舍遺址)라 했다'고 한다."라고 하였다.(『한경지략』 권2, 각동 청학동)

57 추부(樞府)는 중추부(中樞府)로 조선시대 직무와 소임이 없는 문무 당상관을 우대하기 위한 관청으로 지금의 세종문화회관 인근에 있었다.

109 夕陽朝陽相按對　석양루와 조양루 서로 마주 대하고[59]

110 紅園白園爲角掎　붉은 동산 흰 동산 뿔처럼 의지하네

111 朝家奬義八旌閭　조정에서 의로움을 표창하여 팔정려문을 세우니

112 烈孝云云傳李氏　열녀니 효자니 운운하며 이씨 집안에 전해 오네[60]

113 小峙琵麓墨溪回　낮게 솟은 비파 산록에 검은 계곡 돌아 흐르는데

114 典型臣家七分徙　전형적인 신하의 집 흡사하게 옮겼구나

115 地闢百年翳喬木　땅이 열린지 1백 년 교목으로 그늘지고

116 邨多素心列蘭芷　마을에는 마음씨 깨끗한 사람 많고 난초와 지초 가득하네

117 何人繫馬高門柳　높은 대문 앞 버드나무에 말 매어 놓은 이 누구인지

118 砑色直領身邊被　반질반질 윤기 나는 직령을 몸에 걸쳤구나[61]

119 何人勸酒名園花　꽃이 핀 명원에서 술 권하는 이 누구인지

120 匝坐三絃奏商徵　둘러앉아 삼현[62]으로 음악을 연주하네

121 何人上元踏月橋　정월 대보름에 다리밟기 하는 사람 누구이며[63]

---

58 백운(白雲)은 삼각산 백운봉. 청학(靑雀)은 남산을 가리키는 것으로 보인다.

59 효종의 잠저인 조양루와 효종의 동생 인평대군의 석양루가 서로 마주하고 있음을 말한 것이다. 『한경지략』에 "어의동에 효종의 잠저가 있는데, 용흥궁이라고 한다. 누의 이름은 조양루이다. 나라에서 가례를 할 때 매번 이 궁에서 행하였다. 또 동쪽 마주보는 지역에 누각이 있는데, 석양루라고 한다. 이곳은 인평대군의 궁이다."고 하였다.(『한경지략』 권2, 각동)

60 조선 중기 때 효자 열녀 집안으로 이름난 이지남(李至男)의 집안을 말한다. 『한경지략』에 "자연암은 숭례문 밖에 있다. 효자인 소격서 참봉 이지남 집안의 정려가 있는데, 충신, 효자, 효녀, 절부, 열녀가 한 집안에 모두 8사람이 되어서 아울러 정려를 세웠다. 인조대에 '효자삼세(孝子三世)'라는 편액이 내려져 대문에 세우니, 세칭 팔홍문가라고 하였다."고 하였다.(『한경지략』 권2, 각동)

61 아색(砑色)은 갈거나 문질러서 윤기가 나는 것을 말하며, 직령(直領)은 무관이 입던 웃옷으로 깃이 곧고 뻣뻣하며 소매가 넓다.

62 삼현은 거문고, 가야금, 향비파 등 세 가지 현악기를 말한다.

63 상원(上元), 즉 정월 대보름날 다리밟기를 말한다. 『열양세시기』에 "보름날 밤에 열두 다리를 걸어서

何人八日觀燈市　초파일 거리에 등구경하는 사람 누구인가[64]
千人萬人聽鐘後　수많은 사람들 종소리 들은 후에
角觝石戲風聲靡　씨름과 석전[65]으로 바람에 풀 쓰러지듯 하네[66]
誰家賽神送痘時　뉘 집에서 마마신 쫓으려 굿하는가[67]
巫女叢鈴傳誕詭　무당은 방울 흔들며 해괴한 말 전하구나
誰家談命有甚事　뉘 집에서 무슨 일 있어 사주팔자 보는가
瞽者一相循墻雖　장님이 상을 한번 보자 담장 따라 가는구나[68]
誰家蔀屋冷無煙　뉘 집에서 냉골에 연기도 나지 않는가
短髢老嫗簸糠粃　짧은 다리[69] 얹은 할멈이 쭉정이 까불리고 있구나

건너면 열두 달 액을 모두 막을 수 있다고 하여 재상과 귀인으로부터 여항 백성들까지 늙거나 병든 사람을 제외하고는 나오지 않는 사람이 없었다. 가마도 타고 말도 타고 지팡이도 짚고 나막신을 끌고 나오기도 하여 거리가 사람들로 꽉 차고 악기와 술병이 사람들이 모인 곳마다 벌여 있다. 1년 중에 도읍이 구경꾼들로 성황을 이루는 날은 오직 보름밤과 사월 초파일이다. 이 두 날 밤에는 매번 임금의 명으로 통금을 해지한다."고 하였다.(『열양세시기』 정월 상원)

64 등시(燈市)는 4월 초파일에 민가와 관청, 시장, 거리의 집집마다 등간을 세우고 등을 매달아 많은 사람들이 구경하였다.

65 각저(角觝)는 씨름을 말한다. 석희(石戲)는 편을 나누어 돌을 던지며 싸우는 놀이로, 『경도잡지』에 "삼문(숭례문, 돈의문, 소의문) 밖과 아현 주민들이 만리동 고개에서 돌을 던지며 서로 싸웠는데, 속설에 삼문 밖 편이 이기면 경기 일대에 풍년이 들고 아현 편이 이기면 팔도에 풍년이 든다고 한다. 용산과 마포에 사는 불량 소년들 중에는 패를 지어 아현 편을 돕는다. 바야흐로 싸움이 한창 심해지면 고함소리가 땅을 흔들 정도이며, 이마가 깨지고 팔이 부러져도 후회하지 않는다. 관에서 가끔 이를 금하였다. 성안의 아이들도 이를 따라 하였으므로 행인들이 모두 돌에 맞을까 무서워 피해 돌아간다."고 하였다.(『경도잡지』 권2, 상원)

66 이학규의 시에 "남쪽 언덕에는 돌싸움으로 바람에 쓰러지듯 다투네[南皐石戰爭風靡]"라는 구절이 있다.(이학규, 152)

67 송두(送痘)는 마마, 즉 천연두를 쫓는 것으로, 두신(痘神)은 마마를 집집마다 옮겨 앓게 한다는 여신(女神)으로, 보통 호구별성(戶口別星)으로 불린다. 새신(賽神)은 굿이나 푸닥거리를 말한다.

68 순장(循墻)은 담장을 따라 간다는 말로, 매우 조심스러움을 뜻한다.

69 다리[髢]는 조선 후기 여성들이 머리숱이 많아 보이려고 덧넣었던 딴머리로 월자(月子)라고도 한다.

131 千官散出紅馬木　수많은 관원은 홍마목[70]으로 흩어져 나오고
132 文武衣冠殊劍履　의관 갖춘 문무관원은 의장도 뛰어나네[71]
133 文雀武虎繡雙單　흉배에 문관은 학 무관은 호랑이 쌍홑으로 수놓고
134 臺下尖巾捧獬豸　대 아래서 뾰족한 두건 쓰고 해치를 받드네[72]
135 三營伴倘擁馬頭　삼영의 반당[73]은 말머리 잡고 있고
136 政府蕉扇傘日晷　의정부 정승의 초엽선은 해시계를 가렸네
137 環衛儀仗襍鈇鉞　환위군 의장은 부월을 잡고 있고
138 羽林騎士執鞭弭　우림군 기사들은 편미를 잡고 있네[74]
139 蹌蹌盡是世祿人　당당하고 위엄 있으니 모두 세록인이요[75]
140 如海深恩應浹髓　바다같이 깊은 은혜 뼛속에 사무치네
141 節日明倫試士地　절일에 명륜당은 유생들 시험 보는 곳이라[76]
142 培埴幾年抱經紀　몇 년을 심고 길러 큰 뜻을 품었네
143 璇題條對四拜餘　임금의 물음에 조목조목 대답하며 네 번 절하니
144 涵養元氣國有恃　원기를 가득 길러 나라의 믿음이 있네
145 這間應多董馬流　이 속에 동중서 사마천 같은 훌륭한 인재[77] 응당 많아서

70 홍마목(紅馬木)은 가마나 상여 따위를 세워 놓을 때 괴는 네발이 달린 나무 받침틀을 말한다.

71 검리(劍履)는 '검리상전(劍履上殿)'이라는 말로, 검을 풀거나 신발을 벗지 않은 채 임금 앞에 나아간다는 말로 임금의 두터운 신임을 받는 중신이라는 뜻이다.

72 대(臺)는 사헌부의 별칭인 상대(霜臺)를 말하는 것으로 사헌부 관원은 해치관을 썼다.

73 반당(伴倘)은 서울의 각 관아에서 부리는 사환이나 사신을 갈 때 사비로 데려가는 심부름꾼을 말한다.

74 환위군(環衛軍)과 우림군(羽林軍)은 대궐과 임금을 숙위하는 호위군을 말한다.

75 세록(世祿)은 대대로 국가의 녹을 받는 집안을 말한다.

76 명륜당(明倫堂)은 성균관 유생들이 글을 배우고 익히는 강학당으로 임금이 문묘에 참례한 뒤 시험을 보기도 하였는데, 이를 알성시(謁聖試)라고 하였다.

146 端合明朝出以仕　참으로 밝은 조정에 출사해도 좋으리

147 樂院調習二六日　장악원에서는 매월 2일 6일자에 연습하는데[78]

148 渢渢大樂如盈耳　아름답고 훌륭한 음악 귀에 가득하구나

149 金尺之舞龍飛歌　금척무와 용비어천가[79]

150 傳來有聲綏福祉　전해오는 좋은 음악 있어 복록이 편안하네

151 昔在英陵備禮樂　옛날 세종 때 예악을 갖추었는데[80]

152 南陽浮磬海生秠　남양에서 경쇠가 뜨고 바다에서는 검은 기장 나왔다네[81]

153 抛毬會蘇自羅麗　포구락과 회소곡은 신라와 고려로부터 전해 왔고[82]

---

77 동마류(董馬流)는 동중서(董仲舒), 사마천(司馬遷)과 같은 훌륭한 인재를 지칭한다. 동중서는 전한 무제 때 학자로 유가(儒家)로 사상계를 통일할 것을 주장했는데, 무제가 받아들여 이후 2천 년 동안 유학이 정통 학술로 자리하는 계기를 만들었다. 사마천은 전한 무제 때 태사령(太史令)으로 기원전 91년 『사기』를 완성하였다. 중국 섬서성 출신으로 어려서 장안으로 와서 동중서로부터 학문을 배웠다.

78 장악원(掌樂院)은 조선시대 궁중에서 연주되는 음악 및 무용에 관한 모든 일을 맡아보던 관청이다. 『한경지략』에 "장악원은 남부 명례방에 있다. 국초에 건립하였다. 소리와 음율을 가르치고 검열하는 일을 맡았는데, 아악은 좌방에 속하였고, 속악은 우방에 속하였다. 매달 2·6이 들어가는 날에 장악원에서 음악을 익힌다."고 하였다.(『한경지략』 권2, 궐외각사 장악원) 장악원의 악공과 악생의 음악 연습은 이륙회(二六會) 혹은 이륙좌기(二六坐起), 이륙이악식(二六肄樂式)이라 하여 한 달에 2·6이 들어가는 2일, 6일, 12일, 16일, 22일, 26일의 여섯 차례를 정기적으로 출근하여 연습하는 방식으로 이루어졌다.

79 금척(金尺)은 조선 개국 초기 정도전이 태조의 공덕을 칭송하기 위하여 만든 악장인 「몽금척」을 말하며, 용비어천가는 조선왕조의 창업을 이룩한 목조에서 태종에 이르는 여섯 대의 영웅적 행적과 덕성을 찬양한 노래로 1445년(세종 27) 권제, 정인지, 안지 등이 지었다.

80 세종은 박연(朴堧)으로 하여금 국가·궁중 의례에 필요한 아악을 제정하고, 향악을 창작했으며, 편경과 편종 등 악기를 제조하고, 율관을 제정하게 해 모든 악기의 음을 조율하게 하였다.

81 바다는 여기서 황해도 해주를 가리킨다. 성현(成俔)의 「악학궤범서」에 세종 때 해주에서 거서(巨黍)가 나고 남양에서는 채석(彩石)이 나왔으며, 이 거서와 채석을 가지고 음률을 조종하고 돌로 경을 만들어 음악을 정비하였다는 내용이 실려 있다. 신광하의 시에 "예악이 크게 갖추어진 것은 세종 때이니 / 때마침 흑서가 바닷가에 나타났네[禮樂大備英陵朝 維時黑黍生海涘]"(신광하, 81, 82)라는 구절이 있다.

82 포구(抛毬)는 포구락(抛毬樂)으로 고려 때 공던지기 놀이를 형상화한 춤을 말한다. 회소(會蘇)는 신라 유리왕 때 한가위를 앞두고 여성들을 두 편으로 갈라 길쌈놀이를 했는데, 이때 진 편에서 여자가 일어서서 춤을 추며 탄식하기를 '회소회소(會蘇會蘇, 모이소 모이소)'하였는데, 뒷사람이 그 소리를 인하여 노래를

正音鹿鳴與麟趾　바른 음악 녹명과 인지라네[83]
處容謌舞稱龍子　처용의 노래와 춤은 용의 아들을 칭하여[84]
五色衣飜三尺觜　오색 옷 펄럭이며 석 자나 되는 취를 부네[85]
文哉郁郁是誰力　찬란한 문물이여 이 누구의 힘인가
興詠三嘆雙膝跪　흥이 나서 읊으며 거듭 감탄하여 두 무릎을 꿇는구나
微臣早修弓馬業　미욱한 신하 일찍부터 궁마업을 닦아[86]
軍國之事不敢弛　군국의 일 감히 소홀히 할 수 없었네
城南十里鷺梁操　도성 남쪽 10리 노량진 조련에는
三軍司命動旖旎　삼군사명 깃발 이리저리 펄럭이네[87]
方圓曲直營左右　방 원 곡 직의 진과 좌우의 영이라
玄武六花門生死　현무진과 육화진은 생사의 문이라네[88]

짓고, '회소곡(會蘇曲)'이라고 하였다고 한다.

83 녹명(鹿鳴)은 『시경』 소아의 편명으로, 임금이 신하들과 연회할 때 또는 향음주례 등에서 노래하던 시가이며, 인지(麟趾)는 『시경』 주남의 편명인 '인지지(麟之趾)'의 준말로, 임금의 자손의 번창을 칭송하는 내용이다.

84 처용이 동해 용왕의 아들이라는 것을 말한다. 처용가는 신라 헌강왕 때 동해 용왕의 아들인 처용이 밤놀이에 취해 늦게 귀가하여 아내를 범한 역신을 쫓아내기 위해 노래를 부르며 춤을 추었다는 내용이 『삼국유사』에 전한다.

85 취(觜)는 생(笙)과 같은 악기를 불 때에 쓰는 대나무나 나무로 만든 부리로, 이것을 악기에 꽂아 입김을 불어 넣어 소리를 낸다.

86 궁마(弓馬)는 곧 무예로, 신관호 자신이 무관임을 말한 것이다. 그는 1810년(순조 10) 전형적인 무관가문에서 태어나서 1828년(순조 27) 무과에 급제, 훈련원 주부에 임명된 이후 순조 조에서 고종 조에 걸쳐 중요 무반직을 두루 역임하였다.

87 삼군사명(三軍司命)은 훈련도감의 대장기이다. 신관호는 1866년(고종 3) 10월 24일 훈련대장에 임명되었다.

88 훈련도감을 포함한 서울에 있는 병영의 진식(陣式)을 말한 것이다. 훈련도감의 진식은 열(列)·방(方)·직(直)·예(銳)·곡(曲)·원(圓)·현무(玄武)·육화(六花)·마병봉둔(馬兵峰屯)·마병학익(馬兵鶴翼)의 진으로 나누어졌다.

165 三十八面大五方　38면 대기치와 대오방기요[89]
166 風雲鳥蛇正正矣　풍운조사진은 바르고 가지런하구나[90]
167 壯哉有兵十萬甲　씩씩하구나 10만 병사여
168 壯哉有城三千雉　장대하구나 3천 치의 긴 성곽이여
169 沁府松都南北漢　강화 개성의 유수부와 남한 북한의 산성이라[91]
170 留守雄鎭爲脣齒　유수부와 웅건한 진지는 입술과 이가 되었네[92]
171 金城湯池天授地　하늘이 내려주신 금성탕지
172 壬丙不守臣子恥　임진 병자 난 때 지키지 못함은 신하의 부끄러움이네
173 仁治自成富强術　어진 정치는 저절로 부국강병술을 이룩하니
174 惟是東方無事杞　이로써 우리 동방 근심할 일이 없네
175 當時禁直諸詞臣　당시 금직 여러 글하는 신하
176 百韻應制登蘭戺　임금의 명으로 백운 고시를 지어 임금께 올렸네[93]
177 詩如其畵畵如詩　시는 그림 같고 그림은 시 같아
178 歷歷相對臨案几　책상에 두고 보듯 또렷하게 대응하네

---

89 38면은 대기치(大旗幟)의 숫자로 대기(大旗) 5면, 고초기(高招旗) 5면, 문기(門旗) 10면, 각기(角旗) 8면, 신기(神旗) 5면, 청도기(淸道旗) 2면, 금고기(金鼓旗) 2면, 표미기(豹尾旗) 1면 등 총 38면이다. 대오방(大五方)은 주작기(朱雀旗), 청룡기(靑龍旗), 등사기(騰蛇旗), 백호기(白虎旗), 현무기(玄武旗) 등을 말한다.

90 팔진(八陣) 중 풍운조사진을 말한다. 고대 천지풍운용호조사(天地風雲龍虎鳥蛇)의 팔진(八陣)이 있었다.

91 심부(沁府)는 강화부의 별칭이며, 송도는 개성, 남북한은 남한산성과 북한산성을 말한다.

92 강화, 개성의 유수부와 남한산성, 북한산성이 입술과 이의 관계처럼 도성방어를 위해 밀접한 관계에 있음을 표현한 것이다.

93 1792년(정조 16) 4월 정조가 금직의 여러 신하에게 성시전도 1백운 고시를 지어 올리라고 한 일을 말한다.

179 今人難續前人美　지금 사람이 옛사람의 아름다움 잇기 어려우니

180 贅辭自知遼東豕　군더더기 말 스스로 보잘 것 없음을 안다네[94]

181 蹈之舞之攢手來　뛰고 춤추며 손 모아서 몰려오니

182 盡在神化全如彼　모두 신령스러운 조화로 온전함이 저와 같구나

183 一局怳如登高望　한 장면 높은 데 올라 바라보듯 황홀하니

184 不出戶庭不移跬　문밖을 나서지 않아도 걸음을 옮기지 않아도 된다네

185 有市不征湊商旅　시장에서는 세금을 거두지 않으니 상인들 모여들고[95]

186 有署不賦散奴婢　관아[96]에서는 점포세를 받지 않으니 노비들 일이 없네

187 此圖自成一部規　이 그림 스스로 한 부의 규모를 이루어

188 傳之不惑可鋟梓　전하여 나무에 새겼음에 의심이 없네

189 鍾而可鎖圖不蔽　종을 쳐서 문을 닫을 수 있으나 그림은 가릴 수 없으니

190 與天同樂萬世俟　하늘과 함께 즐기며 만세토록 기다리네

191 聖子神孫繼繼承　성스럽고 신령스러운 자손 잇고 이어서

192 箕疇五福潛積累　기자 홍범구주의 오복 잠기고 쌓였네[97]

193 山氣皆自白頭來　산의 기운 모두 백두산에서 나와서

---

94 요동시(遼東豕)는 요동의 돼지가 머리가 흰 새끼를 낳자, 주인이 기이하게 여겨 조정에 바치려고 길을 떠났다가, 하동(河東)에 갔더니 그곳의 돼지는 모두 흰 것을 보고는 부끄럽게 여겨 돌아갔다는 고사이다. 보잘 것 없다는 뜻의 겸사로 쓰인다.

95 시부정(市不征)은 『맹자』에 나오는 말로 시장에서는 점포세만 징수하고 물품세는 징수하지 않는다는 것을 말한다. 즉 세금을 가볍게 하여 상인들이 장사를 잘 할 수 있도록 함을 뜻한다.

96 조선시대 시전과 도량형, 그리고 물가 등에 관한 일은 평시서(平市署)에서 관장하였다. 1392년(태조 1) 경시서(京市署)를 설치하였다가 1466년(세조 12)에 이르러 평시서로 명칭을 바꾸었다.

97 기자(箕子)의 홍범구주 가운데 수(壽), 부(富), 강녕(康寧), 유호덕(攸好德-덕을 좋아하고 즐겨 행함), 고종명(考終命-하늘이 부여한 천명을 다 살고 죽음을 맞이함)의 다섯 조목을 말한다.

194 天枝萬枝羅峛崺　천 갈래 만 갈래 펼쳐져 길게 뻗었구나
195 洞開五門仁義禮　인의예 도성 오문 활짝 열렸으니[98]
196 正如吾王心上旨　바로 우리 임금의 마음이요 뜻인 듯
197 由來靈壽閣中壽　언제나 영수각의 중수[99]처럼
198 可籌吾王壽萬秭　우리 임금 억만세 누리소서
199 丹青之雅烟花史　고아한 그림 태평성대의 역사이니
200 小臣親見全圖是　내가 본 성시전도 이것이라네

98 인·의·예·지·신 5가지 덕목으로 이름을 붙인 도성문을 말한다.
99 중수(中壽)는 80세 또는 많은 나이, 장수를 뜻한다.

2

역사성과 의고성이 강한 작품

신광하

임금께서 친히 글제를 내리시고 비평하신 성시전도_ 칠언 백운 고시.
초시에 장원을 하였다. 임금께서 친히 시험을 보시고 고과하셨으며
'有聲畵(소리가 있는 그림 같다)' 3자를 쓰셨다

御題御批 城市全圖 七言百韻古詩 初試壯元 親試御考書下有聲畵三字

경희루 앞에 육조가 줄지어 있고
광화문 밖에는 시전이 늘어서 있네
왼쪽 종묘 오른쪽 사직단 모두 우뚝 솟아 있고
아름다운 궁전과 화려한 집 얼마나 많이 모여 있는가
운종가 큰길은 남북과 곧바로 연결되고
가운데 열린 황도는 숫돌처럼 평탄하네

신광하申光河(1729~1796)는 1792년 '성시전도'를 시제로 한 시험에서 '이하일二下一'의 점수를 받아 '거수居首', 즉 장원으로 뽑혔다. 정조는 신광하의 시를 '소리가 있는 그림 같다[有聲畵]'고 평하였다.

신광하는 조선 건국과 한양 정도, 세종 대의 예악과 문물, 선조 대의 임진왜란, 영조의 치세와 상서로운 조짐 등 조선왕조의 역사와 태평성대를 묘사하는 데에 중점을 두었다. 또한 "장엄하구나 성시전도여 / 장안과 낙양 어디와 닮았나"라고 한 것처럼 한양을 중국의 역대 도읍에 견주거나 하늘의 별자리에 비유하여 권위를 높이고자 하였다.

신광하의 시에서 임금이 적전籍田에서 친경하는 모습과 선농제를 지내는 모습을 묘사한 것은 비교적 사실적이다. "봄이 되어 임금 계신 곳 화합한 기운 맞이하여 / 좋은 날 적전에서 검은 쟁기를 밀고 / 모나고 둥근 터에서 구농에 제사하는데 / 소 한 마리 양 한 마리에 다시 돼지 한 마리 올렸구나"라고 하였다.

신광하는 1751년(영조 27) 사마시에 합격하여, 우승지, 공조참의, 좌승지 등을 역임하였으며, 시문에 뛰어나 2천여 수의 시를 남겼다.

001	壯哉城市之全圖	장엄하구나 성시전도여
002	長安洛陽誰得似	장안과 낙양 어디와 닮았나
003	紫陌疏通十二街	도성거리는 열두 길로 통하고[1]
004	粉堞周遭四十里	성곽은 40리 빙 둘러 이어졌구나
005	粉堞紫陌相抱廻	성곽과 도성거리 서로 감싸 돌고
006	丹闕朱樓紛旖旎	울긋불긋한 대궐과 누각 으리으리하구나
007	五劇三條夾城直	복잡한 도성거리[2]는 성을 끼고 곧게 뻗고
008	千門萬戶連雲起	수천만호 집들 구름 높이 솟았구나
009	歌吹殷殷間楊柳	노랫소리는 수양버들 사이로 은은하고
010	花月濛濛暎桃李	꽃 같은 달은 몽몽하게 복숭아꽃 오얏꽃 비추네
011	楊柳桃李二三月	수양버들 복숭아꽃 오얏꽃이 피는 2, 3월
012	樂遊少年章臺妓	젊은이와 기녀들[3] 흥겹게 노니는데
013	朝遊北里暮南陌	아침에는 북쪽 마을 저녁에는 남쪽 거리에서 노니니
014	不是金張卽許史	김씨 장씨 아니면 허씨 사씨라네[4]
015	百杯倒飮葡萄酒	백 잔의 포도주를 기울여 마시고
016	千金脫贈芙蓉匕	천금을 기생 입에 털어 넣는구나

1 십이가(十二街)는 당나라 수도 장안성의 거리로, 남북으로 일곱 거리, 동서로 다섯 거리여서 모두 열두 거리였는데, 도성의 번화한 거리를 가리킨다.

2 오극(五劇)은 사방으로 통하는 대로, 삼조(三條)는 세 갈래 길로, 도성의 복잡한 가로를 말한다.

3 장대기(章臺妓)는 장대에 사는 기녀를 말한다. 장대는 한나라 때 장안의 거리 이름으로 기방이 많이 모여 있었던 곳이다.

4 김장(金張)은 중국 한나라 때 7대에 걸쳐 황제의 은총을 받고 현달한 김일제(金日磾)와 장안세(張安世)를 말하는 것으로, 권문세가를 뜻하며, 허사(許史)는 한나라 선제 허황후의 아버지 허광한(許廣漢)과 선제의 외척인 사공(史恭)과 그의 아들 사고(史高)로 외척을 가리킨다.

臨淄固多大國風　임치[5]는 본디 대국의 풍모가 많아
白日刦人紅塵裏　대낮에도 번화한 도성은 사람을 겁주네
城市自古佳麗地　성시는 예로부터 아름답고 화려한 땅이라
物華全盛乃如此　화려한 물색과 번성함이 이와 같구나
昔聞宋朝李白時　예전에 듣기로 송나라에 오얏꽃 하얗게 필 때
貌出汴京工無比　모습 드러낸 변경은 아름답기가 비할 데 없었다 하네
又聞皇明仇十洲　또 듣기로 명나라 궁정화가 구십주는[6]
金陵全幅吳淞紙　금릉을 한 폭 오송지에 담았는데[7]
皇居帝里若目擊　궁궐과 도성거리 눈앞에서 보는 것 같고
地負海涵如掌指　광대한 금릉의 성시[8] 손바닥 보는 듯하네
意匠經營大排舗　마음속에 구상한 경영 크게 펼치니
當時內閣宣詔旨　그때 내각에 황제가 조지를 내렸네
古來繁華信有徵　옛날의 번화함은 믿을 만한 증빙이 있으니
今之畫圖無乃是　지금 그림 바로 이것 아니겠는가
汴京金陵且莫說　변경과 금릉 더 말하지 말고
請從我國開刱始　우리 왕조 개국부터 시작하고자 하네

5　임치(臨淄)는 중국 전국시대 제나라 수도로 당시 여러 도시 중 가장 번화하였으며, 정치, 경제, 문화의 중심지였다.

6　구십주(仇十洲)는 명나라 궁정화가 구영(仇英)을 말하는 것으로 십주(十洲)는 그의 호이다. 인물화와 산수에 뛰어났으며, 그가 모사한 「청명상하도」가 많이 알려져 있다.

7　금릉은 명나라 초기의 수도 남경을 말하는 것으로 경치가 좋기로 유명하였다. 오송(吳淞)는 중국 강소성에 있는 강 이름으로 오송지는 이곳에서 나는 종이를 가리킨다.

8　지부해함(地負海涵)은 땅은 만물을 지고 바다는 광활한 지역을 포용한다는 말로, 금릉 성시의 광대함을 뜻한다.

033	憶昔草昧握金尺	생각건대 옛날 어지럽던 시절에 금척을 잡으시고[9]
034	畫定乾坤極經紀	하늘과 땅 획정하여 다스리기를 다하셨네
035	行師不曾警市肆	군사를 움직이되 시전을 놀라게 한 적이 없거늘
036	擧城何用下鞭箠	온 도성에 어찌 채찍을 썼겠는가
037	若有臣崙臣道傳	하륜과 정도전이 있어[10]
038	墨食土中日景揆	거북점으로 나라 가운데 터를 잡고 해그림자를 살폈네[11]
039	華蓋乎臨五德丘	임금께서 오행의 덕 갖춘 한양에 임하시니
040	玉燭自調三元軌	옥촉이 저절로 삼원[12]과 궤를 맞추었네
041	山出不咸停華山	산은 불함에서 나와서 화산에서 머물고[13]
042	泉濆于筒湊漢水	샘은 우통에서 솟아나 한수로 모이니[14]
043	文物雍熙日當午	문물은 화락하고 해는 중천에 뜨고
044	風氣宣明地向巳	풍토와 기후는 선명하고 땅은 남동쪽을 향하였네
045	庭衢八荒環滄海	드넓은 영토[15] 푸른 바다로 둘러 있고

9 금척(金尺)은 조선 개국 초기 정도전이 태조의 공덕을 칭송하기 위하여 만든 악장인 「몽금척(夢金尺)」에서 온 말이다. 태조 이성계가 잠저에 있을 때 꿈에 신령이 금으로 만든 자를 주면서 "이것을 가지고 국가를 정제하시오."라고 하였다는 것을 내용으로 하고 있다.

10 정도전(鄭道傳)과 하륜(河崙)은 모두 조선을 건국하고 한양을 도읍으로 정하는데 공헌하였다.

11 묵식(墨食)은 거북점을 칠 때 거북등이 먹으로 미리 그어 놓은 금을 따라서 갈라지는 것을 말한다. 주공이 낙수를 주나라의 도읍으로 정할 때 거북점이 낙수를 지적하였으므로 낙수 동쪽에 도읍터를 정했다고 한다. 토규(土圭)는 해그림자를 측정하여 산천의 향배를 헤아린 것을 말한다. 즉 태조 이성계가 도읍을 정할 때 국토의 가운데 자리 잡은 한양이 길지임을 점치고, 또 북한산을 진산으로 하여 도성의 위치를 잡을 것을 말한다.

12 옥촉(玉燭)은 사철의 기운이 화창한 태평성대를 말하며, 삼원(三元)은 연·월·일의 시작인 음력 1월 1일을 말한다.

13 불함(不咸)은 백두산을, 화산(華山)은 삼각산을 말한다.

14 우통(于筒)은 오대산 서대(西臺) 밑에서 솟아나는 샘으로 한강의 발원이라고 한다.

046 北極肅愼東濛汜 북으로는 숙신 동으로는 몽사에 이르렀네[16]

047 五緯連影動天文 오위의 이어진 그림자는 천문을 움직이고[17]

048 百水祖宗控地理 모든 물길의 근원은 지리를 끌어당겼네

049 慶會樓前排六署 경회루 앞에 육조가 줄지어 있고[18]

050 光化門外列九市 광화문 밖에는 시전이 늘어서 있네[19]

051 左廟右社俱穹崇 왼쪽 종묘 오른쪽 사직단 모두 우뚝 솟아 있고

052 桂殿芝宇何戢舂 아름다운 궁전과 화려한 집 얼마나 많이 모여 있는가

053 雲從大街直南北 운종가 큰길은 남북과 곧바로 연결되고[20]

054 中開黃道平如砥 가운데 열린 황도[21]는 숫돌처럼 평탄하네

055 太乙鉤陳肅五營 태을과 구진 엄숙한 오영이요[22]

056 都水司空居百技 도수와 사공은 온갖 기예 부리네[23]

---

15 정구팔황(庭衢八荒)은 "광활한 천지 사방을 뜰과 길거리로 삼는다"는 뜻으로 광활한 영토를 말한다.

16 숙신(肅愼)은 옛 여진족의 땅으로, 대체로 지금의 두만강 북쪽 만주 동북부의 광대한 지역을 말하며, 몽사(濛汜)는 해가 뜨는 곳을 가리킨다.

17 오위(五緯)는 금·목·수·화·토의 다섯 별로, 이 다섯 별이 동시에 한 줄로 나란히 나타나는 것을 오성취(五星聚) 또는 오성연주(五星連珠)라고 하여 매우 상서로운 것으로 여겼다.

18 광화문 앞 좌우로 늘어선 육조(六曹)를 말한다.

19 구시(九市)는 원래 중국 장안의 시전이 여섯 개는 길 서쪽에, 세 개는 길 동쪽에 있었다고 하여 나온 말로, 여기서는 종루를 중심으로 한 운종가 시전을 말한다.

20 운종가(현재 종로)가 북으로는 육조거리(현재 세종대로)와 이어져 있고, 남으로는 숭례문 가는 길(현재 남대문로)과 연결되어 있음을 말한다.

21 황도는 해와 달이 다니는 길로, 여기서는 임금이 다니는 대로를 말한다.

22 태을(太乙)은 북극성으로 임금, 궁궐을 상징하고, 구진(鉤陳)은 장군과 삼공을 맡은 별이다. 오영(五營)은 훈련도감, 총융청, 수어청, 어영청, 금위영을 가리킨다. 즉 궁궐, 관아, 군영 등 도성의 주요 시설을 말한다.

23 도수(都水)는 중국 진·한 이후 수리와 관개 등을 맡아 보던 벼슬로, 명대에는 공부(工部)에 소속되었다. 사공(司空)은 삼공(三公)의 하나로 수리와 토지, 공장(工匠) 등을 관장하였다.

057 鍾動鷄鳴九門開　종이 울리고 닭이 우니 도성문 활짝 열리고[24]

058 車輦馬載萬貨峙　수레와 말은 온갖 물화 가득 싣고 있네

059 菽粟黍稷稻粱粢　콩 조 수수 기장 벼 조 피

060 布帛珠貝綾羅綺　포 면 구슬 패각 능 라 기 비단이며

061 橘柚桃杏柿棗栗　귤 유자 복숭아 살구 감 대추 밤과

062 鳧鴈鯊鱎鯔鱣鮪　오리 기러기 망둥어 뱅어 숭어 철갑상어 다랑어라

063 酒漿衣服之所其　술과 장 의복 있을 곳에 있으니

064 小衖曲坊交塡委　작은 골목 후미진 마을에도 모두 쌓여 있네

065 旗亭百隊開井絡　깃발 내건 수많은 주루 거리를 이루어

066 有如波譎而雲詭　기이한 물결과 괴이한 구름이 이는 듯

067 誰家煮鹿焫桂香　뉘 집인가 사슴고기 굽고 계수나무 향 피우는 곳

068 幾處薰麝列蘭椅　곳곳에서 사향을 피우고 난간과 의자 벌여 있네

069 後園鑿井金作床　후원에 우물 파고 금빛 마루 만들고

070 養魚魚成赤色鯉　물고기 길러 붉은빛 잉어로 자랐네

071 御溝決決鳴琮琤　어구의 졸졸 물소리는 옥돌 구르듯 울리고

072 上林鬱鬱挺楠梓　울창한 상림에는 교목들이 솟아 있네

073 冠岳千峰朝國望　관악산 수많은 봉우리 국망봉에 조회하고[25]

074 雩壇積氣連泰疇　우단에 쌓인 기운은 태주와 이어졌구나[26]

---

24 구문(九門)은 천자가 거처하는 궁궐의 문으로, 한양도성의 문을 말한다. 조선시대에는 새벽 5경에 33번 울리는 파루와 저녁 2경 28번 울리는 인정 종소리에 맞추어 도성문을 열고 닫았다.

25 국망봉은 삼각산 세 봉우리의 하나로, 여기서는 삼각산을 가리킨다.

26 우단(雩壇)은 하늘에 비를 빌기 위해 제사를 올리던 제단으로 우사단(雩祀壇)이라고도 하였다. 조선시대에는 동교(현재 성동구 행당동 한양대학교 부근)와 남교(현 용산구 보광동 4번지)에 있었다. 태주(泰疇)

075 山高水麗聖人國 산은 높고 물은 아름다우니 성인의 나라요

076 地設天開壯基址 땅이 마련되고 하늘이 열려 기지가 장대하네

077 規模翼翼邁周漢 날아갈 듯한 규모는 주나라 한나라 보다 낫고

078 勳德巍巍兼姚姒 높고 높은 공덕은 순임금 우임금[27]을 겸하였네

079 聖子神孫相繼承 성스럽고 신령스러운 후손들 계승하여

080 奇祥異瑞潛積累 기이하고 상서로운 기운 쌓이고 쌓여 잠기었네

081 禮樂大備英陵朝 예악이 크게 갖추어진 것은 세종 때이니[28]

082 維時黑黍生海涘 때마침 흑서가 바닷가에 나타났네[29]

083 朴堧應時定律呂 박연이 때맞추어 율려를 정하여[30]

084 黃鍾九宮旋角徵 대궐에서 황종으로 음악을 연주하니[31]

085 動盪龍飛御天歌 용비어천가 널리 울려 퍼져[32]

는 천신에게 제사하는 제단을 말한다.

27 요사(姚姒)는 순임금과 우임금을 말한다. 요(姚)는 순임금의 성이고, 사(姒)는 우임금의 성이다.

28 영릉(英陵)은 세종의 능호이다.

29 흑서(黑黍)는 검은 기장으로 낟알이 매우 가벼웠으므로 길이, 무게, 부피를 측정하는 기본으로 삼았으며, 그것을 이용하여 음률의 기본인 황종을 만들었다고 한다. 바닷가[海涘]는 여기서 황해도 해주를 가리킨다. 세종 때 거서(巨黍)가 해주에서 산출되고 채석(彩石)이 남양에서 나왔는데, 서(黍)를 가지고 음률의 계정(階程)을 측정하고 돌로 경을 만들고, 또 악강(樂腔)을 만들고 악에 따라 악보를 만들어서 음정의 장단을 살피었다고 한다.(성현「악학궤범서」)

30 율려(律呂)는 음의 맑고 탁함과 높고 낮음을 바르게 정할 목적으로 죽통의 길이를 각각 길고 짧게 해서 만든 12개의 악기, 즉 십이율려(十二律呂)를 말한다. 세종은 박연(朴堧)을 시켜 음율을 정비하도록 하였다.

31 황종(黃鍾)은 12율려의 첫 번째 음으로 기본음이 되며, 구궁(九宮)은 왕궁을 '우물 정[井]' 자 모양으로 구획했을 때 한가운데를 말하는 것으로, 궁궐을 뜻한다. 각치(角徵)는 궁(宮) 상(商) 각(角) 치(徵) 우(羽)의 오음(五音)으로 음악을 뜻한다.

32 용비어천가는 조선왕조의 창업을 이룩한 목조(穆祖)에서 태종(太宗)에 이르는 여섯 대의 영웅적 행적과 덕성을 찬양한 노래로 1445년(세종 27) 권제, 정인지, 안지 등이 지었다.

086 四百年來宗廟祀　4백 년 동안[33] 종묘 제사 받들고 있네
087 箕聖八條演洪疇　기성의 팔조는 홍범구주와 통하니[34]
088 況復東方風土美　더욱더 우리 동방 풍토 아름답구나
089 男女秉禮性柔順　남녀는 예를 지키고 성품은 유순하고
090 舊俗好譽不相毁　옛 풍속은 칭찬을 좋아하여 서로 헐뜯지 아니하네
091 小兒解誦朝鮮賦　아이들도 조선부를 읊고
092 後輩猶知董天使　후손들은 아직도 명나라 사신 동월을 알고 있네[35]
093 再造三韓竟誰力　삼한을 다시 일으킨 것은 끝내 누구의 힘이겠는가마는
094 穆陵謨烈當傾否　선조 임금 치세 시에 위태로움을 당하였네[36]
095 漢家大將若雷霆　명나라 대장 벽력같이 내달아[37]
096 雕題醜類如草薙　추한 왜적들을[38] 풀 베듯 하였다네
097 宣光樹立甚宏達　선광[39]의 이룩함이 매우 크고 우뚝하며

---

33 조선왕조가 개국한 1392년부터 「성시전도」를 지은 1792년(정조 16)까지 4백 년을 말한다.

34 기성팔조(箕聖八條)는 기자가 조선에 와서 베풀었다고 하는 여덟 가지 가르침을 말한다. 주나라 무왕이 기자에게 천하를 다스리는 방법을 물으니 기자가 홍범구주를 주었다고 한다. 기자가 무왕에게 올린 홍범구주와 조선에 와서 시행한 팔조의 가르침이 서로 통하므로 조선의 예와 문물이 중국과 견줄 수 있다는 점을 설명한 것이다.

35 1488년(성종 19) 조선에 왔던 명나라 사신 동월(董越)이 돌아가서 조선에 얻은 각종 견문과 감회들을 정리하여 『조선부』를 지었다.

36 목릉(穆陵)은 선조의 능호(陵號)로, 1592년(선조 25)에 일어난 임진왜란을 말한다.

37 1592년 임진왜란이 일어나자 선조는 피난 중 명나라에 사신을 파견하여 구원을 요청하였다. 이에 명나라에서는 7월 1차로 요양부총병(遼陽副摠兵) 조승훈(祖承訓)에게 군사 5천을 이끌고 조선을 구원하도록 하였으며, 조승훈이 구원에 실패하자 이여송(李如松)을 동정제독(東征提督)으로 삼아 2차 원병을 보내어 왜군을 물리치고 평양성을 탈환한 바 있다.

38 조제(雕題)는 단청으로 이마에 문신을 하는 남만의 일족으로, 여기서는 왜적을 가리킨다.

39 선광(宣光)은 중국에서 나라를 중흥시킨 대표적인 임금인 주나라 선왕(宣王)과 한나라 광무제(光武帝)를 가리키는데, 여기서는 외침을 물리친 선조를 가리킨다.

098 武成之樂尙盈耳　승리의 음악소리 아직도 귀에 쟁쟁하네
099 淨洗甲兵淸海岱　갑옷과 무기 깨끗이 씻으니 우리 동방 맑아지고[40]
100 元氣盎盎滋生齒　원기 왕성하여 백성들이 늘어나네
101 水卒捕魚掉戈船　수졸은 고기를 잡느라 병선이 흔들거리고
102 野老驅牛耕戰壘　늙은 농부는 소를 몰아 전루를 갈고 있네
103 此輩安知蒙帝力　이들이 어찌 알겠는가 임금의 덕 입었음을
104 烽火不復驚都鄙　봉화가 다시 도성과 변방을 놀라게 하지 않았네
105 北壇穹窿覆白雲　불룩 솟은 북단[41]에는 흰 구름이 덮였는데
106 香煙靄靄玄端跪　자욱한 향 연기 속에 현단[42]입고 꿇어앉았네
107 先朝在宥五十載　선왕께서 재위하신지 50년[43]
108 至化滲漉入人髓　지극한 교화 스며들어 백성들 골수에 사무쳤네
109 不知何山產朱草　주초는 어느 산에서 났는지 알 수 없으나
110 復道南海出白雉　남쪽 바다에서는 흰 꿩이 나타났다고 하네[44]
111 伊來太平繼太平　이후 태평성대 이어지고 이어지니
112 萬姓同囿九州被　만백성 함께 하고 온 세상 성덕을 입어

40 갑병(甲兵)을 깨끗이 씻어서 무고에 수장하고 다시 사용하지 않겠다는 것으로, 나라가 안정되고 태평성대가 이루어졌음을 말한다. 해대(海岱)는 원래 발해와 태산 사이의 중국의 산동 지역을 말한다. 여기서는 조선을 가리킨다.

41 북단(北壇)은 창의문 밖 도성 북쪽 교외에 있는 기우제를 지내는 제단이다.

42 현단(玄端)은 조회나 제사를 지낼 때 입는 검은색 예복이다.

43 선왕(先王)은 영조를 가리키는 것으로, 52년(1724~1776) 동안 재위에 있었다.

44 주초(朱草)는 상서로운 풀로, 매월 초하루부터 15일까지는 매일 한 잎씩 나와서 15잎이 되었다가, 16일부터는 매일 한 잎씩 지기 시작하여 30일에 이르러서는 잎이 완전히 떨어진다고 한다. 백치(白雉)는 흰 꿩으로 상서로운 새로 알려져 있다. 주초, 백치 모두 임금이 나라를 잘 다스려 태평성대가 열렸다는 것을 상징한다.

113 蹈舞旋聞四重謠　춤을 추며 사중요[45] 부르는 소리 들리니
114 淳庬復見三皇氏　순후하여 삼황[46]을 다시 보게 된 듯하네
115 左介乘春迎協氣　봄이 되어 임금 계신 곳 화합한 기운 맞이하여
116 上日籍田推玄秬　좋은 날 적전에서 검은 쟁기를 밀고[47]
117 方圓丘坻祈九農　모나고 둥근 터에서 구농에 제사하는데[48]
118 牛一羊一復一豕　소 한 마리 양 한 마리에 다시 돼지 한 마리 올렸구나[49]
119 玉輦雲中駕麒麟　구름 속 가마에는 기린이 타고 있고
120 金瓜陣前韜熊兕　진영 앞 위사는 웅시를 감추고 있네[50]
121 太廟眞殿親展省　태묘의 진전에 임금께서 참례하고
122 雍宮壁沼躬臨視　성균관에 몸소 나아가 살펴보시네[51]
123 宮瓦嶙峋鐵鳳蹲　드높은 궁궐 지붕에는 철봉황 웅크리고 있고[52]

---

45 한나라 무제의 아들 명제가 태자로 있을 때에 악인이 첫째 일중광(日重光), 둘째 월중륜(月重輪), 셋째 성중휘(星重輝), 넷째 해중윤(海重潤)이라는 4장의 가시(歌詩)를 지어 태자를 찬양한 데서 온 말이다. 여기서는 임금의 성덕을 찬양하는 노래라는 뜻이다.

46 복희(伏羲), 신농(神農), 황제(黃帝)를 말한다.

47 현거(玄秬)는 검은 쟁기로, 임금이 봄에 적전에 나아가 친경하는 모습을 말한 것이다. 조선왕조에 들어와 친경은 동적전(東籍田 –서울 동대문구 전농동)에서 행해졌다. 임금이 먼저 선농단에서 선농제를 지낸 뒤 친경을 하였으며, 행사가 끝난 뒤에는 노인들에게 음식과 술을 베풀어 위로하였다.

48 임금이 친경을 하기 전에 선농단(현 서울 동대문구 제기동)에서 신농, 후직 등 여러 신에게 제사지내는 선농제를 말한 것이다. 구농(九農)은 중국 고대에 농업을 관장하던 아홉 명의 관원을 말한다.

49 대사(大祀)에 쓰이는 희생으로 소, 양, 돼지를 각각 한 마리씩 쓴다.

50 금과(金瓜)는 의장용 병장기의 일종으로, 금과를 차고 있는 위사를 말한다. 웅시(熊兕)는 황웅(黃熊)과 청시(靑兕)를 말하는 것으로, 황웅은 전설 속의 짐승이고, 청시는 푸른색 외뿔 소로 뿔로 술잔을 만든다고 한다. 웅시(熊兕)는 곰과 뿔소처럼 생긴 의장용 장식의 하나로 보인다.

51 옹궁벽소(雍宮壁沼)는 중국 태학(太學)의 형상이 둥글고 반수로 둘러 싸여 있는 것을 말하는 것으로 성균관을 가리킨다.

52 철봉(鐵鳳)은 용마루 위에 설치한 쇠로 만든 봉황 모양의 장식물이다.

124 橋柱岌嶪銅龍跂　높다란 다리 기둥에는 동룡이 기어가고 있네[53]

125 聖慕彌永月再覲　임금의 사모하는 마음 깊어 월마다 두 번 뵈옵고[54]

126 芬樹冥冥睨景祉　향기로운 나무 그윽한데 경지 존호를 올리셨네[55]

127 羽旄容裔肅淸塵　깃발은 유유하고 행렬[56]은 엄숙한데

128 傾都雜還觀戾止　온 도성 사람 모여들어 임금님 이르심을 지켜보네

129 至尊一顧問疾苦　임금께서 한번 둘러보시며 질고를 물으시니

130 父老仰覩爭懽喜　부로들 우러러보며 다투어 기뻐하고

131 盡道生逢堯舜君　모두 살아서 요순을 만났다고 하며

132 但願須臾幸無死　잠깐만이라도 요행히 죽지 않기를 바라네

133 問誰摹得昇平像　묻노니 누가 태평성대의 형상 그리려 했던가

134 解衣盤礴丹筆舐　옷 벗은 채 다리 뻗고 앉아 붉은 붓을 빨고 있네[57]

135 神京全局細領略　도성 전 지역을 세밀하게 담았는데

136 起自天漢營室抵　은하수에서 시작하여 영실[58]까지 이르렀는데

137 子午針線交黃赤　남북침선은 황도와 적도를 교차하고[59]

---

53 다리 교각 위에 새겨진 용을 말한다.

54 정조는 생부인 사도세자의 사당인 경모궁을 자주 찾았다. 이를 위하여 창경궁과 경모궁을 쉽게 오갈 수 있도록 창경궁에는 월근문(月覲門)을, 경모궁에는 일근문(日覲門)을 새로 만들었다.

55 1784년(정조 8) 9월 17일 정조가 생부인 장헌세자에게 '홍인경지(弘仁景祉)'라는 존호를 올린 것을 말한다.

56 우모(羽旄)는 깃털로 장식한 임금의 깃발을 말한다. 청진(淸塵)은 귀인의 행차 모습으로, 임금의 행차를 뜻한다.

57 '옷 벗은 채 다리 뻗고 앉았다[解衣盤礴]'는 말은 곧 능숙한 화공이 어떤 규칙에 구애받지 않고 매우 여유가 있음을 뜻한다. 단필(丹筆)은 원래 죄상을 붉은 색깔로 기록한 데서 나온 말로, 그림을 그리기 위해 준비하고 있는 것을 말한다.

58 영실(營室)은 28수 중 북방 현무 일곱 개의 별 중 하나로 천묘(天廟), 천궐(天闕)을 의미한다.

138 東西躔度分遠邇　동서전도[60]는 멀고 가까움을 나누네

139 紫甸當中拱四極　도성이 가운데 자리하고 사방에서 감싸고 있으니

140 團圓譬如一花蘂　둥근 모양 비유컨대 한 떨기 꽃잎 같네

141 挂在高堂之素壁　고당의 흰 벽에 걸려 있는 그림

142 面勢應須論尺咫　형세를 대하고 잠시 지척을 논하여 보세

143 昌慶宮深蔭綠碧　창경궁은 짙푸른 숲으로 우거지고

144 含春苑開紛紅紫　함춘원[61]에는 울긋불긋 꽃이 피었네

145 山河殊異北坂寫　빼어난 산과 물은 북쪽 비탈에 그렸고

146 村巷怳疑新豊徙　마을과 거리는 신풍[62]을 옮겨 놓은 듯하네

147 二十八坊象昭回　스물여덟 방[63]의 모습 두루 비추었는데

148 紫垣天市拱娵訾　자원과 천시는 추자를 두르고 있네[64]

149 五色雲錦何照耀　오색의 아침노을[65] 어찌하여 눈부신가

---

59 황도(黃道)는 지구에서 바라볼 때 태양이 천구를 한 바퀴 돌 때 그리는 큰 원을 말하며, 적도(赤道)는 천구의 북극과 남극의 중앙을 가로지르는 선을 말한다. 황도는 적도와 비스듬히 교차하는데 이때 동서로 교차하는 것을 춘분·추분이라고 하며, 남북으로 서로 거리가 가장 먼 것은 대거(大距)라고 하여 태양의 운행이 바로 그곳에 당한 것을 동지·하지라고 한다.

60 해와 달이 운행하는 도수를 말한다.

61 창경궁 동쪽(현재 서울대학교 병원)에 있었던 궁궐의 후원으로 성종 때(1470~1494) 조성되었다.

62 풍(豐)은 한나라 고조 유방의 고향으로, 고조가 천하를 통일한 후 성과 거리의 모양을 풍(豐) 땅과 같이 만들어 놓고 풍 땅의 백성을 이곳에 이주시키고 신풍(新豐)이라 하였다.

63 중국 고대 천문학은 하늘을 동서남북으로 나누고, 각 방위마다 일곱 별자리로 나누어 사방을 28개 별자리[二十八宿]로 나누었다.

64 자원(紫垣)은 자미원(紫微垣)의 준말로 여기서는 임금이 거처하는 대궐을, 천시(天市)는 국가의 취시교역(聚市交易) 등의 일을 관장하는 별이름으로 여기서는 시전을, 추자(娵訾)는 28수 중 영실(營室)과 동벽(東壁)에 해당하는 것으로, 영실은 청묘(淸廟), 동벽은 문장(文章)을 맡아 주관하는 별이다. 한양도성의 궁궐, 시전, 종묘, 규장각 등을 상징한다.

65 운금(雲錦)은 구름을 수놓은 비단, 또는 아침노을을 뜻한다.

150 天廏萬疋騰騄駬 대궐 마구간에는 만 필의 준마[66]가 뛰어 노는데

151 安得騎此西出塞 어찌하면 이 말 타고 서쪽 변방으로 나아갈 수 있을까

152 爲君擊討揚鞭弭 임금 위해 적을 쳐부수고자 편미[67]를 높이 쳐들었네

153 青天飽與長風力 푸른 하늘에 거센 바람 불어 돛은 배부르고

154 萬斛漕船江口艤 만 섬 곡식 실은 조운선 강 포구에 대었네

155 文武衣冠早朝天 의관 갖춘 문무 관리들 일찍 조회에 참석하고

156 火城槐陌遞邐迤 불 밝힌 성곽과 느티나무 선 관가[68] 굽이굽이 이어졌네

157 朱輪翠盖露冠冕 붉은 바퀴와 푸른 덮개한 수레에는 고관이 타고

158 白馬銀鞍夾弓矢 백마에 은빛 안장 얹고 활과 화살 끼고 있네

159 王孫都尉振玉珂 왕손과 도위가 탄 말은 옥굴레를 흔들고

160 丞相將軍擁釰屐 승상과 장군은 운검과 금극을 잡고 있네[69]

161 羽林千騎誇壯勇 호위군 일천 기 용맹을 자랑하며

162 環衛御仗登蘭戺 어가 행렬 호위하고 대궐 계단에 오르네

163 東壁圖書照天光 동벽의 도서[70]는 하늘에 비추어 빛나고

164 豹尾青塗趍學士 임금 행차 따라 대궐로 학사들 뒤따르네[71]

---

66 천구(天廏)는 임금의 마구간 또는 마장을 말한다. 궁궐의 말과 마구를 관장하는 사복시는 현재 종로구 수송동 종로구청 자리에 있었으며, 목마를 하는 마장은 성동구 마장동에 있었다. 녹이(騄駬)는 주나라 목왕의 준마로, 뛰어난 인재를 말한다.

67 편(鞭)은 말채찍, 미(弭)는 꾸미지 않은 활로 임금의 행차 때 쓰던 도구들이다. 전하여 임금을 곁에서 모시는 것을 말한다.

68 화성(火城)은 성곽이나 담장에 횃불이 늘어선 것, 또는 조회 때 횃불을 밝히는 의장을 말하며, 괴맥(槐陌)은 대로 양쪽에 느티나무가 줄지어 늘어선 거리, 또는 관가(官街)를 말한다.

69 운검(雲劒)과 금극(金屐)은 의장용 칼과 신을 말한다.

70 동벽(東壁)은 문장(文章)을 주관하는 별로, 왕실도서를 비장하는 곳, 여기서는 규장각을 가리킨다.

71 표미(豹尾)는 표범의 꼬리로 만든 임금의 수레 장식으로, 임금의 행차를 말한다. 청도(青塗)는 꽃무늬를

165 日暖阿閣集丹翎　따스한 날 높은 누각에는 학사들이 모여들고[72]

166 露重琪樹棲玄趾　이슬 맺힌 아름다운 나무는 현지에서 자라고 있네[73]

167 重欄複道相蔽嚮　난간과 회랑은 서로 가렸다가 마주하기도 하고

168 彩帳曲旃競豪侈　화려한 장막과 펄럭이는 깃발은 호화로움을 겨루네

169 城中城外十萬家　성안 성밖 십만 호[74]

170 碧樹叅差交偎倚　푸른 나무 들쭉날쭉 서로 엉켜 의지하고 있네

171 鏡中山川不出戶　문을 나서지 않아도 산과 강이 거울 속에 비치니

172 白日森羅隨硯几　밝은 대낮 온갖 형상이 벼루와 책상을 좇아가네

173 因雪爲城古有諺　눈을 따라 성을 쌓았다는 옛 이야기가 있듯이[75]

174 終南繚繞青未已　종남산을 빙 둘러 푸른 기운이 그침 없네

175 箕都是衡松都權　평양이나 송도냐 저울질하다

176 漢京爲錘輕重揣　한경을 추로 삼아 경중을 헤아렸네

177 莫云吾邦大如許　우리나라 어찌 이렇게 큰가 말하지 말라

새긴 궁궐 전각의 문에 푸른색을 칠한 것으로 궁궐을 뜻한다.

72 아각(阿閣)은 네 면에 기둥이 받치고 있는 누각을 말하는데, 여기서는 규장각의 주합루를 가리킨다. 단령(丹翎)은 붉은 깃털로 모자의 장식 등으로 쓴다.

73 '이슬 맺힌[露重]'은 우로(雨露)와 같은 임금의 은혜를 입었다는 뜻이며, 기수(琪樹)는 구슬이 매달린 선경(仙境)의 아름다운 나무로, 훌륭한 인재를 뜻하기도 한다. 현지(玄趾)는 전설상의 산 이름으로, 여기서는 창덕궁 후원을 가리키는 것으로, 즉 임금의 총애를 받고 있는 규장각의 학사와 규장각 주변의 풍경을 묘사한 것으로 보인다.

74 「성시전도시」를 제진할 당시와 비슷한 시기인 1798년 『호구총수』에 의하면 도성의 인구는 총 43,929호에 189,153명이었다.

75 태조 이성계가 한양에 성을 쌓고자 하였으나 주위의 원근을 결정하지 못하였는데, 하루는 밤에 눈이 와서 밖은 쌓이고 안은 녹았으므로, 태조가 매우 이상히 여겨 눈을 따라 성터를 정하도록 하였으므로 설성(雪城)이라고 하였다는 고사를 말한다.

178 臣知此圖良有以 내 이 그림 까닭이 있음을 알겠구나

179 聖明憂時戎盈盛 임금께서 근심할 때 병기들 가득하고

180 文武爲政在張弛 문왕 무왕 다스림에는 조이고 늦춤이 있었네[76]

181 廣厦崇臺非所安 넓은 집 높은 대라 하여 편안한 바 아니고

182 金城湯池非所恃 금성탕지라도 믿을 바는 아니네

183 溝壑幾多纏疾疴 얼마나 많이 구학에 빠지고 질병에 시달렸던가

184 蔀屋亦應呼庚癸 백성들은 응당 경계를 외쳤다네[77]

185 九重圖治無闕事 임금께서 선정을 도모하여 잘못된 일이 없는데

186 諫書何勞投滿匭 어찌 수고롭게 간언하는 글로 상자를 가득 채우겠는가

187 袞冕日御延英殿 임금께서 날마다 연영전[78]에 납시고

188 侍臣玉陛冠獬豸 신하들은 대전 계단에서 해치관을 쓰고 있네

189 冥搜山玉及淵珠 산속의 옥과 못 속의 구슬을 샅샅이 찾으니

190 廣羅麟角與鳳嘴 기린 뿔 봉황 부리 널리 펼쳐져 있네[79]

191 側聞求賢如不及 듣기로 어진 인재 구함에 미치지 못할까 하여

192 巖穴相告出而仕 바위 굴에 서로 알려 숨은 선비들 출사하도록 하였다네

---

76 『예기』에 "활줄을 한 번 조이고 한 번 풀어 놓는 것처럼 다스리는 것은 문왕·무왕의 도이다.[一張一弛文武之道也]"라고 하였다. 백성을 다스리는 데 있어서 위엄과 관용을 병용하는 것을 말한다.

77 부옥(蔀屋)은 오막살이로 백성을 뜻한다. 경계(庚癸)는 양식과 음료를 보내 달라는 다급한 요청을 말한다. 옛날 춘추시대에 군대의 식량이 다 떨어져 원조를 요청하자, "경계(庚癸)라고 부르면 곧바로 응하겠다."고 한 고사를 말한다. 경(庚)은 서방(西方)으로 곡식을 상징하고, 계(癸)는 북방(北方)으로 물을 상징하기 때문에 사용했던 은어였다.

78 고려시대 숙종 때 설치한 서적을 보관하고 학사들을 두어 경전과 사서를 강론하던 곳이었다. 조선시대에 들어와서는 궁궐에 연영전(延英殿)이라는 이름의 전각은 보이지 않으나, 고려 때 연영전의 기능으로 보아 규장각을 가리키는 것으로 보인다.

79 기린 뿔과 봉황의 부리는 아주 희소하여 얻기 어려운 것으로, 전하여 얻기 어려운 뛰어난 인재를 뜻한다.

193 殿壁煌煌無逸圖　궁궐 벽 환하게 무일도 걸어놓고[80]

194 治不三五明主恥　다스림이 삼황오제 같지 않을까 밝은 임금 부끄러워하네

195 休道冀州好風水　기주의 바람과 물 좋다고 말하지 마오[81]

196 淮漢三重徒爲爾　회수 한수 겹겹이 둘러싸고 있어도 부질없는 일이네[82]

197 圖乎圖乎漢陽圖　그림이여 그림이여 한양 그림이여

198 千秋萬歲全如彼　천년만년 온전히 저와만 같아라

199 小臣拜獻全圖篇　소신 삼가 전도편을 완성하여 절하여 올리나이다

200 宮中有聖聖有子　궁궐에 성군이 계시니 자손 또한 성스럽네

---

80 무일(無逸)은 『서경』의 편명으로 주공이 성왕이 안일에 빠질까 경계하기 위해 지었다 한다. 후세의 신하들이 임금에게 그 글을 그림으로 그려서 바쳤다고 한다.

81 기주는 요임금이 처음 도읍한 곳으로 배산임수의 지형에 바람과 물이 잘 통하고 한온의 기후가 알맞아 물산이 풍부했으며, 훌륭한 인재가 많이 배출되고, 좋은 말이 많이 생산되었다고 한다. 지금의 하북성·산서성의 대부분과 하남성의 일부 지역이다.

82 회수(淮水)는 황하와 장강의 사이를 동서로 흘러 홍택호(洪澤湖)로 흘러 들어가는 강으로 화북과 화남의 경계를 이루고 있다. 한수(漢水)는 중국 섬서성 남서부에서 발원하여 양자강으로 흘러들어간다.

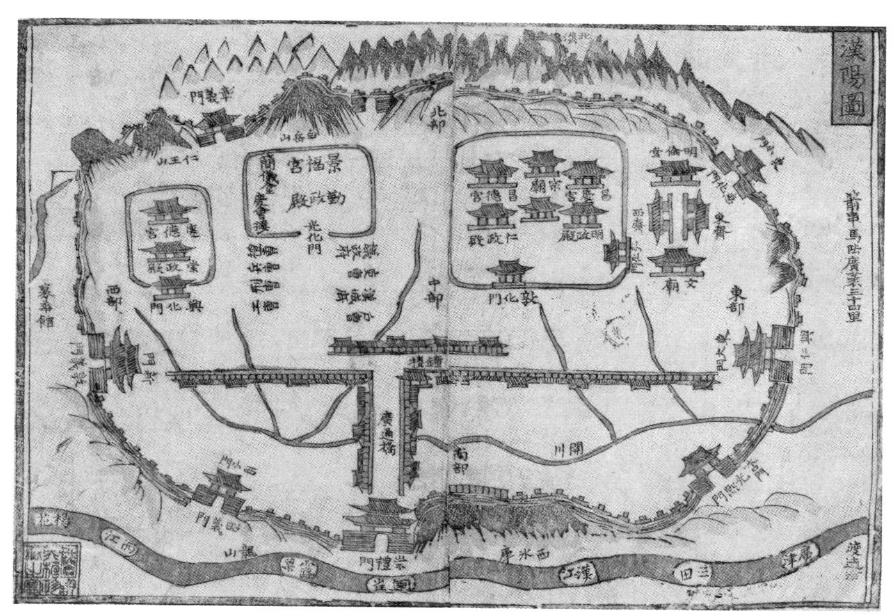

한양도, 서울역사박물관 소장.

"경회루 앞에 육서가 줄지어 있고 / 광화문 밖에는 시전이 늘어서 있네 / 왼쪽 종묘 오른쪽 사직 모두 우뚝 솟아 있고 / 아름다운 궁전과 화려한 집 얼마나 많이 모여 있는가"(49~352) 1760년경 제작된 지도이다. 광화문 앞에 의정부와 육조가 줄지어 있고, 시전 행랑이 정연하게 서 있다. 경복궁과 경덕궁, 그리고 한 궁장 안에 창덕궁과 창경궁, 종묘를 그려 넣었다. 내사산을 연결한 성곽과 성문을 상징적으로 광진, 삼전, 한강, 동작, 노량, 서강, 양화 등 경강의 주요 나루가 표기되어 있다.

이만수

성시전도 백운_ 문신이 임금의 명에 응하여 짓다

城市全圖百韻 文臣應製

도성 안 10만 호
뭇별들 반짝이니 하늘도 지척이네
개 짓고 닭 우는 소리 사방에서 들리고
화려하고 웅장한 수많은 집 사치하구나
땅에 가득한 민가는 마을 어귀에서 갈라지고
구름에 닿을 듯한 저택은 산자락을 넘어 섰네

이만수李晩秀(1752~1820)는 1792년 검교직각으로 「성시전도시」의 제진에 참여하였으며, '삼상일三上一'의 성적으로 3등을 하여 정조로부터 '시권이 좋다[試券四]'는 평을 받았다.

이만수는 하늘의 별자리, 여러 중국의 고사나 제도를 자주 인용하여 조선왕조의 화려한 문물과 제도를 찬양하였으며, 중국의 옛 도읍에 견주어 한양이 지리적으로나 풍수적으로 길지임을 강조하였다. 또한 도교적인 요소를 끌어들여 한양도성의 화려한 모습과 태평성대를 찬양하였다. 대체로 신광하의 시와 비슷한 분위기이다.

한양의 경관과 관련해서는 "원각사 부도는 무지개 허리에 닿아 있고 / 경진년 고표는 모래톱 위로 솟아 있네", "광통교 북쪽 운종가에 / 큰 종이 있어 파루와 인정을 알리네" 등 일부 사실적으로 묘사한 부분도 있으나 전반적으로 구체성이 떨어진다.

이만수는 조선 후기의 문신으로 1789년(정조 13) 식년 문과에 병과로 급제하였으며, 규장각 제학, 형조판서, 병조판서 등을 역임하였다. 1803년(순조 3) 사은정사謝恩正使로 청나라에 다녀온 바 있으며, 1811년(순조 11) 평안도 관찰사로 있을 때 홍경래의 난이 일어났으며 이 사건으로 이듬해 파직되어 경주에 유배되기도 하였다.

001 聖朝於千萬億禩 성스러운 왕조 천만억 년을

002 畵工形容一幅紙 화공이 한 폭 종이 위에 그렸네

003 在昔皇王壯宸居 옛날 제왕은 웅대한 궁궐에 거처하고

004 邦畿千里惟民止 방기 천 리에는 백성들이 살았다네[1]

005 兩戒中星太微座 양계 중성 태미좌[2]

006 三輔黃圖職方紀 삼보황도와 직방기[3]

007 周相東土均貢賦 주공은 동쪽 땅을 살펴[4] 조공과 부세를 고르게 하고

008 堯宅冀方會風水 요임금은 바람과 물이 모이는 기방[5]에 도읍하였네

009 漢代二京唐五都 한나라의 두 도읍과 당나라의 다섯 수도[6]

010 汴浙繁華趙宋氏 번화한 변하와 임안은 조씨의 송나라 도읍이라네[7]

011 我家定鼎得地理 우리 왕조 지리를 얻어 도읍을 정하니

012 煌煌樹立先王履 우뚝 선 선왕의 발자취 찬란하구나

---

1 고대 중국에서 도읍을 중심으로 주변 지역을 구분할 때 1천 리 안을 방기(邦畿)라고 하였다.

2 양계(兩戒)는 은하수의 양쪽 끝의 경계를 말하며, 중성(中星)은 매월 남방의 중천에 나타나는 별로, 중성을 관찰하여 사시(四時)를 확정하였다. 태미좌(太微座)는 천자의 궁정이나 오제(五帝)의 자리를 상징하는 것으로 궁궐을 의미한다.

3 삼보황도(三輔黃圖)는 중국 당나라 수도 장안의 고적을 기록한 책이며, 직방기(職方紀)는 천하의 지도와 토지 등을 기록한 문서이다.

4 주공은 문왕의 넷째 아들이자, 주나라를 세운 무왕의 동생이다. 『서경』 낙고에 "주공 자신이 태보인 소공의 뒤를 이어 동쪽 땅을 크게 둘러 보았다[予乃胤保 大相東土]"는 말이 나온다.

5 요임금이 처음 도읍한 기주(冀州)를 말하는 것으로, 배산임수의 지형에 바람과 물이 잘 통하고 한온의 기후가 알맞아 물산이 풍부했다고 한다. 지금의 하북성·산서성의 대부분과 하남성의 일부 지역이다.

6 한나라 이경(二京)은 전한의 수도 장안, 후한의 수도 낙양을 말하며, 당나라의 오도(五都)는 상도(上都) 경조(京兆), 동도(東都) 하남(河南), 서도(西都) 봉상(鳳翔), 남도(南都) 강릉(江陵), 북도(北都) 태원(太原)을 말한다.

7 조송(趙宋)은 조광윤(趙匡胤)이 세운 송나라(960~1279)를 말하며, 변절(汴浙)은 북송(960~1126)의 수도 변경(汴京, 현재 하남성 개봉)과 남송(1127~1279)의 수도 절강성 임안(臨安, 현재 항주)을 가리킨다.

013 華岳高居出半霄　삼각산 높이 솟아 반쯤 하늘 위로 드러나고
014 淸漢爲襟勢萬里　맑은 한수는 금대 되어 기세가 만 리나 뻗쳤네
015 西北渾雄據堂皇　서북쪽의 웅혼함은 당황[8]에 의거하고
016 東南朗麗平案几　동남쪽은 밝고 아름다워 안궤를 평안케 하네
017 萬古元氣磅礴成　원기는 만고토록 왕성하게 일어나고
018 八方道里輻湊視　팔방의 도리는 한 곳으로 모여드네[9]
019 天作金湯國之寶　하늘이 만든 금성탕지는 나라의 보배요
020 崧都浿京皆我鄙　송도와 평양[10]은 모두 한양의 변방이라
021 太祖太宗建邦國　태조 태종 나라를 세우시고
022 列聖相承御至理　열성조 서로 이어 보위에 오름은 지극한 이치라네
023 龍飛運開洛食墨　용이 날아 천운이 열리고 낙수에 도읍을 정하여[11]
024 燕翼謨宏灃有芑　후손을 위해 큰 계책 물려 주셨네[12]

8 당황(堂皇)은 관리가 정사를 보는 대청, 또는 기세가 광대함을 뜻한다.

9 『태조실록』에 "한양을 보건대, 안팎 산수의 형세가 훌륭한 것은 옛날부터 이름난 것이요, 사방으로 통하는 도로의 거리가 고르며 배와 수레도 통할 수 있으니, 여기에 영구히 도읍을 정하는 것이 하늘과 백성의 뜻에 맞을까 합니다."라고 하였다.(『태조실록』 3년 8월 24일) 조선왕조가 한양을 도읍으로 정할 때 "사방으로 통하는 도로의 거리가 고르며 배와 수레도 통할 수 있다"는 점이 크게 고려되었다는 것을 말한다.

10 패경(浿京)은 평양을 말한다.

11 낙(洛)은 주나라의 낙읍(洛邑)을 말한다. 식묵(食墨)은 거북점을 칠 때 먼저 거북의 등에 검게 그림을 그린 후 불에 태우는데, 징조가 길하면 검게 그린 부분으로 타들어가는 것을 말한다. 주공(周公)이 낙수에 도읍을 정할 때 거북점이 낙읍을 지적하였다고 한다. 즉 태조 이성계가 하늘의 뜻에 따라 조선을 건국하고, 한양이 길지였으므로 도읍을 정했다는 것을 말한다.

12 『시경』 대아 문왕유성의 '풍수유기(豐水有芑)'라는 구절을 인용한 것이다. 즉 "풍수에 흰 차조가 있으니 무왕이 어찌 일하지 않으리오? 자손에게 좋은 계책 물려주어 후손을 편안하게 하리[豐水有芑 武王豈不仕 貽厥孫謨 以燕翼子]"라고 하였다.

025 赤縣神州此肇刱　적현신주[13] 이곳에서 창업하여
026 磐石泰山由積累　반석과 태산 같은 기틀 쌓이고 쌓였네
027 式至聖朝天命申　우리 왕조에 이르러 천명이 펼쳐지니
028 四三五六斯盛矣　온갖 문물과 제도[14] 이와 같이 성하고
029 艸木羣生皆自樂　초목과 여러 생명 모두 스스로 즐기니
030 文物聲明煥然美　문물에 대한 밝은 칭송 환하고 아름답구나
031 四方淸謐一事無　온 세상 맑고 평온하여 일체가 무사하니
032 太平春光畵圖裡　봄볕 같은 태평성대 그림 속에 담겨 있네
033 畵圖太平畵不得　태평성대 그렸으나 그림을 얻지 못하여
034 物色京都問何似　경도의 물색 어디와 비슷한지 물어보려네
035 五雲多處雙鳳闕　오색구름 가득한 곳에 궁궐이 자리하고
036 瑤臺桂宮連天起　요대와 계궁[15]은 하늘 높이 솟아 있네
037 九室八囱明堂闢　구실팔창의 명당 열려 있고[16]
038 萬戶千門建章峙　천문만호 우뚝 솟아 있네
039 靑瑣複道連金屋　대궐문과 회랑은 금빛 전각으로 이어지고
040 紫宸前殿敞玉戺　자신전[17] 앞은 계단도 드높구나

13 적현신주(赤縣神州)는 중국에 대한 이칭으로 전국시대 제나라의 음양가 추연(鄒衍)이 중원(中原)을 신주적현(神州赤縣)이라고 한데 유래하였다. 여기서는 한양을 뜻한다.

14 사삼오륙(四三五六)이 구체적으로 무엇을 지칭하는지 분명치 않으나 앞뒤 문맥상 여러 문물과 제도를 총칭하는 것으로 보인다.

15 요대(瑤臺)는 신선이 사는 곳이며, 계궁(桂宮)은 항아(姮娥)가 산다는 달에 있는 궁전으로, 모두 화려한 궁궐을 말한다.

16 명당은 주나라 때 제왕이 조회·제사·정책·교화를 거행하는 정전을 말하는데, 그 구조가 아홉 개의 실마다 여덟 개의 창을 영롱하게 설치하였다.

041 曲水羽觴流瑞霞 곡수에 잔을 띄우니[18] 상서로운 무지개가 흐르고

042 高閣仙漏報春晷 높은 누각의 물시계는 봄을 알리네

043 最是上苑花木深 꽃과 나무 우거진 상원은 참으로 좋고

044 蘂珠樓中貯圖史 예주루 안에는 그림과 사서 쌓여 있네[19]

045 一塵不到三淸界 한 점 티끌 없는 삼청의 신선 세계[20]

046 奎壁祥光夜夜紫 규성과 벽성[21]의 상서로운 빛은 밤마다 붉게 빛나네

047 外人望之但佳氣 바깥 사람 바라보면 아름다운 기운뿐이니

048 佳氣香烟結爲綺 아름다운 기운과 향 연기 어우러져 비단을 짜놓은 듯

049 乾岡體勢淸廟尊 궁궐의 형세는 종묘를 드높이고[22]

050 禁林蒼翠北壇邇 금림은 푸르스름하고 북단[23]도 가깝구나

051 北岳正南午門開 북악 정남쪽에 오문[24]이 열려 있고

052 百年城闕儼迤邐 백년 대궐은 엄정하게 이어져 있네

053 公桑綠擁蠶壇路 공상은 친잠단[25] 길 푸르게 둘러싸고

---

17 자신(紫宸)은 당나라 때 황제가 신하를 접견하거나 외국 사신이 조회하고 경하하던 자신전을 말하는 것으로 궁궐의 정전(正殿)을 말한다.

18 곡수우상(曲水羽觴)은 곡수유상(曲水流觴)과 같은 말로 음력 3월 삼짇날 전후 화창한 날 문인들이 모여서, 굽이쳐 흐르는 물결에 잔을 띄우며 시를 짓고 노니는 잔치를 말한다.

19 예주루(蘂珠樓)는 꽃과 구슬로 장식한 누각을 말한다. 그림과 사서가 쌓여 있고, 뒤에 '규벽(奎壁)' 등의 용어로 보아 규장각을 가리킨다.

20 삼청(三淸)은 도가에서 옥청(玉淸)·상청(上淸)·태청(太淸)을 말하는 것으로 신선이 사는 곳이다.

21 두 별 모두 문장과 도서를 관장하는 별이다.

22 건강(乾岡)은 집의 좌향이 건좌(乾坐-서북쪽을 등지고 앉은 자리)임을 말한 것인데, 옛날 천자의 궁궐을 건좌로 지었다 하여 궁궐을 뜻하기도 한다. 청묘(淸廟)는 종묘에 제사지낼 때에 연주하는 악장(樂章)으로, 여기서는 종묘를 말한다.

23 북단(北壇)은 도성 북쪽에 있는 기우제를 지내는 제단을 말한다.

24 오문(午門)은 오시(午時) 방향, 즉 남쪽에 있는 궁궐의 정문, 또는 도성의 정문을 말한다.

054 古礎微分慶樓址　옛 주춧돌 작게 나누어진 곳은 경회루터이네[26]

055 我朝家法昭儉度　우리 왕조의 법도 검소함을 밝히어

056 文囿不大堯階庳　궁궐 정원은 크지 않고 계단도 낮구나[27]

057 有國建宮與宅師　나라에 궁궐과 택사를 세우는데[28]

058 古制面朝而後市　옛 제도에 궁궐 앞에 관아 두고 뒤에 시전 두었네[29]

059 經制六官舊開府　육조의 법제는 옛 개성을 따랐고[30]

060 節度三營各分壘　삼영의 제도 두어 각각 성첩을 나누어 맡았네[31]

061 槐棘門前紫魚袋　의정부와 육조 문 앞에 붉은 어대 찬 관원들[32]

---

25 공상(公桑)은 임금과 왕후의 뽕나무 밭을 말한다. 친잠단은 백성에게 모범을 보이기 위하여 왕비가 몸소 내명부를 거느리고 누에치는 의례를 행하는 단을 말하며 창덕궁 후원에 있었다. 그런데 1767년(영조 43, 정해) 영조가 왕세손(후에 정조), 혜빈(사도세자의 비), 왕세손빈과 함께 경복궁에 가서 채상례(採桑禮)를 행하였다.(『영조실록』 43년 3월 10일) 그리고 1770년(영조 46, 경인) 경복궁에 친잠단을 설치하고 비석을 세우고 어필로 '정해친잠(丁亥親蠶)'이라고 썼으며 경인년에 비각을 세웠다.(『한경지략』 권1, 묘단사) 여기서 친잠단은 경복궁 친잠단을 가리킨다.

26 임진왜란 때 경회루의 누각은 불에 타고 돌기둥만 남아 있는 모습을 묘사한 것이다.

27 문유(文囿)는 주나라 문왕의 정원인 영유(靈囿)를 말하는 것으로 궁궐의 정원을 말한다. 요계(堯階)는 『사기』에 "요임금은 당의 높이가 석 자였고, 흙으로 쌓은 섬돌은 세 단이었다."고 한 데서 온 것으로, 요임금의 검소한 궁궐 제도를 말한 것이다.

28 택사(宅師)는 백성들에게 살 곳을 마련해 주어 편안하게 하는 것을 뜻한다.

29 '면조후시(面朝後市)'는 수도를 건설할 때 궁궐 앞에는 관아, 뒤에는 시전을 두는 『주례』의 제도를 말한다. 한양에 수도를 건설할 때도 이 제도에 따라 경복궁 앞에 육조를 두었으나, 경복궁 뒤에 백악이 자리하고 있어 시전은 동서로 난 대로(운종가)와 숭례문으로 향한 대로에 설치하였다.

30 개국 초 조선은 도평의사사, 문하부, 중추원, 3사, 6조 등 고려 말기의 관제를 그대로 답습하였다. 그러나 정종 때 도평의사사를 의정부로 개편하였으며, 승정원을 설치하여 중추원의 왕명출납기능을 맡도록 하였다. 또한 태종 때에는 문하부가 의정부와 사간원으로 분화되고, 삼사의 기능이 호조로 이관되는 등 전면적인 개편이 단행되었다.

31 훈련도감, 금위영, 어영청 등 삼영에서 성첩을 나누어 관리하였는데, 돈의문에서 숙정문까지는 훈련도감이, 숭례문에서부터 남소동 표석까지는 금위영이, 남소동 표석에서부터 홍인문·응봉·숙정문까지는 어영청이 맡았다.

32 괴극(槐棘)은 주나라 때 관아 앞에 홰나무와 가시나무를 심은 데서 유래한 것으로, 여기서는 의정부와

062 竹梧扉裡青綾被　대오동 사립문 안에서 숙직을 하네[33]

063 五花舍人署事處　의정부 사인 일하는 곳에[34]

064 小亭宛在水中沚　작은 정자 완연하게 못 가운데 있네[35]

065 九丘八索芸閣藏　온갖 서적은 운각에 보관되어 있고[36]

066 五更三點漏院俟　새벽에 관리들 누원에서 입궐을 기다리네[37]

067 文杏壁沼夫子宮　문행과 벽소가 있는 곳은 부자궁으로[38]

068 藹藹多吉環橋士　수많은 선비들 다리[39]를 둘러싸고 있네

069 午刻初罷大明朝　한낮에 크고 밝은 조정 막 파하니

070 滿城車馬弁有頍　수레와 말은 도성 가득하고 신료들 관을 높이 썼구나

육조가 있는 관가를 말한다. 어대(魚袋)는 붉은 비단으로 만든 물고기 모양의 주머니로 관리들이 금인(金印)이나 부절(符節)을 넣어 허리에 차고 다녔다.

33 청릉(青綾)은 푸른 비단으로 만든 이불로, 대궐에서 숙직하는 것을 뜻한다. 한나라 때 상서랑(尙書郎)이 번을 서면 푸른 비단으로 만든 이불[青綾被]과 흰 비단으로 만든 이불[白綾被], 또는 비단이불[錦被]을 주었다는 데서 유래하였다.

34 오화사인(五花舍人)은 원래는 중국 당나라 때 중서사인(中書舍人)들이 군국정사(軍國政事)가 있으면 자기의 소견을 적어내고 각자의 이름을 썼는데, 이것을 오화판사(五花判事)라 한 데서 유래하였다. 여기서는 의정부 사인(舍人)들을 지칭하는 것으로, 의정부 사인은 정4품의 관원으로 그들이 근무하는 곳을 사인사(舍人司)라고 하였다.

35 의정부나 육조 관아마다 작은 못을 만들고 주변에 작은 정자를 세워놓은 것을 말한다.

36 구구팔색(九丘八索)에서 구구(九丘)는 중국 구주(九州)의 지(志)이고, 팔색(八索)은 팔괘에 관한 책으로, 많은 서적을 뜻한다. 운각(芸閣)은 교서관의 별칭으로, 국가에서 필요한 서적을 간행하거나 보관하는 기능을 하였다. 정조 때 규장각에 소속시키고, 규장각을 내각, 교서관을 외각이라고 하였다.

37 오경삼점(五更三點–새벽 4시)은 통행금지 해제를 알리는 파루(罷漏)를 울리는 시각으로 종루의 대종을 33번 쳤다. 누원(漏院)은 대루원(待漏院)으로, 관원이 아침 일찍 입궐하여 대루원에서 조참하는 시각까지 기다리는 것을 말한다.

38 문행(文杏)은 성균관 뜰에 있는 은행나무를 말하며, 벽소(壁沼)는 주나라 때 태학을 두르고 있는 못을 말하는 것으로, 여기서는 성균관 주위를 둘러싸고 있는 반수(泮水)를 가리킨다. 부자궁은 공자를 모신 문묘를 말한다.

39 성균관 주변을 흐르는 반수(泮水)에는 반수교, 향교, 식당교, 중석교 등 다리가 있었다.

071 閶闔晴開軼蕩蕩　대궐문 활짝 열려 수레들 빠르게 달려가고

072 靑繩御路平如砥　푸른색 끈 친 어로는 평평하여 숫돌 같구나[40]

073 狹邪三岔分五條　좁은 길은 세 갈래 다섯 갈래 나누어지고

074 康莊八達仍九軌　큰길은 사방으로 널찍하게 뻗어 있네

075 古來人世多路岐　예로부터 인생에는 여러 갈래 길이 있어

076 誰能吾道知津涘　누가 우리 길이 나루인 줄 알겠는가

077 中央一道御溝水　가운데 한 길로 어구의 물이 흐르고

078 二十四橋紅欄倚　스물네 개 다리에 붉은 난간 기대 있네[41]

079 圓覺浮圖按虹腰　원각사 부도[42]는 무지개 허리에 닿아 있고

080 庚辰古標屹沙觜　경진년 고표[43]는 모래톱 위로 솟아 있네

081 英陵盛際魚學士　세종임금 치세 시 어효첨이 있었는데

082 疏滌川渠此其始　개천의 준천은 이것이 시작이네[44]

083 十里隄成萬世利　십리 제방 완성되어 만세토록 이로우니

---

40 청승(靑繩)은 임금이 행차하는 길에 경계를 정하던 푸른색의 끈으로, 임금의 행차를 뜻한다. 여기서는 육조대로를 가리킨다.

41 이십사교(二十四橋)는 중국 강소성 양주 서쪽에 있는 24개의 다리로 매우 아름다웠다고 한다. 당나라 두목의 시에, "이십사교 달 밝은 밤에, 옥인은 어느 곳서 퉁소를 부나[二十四橋明月夜 玉人何處敎吹簫]"라는 시가 있으며, 도회의 아름다운 경승을 노래할 때 '이십사교'라는 표현을 많이 썼다. 여기서는 도성 내 곳곳에 있는 많은 다리를 표현한 것이다.

42 탑골공원에 있는 원각사탑을 말한다.

43 경진고표(庚辰古標)는 1760년(영조 36) 경진년 개천을 준설한 후 광통교, 수표교, 오간수교, 영도교 등 개천에 있는 주요 다리의 교각에 '경진지평(庚辰地平)' 네 자를 새긴 것을 말한다.

44 영릉(英陵)은 세종의 능호(陵號)이다. 1444년(세종 26) 당시 집현전 교리 어효첨이 상소를 올려 도성에는 사람들이 많이 살기 때문에 더럽고 냄새나는 것들이 쌓이게 마련이며, 이것을 흘려보낼 넓은 시내가 있어야 도읍이 깨끗하게 유지될 수 있다고 주장하였다.

084 不復都民憂墊圮 도성 사람들 잠기고 무너질까 다시 근심 않게 되었네[45]

085 通橋北上雲從街 광통교 북쪽 운종가에

086 盖有大鍾晨昏以 큰 종이 있어 파루와 인정을 알리네[46]

087 王者藏富藏於民 임금은 부를 저장함에 백성에게 저장하고

088 市門無征百貨庤 시전에 세금 걷지 않으니[47] 온갖 물건 쌓이네

089 漢銖權寓流泉義 한나라 저울은 화폐의 뜻에 의지하였고[48]

090 周鬴法同嘉量揆 주나라 됫법은 가량의 법도와 같게 하였네[49]

091 肩摩轂擊汗成雨 사람과 수레 스치고 부딪쳐 땀은 비 오는 듯하고

092 日出而作西曛抵 해가 뜨면 일하고 해가 지면 돌아오네

093 百隊旗亭列新鋪 수많은 주루 깃발 내걸고 새로운 점포 늘어섰는데

094 波斯寶藏如雲委 파사[50]의 보물은 구름처럼 쌓여 있네

---

45 개천 제방의 견고함을 말한다. 1773년(영조 49)은 영조는 훈련도감, 금위영, 어영청 등 삼영을 동원하여 개천 양안을 돌로 쌓고 비가 와도 무너져 내리지 않도록 버드나무를 심었다. 채제공의 「준천가」에 "개천 양안 십리 활시위처럼 곧아졌으며 / 삼영에서 쌓은 석축 흐트러짐이 없네"라고 하였다.

46 조선시대 도성은 초경(初更, 밤 10시경)에 종루의 종을 28번 쳐서 인정(人定)을 알리면 도성의 문이 닫히고 통행금지가 시작되었으며, 오경삼점(五更三點, 새벽 4시경)에 종을 33번 쳐서 파루를 알리면 도성의 문이 열리고 통행금지가 해제되었다.

47 무정(無征)은 세를 부과하지 않는 것을 말한다. 『맹자』에 "시장에서는 점포세만 징수하고 물품세는 징수하지 않으며, 법으로만 관리하고 점포세는 받지 않으면 천하의 상인들이 모두 기뻐하며 시장에 물건 두기를 원할 것입니다.[市廛而不征 法而不廛 則天下之商 皆悅而願藏於其市矣]"라고 한 것을 인용한 것이다.(『맹자』 공손추 상)

48 수(銖)는 한나라 때 무게의 단위로 1수(銖)는 기장[黍]이나 조[粟] 100립(粒)의 무게를 말하며, 권(權)은 권형(權衡), 즉 저울을 말한다. 『한서』 율력지에 수(銖)·량(兩)·근(斤)·균(鈞)·석(石) 5가지 추가 있었는데, 이를 오권지제(五權之制)라고 하였다. 유천(流泉)은 고대 화폐의 이름으로 화폐를 통칭한다. 즉 한나라 때 무게의 단위인 '수(銖)'를 그대로 화폐의 명칭으로 사용한 것을 말하는 것으로 보인다. 예컨대 오수전(五銖錢)의 경우 약 3.25g으로 1수(銖)의 무게 650mg의 5배이다.

49 부(鬴)는 주나라 때의 수량을 나타내던 단위이며, 가량(嘉量)은 주나라 때 양을 헤아리는 용기로 곡(斛), 두(斗), 승(升), 합(合), 약(龠) 등 5량(量)이 있다.

095 懸金高價朝眩目 천금을 내 건 고가품 아침마다 눈을 홀리고
096 賣花新聲春入耳 꽃 사시오 하는 신선한 소리는 봄이 왔음을 알리네
097 玉札丹砂與空青 옥찰 단사 공청에[51]
098 越羅蜀錦及岱枲 월라 촉금과 대시요[52]
099 楂梨橘柚杏桃梅 능금 배 귤 유자 은행 복숭아 매화에
100 鯽鯔鱨鯊鱧魴鯉 붕어 숭어 자가사리 모래무지 가물치 방어 잉어라
101 四海珍異水陸品 물과 뭍에서 나는 세상의 진기한 물품들
102 京師百用咸於此 도성에서 널리 쓰이니 모두 이곳에 있네
103 商家小兒射錐刀 상점의 어린아이는 활 송곳 칼을 가지고 노는데
104 瞬目交臂誇末技 눈 깜빡이고 팔을 꼬며 하찮은 재주 자랑하네
105 日日穰穰熙熙者 날마다 많고 많은 사람들 즐거워하는데
106 就中誰是君平子 그중에 누가 군평자인가[53]
107 酒樓簾捲彈棊客 주루에서 발을 걷고 바둑 두는 손님
108 香肆花迎賣珠婢 향 가게의 꽃은 구슬 파는 여종을 반기네
109 夾道兩行宜春帖 길 옆 양쪽으로 춘첩이 나붙었는데
110 太平萬世字字是 글자마다 '태평만세'로구나
111 市中立平六廛最 저자에서 공평함을 세우기는 육의전[54]이 최고이고

---

50 파사(波斯)는 서역의 파사국, 페르시아를 말한다.

51 모두 약재의 이름으로 옥찰은 옥의 가루로 만든 장생불사의 선약이며, 단사는 도가에서 불로장생의 선약이라고 알려진 약재이다. 공청은 구리광에서 생산되는 것으로 약재나 안료로 사용된다.

52 중국 월(越), 촉(蜀), 대(岱) 지방에서 생산되는 비단과 모시를 말한다.

53 중국 한나라 때의 은사인 엄준(嚴遵)을 말한다. 군평자(君平子)는 그의 자이다. 그는 일찍부터 벼슬을 포기하고 성도(成都)에 은거하면서 복서(卜筮)를 업으로 삼고 살다가 일생을 마쳤다고 한다.

112 輦下編名五家比　도성의 편명은 오가와 견줄 수 있네[55]

113 洛陽城裡十萬室　도성 안 10만 호[56]

114 衆星麗天天尺咫　뭇별들 반짝이니 하늘도 지척이네

115 犬吠鷄鳴四境達　개 짖고 닭 우는 소리 사방에서 들리고

116 翬飛鳥革千門侈　화려하고 웅장한[57] 수많은 집 사치하구나

117 撲地閭閻分衖口　땅에 가득한 민가는 마을 어귀에서 갈라지고

118 連雲第宅跨山趾　구름에 닿을 듯한 저택은 산자락을 넘어 섰네

119 甍桷鱗鱗拱象魏　큰 저택 비늘처럼 대궐[58]을 둘러싸고

120 庭院潭潭蔭桃李　깊고 넓은 뜰에는 복숭아 오얏나무 우거졌네

121 天府每歲登民數　호조에서는 해마다 백성의 수를 기록하는데[59]

122 聖化先見增生齒　임금의 덕화는 먼저 백성의 수[60] 늘어나는 것에서 볼 수 있네

---

54 대체로 면전(비단전), 면주전, 면포전, 포전(삼베), 청포전, 저포전(모시), 지전, 내외어물전 등을 말한다.

55 중국 고대 주나라 때 오가(五家)를 비(比), 십가(十家)를 연(聯)으로 마을의 단위를 정하여 상부상조하도록 하였는데, 조선시대 한성부를 5부로 나누고 그 아래 49방을 둔 것을 말한다.

56 1798년 작성된 『호구총수』에 의하면 당시 도성의 인구는 총 43,929호에 189,153명이었다. 10만 호라고 한 것은 다소 착오가 있었던 것으로 보인다.

57 휘비조혁(翬飛鳥革)은 꿩이 날아오르는 듯 새가 날개를 펴는 듯 웅장하고 화려한 건물을 비유할 때 쓰는 말이다.

58 맹각(甍桷)은 용마루의 서까래를 말하는 것으로 전하여 화려하고 웅장한 집을 뜻하며, 상위(象魏)는 옛날에 법률을 궁문 밖 높은 누대에 게시했다는 데서 생긴 말로 전하여 궁궐을 가리킨다.

59 천부(天府)는 주나라의 관명으로, 호구의 수에 대한 기록과 나라의 맹서(盂書) 및 기타 중요 문서를 관장하는 관서로 조선시대 호조에 해당한다. 『경국대전』에 의하면, 조선시대 호구조사는 3년마다 실시하도록 하였으며, 호주의 성명, 본관, 생년월일, 거주지, 직업뿐만 아니라 4조(四祖)와 처의 생년월일 및 본관, 자녀의 생년월일, 사위의 생년월일 및 본관, 노비의 생년월일 등을 세밀하게 조사하였다.

60 생치(生齒)는 백성을 말한다. 천부(天府, 호조)에서 백성의 수효를 등록할 때 '이가 난 아이[生齒]' 이상을 기록하였기 때문에 생긴 말이다.

123 洛城終古矜名園　도성에는 예로부터 이름난 정원 자랑하였으니

124 青春白日盛綺靡　푸른 봄 한낮에 더욱 화려하네

125 詩壇雅集西園客　시단의 고상한 모임은 서원의 객과 같고[61]

126 弼峯故事東山妓　필봉의 풍류는 동산기의 옛일을 따른 것이네[62]

127 林亭水榭連紫陌　숲 속의 정자와 물가의 누대 큰길따라 이어지고

128 寶馬鈿車踏香蘂　화려하게 장식한 말과 수레는 향기로운 꽃을 밟고 가네

129 一氣沖瀜太和天　한줄기 기운 충만하여 하늘과 조화되니

130 萬紫千紅如有喜　울긋불긋 수많은 꽃 기뻐하는 듯

131 院裡秋千近重午　뜰 안 그네는 단오가 가까웠음을 알리고

132 水邊麗人趁上巳　물가의 미인들 상사일을 알리네

133 萬戶垂楊軟紅塵　수많은 집 수양버들 늘어지고 거리엔 먼지 뿌연데

134 少秊金鞭嘶綠騏　젊은이들 금채찍에 준마가 울고 있네

135 一代衣冠超漢晉　한 시대 의관은 한나라 진나라를 뛰어 넘고

136 四時歌管雜羽徵　사계절 풍악소리에는 우조 치조[63] 섞여 있네

137 黃童白叟欣自得　어린아이 늙은이 기쁨이 절로 넘치고

138 共醉街樽屢舞僛　길에서 술 마시고 함께 취해 덩실덩실 춤을 추네

---

61 서원아집(西園雅集)을 말한다. 중국 송나라의 소식, 황정견, 진관, 조무구 등의 문인들이 서원에서 모임을 가지고, 아회의 모습을 그림으로 남겼다. 조선 후기 이를 본받아 시인묵객들이 인왕산을 중심으로 시회를 열고 그 모습을 그림으로 남기기도 하였는데, 김홍도의 「서원아집도」가 대표적인 예이다.

62 필봉(弼峯)은 인왕산 필운대로, 현재 종로구 사직동 배화여고 별관 건물 뒤쪽에 있다. 동산기(東山妓)는 중국 진(晉)나라 사안(謝安)이 동산에서 놀면서 기생을 늘 대동하였다고 한 고사로, 풍류객들이 기생을 데리고 필운대 등 명승을 찾아 즐기는 장면을 말한 것이다.

63 우치(羽徵)는 궁상각치우(宮商角徵羽) 오음에 속하는 음조를 말한다.

139 鬱鬱蔥蔥浮日夜　울창한 기운 낮밤으로 떠오르니
140 範圍都城三百雉　빙 둘러싼 성곽 3백 치[64]라네
141 北起三峯東包駱　북으로는 삼각산 솟고 동으로는 타락산을 싸안고
142 終南毋岳遙角犄　종남[65]과 무악은 멀리서 뿔처럼 의지하네
145 周遶九千九百武　도성 둘레 9천 9백 무[66]
146 雪跡奇徵天所使　눈 내린 자취 기이한 징조는 하늘이 보낸 것이네[67]
147 四郊無壘海方晏　사방 교외에는 진루가 없고 바닷가는 평안하고
148 重關擊柝國有恃　두터운 관문의 딱딱이 소리[68] 나라에 믿음이 있네
149 欲識吾王洞開意　우리 임금 도성문 활짝 연 뜻을 알고자
150 八門將將瞻在彼　늠름한 도성 팔문 쳐다보니 저곳에 있네
151 金鷄一唱魚鑰開　금계가 한 번 울면 도성문 열리고
152 士女滾滾來無己　사람들 물밀듯 끝없이 몰려드네
153 山樓粉堞暮笳清　산 위의 누대와 성곽에서는 저물도록 피리 소리 맑고
154 水關烟柳春波瀰　수문의 아련한 버드나무는 봄물결에 넘실거리네[69]

64 치(雉)는 치첩(雉堞 ; 성가퀴), 치성(雉城 ; 방어를 위해 성 밖으로 돌출해서 쌓은 성)을 말한다. 여기서 3백 치는 길게 빙 둘러싼 도성의 모습을 의미한다.

65 종남산(終南山)은 목멱산의 다른 이름이다.

66 무(武)는 반보(半步)로 1보가 6척, 1무는 3척이다. 『한경지략』에 "도성은 둘레가 9천 9백 7십 5보요, 높이가 40척, 리(里)로 계산하면 40리이다."라고 하였다. 정확하게 쓰자면 '보(步)'가 옳다.

67 한양도성을 쌓을 때 그 원근을 정하지 못하였는데, 하루는 밤에 눈이 와서 밖은 쌓이고 안은 녹았다. 태조가 매우 이상히 여겨 눈을 따라 성 터를 정하였으므로 설성(雪城)이라고 하였다.

68 관문을 두텁게 하여 엄중하게 단속하고, 딱딱이를 치며 야경을 돌아 도성의 치안을 유지하는 것을 말한다.

69 수관(水關)은 동대문 남쪽 개천 위를 지나는 성곽 아래의 오간수문((五間水門)을 말한다. 이곳은 주변에는 제방이 무너져 내리는 것을 막기 위해 개천 양안에 수양버드나무를 많이 심었는데, 풍광이 아름다워

155	萬品三羅一氣中	온갖 모습 한 기운 속에
156	大地風光入點指	대지의 풍광이 손으로 가리키듯 들어 있네
157	表裡山河四塞固	산하의 안과 밖은 사방이 막혀 튼튼하고
158	熙皞民物三古擬	백성들 화락하고 물산은 풍부하여 삼고[70]인 듯하네
159	水土深厚鍾英華	물과 땅 깊고 두터워 아름다운 기운 모이고
160	風氣清明豁塵滓	바람과 기운 청명하여 티끌을 털어내었네
161	天地之合陰陽和	하늘과 땅 화합하여 음과 양으로 조화되고
162	百姓阜安庶績底	백성들 부유하고 편안하니 모든 일 이루어지네
163	秀色祥靄四望同	수려한 색의 상서로운 놀은 사방에서 보아도 한결같고
164	口呿神眩茫難揣	입이 벌어질 정도로 신이함은 아득하여 헤아리기 어렵네
165	或如鰲背三山翠	혹 자라가 푸른 삼신산을 업은 것 같이
166	蓬瀛萬頃高峛崺	봉영 일 만 이랑은 높고 길게 뻗어 있고[71]
167	或如群仙朝玉京	혹 여러 신선이 옥경[72]에 조회하는 것 같이
168	星冠月佩光玼玼	별을 쓰고 달을 찬 듯 아름답게 반짝이네
169	萬瓦高如劈波鯨	높이 솟은 수많은 기와집은 물살 헤치는 고래 같고
170	列肆紛如出封蟻	쭉 늘어선 가게는 개미둑처럼 솟아 있네
171	四山矗矗來如潮	첩첩이 두른 사방의 산은 조수처럼 밀려들고

도성 사람들의 봄놀이 장소로 유명하였다.

70 삼고(三古)는 상고·중고·하고로 요순시대와 같은 태평성대를 말한다.

71 삼산(三山)은 자라 등에 얹혀 바다 위에 떠 있어 신선이 살고 있다는 봉래(蓬萊), 방장(方丈), 영주(瀛州) 등 삼신산(三神山)을 말한다. 봉영(蓬瀛)은 삼신산의 봉래산과 영주산을 합친 것으로 선경(仙境)을 말한다.

72 옥경(玉京)은 도가(道家)에서 이른바 천제(天帝)가 있다는 황도(皇都)를 하는데, 여기서는 도성을 말한다.

172 九逵井井直如矢　도성거리 반듯반듯 화살처럼 곧다네
173 或有郁郁而紛紛　혹 찬란하게 빛나기도 하고 어수선하기도 하며
174 雲旗霧盖紅旖旎　구름 깃발과 안개 덮개 붉게 펄럭이네
175 兩儀中間積氤氳　하늘과 땅 사이에 기운이 가득 서려 있어
176 或有如京而如坻　혹 언덕 같기도 하고 구릉 같기도 하고[73]
177 或如丈席儼列侍　혹 장석[74]에서 엄숙하게 늘어서 모시는 것도 같고
178 或如昕庭肅長跪　혹 궁궐 뜰에서 엄숙히 꿇어앉은 듯도 하네
179 環東薄海方數千　우리 동토 온 천하 사방 수천 리
180 治象元非一城只　치상[75]은 본디 일개 성만을 위한 것이 아니었네
181 所貴王京出治本　왕경이 귀한 것은 다스림의 근본이 나옴이니
182 然後華夷咸率俾　그런 후에 중화와 오랑캐 모두 좇아 따를 것이네
183 縱然心法敎化源　심법이 교화의 근원이라도
184 聖人求之象外旨　성인이 구하려는 것 형상 밖의 뜻이라네
185 丹青且喜得彷彿　그림 또한 진품을 얻은 듯 기쁘니
186 賁飾昇平乃能爾　태평성대 저렇게 아름답게 장식할 수 있구나
187 細分區井明曲折　세세하게 나누어진 구획과 또렷한 곡절
188 大鋪江山起步跬　넓게 펼쳐진 강과 산은 반걸음씩 일어나네
189 周家王會圖猶傳　주나라의 왕회도[76]가 아직 전하며

---

73 『시경』 소아 보전에 "증손이 쌓아 둔 노적가리 구릉 같기도 하고 언덕 같기도 하네[曾孫之庾 如坻如京]"라는 표현이 나온다.

74 장석(丈席)은 스승이 학문을 강하는 자리를 말한다.

75 치상(治象)은 정치, 법령 등을 기록하여 성문 등에 걸어 모든 백성에게 알리는 것을 말한다.

190 漢時玉帶堂不毁　한나라의 옥대와 건물은 훼손되지 않았네

191 玉軸芸香內府藏　옥축과 운향[77]은 내부에 보관되어 있어

192 首揭輿圖登繡梓　첫머리에 지도를 실어 책으로 간행하였네

193 秉筆微臣再拜言　미욱한 신하 붓을 잡고 두 번 절하며 아뢰나이다

194 盛事親見配姚姒　성대한 일 친히 살피심은 순임금 우임금[78] 같으시고

195 屢豐多黍歌擊壤　해마다 풍년 들어 격양가[79]울리니

196 萬壽無疆觥獻兕　만수무강 축원하며 무소뿔잔 올리나이다

197 三殿和氣四重謠　궁궐의 화화로운 기운 사중요[80]로 노래하고

198 日月升恒天錫祉　해가 뜨고 달이 차니[81] 하늘이 내린 복이라

199 邦家慶運屬一清　우리 왕조 경사스러운 기운 한줄기 맑게 이어지니

200 宥密洪基景命救　깊고 큰 기틀은 하늘의 명을 구함이었네

201 北斗南山華封祝　북두와 남산에서 화봉축[82] 기원하니

202 聖朝於千萬億禩　우리 성조 천만억년 영원하라

---

76 주나라 무왕 때에 천하가 태평하여 먼 나라들이 찾아오자 그 일을 기록하여 「왕회편(王會篇)」을 만들었다고 한다. 이 고사를 바탕으로 당나라 화가 염립본(閻立本)이 「왕회도」를 그렸다고 한다.

77 옥축(玉軸)은 아름다운 서책을, 운향(芸香)은 향풀로 좀벌레를 물리치기 위해 서실에 많이 두었다고 한다.

78 요사(姚姒) 순임금과 우임금을 가리킨다. 요(姚)는 순임금의 성이고, 사(姒)는 우임금의 성이다.

79 격양가(擊壤歌)는 중국 요임금 때 한 노인이 배불리 먹고 땅을 치면서 노래를 불렀다는 고사에서 '격양가'라고 하였는데, 풍년이 들어서 농부들이 태평세월을 즐기며 부르는 노래이다.

80 삼전(三殿)은 궁궐의 주요 전각, 또는 왕, 왕비, 세자를 가리키는 것으로 궁궐, 궁중을 말한다. 사중요(四重謠)는 한나라 때 음악의 하나로 사중가(四重歌), 사시무(四時舞)라고도 한다. 태평성대를 찬양하는 노래이다.

81 일월승항(日月升恒)은 해가 뜨고 달이 가득 찬다는 말로, 문물이 날로 융성해짐을 의미한다.

82 화봉축(華封祝)은 요임금 때 화(華) 땅을 지키는 사람이 오래 살고 부하고 자손이 많을 것을 축원하였다는 고사를 말한다.

정선, 필운대상춘(弼雲臺賞春). 개인소장.

이만수가 "도성에는 예로부터 이름난 정원 자랑하였으니 / 푸른 봄 한낮에 더욱 화려하네 / 시단의 고상한 모임은 서원의 객과 같고 / 필봉의 풍류는 동산기의 옛 일을 따른 것이네"(123~126)하고 하였다. 필운대에서 아회雅會를 열고 풍류를 즐기는 모습이 그림 속에 나타나 있다. 남산이 우뚝 솟았고 멀리 관악산이 보이고 숭례문이 아득하다. 봄꽃에 잠긴 도성은 태평성대의 화사한 이미지로 가득하다.

이집두

성시전도_ 칠언 백운 고시 城市全圖 七言百韵古詩

가선대부 전행승정원 우승지 신 이집두 지어 올리다

嘉善大夫前行承政院右承旨臣李集斗製進

반듯반듯 늘어선 대문은 서로 마주하여 열려 있고
빽빽한 여염집 다닥다닥 이어졌구나
땅에는 먼지 자욱 일고 사람들 붐비는데
빠른 물살 웽웽 소리 그치지 않네
큰 저택 울쑥불쑥 솟아 있고
남북동서 넓고 큰길은 숫돌처럼 평평하네

이집두李集斗(1744~1820)의 「성시전도시」는 시험지 형태로 남아 있다. 시험지에는 정조가 평가한 '차상次上'이라는 점수가 붉은 글씨로 크게 쓰여 있다.

이집두는 서두에서 "누워서 쳐다보니 태미가 성궐을 두르고 / 눈부신 푸른 하늘은 한 장의 종이라네"라고 하여, 하늘을 한 폭의 그림에 비유하였다. 이집두의 시는 하늘의 별자리와 지상의 아홉 주를 형상화한 「구폭요도」를 비롯하여, 백옥경, 청도, 상제, 삼천계 등 도교와 불교적 요소를 더하여 전반적으로 한양의 뛰어난 입지와 번화한 문물, 조선왕조, 특히 정조 대의 태평성대를 찬양하였다. 이집두도 이덕무와 같이 "이 몸 한양에서 태어나고 자라서 / 눈으로 한양 속을 자못 넓게 보았네"라고 하였지만, 이덕무와 같이 한양의 사실적인 모습을 담지는 못하였다.

이집두는 1775년(영조 51) 정시에 병과로 급제하여 한림에 들어갔으며, 1781년(정조 5) 2월 18일 처음 시행된 초계문신에 선발되었다. 이후 대사간·대사헌, 함경도 관찰사 등을 역임하였고, 1800년 주청부사로서, 1810년에는 동지사로 청나라에 다녀왔다.

001 臥看太微環城闕 누워서 쳐다보니 태미[1]가 성궐을 두르고
002 絢爛青天一張紙 눈부신 푸른 하늘은 한 장의 종이라네
003 上有閣道分衖衕 위에는 각도로 별자리를 나누고[2]
004 列仙飛下衡桓市 여러 신선 날아 내려 환표[3]와 저자를 살피었네
005 嵯峨白玉三千界 백옥경과 삼천계 우뚝 솟아 있고[4]
006 彌亘清都九萬里 청도[5]는 구만 리에 뻗혀 있네
007 上帝高居擁紫雲 상제 계신 높은 곳은 자주빛 구름으로 둘러싸여 있고
008 重城萬古無成毁 겹겹이 둘러싸인 성은 만고토록 허물어짐이 없네
009 蒼躔繞極羅天街 푸른 궤도는 북극성을 둘러싸고 천가에 펼쳐지고
010 銀漢經霄限溝水 은하수는 높은 하늘 지나 구수까지 뻗쳤네
011 萬形皆從天象來 온갖 형상 모두 천상에서 따온 것으로
012 九幅瑤圖細摩揣 아홉 폭의 요도에 자세하게 그렸네
013 一幅散在昴畢間 첫 번째 폭은 묘성과 필성 사이에 흩어져 있으니
014 冀都百里常山峙 기도 백 리에 상산이 우뚝 솟았구나[6]

1 하늘의 별자리 중 태미원(太微垣)을 말하는 것으로 천자의 궁정이나 오제의 자리 등을 상징한다.

2 각도(閣道)는 북두칠성의 축이 되는 별의 이름이며, 항동(衖衕)은 골목, 마을을 말하는데, 여기서는 각도를 중심으로 나누어진 별자리를 가리키는 것으로 보인다.

3 환표(桓表)는 고대 중국에서 성곽, 궁궐, 관서, 능묘, 역참 등 건축물 주변에 세워 표시하는 나무 기둥을 말한다.

4 백옥경은 도가에서 천제가 거주하는 곳으로, 임금이 있는 곳을 가리키며, 삼천계는 불교에서 온 세계를 말한다.

5 청도(淸都)는 옥황상제가 산다는 천상의 궁전을 가리킨다.

6 기도(冀都)는 요임금이 처음 도읍한 기주(冀州)이다. 중국은 고대로부터 하늘의 별자리를 북극성을 중심으로 28수로 나누고, 이것을 방위에 따라 12분야로 나누었다. 여기에 맞추어 중국 대륙을 12개 주로 나누어 12분야와 일치시켰다. 여기에 따르면 묘성과 필성은 기주에 해당한다. 상산(常山)은 중국의 오악

015 茅宮土階伊祇國 모궁과 토계는 이기국이요[7]

016 陶穴泥堵大黃氏 토굴과 흙담은 태황씨라[8]

017 二幅揚州是牽牛 두 번째 폭은 양주이니 바로 견우성으로

018 越中都會通交趾 월나라 도회는 교지국과 통하니[9]

019 境接穉黎簇萬家 접경에는 집들이 만가나 모여 있고

020 潮抱城闉映百雉 성과 저자를 둘러싼 조수에는 긴 성곽 어리비치네[10]

021 三幅軫星作荊州 세 번째 폭은 진성으로 형주를 만들었으니

022 天市天城尊於此 천시와 천성 이보다 존귀할까

023 三圍亂堞臨江淨 삼면을 둘러싼 험한 성첩은 맑은 강에 임하였고

024 九捩層樓壓地起 아홉 번 틀어 올린 층루는 땅을 누르고 솟았네[11]

025 四幅青州臨海濱 네 번째 폭은 청주로 바닷가에 임하였는데

026 城拱虛危若釜錡 허성과 위성을 둘러싼 성곽은 가마솥 같구나[12]

중 북악(北嶽)에 해당하는 산으로 기주가 위치한 하북성, 산서성에 있다.

7 모궁(茅宮)은 띠풀로 이은 지붕을, 토계(土階)는 흙으로 쌓아올린 계단을 말하며, 이기국(伊祇國)은 요임금을 말한다. 요임금이 이기(伊祇)에서 태어났으므로 이기(伊祇)를 성(姓)으로 삼았다고 한다.

8 도혈니도(陶穴泥堵)는 토굴과 흙으로 쌓은 담이란 말이며, 태황씨(大黃氏)는 주나라 문왕의 할아버지인 태왕 고공단보(古公亶父)를 말한다. 고공단보가 기산(岐山) 아래로 옮겨 와서 나라를 세우고 국호를 주(周)라고 하였는데, 이때 땅을 파고 혈거 생활을 하였다는 고사를 말한 것이다.

9 견우성(牽牛星)은 양주(揚州)에 해당하는데, 양주는 지금의 강소성, 절강성 일대로 월나라가 있었다. 중국 남쪽에 위치한 월나라는 교지국(지금의 베트남 북부 통킹, 하노이 지방) 등과 교류하였다.

10 조수(潮水)는 운하를 말한다. 양주는 지금의 강소성 중부, 양자강 하류 지역으로 운하가 발달하는 등 중국 고대로부터 교통과 교역의 중심지로서 도시가 발달하였다.

11 진성(軫星)은 28수 중의 하나로 형주(荊州)에 해당한다. 형주는 옛 초나라 땅으로 공고한 강역을 말한 것이다. 현재 호북·호남성, 사천성 동남부, 귀주성 동북부, 광서성 전역 등에 해당한다.

12 청주(青州)는 지금 중국 산동성에 해당하는 지역으로 전국시대 제나라 땅이었으며, 수도 임치(臨淄)는 당시 가장 번화한 곳으로 정치, 경제, 문화의 중심지였다. 허성(虛星)과 위성(危星)은 28수 중 청주에 해당하며, 분야는 제나라에 해당하였다.

027 通衢萬戶分條劇　만호의 번화한 거리는 사방으로 갈라지고[13]

028 列堞群峰擁比纂　여러 산봉우리에 늘어선 성첩은 삼태기에 비기네

029 五幅徐州爲魯國　다섯 번째 폭은 서주로 노나라가 되니[14]

030 星奠天弓括羽矢　천궁 자리 별은 화살을 메겼구나[15]

031 都城九闈從周制　도성과 궁궐은 주나라 제도를 따르고

032 文物千家誦夫子　문물 갖춘 수많은 집은 공부자를 암송하네[16]

033 六幅兗城流五奎　여섯 번째 폭은 연성으로 오규가 흐르고[17]

034 七幅鉤鈐豫州是　일곱 번째 폭은 구검으로 예주가 바로 이곳이라[18]

035 八幅雍州分井鬼　여덟 번째 폭은 옹주로 정성과 귀성으로 나누어지는데

036 函谷雄都有秦始　함곡의 웅장한 도읍은 진나라부터 시작되었네[19]

037 天下皆誦阿房賦　온 세상 모두 아방부[20]를 외우고 있으니

---

13 조극(條劇)은 삼조오극(三條五劇)의 줄임말로 사방으로 통하는 대로를 말한다.

14 서주(徐州)는 현재 산동성 동남부와 강소성 일대로 전국시대 노나라 지역에 해당한다.

15 천궁(天弓)은 호구성(弧九星)으로 천랑성(天狼星)의 동남쪽에 있다. 모두 아홉 개의 별로 이루어져 있는데, 가운데 여덟 개의 별이 활 모양을 이루었고, 바깥의 한 별이 화살 모양을 하고 있으므로 천궁(天弓)이라고 한 것이다.

16 서주는 공자가 태어난 노나라 지역으로 주나라 제도와 공자의 가르침이 가장 잘 실현된 곳임을 말한 것이다.

17 연성(兗城)은 연주(兗州)로, 지금의 중국 산동성 남부와 강소성 북부에 해당하며, 분야는 정나라에 해당한다. 오규(五奎)는 수·화·금·목·토의 다섯 별이 규성에 모이는 것을 말하는데, 연주에 금·목·토의 별자리가 모여 있다.

18 구검(鉤鈐)은 예주(豫州)에 해당하는 별자리이며, 분야는 송나라에 해당한다. 예주는 지금의 하남성 지역이다.

19 정성(井星)과 귀성(鬼星)은 옹주(雍州)에 해당하며, 분야는 진나라에 해당한다. 진나라의 도읍인 함곡(函谷)은 상자처럼 골이 깊고 험한 애로가 많아 붙여진 이름으로, 험준하기로 유명하였다.

20 아방궁(阿房宮)은 진나라 시황제가 수도 함양에 지은 궁전으로, 당나라 두목이 지은 「아방궁부(阿房宮賦)」가 있다.

038 一代繁華有誰比 한 시대의 번화함을 누가 비유할 수 있으리오

039 九幅箕尾散幽州 아홉 번째 폭은 기성과 미성으로 유주에 흩어져 있으니

040 兼照吾東界辰巳 동남쪽을 경계로 우리 동방 함께 비추네[21]

041 山河面有鍾靈秀 산과 강 면하여 신령하고 빼어난 기운 모이니

042 帝王先須壯基址 제왕께서 먼저 터를 튼튼히 하였네

043 中州恨不熟於境 아쉽게도 중국의 지리에 익숙지 못하여

044 洛陽長安只于耳 낙양과 장안만 들었을 뿐이네

045 吾身生長漢陽城 이 몸 한양에서 태어나고 자라서

046 眼目頗寬漢陽裡 눈으로 한양 속을 자못 넓게 보았네

047 天佑○○祚鴻基 하늘이 ○○ 도우셔서 큰 기틀 내려주시니

048 瑞應千秋驗地理 상서로운 감응은 오랜 세월 지리로 증험하였네

049 巢鷄撲鴨仁山下 닭이 깃들고 오리가 무리 짓는 인왕산 아래

050 踞虎盤龍漢水沚 호랑이가 웅크리고 용이 내려앉은 한수가라[22]

051 祥雲紫靄鬱蔥蔥 상서로운 구름 붉은 아지랑이 그윽하게 서려 있고

---

21 기성(箕星)과 미성(尾星)은 유주(幽州)에 해당하며, 분야는 연나라와 함께 조선이 속한 분야이다. 조선은 한나라 이후로 유주의 연나라와 같은 분야에 속하였다. 「구폭요도」에 묘사된 별자리와 9주를 정리하면 다음과 같다.

그림	1폭	2폭	3폭	4폭	5폭	6폭	7폭	8폭	9폭
별자리	묘성 필성	견우성	진성	허성 위성	천궁	오규	구검	정성 귀성	미성 기성
9주	기주	양주	형주	청주	서주	연주	예주	옹주	유주 *조선

22 『동국여지승람』에서 한양의 자연 지세를 "북으로 화산(華山)을 진산(鎭山)으로 삼고, 동쪽으로는 용이 내려앉고 서쪽으로는 범이 웅크리고 앉은 형세[龍盤虎踞之勢]이며 남쪽은 한강을 금대(襟帶)로 삼았다." 라고 하였다.(『신증동국여지승람』 경도 상)

052 白岳終南控遠邇　백악과 종남은 원근에서 당기네

053 層城環以瑞雪痕　층층이 쌓은 성은 서설의 흔적 따라 두른 것이요[23]

054 大地裁成金尺美　대지는 아름다운 금척으로 마름질하여 이루었네[24]

055 太祖荒之休運肇　태조께서 가꾸시어 아름다운 국운 세우시고

056 列聖繼繼基業累　열성조 잇고 이어 나라의 기업 쌓였네

057 富以人民壯以城　백성은 부유하고 성곽은 튼튼하며

058 億兆居之固洪祉　만백성 살고 있으니 진실로 큰 복이네

059 風雲擁地識天界　바람과 구름이 땅을 감싸니 천상의 세계임을 알겠고

060 日月中宸仰聖軌　중천의 해와 달은 성인의 법도 우러러 보네

061 春風試上最高樓　봄바람 불어 높은 누대에 올라보니

062 九陌烟花歷歷視　도성의 아름다운 경치 또렷하게 보이네

063 坦坦長衢十字白　평탄하고 긴 대로는 십자로 훤하게 뚫렸고

064 翼翼飛甍八角紫　날아갈 듯 우뚝 솟은 용마루와 붉은색 팔각지붕

065 挾挾描描烟出沒　두루두루 그려진 연기는 나왔다 사라지고

066 積積浮浮氣逶迤　뭉게뭉게 피어오른 기운은 멀리도 뻗쳐 있네

067 北堂夜夜人如月　북쪽 마을은 밤마다 사람들이 달처럼 환하고

068 南陌朝朝花似綺　남쪽 언덕은 아침마다 꽃들이 비단처럼 곱구나

069 詩酒處處來韻人　곳곳에서 시와 술을 즐기니 시인묵객 몰려오고

---

23 태조 이성계가 한양에 성을 쌓고자 하였으나 주위의 원근을 결정하지 못하였는데, 하루는 밤에 눈이 와서 밖은 쌓이고 안은 녹았으므로, 태조가 매우 이상하게 여겨 눈을 따라 성터를 정하도록 하였다는 설성(雪城)의 고사를 말한다.

24 금척(金尺)은 조선 개국 초 정도전이 태조의 공덕을 칭송하기 위하여 만든 악장인 「몽금척(夢金尺)」에서 온 말이다.

070 歌舞家家選妙妓　집집마다 노래하고 춤추는데 재주 있는 기생 뽑았네
071 紛紛逐逐車轟闐　어지럽게 쫓아오는 수레 소리 요란하고
072 岸岸樹樹風旖旎　언덕마다 쭉쭉 선 나무는 바람에 흔들리네
073 井井門戶開相當　반듯반듯 늘어선 대문은 서로 마주하여 열려 있고
074 簇簇閭閻連咫尺　빽빽한 여염집 다닥다닥 이어졌구나
075 揚塵撲地人磨肩　땅에는 먼지 자욱 일고 사람들 붐비는데
076 水駛蠅薨聲不止　빠른 물살 웽웽 소리[25] 그치지 않네
077 上下高低夏屋出　큰 저택은 울쑥불쑥 솟아 있고
078 南北東西周道砥　남북동서 넓고 큰길은 숫돌처럼 평평하네
079 旗亭百隊開新市　깃발 꽂은 수많은 주루는 새 시정을 열었는데
080 曲樓層軒錦繡披　곡루와 높은 다락에는 비단을 걸쳤구나
081 倚門招手集萬賈　문에 기대어 손짓하여 부르니 수많은 장사꾼 모여들고
082 居貨資工競百技　많은 물자와 장인들 모여 온갖 재주 다투는데
083 三之五之聲相喚　셋이요 다섯이요 소리 질러 서로 불러 대며
084 糴賤販貴物遷徙　싸게 사서 비싸게 파느라 물건을 옮기네
085 美人靚粧買臙粉　아리따운 여인은 고운 단장 하려고 연지분을 사고
086 遊子春衫索麻枲　나그네는 봄 적삼 지으려 베와 모시 찾고 있네
087 塗民耳目渾奇貨　사람들 귀와 눈은 기이한 물건에 홀리고
088 一連坐肆爭蹉跐　한 줄로 늘어선 좌판은 자리를 다툼하네
089 八域車箱爭走集　팔도에서 수레와 상자 다투어 모여드니

25 승홍(蠅薨)은 파리 떼가 웽웽거리는 소리를 말한다.

090 溢巷塼街剩儲峙 골목에 넘치고 거리를 메운 물건 수북하게 쌓여 있네
091 遊遍春城興不闌 봄날 도성 두루 돌며 놀아도 흥이 줄지 않고
092 最愛青空綠牕倚 파란 하늘 참으로 좋아 푸른 창에 기대네
093 三杯去宿景陽家 석 잔 술 마시고 볕 좋은 집에 가서 묵는데
094 一曲來凭紗雲几 노래 한 곡 부르고 화려한 안궤에 의지하네
095 中酒移步六曹街 술 마시다가 육조거리로 걸음을 옮기니
096 珂馬千官隨點指 화려한 가마와 수많은 관리 눈앞에 보이네
097 朝天往來霧盖飄 오고가는 조회 행렬은 안개에 덮여 어슴푸레하고
098 向日徘徊星弁頍 해를 향해 배회하는 관원 우뚝하구나[26]
099 無人不曾宴丹墀 궁궐에서 일찍이 연회를 벌이지 않은 사람 없고
100 清晨紫陌流紅晷 맑은 새벽 도성거리에는 해그림자 붉게 흐르네
101 一雙黃鳥堤邊柳 꾀꼬리 한 쌍 제방가 버드나무에서 노닐고
102 千樹桃花禁中蘂 수천 그루 복숭아꽃 궐 안에 피어 있네
103 拜手恭瞻雙闕下 궐 아래에서 손 모아 절하고 공손히 우러러 보며
104 近臣先識天顏喜 근신이 먼저 임금의 기쁜 얼굴 알아보네
105 花漏遲遲趨釵珮 시간은 느릿느릿 가는데 관원은 분주하고
106 爐烟細細濕衣履 향로 연기 가늘게 피어올라 옷 속으로 스며드네
107 朝罷蓬萊厠邇班 조회 파한 대궐에는 근신들이 드는데[27]
108 寵以瀛洲華屋侈 영주로서 총애하고 건물은 화려하고 사치하구나[28]

---

26 성변(星弁)은 솔기를 오색구슬로 장식하여 별처럼 반짝이는 관으로, 여기서는 성변을 쓴 관원을 가리킨다.

27 봉래(蓬萊)는 신선이 살고 있는 산 이름으로 여기서는 임금이 살고 있는 궁궐을 말한다. 이반(邇班)은 반열에 가깝다는 말로 근신을 말한다.

109 東井青虹兆慶祿　동정과 푸른 무지개는 경록을 조짐하니[29]

110 蹈舞華渚繞電祺　화저에서 춤을 추고 기 땅에 번개가 친 것이네[30]

111 佳氣瀜瀜遍一世　아름다운 기운 넓고 넓어 한세상 두루 미치고

112 文物繁華何代似　번화한 문물은 어느 시대를 닮았는고

113 山鳳聖化祖文武　기산 봉황의 성스러운 교화는 문왕과 무왕을 본받은 것이며[31]

114 階蓂至治述姚姒　요임금의 지극한 다스림이 순임금 우임금에 이어졌듯이[32]

115 神承聖繼四百年　신이 이어주고 성인이 이어받은 지 4백 년

116 積累仁功永萬紀　쌓이고 쌓인 어진 공덕 만년토록 영원하리

117 吾邦自是君子國　우리 왕조 이로부터 군자의 나라로

118 前代遺風革鄙俚　전대[33]의 비속한 유풍 뜯어 고치고

119 一洗東京奢靡俗　동경[34]의 사치한 풍속 한바탕 씻어 내어

---

28 영주(瀛洲)는 원래 선경(仙境)을 가리키는 말인데, 당 태종이 천책상장군으로 있을 때 문학관을 설치하고 방현령, 두여회 등 18인을 학사로 임명하여 우대하였는데, 여기에 뽑힌 사람은 신선이 살고 있다는 '영주산(瀛洲山)에 오른 것[登瀛洲]'처럼 영광으로 여겼다고 한다. 여기에서 유래하여 영주는 한림, 옥당 등 문원(文苑)을 가리키는 말로 쓰인다. 여기서는 규장각을 가리킨다.

29 동정(東井)은 이십팔수 중 정성(井星)으로, 동정에 별이 모이면 상서로운 징표로 삼았다. 청홍(青虹)은 푸른 무지개로 어떤 일에 대한 징조를 나타낸다. 경록(慶祿)은 복록의 뜻이다.

30 화저(華渚), 요전(繞電)은 모두 임금의 탄생을 말한다. 화저(華渚)는 전설상의 지명으로 중국 상고시대 백제(白帝) 소호씨(少昊氏)의 어머니 여절(女節)이 큰 별이 무지개처럼 화저(華渚)에 떨어지는 것을 보고 감응하여 소호(少昊)를 낳았다고 한다. 요전(繞電)은 번개가 휘감았다는 말로 중국 고대 황제(黃帝)의 어머니 부보(附寶)가 기(祁) 들판에서 큰 번개가 북두칠성의 첫 번째 별을 휘감는 것을 보고 감응하여 잉태한 뒤 24개월이 지나서 황제를 낳았다는 고사에서 유래한 것이다.

31 주(周)나라 문왕(文王)이 기산(岐山) 남쪽에 살 때 백성을 진심으로 사랑하며 성덕(盛德)을 펴자 봉황새가 와서 울었다는 고사가 있다.

32 계명(階蓂)은 요임금 때 계단 앞에서 자랐다는 명협(蓂莢)이라는 풀이름으로, 여기서는 요임금 시대를 말한다. 요(姚)는 순임금의 성이고, 사(姒)는 우임금의 성으로, 순임금이나 우임금과 같은 성군을 가리킨다.

33 고려를 말한다.

34 동경(東京)은 경주를 가리키는 것으로, 곧 신라를 말한다.

120 一遵箕聖前後揆　한결같이 기자의 전후 법도 따랐네[35]

121 禮樂肯似高麗國　예악이 어찌 고려국과 같을 수 있으며

122 城郭還笑百濟壘　성곽은 도리어 백제의 성첩을 비웃는구나

123 名山麗水毓養多　이름난 산 아름다운 물에서 많은 인재 길러내니

124 穆穆清朝濟濟士　근엄하고 맑은 조정에는 선비들 많고도 많구나

125 奎花省裡繫白魏　규화성[36] 안으로 희고 높은 누대와 연결되고

126 壯勇門前鞭綠駬　장용영 문 앞에는 준마를 채찍질 하고 있네

127 花間陌上爭遊戲　꽃 사이 길거리에서 다투어 즐기니

128 青春管絃無時已　푸른 봄날 음악소리 그칠 때가 없네

129 鱗鱗御溝亂游絲　켜켜이 쌓인 어구에는 아지랑이 어지럽게 흩날리고

130 日日塵騰五橋涘　날마다 오교[37] 가에는 티끌이 날아오르네

131 紫閣峰頭平安火　자각봉 정상에는 평안화가 피어오르고[38]

132 俯瞰康莊人如蟻　도성거리 내려다보니 사람이 개미와 같네

133 八江如帶山下流　팔강[39]은 띠처럼 산 아래로 흐르고

134 四方漕帆爭來艤　사방에서 조운선 몰려 와서 다투어 배를 대네

35 기성(箕聖)은 기자(箕子)를 말하며, 전후 법도란 기자가 주 무왕에게 올렸다는 홍범구주(洪範九疇)를 말한다. 무왕이 기자를 조선에 봉하였으므로 홍범구주의 법도를 이어받게 되었음을 말한다.

36 규장각(奎章閣)을 가리킨다.

37 오교는 도성 안 다섯 번째 다리라는 말로 개천의 수표교를 가리킨다.

38 자각봉은 남산을 말하며, 평안화는 변방이 평안함을 알리는 봉화이다.

39 한강은 18세기 이전에는 삼강(三江)으로 부르다가 점차 나루가 확대되면서 18세기 초에는 오강(五江), 18세기 말에는 팔강(八江), 19세기 들어와서는 십이강(十二江)으로 불렀다. 삼강은 한강·용산강·서강을, 오강은 한강·용산강·마포·현호·서강을, 팔강은 두도·서빙고·신촌리·용산·마포·토정·서강·망원정을 말한다.

135 滔滔之水國之紀　도도한 물길은 나라의 기틀로

136 朝宗何處效率俾　어느 곳으로 향하더라도 본받고 따르는구나

137 却惟龍山開湖日　용산에 호수가 열리던 날[40]

138 天維與宅明命諟　하늘에서 터를 주시니 이는 밝으신 명이요

139 天時地利兼人和　천시와 지리에 인화를 겸하였으니

140 魏國山河亦可恃　위나라 산하처럼 또한 믿을 만하구나[41]

141 龍眠但識太平畫　용면은 태평화만 알고[42]

142 詩人解撰豊水芑　시인은 풍수의 기풀 시를 지어 올리네[43]

143 笙鏞乃是賁飾具　생황과 대종[44]은 곧 아름답게 꾸미는 도구라

144 千年一治聖人俟　천년에 한 번 태평성대 성인을 기다리네

145 宮中聖人御壽域　궁중의 성인이 수역[45]에 임하시니

146 童謠復聽莫匪爾　임금의 덕이 아님이 없다는 아이들 노래 거듭 들리네[46]

---

40 용산은 한강을 말하는 것으로, '용산에 호수가 열렸다'라고 한 것은 조선이 한양에 도읍을 정한 것을 의미하는 것으로 보인다.

41 전국시대 위나라 무후(武侯)가 배를 타고 서하(西河)의 중류를 내려가면서 장군 오기(吳起)를 돌아보고 말하기를, "아름답다, 산하의 험고함이여. 이것은 위국의 보배로다." 하니, 오기가 대답하기를, "덕에 있는 것이요, 험고함에 있지 않습니다."라고 한 데서 온 말이다.

42 용면(龍眠)은 송나라 때 화가 이공린(李公麟)을 말한다.

43 『시경』 대아 문왕유성(文王有聲)에 "풍수가에 기풀이 무성하니, 무왕이 어찌 이곳에서 일하고 싶지 않겠는가[豐水有芑 武王豈不仕]"라고 한 것을 인용한 것이다. 문왕·무왕이 대대로 자손들에게 계책을 남겨 주어 편안케 해 주었던 일을 비유한 것이다

44 생용(笙鏞)은 생황(笙簧)과 대종(大鐘)을 말한다. 순임금 때의 악관(樂官) 기(夔)가 "생과 용을 번갈아 울리자 새와 짐승들이 서로 춤을 추고, 소소를 아홉 번 연주하자 봉황이 와서 춤을 추었습니다.[笙鏞以間 鳥獸蹌蹌 簫韶九成 鳳凰來儀]"라고 한 데서 온 말로, 전하여 태평성대를 의미한다.

45 수역(壽域)은 인수지역(仁壽之域)의 준말로 태평성대를 뜻한다.

46 요임금이 천하를 다스린 지 50년 만에 미복 차림으로 거리에 나가서 동요를 들어 보니, "우리 백성들을 먹이심이 모두 임금의 덕이라, 백성들은 아무것도 모르고 임금의 법칙을 따를 뿐이다.[立我烝民 莫非爾極

147 與民樂樂吾王樂 백성과 더불어 즐기는 것이 우리 임금의 즐거움이요
148 淸時鐘鼓大酺擬 맑은 시대 풍악소리는 대포연[47]인가 하네
149 熙熙世俗春坮上 태평성대[48]에 백성의 풍속 화락하니
150 內而城闉外都鄙 안으로는 도성에 밖으로는 교외에까지 미치네
151 作息安知聖主力 일하고 휴식함이 어찌 성군의 힘임을 알까마는
152 小人得職時耘耔 백성들 직분을 얻고 때맞춰 농사짓네
153 豐年聖代爲上瑞 넉넉하고 성스러운 시대를 최고의 복으로 삼고
154 勾倉萬億而及秭 창고에는 곡식이 만억 천억 섬에 이르렀네
155 士女欣悅安飽暖 백성들 따습고 배불러 편안함을 기뻐하고
156 市井殷富絶儺仳 시정은 넉넉하고 부유하니 떠날 줄을 모르네
157 本支餘慶凡周士 후손들 조상의 복록 누려 모두 훌륭한 선비들이니
158 菁莪樂育三雍齒 인재를 기르는 즐거움은 삼옹과 나란하네[49]
159 璇題自天下泮宮 임금의 글 하늘에서 반궁으로 내려와[50]
160 文明大有聖后以 성스러운 우리 임금께서 문명을 크게 떨쳤네
161 芹薙儒宮培根本 미나리와 부추 자라는 유궁[51]에서는 인재를 길러내고
162 喬木鑾坡蔭葛藟 교목 우뚝 솟은 난파[52]에는 칡넝쿨 그늘졌네

不識不知 順帝之則]"라고 한 데서 온 말로, 태평성대를 노래함을 의미한다.

47 대포연(大酺宴)은 임금이 백성들에게 크게 술과 음식을 내려 잔치를 베푸는 일을 말한다.

48 춘대(春坮)는 봄누대라는 뜻으로 태평성대를 말한다.

49 삼옹(三雍)은 한나라 때 건립한 교육기관으로 벽옹(辟雍), 명당(明堂), 영대(靈臺)를 말한다.

50 선제(璇題)는 옥으로 장식한 서까래의 머리 부분, 또는 임금이 지은 시문을 말한다. 반궁(泮宮)은 성균관을 말한다.

51 옛날 태학 주변 반수(泮水)에 미나리[芹]를 심었으므로 성균관을 근궁(芹宮)이라고도 하였다.

52 당나라 한림학사들이 금란전(金鑾殿)에 있었으므로 한림원을 난파(鑾坡)라고 한 데서 홍문관이나 예문

163 鳶飛魚躍上下察 솔개 날고 물고기 뛰어올라 상하 이치 밝게 드러나니[53]

164 姬家作人其樂只 주나라[54] 인재를 키움에 즐겁기도 하구나

165 未有一夫不得所 한 사람도 제자리를 얻지 못함이 없으니

166 巍巍蕩蕩功至矣 우뚝하고 드넓은 공 지극하구나

167 萬化皆從和氣召 온갖 변화 모두 화합한 기운을 따라 불러오니

168 一代爭頌盛德㫩 한 시대 다투어 성대한 덕 무성함을 칭송하네

169 列朝式至今日休 여러 임금 이어서 오늘의 아름다움에 이르렀으니

170 譬之搆堂若作梓 비유컨대 집 짓는데 재목을 다듬은 것과 같다네

171 我王胸中四時春 우리 임금 마음속 사시사철 봄이 시고

172 渾然天理淨渣滓 혼연한 하늘의 이치는 더러운 찌꺼기 깨끗하게 하였네

173 此是畵者畵不得 바로 이 그림인데 그림을 얻지 못하였으니

174 形容那得賦招徵 어찌 임금의 부르심에 시를 읊어 형용할 수 있으리오

175 鮫綃數幅城市畵 여러 폭의 좋은 비단[55]에 그려진 성시화

176 依俙摸出非精髓 정수는 아니라도 어렴풋이 그려내었네

177 河嶽鍾精爲神京 강과 산의 정기 모여 도성을 이루었으니

178 天地狀德有良史 세상의 덕을 기록하는 훌륭한 사관 있었네

179 睠彼閭井幾萬戶 저 민가 살펴보니 몇 만 호인가

관을 가리킨다.

53 『중용』에서 "『시경』에 이르기를 '솔개는 날아서 하늘에 이르고, 물고기는 연못에서 뛰논다.' 하였으니, 상하에 이치가 밝게 드러남을 말한 것이다[詩云 鳶飛戾天 魚躍于淵 言其上下察也]"라고 한 것을 인용한 것이다.

54 희(姬)는 주나라의 성(姓)으로, 희가(姬家)는 곧 주나라를 말한다.

55 교초(鮫綃)는 인어(人魚)가 짰다는 비단으로, 좋은 비단을 뜻한다.

盡入良工和筆舐 뛰어난 화공이 붓을 핥아 모두 그려 넣었으나
圖不盡意奚省識 그림이 뜻을 다 담지 못했으니 어찌하면 알 수 있을까 하여
詩以爲歌付劂剞 시를 짓고 노래를 만들어 새겨 붙였네
仰戴洪功登管絃 큰 공덕 우러러 받들어 음악을 연주하니
却愧蕪詞矇亥豕 부끄럽구나 거친 글 '해亥' 자와 '시豕' 자도 헷갈리네[56]
維南有山北有斗 남쪽에 산이 있고 북쪽에 북두성 있으니
願效華祝稱彼兕 화축[57]을 본받아 저 뿔잔 들어 축수하기를 원하옵니다
黔白欣欣相顧語 백성들 기뻐하며 서로 이야기하기를
吾儕須臾幸無死 우리들 잠시나마 죽지 않은 것을 다행이라 하네
周文何須憂乙丙 주나라 문물 어찌 반드시 둘째 셋째임을 근심하겠는가
夏○前年降壬癸 하나라 ○ 전년에는 끝으로 떨어졌었네
宇內物物歸造化 우주의 만물 조화로 돌아가니
五百熙運三五企 5백 년 밝은 운세 삼황오제를 꾀하네
祝聖是日醉春桃 봄 복숭아 무르익은 날 성군의 축수를 기원하고
開國初年歌仙李 개국 초년의 선리를 노래하네
愛君彝性皆得天 임금을 사랑하는 떳떳한 본성은 모두 하늘에서 얻은 것이니
明廷卿士曁巷委 밝은 조정의 관리에서 위항까지 미치네

56 글자의 모양이 서로 비슷하여 구분하지 못하는 것을 말한다. 공자의 제자 자하가 일찍이 위나라에 들렀을 때, 그곳에서 사서를 읽는 자가 "진나라 군사가 진나라를 치려고 삼시에 하수를 건넜다.[晉師伐秦三豕渡河]"고 읽으므로, 자하가 "三豕(삼시)는 '己亥(기해)'의 잘못된 것이다."라고 하였다는 고사에서 유래한 것이다.

57 화봉삼축(華封三祝)의 준말로, 요임금 때 화(華) 땅을 지키는 사람이 장수와 부, 자손이 번성한 것을 기원했다는 고사를 말한다.

197 一城畵圖還嫌小　한 개 도성 그린 그림 작은 것이 도리어 불만스러우나

198 一埏功化均大被　공덕과 교화는 일개 변방까지 골고루 크게 입었네

199 欲說有象形無象　없는 형상 만들어서 있는 것으로 말하고자

200 百韵詩成拜而跪　1백운 시를 지어 절하고 무릎 꿇고 바치옵나이다

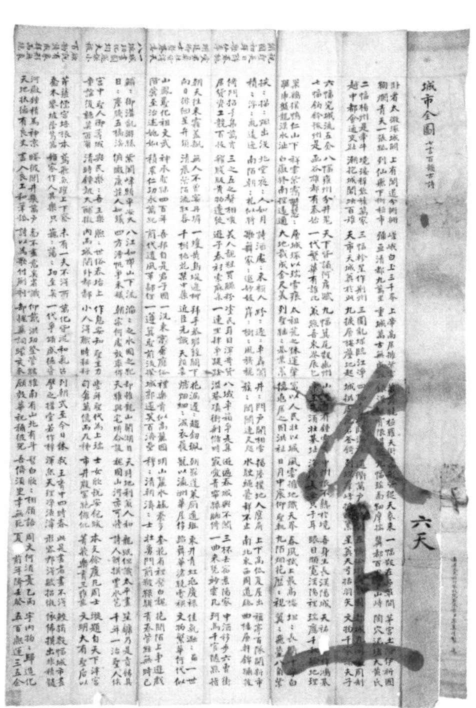

이집두의 「성시전도시권」, 139.0cm×92.5cm, 수원박물관 소장.

이집두의 「성시전도시」는 시권試券의 형태로 남아 있다. 상단에 '성시전도城市全圖'라고 크게 쓰고 바로 밑에 '칠언백운고시七言百韻古詩'라고 적었다. 하단에는 '가선대부 전행승정원 우승지 신 이집두 제진嘉善大夫前行承政院右承旨臣李集斗製進'이라고 제진자의 품계, 관직, 성명이 적힌 이름표가 붙어 있다. 붉은 글씨로 크게 '次上'이라고 쓴 것은 정조가 이집두의 시를 평가한 점수이다. 이집두의 시권은 1792년(정조 16) 신하들이 「성시전도시」를 어떤 형식으로 지어올리고 정조가 어떻게 평가했는지를 보여주는 의미 있는 자료이다.

정동간

성시전도_ 칠언 백운 고시 城市全圖 七言百韵古詩

임자년 오월 병조정랑 때 짓다 壬子五月兵曹正郎時

온조는 옛날 삼각산에 터를 잡았는데
옥을 깎은 듯 하늘 높이 솟은 것이 솥발 같네
잠두봉 맑은 기운은 푸른 숲을 끼고 있고
낙봉의 상서로운 구름은 붉은 새벽 기운 머금었네
한수는 동쪽으로 흘러 금대를 이루니
풍수가의 기풀처럼 만세토록 큰 기틀이네
가운데 우뚝 솟은 백악은 지세도 높고
아침 노을은 금빛 연꽃술에 떨어지려는 듯

정동간의 「성시전도시」는 고려대학교 중앙도서관 육당문고에 소장된 『산고散稿』라는 필사본 문집에 소장되어 있다. 시의 제목 밑에 "칠언백운고시 임자오월 병조정랑시七言百韻古詩 壬子五月 兵曹正郞時"라고 부기되어 있다. 그러나 『산고』의 저자가 정동간이라는 직접적인 기록은 없다. 다만 『산고』에 실린 시 중에 구씨舅氏(외삼촌)로 지칭한 이계耳溪 홍양호洪良浩(1724~1802)의 작품에서 운자를 뽑아서 지은 시가 여러 편 보인다. 즉 이계 홍양호를 외삼촌으로 둔 사람이 바로 『산고』의 저자인 것이다. 정동간의 가계를 보면, 아버지는 사헌부 대사헌을 지낸 정만순(鄭晩淳)이며, 어머니는 홍진보洪鎭輔의 딸로, 이계 홍양호洪良浩가 바로 그의 외숙부가 된다. 따라서 『산고』는 정동간의 시집이며, 여기에 실린 「성시전도시」 역시 정동간의 작품이라는 것을 알 수 있다.

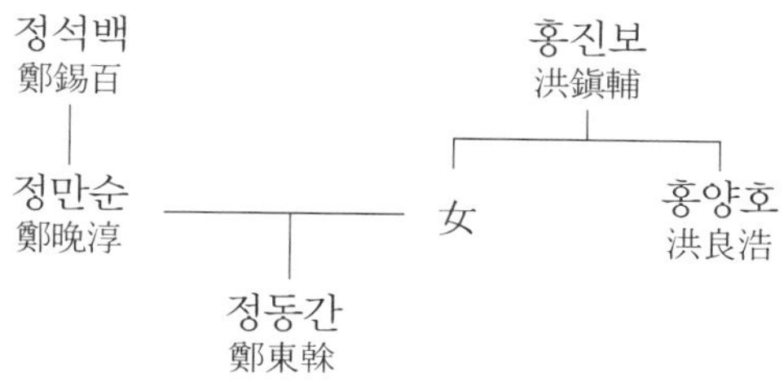

정동간鄭東榦(1755~1813)은 1792년 병조좌랑으로 「성시전도시」의 제진에 참여하였으며, '차상次上'의 점수를 받았다. 제목에 '임자년 5월 병조정랑 때 지었다'고 한 것은 이 시를 지은 때가 4월 말이라 다소 착오가 있었던 것 같다.

정동간의 시에는 조선을 "하늘 아래 작은 중화[小中華]"라고 하여 병자호란 이후 조선사회를 지배하고 있었던 소중화 의식이 강하게 드러나 있다. 뿐만 아니라 전설상 중국의 영산인 곤륜산이 동쪽으로 뻗어 백두산으로 솟았다고 하여 지리적으로도 조선을 중국과 하나로 연결시키고자 하였다. 또한 『시경』, 『서경』 등 중국의 경전과 사서를 빈번하게 인용하여 조선의 문물제도를 찬양하였다. 우리의 역사와 관련해서는 단군신화, 기자조선과 함께 태조 이성계의 탄생설화를 언급하였다.

정동간은 1792년(정조 16) 식년시 문과에서 병과로 급제하였다. 이후 그는 홍문관 관원 후보자로 선발되었으며, 부수찬, 부교리, 이조참의 등을 역임하였다.

001 昔聞冀州之土土白壤　예전에 듣기로 기주 땅은 흙이 희고[1]

002 陶唐有此好風水　요임금은 바로 이 바람과 물을 좋아하였다 하네[2]

003 又聞澗東瀍西宅洛邑奠寶鼎　또 듣기로 간수 동쪽 전수 서쪽의 낙읍을 택하여 도읍을 정하니[3]

004 卜年八百綿姬氏　햇수로 8백 년 주나라 이어졌네[4]

005 萬象不出三才圈　온갖 형상 하늘 땅 사람 삼재를 벗어나지 않으니

006 天祐眞人效地理　하늘이 진인을 돕고 땅의 이치 본받았네

007 制治非徒隆上都　다스림은 비단 도읍만 융성한 것이 아니라

008 綿基永圖傳千禩　면면한 기틀과 긴 계책으로 천년을 전하였구나

009 所以聖王肇立國　이로써 성스러운 임금 나라를 세움에

010 圭臬龜筮相基址　규얼과 귀서로 기지를 살폈다네[5]

011 三代以降斯制重　하 은 주 3대 이래로 제도가 갖추어지니

012 徠汝匠人涂九軌　장인들 이르게 하여 구궤의 길을 열었네[6]

---

1 『서경』하서 우공(禹貢)에 "기주는 그 땅이 오직 흰 흙이다[冀州 厥土惟白壤]"라고 하였다.

2 도당(陶唐)은 요임금의 호로, 요임금은 기주(冀州)가 배산임수의 지형에 바람과 물이 잘 통하고 한온의 기후가 알맞아 물산이 풍부하였으므로, 이곳에 도읍을 정하였다고 한다.

3 간수(澗水)와 전수(瀍水)는 낙양을 지나 낙수로 흘러들어가는 강이다. 주공이 도읍을 정하기 위해 간수 동쪽과 전수 서쪽을 점치니 낙읍이 길하다는 점괘가 나왔다고 한 고사를 말한다. 보정(寶鼎)은 중국 고대 황제(黃帝) 또는 우임금이 주조했다는 솥으로 역대 왕조에서는 도읍을 새로 정할 때마다 반드시 이 보정을 옮겼다고 한다.

4 희씨(姬氏)는 주나라의 성씨로, 주나라를 말한다. 은나라에 이어 기원전 1046년부터 기원전 256년까지 790년 동안 존속하였다.

5 규얼(圭臬)은 해의 그림자를 재는 막대기를 말하며, 귀서(龜筮)는 국가의 중요한 결정을 할 때 점치는 것으로, 거북 등껍질로 점치는 것을 복(卜), 시초(蓍草)로 점치는 것을 서(筮)라고 하였다.

6 『주례』 고공기에 "장인들이 국도를 영건하면서 경도(京涂, 천자가 다니는 길)는 9궤, 환도(環涂, 도성을 둘러싸고 있는 길)는 7궤, 야도(野涂, 백성이 다니는 길)는 5궤로 하였다. 제후의 도읍은 경도를 7궤로,

013 於皇我朝宏制度　아 성스러운 우리 왕조 제도를 크게 하였으니
014 請看都市丹青裡　청컨대 그림 속 도성과 저자를 보라
015 我歌一曲聲正希　우리 노래 한 가락 소리 바르고 조용하며
016 氣象千得彤毫珥　붉은 붓으로 칠해 수천 가지 기운과 형상 얻었네
017 日出之下小中華　해 뜨는 하늘 아래 작은 중화로
018 勝蹟尚徵禪通紀　뛰어난 자취 선통기[7]로 징험되네
019 文敎洋洋治尚古　문물과 교화는 광대하고 다스림은 옛 것을 숭상하니
020 禮讓濟濟民知恥　예의와 사양은 성대하고 백성은 부끄러움을 아네
021 西極崑崙大無外　서쪽 곤륜산[8]은 가없이 커서
022 一脈東走白頭起　한줄기 동쪽으로 내달아 백두로 솟았고[9]
023 豆滿上流注其下　두만강은 위에서 흘러 아래로 들어가는데
024 晝夜不捨瀉瀰瀰　낮밤으로 그치지 않고 넘실넘실 흐르네
025 彎屈源派來又去　물결은 굽이굽이 나타났다 사라지고
026 蜿蟺巒麓低而峙　산세는 구불구불 가라앉았다가 솟아오르네
027 虎踞龍盤氣勢雄　호랑이가 웅크리고 용이 내려앉은 기세 웅장하고

작은 도시는 경도를 5궤로 하였다."고 하였다.

7　선통기(禪通紀)는 천지가 개벽하여 인황씨(人皇氏) 이래로 춘추시대 노 애공(魯哀公) 14년에 이르기까지 276만 년의 시대를 십기(十紀)로 나누었는데, 그중에서 아홉 번째를 선통기라고 한다.

8　곤륜산은 중국의 전설에 서쪽 끝 황하의 발원점으로 알려져 있는 성산(聖山)으로, 산중에 불사의 물이 흐르고 선녀인 서왕모가 살고 있다고 한다.

9　『연려실기술』에 "곤륜산 한줄기가 큰 사막 남쪽으로 내려오다가 동쪽으로 의무려산이 되고 이곳으로부터 크게 끊어져서 요동 들판이 된다. 들판을 건너가서 불쑥 일어난 것이 백두산이 되어 여진과 조선의 경계에 있으니 이것이 곧 『산해경』에 이른바 불함산이다."라고 하였다.(『연려실기술』 별집 권16, 지리전고 총지리)

028 闢荒洪功聖人以　어두운 세상 열었으니 성인의 크나큰 공덕이라네

029 開國茫然七千年　개국한 지 아득히 7천 년

030 環海封壃天賜履　바다로 둘러싸인 강토는 하늘이 내린 땅이라네

031 妙香山古神降來　묘향산에는 옛날 신이 내려오고[10]

032 大同江清人戾止　대동강에는 청인이 이르렀네[11]

033 蕞爾鷄林與松嶽　조그마한 계림과 송악[12]

034 下至羅麗何陋矣　신라와 고려에 이르기까지 얼마나 누추한가

035 黑石里中蟠瑞氣　흑석리에 상서로운 기운이 어리어[13]

036 聖作吾東由積累　성인께서 우리 왕조 세우시고 공을 쌓으셨네

037 煌煌金尺裁山河　빛나는 금척으로 산하를 마름질하고

038 天命人歸盖有俟　천명이 내리고 인심이 귀의함은 대개 기다림이 있었네

039 受命洪武之元年　천명을 받아 홍무연간에 임금의 자리에 오르니[14]

040 璀璨蟒袍紫泥璽　눈부신 용포에 붉은 옥새라

041 恢弘大度紆遠圖　넓고 큰 도량으로 원대한 계책 펼치시니

042 地兆叶吉膺遐祉　길한 땅에 큰 복을 받으셨네

---

10 단군신화에 환인의 아들 환웅이 홍익인간의 뜻을 품고 태백산 꼭대기의 신단수 밑에 내려와 신시를 건설했다고 하는데, 여기서 태백산은 묘향산을 말한다.

11 단군조선에 이어 은나라의 기자가 고조선 지역에 와서 왕이 되어 백성들을 교화했다는 기자동래설을 말한다.

12 계림은 신라의 수도 경주, 송악은 고려의 수도 개경을 말한다.

13 태조 이성계가 1335년(충숙왕 복위 4) 10월 11일 함경도 영흥(永興) 흑석리(黑石里)에서 태어난 것을 말한다.

14 태조 이성계가 1392년(홍무 25) 조선을 건국하고 임금의 자리에 오른 것을 말한다. 홍무(洪武)는 명나라 태조의 연호(1368~1398)이다.

043 曰汝道傳爰命卜　정도전에게는 터를 잡도록 명하고[15]

044 咨爾臣崙同測晷　하륜에게는 해를 측정하도록 하였네[16]

045 刱業垂統神人助　나라를 세우고 후손에게 전함에 신인이 도우시니

046 各效其能呈方技　각각 능력을 다하고 기예를 바쳤네

047 陟彼高巘仍降原　저 높은 산마루 올랐다가 다시 들판으로 내려오고[17]

048 琕琫厥佩公劉似　옥으로 장식한 칼 차니 공류와 비슷하구나[18]

049 溫祚故基山三角　온조는 옛날 삼각산에 터를 잡았는데[19]

050 中天玉削如鼎趾　옥을 깎은 듯 하늘 높이 솟은 것이 솥발 같네[20]

051 蠶頭淑氣拱積翠　잠두봉[21] 맑은 기운은 푸른 숲을 끼고 있고

052 駱峯祥雲凝曉紫　낙봉[22]의 상서로운 구름은 붉은 새벽 기운 머금었네

---

15 태조 이성계는 1394년(태조 3) 9월 9일 권중화, 정도전, 심덕부 등을 한양에 보내서 종묘·사직·궁궐·시장·도로의 터를 정하도록 하였다.(『태조실록』 3년 9월 9일)

16 태조 이성계는 1393년(태조 2) 12월 11일 하륜의 건의에 따라 계룡산의 신도 건설을 중지하도록 하고 그에게 고려 왕조의 서운관에 저장된 비록문서(秘錄文書)를 모두 검토하여 천도할 땅을 다시 찾아서 아뢰도록 하였다.(『태조실록』 2년 12월 11일)

17 『시경』 대아 공류에 "올라가 산마루에 계시며 다시 내려와 들에 계시니[陟則在巘 復降在原]"라고 한 것을 인용한 것이다.

18 태조 이성계가 한양에 도읍을 정하기 위하여 한양의 무악에 올라 도읍을 정할 자리를 물색한 것이 주나라 선조인 공류(公劉)가 빈(豳) 땅에 이르러 칼을 차고 산과 들을 오르내린 것과 비슷하다는 것을 말한다.

19 온조가 백제를 건국할 때 오간을 비롯한 신하들이 한산의 부아산(삼각산)에 올라가 살 만한 땅을 살펴보니, 하남 땅이 도읍으로 삼기에 가장 적합하다고 간하였다고 한다.

20 삼각산 세 봉우리, 즉 백운대, 인수봉, 만경대의 생김새를 정(鼎–발이 셋 달린 솥)의 솥발에 비유한 것이다.

21 목멱산(남산)의 잠두봉을 말한다. 『한경지략』에 "남산의 서봉에 암석의 머리 부분이 끊어진 곳을 잠두라고 부르는데 올라서 조망하기 가장 좋다."고 하였다.(『한경지략』 권1, 산천)

22 도성 동쪽 타락산(낙산)을 말한다.

053 東流漢水作襟帶　동쪽에서 흘러오는 한수는 금대를 이루어

054 萬世洪基豐有芑　풍수가의 기풀처럼 만세토록 큰 기틀이네[23]

055 白嶽中峙地勢尊　가운데 우뚝 솟은 백악은 지세도 높고

056 朝霞欲滴金蓮蘂　아침 노을은 금빛 연꽃술에 떨어지려는 듯

057 環挹朗然文明象　밝은 문명의 형상 빙 둘러

058 錦繡屛疊開迤邐　비단에 수놓은 병풍처럼 구불구불 펼쳤네

059 縈青繞翠境界闊　푸른 숲에는 푸른 기운 감돌고 경계는 탁 트여

060 靈護神秘江山美　신령이 보호하고 숨기니 강산도 아름답구나

061 欣瞻岳麓綿而遠　흔연히 산과 기슭 바라보니 아득히 이어지고

062 萬千寶籙占於此　수많은 보록[24]에서 이곳을 점지하였네

063 更看文筆峯插天　다시 보니 문필봉[25] 하늘 높이 솟아 있고

064 朝端彬蔚多君子　조정은 문채 찬란하고 군자도 많구나

065 迺召司徒曁司空　이에 사도와 사공을 불러[26]

066 爰命靈基以日揆　해그림자를 살펴 신령스러운 터전을 잡도록 하였네

067 拔其柞棫開蓁蕪　갈참나무와 떡갈나무 뽑고 거친 황무지를 개척하니

23 『시경』 대아(大雅) 문왕유성(文王有聲)에 "풍수가에 기풀이 무성하니, 무왕이 어찌 이곳에서 일하고 싶지 않겠는가. 그의 자손들에게 좋은 계책을 물려주고, 그의 아들에게 편안함과 도움을 주려 함이니, 무왕은 참으로 임금답도다[豐水有芑 武王豈不仕 詒厥孫謀 以燕翼子 武王烝哉]"라고 하였다. 풍수의 하류 지방인 호(鎬)가 물산이 풍부하기 때문에 무왕이 자손들에게 영원한 안락을 물려주기 위해 호경(鎬京)으로 천도한 것을 찬미하는 내용인데, 여기서는 한수가에 물산이 풍부함을 풍수에 비유한 것이다.

24 보록(寶籙)은 도가의 부록(符籙)으로 비기(秘記)를 말한다.

25 문필봉(文筆峯)은 산봉우리가 붓처럼 뾰족한 산을 말한다. 여기서는 삼각산을 비유한 것으로 보인다.

26 사도(司徒)는 고대 중국에서 호구, 전토, 재화, 교육에 관한 일을 맡아보던 벼슬이며, 사공(司空)은 토지와 민사에 관한 일을 맡아보던 벼슬이다.

068 彼砠矣岡平如砥　저 돌산이 숫돌처럼 평평해졌네

069 梓匠趍功木石具　목수와 장인은 공을 좇아 나무와 돌을 갖추고

070 般倕相地繩尺指　반수[27]는 땅을 살펴 먹줄과 자로 재고 있네

071 吉日涓告書雲觀　서운관[28]에서는 길일을 택하여 아뢰고

072 不亟不徐經而始　서둘지도 늦추지도 않고 영건을 시작하였네

073 左廟右社規度備　왼쪽에 종묘 오른쪽에 사직단을 두어 법도를 갖추고

074 楩楠豫章龍湖涘　경남과 예장의 큰 재목 용호가에 쌓여 있네[29]

075 土階茅宮堯德紹　토계와 모궁은 요임금의 덕을 이은 것이고[30]

076 大路越席周制視　대로월석은 주나라 제도에서 보이네[31]

077 禮樂文物於斯盛　예악과 문물 이에 융성하고

078 秩秩前朝與後市　앞에는 관아 뒤에는 시전 두니 질서 정연하구나[32]

079 聖神相承式至今　성스러운 임금 서로 이어 지금에 이르니

---

27 반수(般倕)는 중국 고대의 뛰어난 목수인 노반(魯般)과 공수(工倕)를 말한다.

28 서운관은 고려 말 조선 초 천문, 일기, 택일 등을 맡아보던 관아로 1425년(세종 7) 관상감으로 고쳤다.

29 경남(楩楠)은 가시나무와 녹나무, 예장(豫章)은 소태나무와 가래나무로, 모두 궁궐 등 한양 수도건설에 쓰이는 큰 재목을 뜻한다. 용호(龍湖)는 용산강(龍山江)을 말한다. 『태조실록』에 의하면 태조 이성계가 친히 용산강에 거둥하여 종묘의 재목을 살펴보았다는 기사가 있다.(『태조실록』 3년 11월 10일), 『연려실기술』에도 "태조 3년에 처음으로 종묘를 한양(漢陽) 새 도읍에 세웠다. (…) 이에 이르러 임금이 도평의사사(都評議使司)와 서운관 사원(史員)들을 데리고, 종묘사직을 세울 곳을 살펴보고, 공작국(工作局)을 설치하며, 수레를 몰아 용산(龍山)으로 행행하여 종묘 지을 재목을 둘러보며, 또 친히 가서 기초를 닦는 것을 보았다." 고 하였다.(『연려실기술』 별집 제1권, 사전전고 종묘 영녕전)

30 토계(土階)는 흙으로 쌓아올린 계단을, 모궁(茅宮)은 띠풀로 이은 지붕을 말하는 것으로, 요임금과 순임금이 살던 궁궐이다. 제왕의 검소한 생활을 뜻한다.

31 '대로(大路)'는 천자가 타는 수레를, 월석(越席)은 부들을 엮어 만든 자리를 말하는 것으로, 모두 검소한 생활을 뜻한다.

32 전조(前朝)는 궁궐 앞에 관아[朝]를 배치하고 후시(後市)는 궁궐 뒤에 시전[市]을 배치하는 것을 말한다. 한양은 백악산 아래 경복궁이 있어서 궁궐 앞에 육조를 두고, 그 앞 종로에 시전을 설치하였다.

080 重熙累洽無窮已　거듭 밝고 대대로 흡족함이 끝이 없네
081 猗我聖后御宸極　아 우리 성후께서 임금의 자리에 오르시고
082 制作彬彬三代擬　찬란한 문물은 하 은 주 삼대에 견주겠네
083 景貺潛周百度貞　우리 동방[33]에 큰 복 내리니 모든 법도 바로 서고
084 繁華氣色鳴珂里　번화한 기색 명가리라네[34]
085 時泰上無憂乙丙　시절이 태평하니 임금께서 한밤[35]에도 근심 없고
086 歲豊民不呼庚癸　해마다 풍년이 드니 백성은 양식 달라 호소하지 않네[36]
087 暇日清朝賁升平　한가한 날 맑은 조정에서 태평성대 꾸미는데
088 盤礡宮庭來畫史　화원들 궁궐에 들어와 편안히 앉았네[37]
089 慘憺意匠入經營　마음속 구상에 골몰하여 그림으로 그리니
090 歷歷京城一幅紙　서울 도성 역력하게 한 폭 종이에 담겼구나
091 東華瑞彩連宮墻　궁궐[38]의 아름다운 기운은 궁장으로 이어지고

33 잠주(潛周)는 숨은 주(周)라는 말로 우리 동방, 조선을 가리킨다.

34 명가리(鳴珂里)는 가(珂)가 울리는 마을로, 가(珂)는 옥으로 만든 귀인 쓰는 마구의 장식이다. 즉 귀인이 살고 있는 마을이라는 뜻이다. 당나라 때 장가정(張嘉貞)·가우(嘉祐) 형제가 있었는데, 가정(嘉貞)이 재상이 되었을 때, 그의 아우인 가우(嘉祐)가 금오장군(金吾將軍)이 되어 형제가 함께 조정에 들어갈 적이면 수레와 뒤를 따르는 무리들이 마을과 골목에 가득 찼으므로 당시에 그들이 사는 곳을 '명가리'라고 하였다. 여기서는 한양도성을 가리킨다.

35 을병(乙丙)은 을야(乙夜-밤 9시부터 11시까지)와 병야(丙夜-밤 11시부터 새벽 1시까지)로, 한밤중을 뜻한다.

36 경계(庚癸)는 양식을 달라는 다급한 요청을 말한다. 옛날 춘추시대 때에 식량이 다 떨어져 원조를 요청하자 '경계(庚癸)'라고 부르면 곧바로 응하겠다고 한 고사에서 유래한 것이다.

37 반박(盤礡)은 '해의반박(解衣盤礡)'에서 온 것으로 '옷 벗은 채 다리 뻗고 앉았다'는 말이다. 화사(畫史)는 도화서(圖畫署)의 관직으로 여기서는 화원을 말한다.

38 동화(東華)는 송나라 궁성의 동문 이름으로, 관원들이 궁궐에 들어갈 때 이 문을 이용했으므로 조정, 궁궐의 뜻으로 쓰이게 되었다.

092 有侐閟宮瞻尺咫 고요한 종묘는 지척으로 보이네[39]

093 疏越朱絃頌成德 바닥에 구멍 뚫린 붉은 줄 비파[40]는 훌륭한 덕을 노래하고

094 歲時祀官薦鰋鯉 해마다 때가 되면 제관은 메기와 잉어를 제사에 올리네

095 逌瞻門前樹如束 유첨문[41] 앞 나무는 빽빽이 우거졌고

096 洗心臺上花燦綺 세심대[42] 위의 꽃은 비단처럼 반짝거리네

097 展謁誠深輦出房 참례[43]하는 정성 깊어 연을 타고 방을 나오는데

098 日映龍旂影旖旎 해가 용기[44]를 비추니 그림자 펄럭이네

099 方丘壇祏樹周松 네모난 제단에 석주를 세우고 두루 소나무를 심고[45]

100 雩日圭牲倣漢畤 기우제 날 규벽과 희생은 한나라 제단을 따랐네[46]

101 祀事孔明神降福 제사를 잘 모시니[47] 신이 복을 내리시어

102 嘉穀穰穰萬億秭 좋은 곡식 풍성하여 억만 섬 쌓였구나

---

39 비궁(閟宮)은 종묘를 말한다.

40 소월주현(疏越朱絃)은 바닥에 너른 구멍이 뚫려 있고 붉은 줄로 되어 있는 종묘에서 사용하는 비파이다.

41 유첨문(逌瞻門)은 경모궁(현재 서울대학교 병원 자리)의 서문으로 정조가 생부 사도세자가 위패가 있는 경모궁을 참례할 때 이 문을 통하여 드나들었다.

42 인왕산 아래 선희궁(宣禧宮, 사도세자의 생모 영빈 이씨를 모신 사당) 뒤 바위에 '세심대'라는 글자가 새겨져 있었다. 정조는 원래 이 자리에 경모궁을 세우고자 하였으나 다른 의견이 있어 창경궁 동쪽에 세우고, 대신 이 자리에 세심대를 세웠다.

43 전알(展謁)은 종묘, 문묘, 묘당, 능침 등을 참배하는 것을 말한다.

44 임금을 상징하는 깃발로 용기(龍旗)라고도 한다.

45 방구단은 사직단에 설치된 정방형의 지단(地壇)을 말하며, 석(祏)은 돌로 세운 지신(地神)의 위패를 말한다. 사직단에 있는 큰 소나무를 그린 겸재 정선의 「사직노송도(社稷老松圖)」라는 작품이 전한다.

46 규벽(圭璧)은 일월성신에 제사 지낼 때 쓰는 옥을 말하며, 한치(漢畤)는 한나라 때 천자가 천지와 오제(五帝)에 제사를 지내는 제단이다.

47 공명(孔明)은 제사를 잘 준비하는 것을 말한다. 『시경』 소아 초자(楚茨)에 "사관이 묘에 제사 올림에 제사하는 일 심히 갖추어져[祝祭于祊 祀事孔明]"라고 하였다.

103	鳳凰雙闕高入雲	봉황 같은 대궐은 구름 위로 치솟고
104	佳氣蔥籠星斗倚	아름다운 기운 짙게 서리고 북두성에 의지하네
105	仁政殿高受朝賀	인정전 높은 곳에서 조하를 받고[48]
106	晨燎有晰趨司烜	새벽 횃불 반짝이며 사훤[49]을 따르고 있네
107	賓席曉漏點鵷鷺	새벽에 파루 울리니 빈석에 백관들 정렬하고[50]
108	花磚午陰登獬豸	화전에 해그림자 드리우니 관원들 대궐로 들어서네[51]
109	詞鳴國盛揮彩毫	나라 융성 노래하는 글 지으려 오색 붓을 휘두르고[52]
110	謨贊邦猷進瓊匭	나라 위한 계책 옥상자에 넣어 올리네
111	同德明良千一會	뜻을 같이 하는 임금과 신하가 좋은 기회 만나[53]
112	至治從心恩浹髓	마음으로 지극한 정치 펴니 은혜가 골수에 사무치네
113	大內深深樂事多	깊고 깊은 대궐에 즐거운 일 많아
114	怡融和氣含飴喜	화락한 기운 서리어 있으니 엿을 먹으며 기뻐하네[54]

48 인정전은 창덕궁의 정전이며, 조하는 동지, 정월 초하루, 즉위나 탄일 등 경축일에 신하들이 조정에 나아가 임금에게 하례하던 일을 말한다.

49 사훤(司烜)은 나라의 제사에 쓰이는 불을 관장하는 관직이다.

50 빈석(賓席)은 조정의 중요한 정무를 논하는 빈청(賓廳)을 말한다. 원로(鵷鷺)는 원추새와 백로인데, 이들은 서 있을 때나 날아갈 때 질서가 정연하다 하여 조정 반열에 늘어선 백관을 비유하여 쓴다.

51 중국 당나라 때 내각 북청 앞 계단에 화전(花磚, 꽃무늬 벽돌)으로 만든 길이 있었는데, 겨울에 해그림자가 그 다섯 번째 벽돌에 다다르면 학사들이 입직하였다고 한다. 해치관은 원래 언론 활동, 풍속 교정, 백관에 대한 규찰과 탄핵을 맡았던 사헌부 관원을 가리킨다.

52 채호(彩毫)는 오색 붓으로 뛰어난 문장을 뜻한다.

53 동덕(同德)은 뜻을 같이 하는 사람을 말하며, 명량(明良)은 『서경』 익직(益稷)에 "원수[머리, 임금을 말함]는 밝고 고굉[팔다리, 신하를 말함]은 어질다[元首明哉 股肱良哉]."라는 노래에서 나온 말이다.

54 함이(含飴)는 손자를 기를 때에 엿을 입으로 물어서 먹인다는 뜻이다. 후한(後漢)의 마황후(馬皇后)가 "나는 엿이나 먹으면서 손자나 데리고 놀며 더 이상 정사에는 간여하고 싶지 않다."라고 한 데서 나온 말로, 노년을 편안하게 즐기겠다는 것을 뜻한다.

115 离宮尺衣漸看長 어린 세자 점점 장성하는 것을 보며[55]
116 四重歌謠播遠邇 태평성대의 노랫소리 온 사방에 퍼지네
117 邦籙於千一有良 천년에 한 번 나라에 좋은 운수 있으니
118 遇物至誨提以耳 사물을 대하는 지극한 가르침 자상하게 일러주네[56]
119 寶座紅雲引仙僚 임금 계신 궁궐에 좋은 인재 불러와
120 深嚴內閣緗籤披 깊고 엄숙한 내각[57]에서 담황색 책갑을 펼치네
121 列聖宸章一樓高 열성조의 글은 다락 높이 쌓였으니
122 羹墻睿慕寓在是 선왕에 대한 임금의 추모[58] 여기에 있네
123 烟花正耐休明象 화사한 봄꽃은 그야말로 아름다움의 상징이라
124 一堂同樂浮樽蟻 한자리에서 함께 즐기며 거품 가득한 술잔을 띄우네
125 玉階夜露烏紗濕 궁궐에 내린 밤이슬로 오사모[59] 촉촉하고
126 瓊林春雨青衿跪 봄비 내리는 경림[60]에는 학사들 앉아 있네
127 御苑東畔聖廟崇 궁궐 정원 동쪽에는 성인의 묘당 우뚝한데[61]

55 이궁(离宮)은 세자궁, 동궁을 말하며, 척의(尺衣)는 '몇 자의 옷을 입는다'는 말로, 군왕의 나이를 뜻한다.

56 『시경』 대아 억(抑)에 "대면하여 가르쳐 줄 뿐만 아니라 그 귀를 잡고 말해 주노라[匪面命之 言提其耳]"고 하였다. 상세하고 간절한 가르침, 좋은 가르침을 뜻한다.

57 내각(內閣)은 규장각의 별칭이다.

58 갱장(羹墻)은 우러러 사모하는 것으로, 옛날 요임금이 죽은 뒤에 순임금이 3년 동안이나 앙모하면서 앉아 있을 때 요임금이 담장[墻] 곁에 서 있는 듯하고, 먹을 때에는 국물[羹] 속에 비치는 듯 여겼다는 고사에서 유래하였다. 예모(睿慕)는 임금의 추모하는 마음을 말한다.

59 오사(烏紗)는 조선시대에 걸쳐 관리들이 관복을 입을 때에 쓰던 검은 색의 사모를 말한다.

60 경림(瓊林)은 중국 송나라 때 정원 이름으로, 이곳에서 새로 과거에 급제한 자들에게 잔치를 베풀었다고 한다. 한림원 등 문인들이 모이는 곳을 말한다.

61 성묘(聖廟)는 공자의 위패를 모시는 문묘로, 창경궁 동쪽에 있었다. 창경궁 동쪽 집춘문을 통해서 문묘에 왕래하였다.

128 左右黌堂多養士 좌우 횡당[62]에서 많은 선비 기르는구나

129 國家培得元氣多 나라에서 배양하여 많은 원기 얻으니

130 禮賢恩隆設四簋 어진 이 예우하고 은혜 융성하여 사궤[63]를 베푸네

131 四時絃誦璧泮宮 사시사철 성균관[64]에서는 글 읽는 소리 나고

132 成材苑苑登于仕 훌륭한 재목 왕성하여 벼슬길에 오르네

133 畵棨朱干壯兵威 채색 창과 붉은 방패 든 군사는 위엄이 있고

134 熊羆百萬開營壘 곰 같은 백만 군사는 진영과 보루를 개착하네

135 射鵠馳騎日試藝 활 쏘고 말 타며 날마다 무예를 시험하고

136 吾王有道張而弛 우리 임금 도가 있어 조였다 늦췄다 하시네[65]

137 兎罝掄才作干城 토끼그물 치는 야인도 재목으로 뽑혀 간성을 이루고[66]

138 虎符分憂固邊鄙 지방에 관리를 보내어 변방을 튼튼히 하네[67]

139 仁王山脚景福宮 인왕산 밑에 경복궁이 있고

140 左右府署羅釜錡 좌우에는 관아들 가마솥처럼 펼쳐 있네

141 左藏年深朽錢鏹 나라의 창고[68]에는 해가 갈수록 돈이 썩어 가고

---

62 횡당(黌堂)은 글을 배우는 학당을 말한다.

63 궤(簋)는 안은 모나고 바깥은 둥글게 생긴 그릇으로 '사궤(四簋)'는 음식을 성대하게 차려 예를 다해 대접함을 말한다.

64 벽반궁(璧泮宮)은 벽궁(璧宮)과 반궁(泮宮)으로, 모두 성균관을 가리킨다.

65 『예기』 잡기에 "한번 당겼다가 한번 풀어주는 것이 바로 문왕과 무왕의 도이다.[一張一弛 文武之道也]"고 하였다. 즉 관대함과 엄격함이 잘 조화를 이루어야 한다는 뜻이다.

66 현명하고 재능 있는 이가 많아져서 토끼그물을 치는 야인이라도 간성(干城)이 될 만한 자질을 갖게 되었다는 것으로 교화가 사람에게 젖어 든 것이 매우 깊다는 것을 말한 것이다.

67 호부(虎符)는 군대에서 사용하는 호랑이 모양을 본떠 만든 신표이며, 분우(分憂)는 임금이 지방에 수령을 보내는 것을 말한다.

68 좌장(左藏)은 나라의 창고, 국고를 말한다.

142 訟庭日永稀鞭箠 관아 마당에는 해가 길도록 매질하는 일이 드무네
143 宰相鳴珮緩駈輪 재상은 패옥을 울리며 천천히 수레를 몰고
144 郎吏含香替持被 낭리는 향을 머금고 숙직을 교대하네[69]
145 溢郭闐城開百廛 도성 가득 넘치도록 수많은 점포 열리고
146 十字大道直如矢 십자대로는 화살처럼 바르네
147 日中交易驗時和 한낮에 교역하며 태평함을 증험하고
148 白粲一斗三錢抵 백미 한 말에 삼 전을 치룬다오
149 簇簇晶光列珠貝 반짝반짝 밝은 빛은 패물을 펼쳐 놓은 것이요
150 纖纖妙織堆麻枲 곱디 고운 예쁜 옷감은 삼과 모시를 쌓아 놓은 것이네
151 數銅賈客評物直 상인은 돈을 세며 물건 값을 매기고
152 賣花小兒傳巷俚 꽃 파는 아이는 마을을 옮겨다니네
153 滿衢擊壤歌聖德 거리 가득 땅을 치며 성덕을 노래하고[70]
154 民俗熙熙至老死 백성들 풍속은 평생토록 아름답구나
155 受廛吾民皆願藏 점포 받은 백성은 모두 물건 두기를 원하니
156 譏而不征遵經旨 기찰만하고 세금 받지 않는다는 경전의 뜻을 지켰네[71]
157 每年停蹕鐘街路 해마다 운종가에 행차를 멈추고
158 詢瘼恩綸民樂只 폐단을 물으라는 임금의 분부에 백성들 즐겁구나[72]

---

69 낭리는 낭관과 서리로 실무를 보는 관원을 말하며, 지피(持被)는 이불을 들고 간다는 뜻으로 관아에서 숙직하는 것을 말한다.

70 격양가(擊壤歌)는 땅을 두드리며 노래한다는 뜻으로 태평성대를 말한다.

71 기이부정(譏而不征)은 기찰만 하고 세금을 징수하지 않는다는 뜻으로 『맹자』 공손추상(公孫丑上)에 나오는 말이다.

72 순막(詢瘼)은 백성들의 고질적인 폐단을 물어 해결해주는 것을 말하며, 은륜(恩綸)은 임금의 분부를

159 弼雲最是遊冶地　필운대는 최고의 풍류지요[73]

160 綠楊堤畔嘶騄駬　수양버들 푸르른 언덕에는 준마가 놀고 있네

161 西園文酒晋卿客　서원에서 글과 술을 즐기니 진나라 재상과 손님이요[74]

162 北里箏笛楊州妓　북쪽 마을에서 풍악을 울리니 양주의 기생이라네[75]

163 鐘鳴鼎食幾甲第　종을 울리고 솥을 걸어놓은 저택 몇 집인가[76]

164 繡轂伊軋蹊桃李　비단수레 삐걱대며 복숭아 오얏나무 길을 지나가네

165 戟門懷刺簇驢馬　고관 저택에는 명함 품은 이[77]의 나귀가 모여 있고

166 華堂設席宰羊豕　화려한 집에는 자리를 깔고 양과 돼지 잡았네

167 萬戶青烟媚淑景　수만 호의 푸른 연기는 맑은 경치를 자아내고

168 撲地閭閻看櫛比　땅에 가득한 여염집 즐비하게 보이네

169 解慍阜財樂未央　노염이 풀리고 재물이 불어나니 즐겁기 그지없어

말한다. 특히 영·정조 이후 나라에 공물을 바치는 공계원(貢契員)과 시전의 상인들을 보호하기 위하여 임금이 직접 공시인들과 접촉하여 폐단을 순문하고 바로 잡았다. 이것을 공시인(貢市人) 순막이라고 하였다.

73 현재 종로구 필운동 배화여자고등학교 별관 건물 뒤쪽 바위에 '필운대'라는 글씨가 남아 있다. 이곳은 경치가 좋아 봄이 되면 도성 사람들이 꽃구경을 하기 위해 즐겨 찾는 장소였으며, '필운대 풍월'이라고 하여 여항인들이 술을 가지고와 시부를 읊으며 즐겼다고 한다.

74 중국 진(晋)나라 재상 사안(謝安)이 동산에서 놀면서 늘 기생을 대동하였다는 고사를 말한다. 풍류객들이 기생을 대동하고 명승을 찾아 즐기는 장면을 묘사한 것이다.

75 양주(揚州) 지방의 기녀를 말한다. 양주는 지금의 강소성(江蘇省) 중부, 양자강 하류의 북쪽에 위치한 지역으로 운하가 발달한 교통과 교역의 중심지로서 사람과 돈이 모이는 곳이었다. 따라서 이곳에는 고급 청루(青樓)가 발달하였으며, 양주기(揚州妓)는 소주기, 남경기, 항주기, 성도기, 광주기, 개봉기 등과 함께 기녀로 이름나 있었다.

76 종명정식(鍾鳴鼎食)은 사람이 많아서 밥 먹을 시간이 되면 종을 울려 모이게 하고, 밥을 먹을 때에는 솥을 늘어놓고 먹는다는 말로 부하고 귀한 사람들의 생활을 뜻한다.

77 회자(懷刺)는 '명함을 품다'라는 뜻으로 고관의 집을 찾아다니는 것을 말한다. 옛날 중국에서는 고귀한 사람을 만나려면 먼저 자신을 소개하는 글을 담은 명함을 올리는 풍습이 있었다.

170 游嬉三元與上巳 정월 초하루와 상사일에 즐겁게 노니네

171 大東鴻基萬萬年 우리나라 큰 기틀 만만년이요

172 芬華物色正如彼 화려한 물색은 바르기가 저와 같구나

173 天府金湯永鞏固 비옥한 금성탕지 오래도록 공고하고

174 粉堞峩峩壯千雉 우뚝 솟은 천 치의 긴 성곽 장관이구나

175 四門擊析客無暴 사대문 수문장[78]은 행인에 사납지 않고

176 五營壯鑰國有恃 오영[79]의 든든한 자물쇠는 나라에 믿음이 있네

177 烽燧平安盡角靜 봉수는 평안하고 나팔 소리는 조용하며

178 眠羊校尉閑鞭弭 교위[80]는 양처럼 졸고 있고 채찍과 활은 한가하네

179 豳西百堵追周亶 빈 땅 서쪽 긴 담장은 주나라를 따른 것이고[81]

180 漢上方城陋楚芊 한수가의 방성은 초나라를 누추하게 여기네[82]

181 醮樓無處不飛花 성루에는 꽃이 흩날리지 않는 곳이 없고

182 來居游人席屢徙 놀러나온 나그네는 이리저리 자리를 옮기네

78 격석(擊析)은 딱딱이를 치며 야경을 돌아 도성의 치안을 유지하는 것을 말하는데, 여기서는 도성 문의 수문장을 가리킨다.

79 오영(五營)은 훈련도감, 총융청, 수어청, 어영청, 금위영 등 오군영을 총칭하는 말이다.

80 5, 6품의 무관이다.

81 빈(豳)은 주나라의 선조 공류(公劉)가 세운 나라로 지금 섬서성 순읍에 해당한다. 주단(周亶)은 주나라 고공단보(古公亶父)를 가리키는 것으로 보인다. 고공단보는 성(姓)은 희(姬), 이름은 단(亶)이었으나, 후에 존칭으로 '보(父)'가 추가되었으며, '고공(古公)'은 존칭이다. 주나라 문왕의 할아버지이자 공류(公劉)의 9세손이다. 적인(狄人)이 침범하자 서쪽으로 옮겨 기산(岐山) 아래 정착하고, 나라 이름을 고쳐 주(周)라고 하여 주나라의 시조로 일컬어지고 있으며 태왕(太王)으로 추증되었다.

82 한수(漢水)는 양자강의 가장 긴 지류로 초나라 수도 영(郢) 땅 옆으로 흐르는 강이다. 방성(方城)은 초나라의 북쪽의 장성(長城) 이름이다. 초천(楚芊)은 초(楚)나라로, 천(芊)은 초(楚)나라의 성씨(姓氏)이다.

183 環以五江如練淨 오강[83]은 빙 둘러서 누인 베처럼 출렁이고

184 兩岸簇簇帆檣艤 양안에는 빽빽하게 배들이 정박해 있네

185 杭梯相通嶺湖海 배와 사다리로 고개 호수 바다가 서로 통하니

186 筐篚咸輸羽革齒 대광주리에 깃털 가죽 상아 모두 실어 보내네[84]

187 良工妙技留後看 뛰어난 화공 묘한 기예로 훗날 보고자 남기니

188 此圖不是徒爲爾 이 그림 부질없지만은 않네

189 地利已足人和洽 땅의 이로움 이미 풍족하니 인화가 넉넉하고

190 訖四聲教齊姚姒 사방에 임금의 교화 미치니 순임금 우임금과 같구나

191 畎畝生涯黎庶恤 평생 농사는 백성의 근심이니

192 廟堂經濟賢才委 묘당[85]에서는 경세제민의 일 어진 인재에 맡기네

193 歲登民和一事無 농사는 풍년 들고 백성은 화목하여 아무 일 없고

194 君臣相樂歌角徵 임금과 신하 서로 즐기며 음악을 노래하네

195 縱道佳麗餙休象 화려함으로 상서로운 징조 장식한다 말하지만

196 聖心瞿瞿戒太侈 임금의 마음은 걱정하고 사치할까 경계하시네

197 唐帝炯戒書殿廡 당나라 황제는 밝은 경계 궁궐 전각에 썼고

198 周聖眞工銘杖几 주나라 성인은 참된 공부 지팡이와 안궤에 새겼다네

199 猗歟城市全圖歌告成 아 성시전도가 완성되어 아뢰오니

200 但願海東靈籙無疆千載與萬祀 원컨대 우리 임금 무강하옵기를 천년만년 하소서

83 18세기 초경 한강을 지칭하는 말로 한강·용산강·마포·현호·서강을 말한다.

84 우혁치(羽革齒)는 새의 깃털, 짐승의 가죽, 코끼리의 상아로, 여러 지역에서 생산되는 특산물을 말한다.

85 의정부, 비변사의 별칭이다.

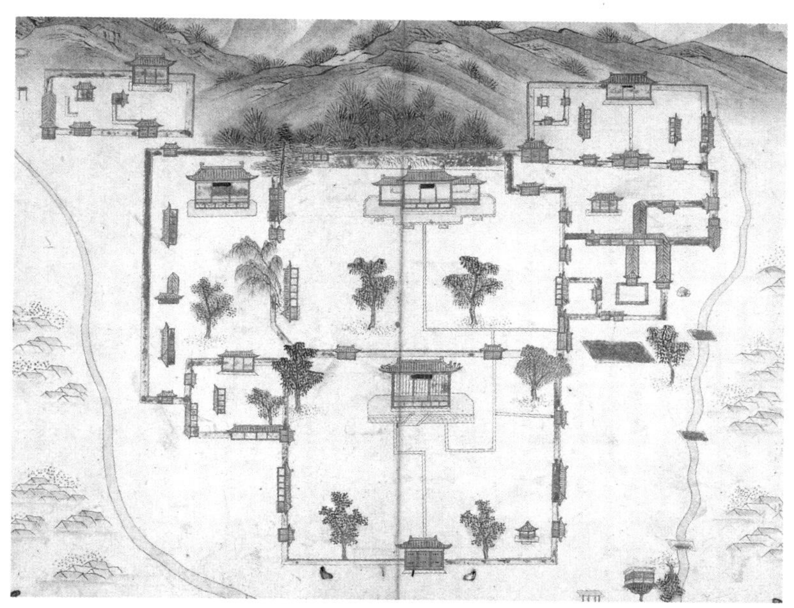

성균관을 그린 「태학계첩」, 서울역사박물관 소장.

가운데 아래 건물이 공자의 위패를 모신 대성전이며 뒤편 건물이 유생들이 강학을 하는 명륜당이다. 명륜당 좌우에 있는 건물은 동재東齋, 서재西齋로 유생들이 기숙하며 공부하는 곳이다. 명륜당 왼쪽 건물은 비천당丕闡堂으로 임금이 성균관에 친림하여 과거를 시행할 때 시험장소로 사용되던 곳이다. 정동간의 시에 "궁궐 정원 동쪽에는 성인의 묘당 우뚝한데 / 좌우 횡당에는 많은 선비 기르는구나 / 나라에서 배양하여 많은 원기 얻으니 / 어진 이 예우하고 은혜 융성하여 사궤를 베푸네 / 사시사철 성균관에서는 글 읽는 소리 나고 / 훌륭한 재목 왕성하여 벼슬길에 오르네"(127~132)라고 하였다.

김혜순

성시전도 城市全圖

남쪽에는 빙 둘러싼 한수의 물결 반짝거리고
북쪽에는 솥발처럼 선 산이 겹겹으로 둘렀네
좌우로 높게 뻗어 날아갈 듯
낙산과 인왕산 서로 의지하여 펼쳐 있네
아래로 보니 종남산이 정남향에 마주하는데
한 가닥 짙은 녹음 책상을 마주한 듯
울창한 금빛 잠두봉은 가장 높은 곳에 있고
끊어진 산 하얗게 이은 긴 성곽이라

김희순金羲淳(1757~1821)은 1792년 초계문신으로서 「성시전도시」의 제진에 참여하였으나 고과에는 들지 못하였다.

김희순은 "문명 융성한 중화의 땅 / 항산의 산맥은 비단실을 펼친 듯 … 한줄기 날아 바다를 건너 / 백두가 되어 우리 동방 진무하고"라고 하여 중화의 문명이 조선으로 전해졌을 뿐만 아니라 항산의 산맥이 뻗어 백두산이 되었다고 하였다. 정동간이 조선을 소중화라고 하고 곤륜산이 동쪽으로 내달아 백두산으로 솟았다고 한 것과 같은 맥락이라고 할 수 있다.

김희순은 도성의 번화한 모습이나 태평성대를 묘사하는데 중점을 두었으나 대부분 중국의 고사를 이끌어와 묘사함으로써 도성의 실제 모습과는 거리가 멀다. 그는 1789년 식년문과에 갑과로 급제했으며, 한성부판윤, 대사헌, 병조판서, 이조판서, 광주유수, 경기도관찰사 등을 지냈다.

001 盖聞太初元氣積　듣건대 태초에 원기가 쌓여
002 豊瀜澒洞無終始　깊고 큰 혼돈으로 끝도 시작도 없었는데
003 淸者爲天濁爲地　맑은 것 하늘 되고 탁한 것 땅이 되어
004 涎迆上下渾是水　위로 아래로 이어지니 모두 물이라네
005 聖人宰物判鴻濛　성인께서 만물을 다스려 천지가 열리고
006 九土星分萬國峙　천하를 별자리로 나누어 많은 나라 우뚝 섰네[1]
007 蒲亳雍洛始受命　포판 박읍 장안 낙읍[2] 처음 천명을 받았으니
008 羲軒舜禹周漢氏　복희 황제[3] 순임금 우임금 주나라 한나라라
009 薈蔚文明中華土　문명 융성한 중화의 땅
010 恒岱布脉綺縷似　항산과 대산[4]의 산맥은 비단실을 펼친 듯
011 散作崩騰萬千幹　흩어지고 내려앉았다 솟아오른 수많은 산줄기
012 一幹飛渡滄溟裏　한줄기 날아 바다를 건너
013 乃爲白頭鎭東藩　이내 백두가 되어 우리 동방 진무하고
014 長白太白靑葪崺　장백 태백 푸르게 뻗어 있네
015 劒拔斤削望無際　칼을 뽑은 듯 도끼로 쪼갠 듯 끝없이 아득하니

1 구토성분(九土星分)은 하늘의 별자리에 따라 천하를 구획한 것을 말한다. 고대 중국에서는 하늘의 별자리를 북극성을 중심으로 28수로 나누고, 이것을 방위에 따라 12분야로 나누었다. 중국 대륙 또한 12개 주로 나누고 이를 하늘의 별자리 12분야와 일치시켰다. 12주는 우임금이 다시 9주로 나누었는데, 기주(冀州), 연주(兗州), 청주(靑州), 서주(徐州), 양주(揚州), 형주(荊州), 예주(豫州), 양주(梁州), 옹주(雍州)가 그것이다.

2 포박옹락(蒲亳雍洛)은 순임금이 우(禹)를 세우고 도읍한 포판(蒲坂), 탕왕이 상(商)을 세우고 도읍한 박읍(亳邑), 한나라의 도읍 장안(長安)·주나라의 도읍 낙양(洛陽)을 말한다.

3 희헌(羲軒)은 삼황 중 태호복희씨(太昊伏羲氏)와 오제 중 황제헌원씨(黃帝軒轅氏)의 병칭이다.

4 항산(恒山)과 대산(岱山)을 말한다. 항산은 오악(五嶽) 중 북악에 해당하며 중국 산서성에 있다. 역대 왕조들이 모두 북악에서 제사를 지냈다고 한다. 대산은 오악 중 동악에 해당하며 중국 산동성에 있다.

016 巑岏嵂兀何時已　가파르게 우뚝 솟은 산세 언제나 끝날까
017 焂翕無端舒平陸　갑자기 솟았다가 문득 평평한 땅이 펼쳐지고
018 盤紆大野恢千里　큰 들을 휘감고 굽이쳐 천 리에 뻗었네
019 或如星離西北拱　혹 별이 흩어져 서북쪽을 껴안은 듯
020 或如雲奔東南起　혹 구름이 달아나다 동남쪽으로 솟은 듯
021 帝謂太華神拜命　천제가 태화산신에 명을 받도록 하여[5]
022 手捧一朶芙蓉紫　손수 한 송이 붉은 연꽃 받들었네
023 下立蒼茫積翠間　아득히 내려와 푸른빛 사이에 쌓여서
024 萬丈碧玉天半倚　만 길의 벽옥은 하늘 위로 솟았네
025 團結精英作王鎭　단단하게 뭉친 정화로 옥진[6]을 이루었으니
026 宇宙終古長如彼　우주의 고금이 저와 같이 장구하구나
027 我東國步與山齊　우리 동방 산을 따라 나란히 걸으면
028 無疆萬萬千千禩　천년만년 한이 없다네
029 鬼秘神慳自有待　귀신이 숨기고 아낀 것은 스스로 기다림이 있어
030 九五飛龍吾王是　구오의 비룡[7] 바로 우리 임금이시네
031 手持金尺裁寰宇　금척을 손에 쥐고 강역을 마름질 하시니
032 天作高山大基址　하늘이 내린 높은 산과 큰 터전이네
033 白雲峰高動豪吟　백운봉[8] 높이 솟아 호탕하게 읊조리니

5 태화산(太華山)은 화산(華山)이라고 하며, 오악 중 서악에 해당한다. 일찍이 화산은 백제소호(白帝少昊)가 다스려 모든 신들의 제단이 되었고, 거령(巨靈)이 손으로 화산을 쪼개어 황하가 굽게 흘러가도록 하였으며, 황제헌원(黃帝軒轅)은 화산에서 하늘의 신과 땅의 신을 회합했다는 고사가 있다.

6 옥진(玉鎭)은 옥으로 만든 아름다운 그릇으로 대제(大祭)·대상(大喪)에 쓰는 의기(儀器)이다.

7 구오(九五)는 임금 자리를 뜻하는 것으로, 구오비룡(九五飛龍)은 임금의 자리에 오르는 것을 말한다.

034 洛面邙背入瞻視　앞에는 강 뒤에는 산[9] 한 눈에 들어오네
035 忽聞空中卓飛錫　홀연 허공에 석장이 높이 날아오르더니
036 鬱葱佳氣浮在此　아름다운 기운 가득 이곳에 떠 있네
037 正位居中紫閣下　한가운데 자리한 자각봉[10] 아래에는
038 襟帶合抱江山美　금대[11]로 둘러싸인 강산 아름답구나
039 其陽環拱波晶晶　남쪽에는 빙 둘러싼 물결이 반짝거리고
040 其陰鼎立山累累　북쪽에는 솥발처럼 선 산이 겹겹으로 둘렀네[12]
041 高張左右將飛翼　좌우로 높게 뻗어 날아갈 듯
042 駝岳仁王相依披　낙산과 인왕산 서로 의지하여 펼쳐 있네
043 下視終南正對午　아래로 보니 종남산[13]이 정남향에 마주하는데
044 一抹濃綠當案几　한 가닥 짙은 녹음 책상을 마주한 듯
045 岑鬱金蠶最高處　울창한 금빛 잠두봉[14]은 가장 높은 곳에 있고
046 山斷白連千粉雉　끊어진 산 하얗게 이은 긴 성곽이라
047 周遭四圍中央闊　사방은 빙 둘러싸이고 가운데는 탁 트여

8 삼각산 세 봉우리 중의 하나인 백운봉을 가리킨다.

9 낙면망배(洛面邙背)는 중국의 옛 도읍 낙양(洛陽)이 앞에는 낙수(洛水)를 면하고 뒤로는 북망산(北邙山)을 등지고 있는데, 한양이 앞에는 한강을 면하고 뒤로는 삼각산을 등지고 있는 것과 같은 형세임을 말한다.

10 자각(紫閣)은 신선이나 은자가 사는 곳으로, 목멱산을 가리킨다.

11 한강을 말한다. 『신증동국여지승람』에 "남쪽은 한강을 금대로 삼고[南以漢江爲襟帶]"라고 하였다.(『신증동국여지승람』 권1, 경도 상)

12 삼각산의 여러 봉우리들을 말한다.

13 목멱산을 말한다.

14 남산 잠두봉을 가리킨다. 『한경지략』에 "남산의 서봉에 암석의 머리 부분이 끊어진 곳을 잠두라고 부르는데 올라가서 조망하기 가장 좋다."고 하였다.(『한경지략』 권1, 산천)

048 豊風沃壤維民止 바람 좋고 땅 비옥하니 백성들이 살고 있네

049 維歲洪武某月日 홍무연간[15] 모월 모일

050 王曰司空建都鄙 임금께서 사공에게 일러 도성과 교외를 건설하였네[16]

051 剔檿攘柘有夷行 산뽕나무 잘라내어 평탄한 길 내고

052 定中星叶堪輿理 중성을 정하니 하늘과 땅의 이치와도 맞구나[17]

053 三里五里拓基地 3리나 5리마다 터를 닦아

054 春風一夜生紫李 하룻밤 봄바람에 자줏빛 오얏나무 생겨났네

055 左廟右社刱制度 왼쪽에 종묘 오른쪽 사직단은 제도에 따라 세우고

056 國中經緯環九軌 도성 안 도로는 가로 세로 구궤[18]로 둘렀네

057 乃作朝宮壯王居 이에 궁궐을 세우니 임금의 거처 장대하고

058 千門萬戶開逶迤 천문만호 멀리 굽이쳐 이어졌구나

059 五雲多處是仙鄉 오색구름 많은 곳은 바로 신선이 사는 곳이라

060 雙闕連甍天半指 죽 이어진 궁궐 용마루는 하늘 높이 솟았네

061 上林花深香藹藹 상림에는 꽃이 우거져 향기가 가득 서리고

062 內池水煖春瀰瀰 궁궐 안 못물은 따뜻하여 봄빛이 일렁이네

15 홍무(洪武)는 명나라 태조 주원장(朱元璋)의 연호(1368~1398)이다.

16 사공(司空)은 주나라 때 치산치수, 토목, 영건의 일을 맡아 보던 관리로, 조선시대에 공조판서에 해당한다. 한양천도 후 새 궁궐과 종묘 등 도성건설을 말한다. 태조 이성계는 1394년(태조 3) 10월 25일에 개경을 출발하여 3일 뒤인 28일에 한양으로 들어와서 한양부 객사를 이궁으로 삼아 거처하였다. 11월 2일에는 종묘와 사직 터를 살피고, 11월 3일에는 공작국을 설치하여 도성의 영건을 서두르게 하였다. 새 궁궐과 종묘는 1395년 9월 완공되었다.

17 중성(中星)은 해가 질 때와 돋을 때에 하늘의 정남쪽에 보이는 별로 남향을 말하며, 감여(堪輿)는 풍수지리, 또는 하늘과 땅을 뜻한다.

18 구궤(九軌)는 수레 아홉 대가 나란히 다닐 수 있는 넓은 길로 천자가 다니는 길을 말한다.

063 是時疆場靜無譁 이때 우리 강토 조용하고 소란스럽지 않고
064 金膏化溢天顔喜 뛰어난 인재 넘쳐흐르니 임금 얼굴 환하구나
065 未明東上閤門開 날이 밝기 전 동쪽 각문[19] 열리니
066 凝旒坐待扶桑晷 의관을 갖추고 앉아 해 뜨기를 기다리네[20]
067 鹵簿分頭引班入 임금의 행렬은 인반 따라 들어오고[21]
068 蹌蹌濟濟羣龍跪 위의 있고 당당한 수많은 인재 앉아 있네
069 赤芾葱珩大丞相 붉은 슬갑에 푸른 패옥한 대승상
070 金鑾玉珮諸學士 옥을 찬 한림원[22]의 여러 학사들
071 從容賜對都兪席 조용히 불러 마주하여 정사를 논하시니[23]
072 花間午日移彤戺 꽃 사이 한낮의 해는 붉은 섬돌로 옮겨가네
073 退食委蛇多暇日 퇴청하여 밥 먹고 조용히 쉬니[24] 한가한 날도 많아
074 三節佳遊復上巳 삼절 좋은 놀이 지나고 다시 상사일이네
075 雜遝花陰金珂散 꽃그늘 여기저기로 화려한 말 흩어지고
076 車車馬馬迷尺咫 수많은 수레와 말로 눈앞이 희뿌옇네
077 午門開處萬井分 오문[25] 열린 곳 수많은 민가 나누어지고

---

19 각문(閤門)은 궁궐로 드나드는 측문으로, 합문(閤門)이라고도 한다.

20 조선시대 관원은 아침 일찍 입궐하여 대루원에서 조참하는 시각까지 기다렸다.

21 노부(鹵簿)는 임금의 행차 때 갖추던 의장, 또는 의장을 갖춘 임금의 행렬을 말하며, 인반(引班)은 의식이 있을 때 문무 반열의 인도를 맡은 관원을 말한다.

22 금란(金鑾)은 한림원이나 홍문관 등 문원을 말한다.

23 사대(賜對)는 임금이 신하를 불러서 만나 정사를 논하는 것을 말한다. 도유(都兪)는 도유우불(都兪吁咈)의 준말로, 도유는 찬성, 우불은 반대를 말하는데, 임금과 신하가 격의 없이 정사를 논하는 것을 뜻한다.

24 『시경』 소남 고양에 "조정에서 물러나와 밥 먹으니 의젓하고 의젓하도다.[退食自公 委蛇委蛇]"라고 하였다.

078 青繩御路平如砥 푸른색 끈 친 어로는 평평하기가 숫돌과 같네[26]

079 五衛六寺各位置 오위와 육시[27] 각각 제자리에 있으니

080 先王設施周官以 선왕께서 주나라 관제에 따라 설치한 것이라네[28]

081 豸冠黑衣霜臺府 해치관 쓰고 흑의 입은 곳은 상대부[29]요

082 畵戟彫戈將軍里 화극과 조과로 장식한 곳은 군영이라네[30]

083 大哉禮樂春曹志 크구나 예악을 관장하는 춘조의 기록이여

084 明於黜陟天官紀 출척에 분명하니 천관의 기율이라[31]

085 地府開門爛用金 지부는 곳간 문 열어 풍족하게 돈을 쓰니[32]

086 貨泉流行計億秭 화폐가 유통되어 억만 양을 헤아리네[33]

087 今之司寇古皐陶 지금의 사구는 옛 고요라[34]

---

25 오문(午門)은 궁궐의 남쪽 문, 정문으로, 여기서는 광화문을 말한다.

26 청승(青繩)은 임금이 행차하는 길에 경계를 정하던 푸른색의 끈으로, 임금의 행차를 뜻한다. 여기서 청승어로(青繩御路)는 육조대로를 말한다. 이만수의 시에 "푸른색 끈 친 어로는 평평하기가 숫돌 같구나[青繩御路平如砥]"(72)라고 하여 같은 표현이 있다.

27 오위(五衛)는 조선 전기의 군사조직으로 의흥위, 용양위, 호분위, 충좌위, 충무위를 말한다. 임진왜란 이후에 훈련도감을 비롯한 오군영이 설치되면서 유명무실하게 되었다. 육시(六寺)는 전의시·종부시·사복시·전농시·내부시·예빈시를 말한다. 여기서 오위와 육시는 여러 관아를 말한다.

28 조선이 『주례』의 천관·지관·춘관·하관·추관·동관 등 관제에 바탕을 두고 있음을 말한다. 각각 이조, 호조, 예조, 병조, 형조, 공조에 해당한다.

29 상대(霜臺)는 사헌부의 별칭이다.

30 화극(畵戟)과 조과(彫戈)는 채색을 하거나 조각을 새긴 창으로 모두 군영에 세우는 의장용 창이다.

31 춘조(春曹)는 예조, 천관(天官)은 이조를 말한다.

32 지부(地府)는 호조의 별칭이다.

33 화천(貨泉)은 돈을 말하는 것으로, 돈이 샘물처럼 흘러 다닌다는 뜻에서 쓴 말이다. 또한 중국 왕망(王莽) 때 만든 화폐의 이름이기도 하다.

34 사구(司寇)는 주나라 때 형벌과 경찰의 일을 맡아보던 벼슬로, 형조를 말한다. 고요(皐陶)는 순임금의 신하로 법을 세우고 형벌을 제정하였으며 옥(獄)을 만들었다고 한다.

088 可使斯民消奸宄　백성들이 간악한 무리를 소탕하도록 하였다네

089 有如雨露滋百物　비와 이슬 같은 임금의 은혜 만물을 적셔주니

090 戶口日增繁生齒　호구는 날로 늘어나고 인구는 번성하네

091 八域之中大都會　팔도 중의 대도회

092 來人去人紛如蟻　오는 사람 가는 사람 개미처럼 분주하네

093 紅塵四合衚衕裏　붉은 먼지 사방에서 호동[35]으로 모여들고

094 匝地閭閻仍櫛比　땅 가득 민가들 즐비하네

095 瓦縫參差若魚鱗　기와지붕은 들쭉날쭉 물고기 비늘 같고

096 廊腰縵迴如鳥跂　빙 둘러 이어진 담장은 새가 날아오르듯 솟았네

097 高柳垂垂墻被繡　키 큰 수양버드나무는 휘휘 늘어져 담장을 수놓고

098 芳草離離陌分綺　향기로운 풀은 하늘하늘 언덕길 아름답구나

099 十字通衢牌樓高　십자로 난 도성거리에 패루[36]가 드높은데

100 回回四望無遠邇　빙 둘러 사방을 돌아봐도 어디가 멀고 가까운지

101 暮鍾纔歸曉鍾來　저녁종 치면 겨우 돌아와 새벽종 울리자 나서고

102 闤街咽巷三條市　거리와 골목을 가득 메운 세 저자라네[37]

103 千金價重蜀綺藏　천금이나 나가는 비싼 촉나라 비단도 보관하고

104 上層樓高剡藤庤　상층 누각에는 좋은 종이[38] 높이 쌓여 있네

---

35 호동(衚衕)은 골목, 마을을 말한다.

36 패루(牌樓)는 마을이나 큰 거리 입구에 세웠던 관문형 누각으로 중국에만 있었던 제도이다.

37 운종가, 칠패, 배오개(이현)를 가리킨다.

38 섬등(剡藤)은 중국 절강(浙江)의 섬계(剡溪)에서 등(藤)나무 껍질을 벗겨서 만든 종이를 말하는데 질이 좋아서 좋은 종이라는 뜻으로도 쓰인다. 계등(溪藤)이라고도 한다.

姣服當街競相引　거리에서는 고운 옷 서로 다투어 끌어당기고

誇道半生駔驓技　반평생 거간꾼[39]은 요령을 자랑삼아 떠드네

山積雕胡白如雪　산처럼 쌓인 조호[40]는 눈처럼 희고

晨朝對人爭吻觜　새벽부터 사람들 대하고 입씨름하네

哀彼魚塩與菜果　저 어염전과 채전 과전 딱하기도 하구나

錐刀競利胡乃爾　송곳 같은 사소한 이끗을 다투니 어찌 그러한지

杏花簾箔誰家樓　살구꽃 피고 얇은 주렴 드리운 곳은 뉘 집의 누각인가

淡碧酒旗風旖旎　푸르스름한 주루의 깃발 바람에 나부끼네

上元八日昇平遊　정월 대보름과 초파일 태평한 놀이에는

金吾法禁通宵弛　의금부에서 통행금지 밤새도록 풀었네[41]

一輪明月虹橋大　수레바퀴 같은 밝은 달은 홍교만큼 크고

萬竿紅燈鰲山侈　수많은 등간에 매달린 홍등은 오산[42]보다 사치하네

鳳笙龍管劇遨遊　봉생과 용관[43] 불며 흥겹게 노니니

香街紫陌來宛委　화려한 도성거리 굽이굽이 다가오네

梨花院落風流卽　배꽃 핀 정원에 풍류가 흐르고

---

39 장쾌(駔驓)는 장쾌(駔儈)와 같은 뜻으로 중개인, 거간꾼을 말한다.

40 조호(雕胡)는 고(菰)라고 하는 줄풀의 열매인 고미(菰米)를 말하는데, 식용으로 쓴다.

41 금오(金吾)는 중국 고대에 궁궐과 도성을 순찰하고 치안을 맡은 관청으로, 조선시대에 의금부를 말한다. 평상시에는 밤 10시가 되면 인정과 함께 도성문을 닫고 통행이 금지되었지만, 정월 대보름이나 초파일에는 야간 통금을 해제하였다.

42 오산(鰲山)은 연등이 자라 모양의 산을 이룬 것을 말한다. 중국에서 정월 대보름에 화등(花燈)을 달았는데, 첩첩이 쌓여 자라 모양을 이루고, 높이 솟은 것이 산과 같다하여 오산(鰲山)이라고 하였다.

43 봉생(鳳笙)은 봉황의 형상으로 만든 생황(笙簧)이며, 용관(龍管)은 용무늬를 새긴 피리로 생황과 피리를 말한다.

120 綠槐門巷芬華子　푸른 홰나무 선 골목은 화려하구나
121 翠韝策驪平頭奴　소매에 푸른 띠 매고 말을 모는 이는 사내종[44]이요
122 禿袖調鸚如花妓　짧은 소매하고 앵무새 놀리는 이는 어여쁜 기생이라
123 自言相邀不復辭　서로 청하며 거듭 사양하지 않고
124 歌朋酒徒隨指使　노래동무 술친구 시키는 대로 따르네
125 曬髮三清盤陀石　삼청동 너른 바위에서 머리를 말리고
126 賞春六角繁華藥　육각현[45] 화려한 꽃 속에서 봄을 즐기네
127 就中甲第誰第一　그중에 큰 저택은 누가 제일인가
128 不羨陸生營好畤　육생의 호치 경영 부럽지 않다네[46]
129 欄檻曲曲煥畵圖　굽이굽이 난간은 그림 속에서 빛나고
130 亭臺處處如棘矢　여기저기 정자와 누대는 화살처럼 뾰족하구나
131 金谷繁華且莫論　금곡의 화려함은 말할 것도 없고[47]
132 平泉花石差可擬　평천의 꽃과 돌에도 비길만 하네[48]
133 華燭炫耀紅氍毹　화려한 불빛은 붉은 융단을 밝게 비추고
134 珍羞綺餐羅寶簋　진기하고 맛좋은 음식 보궤에 차려져 있네
135 紫駝羹煖盤瑪瑙　자타갱[49]은 따뜻하게 유리 그릇에 담겨 있고

---

44 평두(平頭)는 뭉뚝 머리, 위가 평평한 두건, 하인 등을 말한다.

45 육각현(六角峴)은 인왕산 필운대(현재 종로구 필운동 배화여고 뒤편)에 부근에 있었다. 필운대와 함께 봄철 꽃구경하는 곳으로 유명하였다.

46 육생(陸生)은 한나라의 육가(陸賈)로, 한 고조 유방의 명을 받고 남월을 한나라로 귀순하게 만들었으나, 고조가 죽은 후 혜제 때 여태후가 정권을 잡자 병을 핑계로 벼슬에서 물러나 호치(好畤)에 은거하였다고 한다. 후에 은거하여 전원에서 농사짓는 것을 비유하여 호치전(好畤田)이라고 하였다.

47 중국 진(晉)나라 때 석숭(石崇)의 별장 금곡원(金谷園)을 말하는 것으로 매우 화려하였다고 한다.

48 중국 당나라 때 이덕유(李德裕)의 별장 평천장(平泉莊)을 말하는 것으로 수석이 아름다웠다고 한다.

136 綠蟻酒泛金杯匜　녹의주[50]는 금 술잔에 넘쳐흐르네
137 盈門拜揖何紛紛　대문 가득 절하며 읍하는 사람 어찌 저리 많은가
138 平明宴客迎珠履　이른 새벽부터 잔치를 베풀어 귀한 손님[51] 맞는구나
139 往往意氣重然諾　이따금 장한 기상에 신의를 중히 여겨
140 寸心相照輕生死　보잘것없는 마음 서로 비추어 목숨도 가벼이 하네
141 尚有風聲慕燕趙　아직도 명성이 남아 있어 연조의 기개를 그리워하여[52]
142 走馬鬪鷄腰尺匕　말경주 닭싸움에도 한 척 비수를 차고 있네
143 忽與會心人相遇　문득 마음이 맞아 서로 만나면
144 酒樓茶肆掌一抵　술집이며 찻집에서 손뼉을 쳐대는데
145 醉後高談凌五公　술에 취해 나누는 고담은 오공을 능가하고[53]
146 一生豪華長自恃　한평생 호화로움을 오랫동안 자부하네
147 況是王城盛繁華　하물며 이 도성 성대하고 번화하니
148 今我不遊將何俟　지금 즐기지 않는다면 장차 무엇을 기다리겠나
149 四時風烟各異觀　시절마다 바람과 안개 각각 다른 모습이라
150 倏忽朝暮光景徙　갑자기 아침저녁으로 풍광이 바뀌네
151 麗日搖搖金柳枝　고운 햇살에 금빛 버들가지 하늘거리고

49 자타(紫駞)는 털이 붉은 낙타로 고기 맛이 매우 좋다고 한다. 자타갱은 맛이 좋은 국을 말한다.

50 녹의주(綠蟻酒)는 파란 거품이 둥둥 일어나는 좋은 술을 말한다.

51 주리(珠履)는 구슬로 장식한 신발이라는 말로, 귀한 손님을 뜻한다.

52 중국 전국시대 말기 연나라와 조나라 지방에는 기개가 강하여 굴복하지 않는 격앙지사가 많았으므로, 이러한 풍조를 '연조풍(燕趙風)'이라고 하였다. 연나라의 형가가 진시황을 죽이기 위하여 자객이 되어 떠나면서 비분강개한 노래를 불렀다는 고사가 있다.

53 오공(五公)은 공경대부를 통칭한 것이다.

152 光風泛泛青蘭芷　화창한 날씨에 푸른 난지 떠다니네
153 士女傾城集如雲　사람들 도성 가득 구름처럼 모여들어
154 到處笙歌鳳聒耳　곳곳에서 생황과 노랫소리 귓가에 울리네
155 自是謳謠占民俗　이로부터 노랫소리는 백성의 풍속을 담은 것이니
156 不妨談笑雜巷俚　얘기와 웃음에 마을 소문 섞여도 무슨 상관이랴
157 金堤緩步塵生袂　금빛 제방 천천히 걸으니 소매에서 티끌이 일고
158 玉道輕躡花承屐　옥빛 큰길 가볍게 걷는 꽃신들 이어지네
159 自古吾東尚禮義　예로부터 우리 동방은 예의를 숭상하여
160 有詩不欲歌溱洧　시를 읊되 비속함[54]을 노래하지 않았다네
161 可是長安買花節　바로 도성은 꽃을 사는 때라
162 好花不論價倍蓰　좋은 꽃은 몇 곱절 값을 따지지도 않는구나
163 青絲玉壺黃公壚　푸른 실 맨 옥술병은 황공의 술집인데[55]
164 主人自道多且旨　주인 스스로 풍성하고 맛있다 하네
165 粧點草色東南陌　풀빛으로 단장한 동남쪽 두렁에는
166 春來放牧羔羊豕　봄이 오니 염소 돼지 풀어 키운다네
167 聞道天閑十二廐　들으니 임금의 마구간 열두 곳인데
168 金羈躞蹀多騄駬　금빛 안장 얹고 천천히 가는데 준마들도 많구나
169 鞭出長楊白如月　채찍하며 나오니 긴 버들 달처럼 희고

---

54 진유(溱洧)는 『시경』정풍의 한 편명으로 남녀의 음행을 풍자한 시로 비속함을 뜻한다.

55 황공로(黃公壚)는 황공주로(黃公酒壚)라고 하여 옛날 친구들끼리 술을 마시던 술집을 말한다. 진(晉)나라 때 죽림칠현(竹林七賢)의 한 사람인 왕융(王戎)이 상서령(尙書令)이 되어서 황공주로 앞을 지나다가 말하기를 "내가 옛날 혜강(嵇康)·완적(阮籍)과 함께 이 술집에서 술을 실컷 마시면서 노닐었는데, 혜강과 완적이 죽은 후로 이곳이 비록 가까우나 산과 강이 가로막힌 듯 멀게 느껴진다."고 하였다.

170 繡韉紅勒珊瑚箠 화려하게 수놓은 안장에 붉은 굴레와 산호 채찍이라
171 我王無事不用騎 우리 임금 일이 없어 말을 타지 않고
172 桃花淨洗清江涘 복숭아꽃 맑은 강가에서 깨끗이 씻네
173 細柳春閒白日長 가는 버들에 봄은 한가하고 해는 길고
174 晝皷晝卧元戎壘 한낮에 군영의 보루에 누워 북소리 듣네
175 有時東城射鵠歸 때로 동성에서 활을 쏘고 돌아오는데
176 羽林健兒橫弓弭 호위군 건아들 활을 비껴 잡고 있구나
177 爾輩豈知王之力 저들이 어찌 임금의 힘인 것을 알겠는가
178 滿城烟月今姚姒 태평성대 도성 가득하니 지금이 성군인 것을[56]
179 雨暘燠寒一天下 비 오고 볕 나고 덥고 추운 것은 천하가 같고
180 四野無憂安耕耔 사방 들에도 근심이 없으니 농사가 편안하네
181 何人輸入意匠去 누가 마음속 구상을 그려서 갔는가
182 太平山河模一紙 태평한 산하를 한 장 종이에 그렸네
183 說時非難畵時難 말로는 어렵지 않았으나 그리고자 하니 어려우니
184 畵者胷中臣能揣 화가의 가슴속을 내 헤아릴 수 있겠네
185 文物芸芸不可畵 많고 많은 문물 다 그릴 수 없고
186 畵之不就徒弔詭 그려도 이룰 수 없으니 다만 기이하구나
187 遂將粉筆點三峯 흰 붓으로 삼각산 세 봉우리에 점을 찍으려하니
188 三峯離立如相掎 세 봉우리 나란히 서서 서로 끌어당기듯 하네

56 요사(姚姒)는 순임금과 우임금과 같은 성군을 말한다. 요(姚)는 순임금의 성이고, 사(姒)는 우임금의 성이다.

189	其下烟霱掩映間	그 아래 안개로 가린 사이로 어리비치니
190	宮室百官斯已矣	궁궐과 수많은 관아 그뿐이라
191	譬如畵月先畵雲	비유컨대 달을 그리자면 먼저 구름을 그려
192	雲間月出三昧髓	구름 사이로 달이 나오게 하니 삼매의 진수라네
193	呀然一幅掛中堂	입이 딱 벌어지는 한 폭 그림 중당에 걸려 있으니
194	起整袍笏臣拜跪	신 일어나 조복을 가지런히 하고 무릎 꿇고 절하나이다
195	憶昔先君鼎定日	옛날 선왕께서 나라 세워 도읍을 정한 날 생각하니
196	上天眷佑王受祉	위로 하늘이 도우시고 선왕께서 복 받으셨네
197	今王繼序在此圖	금상께서 대를 이어 이 그림에 있으니
198	常目天命日顧諟	항상 눈으로 하늘의 명을 날마다 돌아보소서
199	於皇赫業漢陽都	아 거룩하고 빛나는 왕업 한양도성
200	畵外書之芸閣史	그림 아닌 글로 쓰니 운각[57]의 역사라네

57 운각(芸閣)은 교서관의 별칭이다. 교서관은 서적의 간행을 맡아보는 관아로 정조 때는 규장각의 속사가 되어 규장각을 내각(內閣), 교서관을 외각(外閣)이라고 하였다.

3

그림 「성시전도」에 비중을 둔 작품

유득공

성시전도_ 임금의 명에 응하여 짓다. 임금께서 '모두 그림 같다'고 평하셨다 城市全圖應製 御評都是畵

–부 : 봄날 한양도성을 유람하고 쓰다 春城遊記

한양도성 우뚝 하니 얼마나 장엄한가
일만 장부의 구령 소리 터를 다지는데
공이 찧는 소리 우레처럼 진동하여 토맥을 감추고
추를 휘두르니 바람이 일고 산속 깊이 갈라져
띠처럼 이어지고 굽이쳐 휘감기어
둥글게 합쳐졌으니 누가 시작과 끝을 알 수 있으랴
동쪽은 홍인문 서쪽은 돈의문 남쪽은 숭례문이라
무지개 모양 여덟 성문 묘하게 쌓아 올렸구나

유득공柳得恭(1748~1807)은 윤필병, 이덕무와 함께 '삼상三上'의 성적으로 4등을 했다. 정조는 유득공의 시를 '모두 그림 같다[都是畵]'고 평하였다.

유득공의 시에는 송나라 미불, 원나라 조맹부 등 중국 역대 화가의 이름과 남종화, 북종화 등 화파, 그리고 평원도, 계화, 포치, 선염, 몰골 등 화법에 관한 용어가 많이 나온다. 유득공은 "상아로 만든 첨자와 박달나무 축을 천천히 펼치니 / 산과 물 빠짐없이 그렸네", "그림 속 경치와 실제 경치 무엇이 다른지 / 시험 삼아 봄날 도성의 상춘객에게 물어나 볼까"라고 하여 실제 그림이 눈앞에 있는 듯 시를 지었다. 전반적으로 유득공의 시는 마치 한편의 화론을 읽은 듯하다. 정조가 '모두 그림 같다'고 평한 것은 이러한 점을 고려한 듯하다.

유득공은 1779년(정조 3) 이덕무, 박제가, 서이수와 함께 규장각 초대 검서관이 되었다. 서울의 세시풍속을 정리한 『경도잡지』, 발해를 우리 역사의 일부로 규정한 『발해고』, 단군 조선에서 고려에 이르기까지 21개 도읍을 소개한 『이십일도회고시』 등을 저술하였다.

001 君不見漢陽之城周回四十里　그대 보지 못하였나 한양성 둘레 40리를
002 包絡漢山臨漢水　한산을 둘러싸고 한수에 임하였네
003 又不見漢陽城中五萬家　또 보지 못하였나 한양 성안 5만 가를[1]
004 朱樓翠閣連雲起　붉은 누대 푸른 전각은 구름 높이 솟아 있네
005 誰歟運筆作此圖　누구인가 붓을 휘둘러 이 그림 그린 이가
006 以山論尺水論咫　산과 물로 지척을 헤아렸네
007 不然全水與全山　그렇지 않으면 모든 물 모든 산
008 安能飛入數幅紙　어찌 몇 폭 종이에 날아 들어갈 수 있으랴
009 何況都城繞其上　하물며 어떻게 도성이 그 위에 둘러싸고 있는가
010 一里十垜垜十雉　1리는 열 타요 1타는 열 치라[2]
011 又況車馬擾如雲　또 수레와 말은 구름처럼 어지럽고
012 一春花市連燈市　봄날 꽃시장은 등시[3]로 이어지네
013 借問古來幾畫師　묻노니 예로부터 화사가 몇이었던가
014 宋元人寫意而已　송나라 원나라 화가는 생각을 그렸을 따름이네[4]
015 先輩爭推米南宮　선배는 미남궁[5]을 다투어 추대하고

1　1798년 작성된 『호구총수』에 의하면 당시 도성의 인구는 총 43,929호에 189,153명이었다.

2　타(垜)는 성가퀴를 말하며, 치(雉)는 적을 효과적으로 방어하기 위하여 성벽 바깥으로 돌출하여 쌓은 방성(方城)으로 한양도성에는 이러한 치가 5개소가 있었다. 여기서 "1리는 열 타요 일 타는 열 치이네"라는 것은 많은 타와 치가 있었음을 상징적으로 묘사한 것이다.

3　4월 초파일이 가까이 오면 각 점포에서 여러 색의 화등(花燈)을 만들어 달아 놓았는데, 이것을 '등시'라 했다.

4　산수의 실경을 그리는 것이 아니라 마음속의 이상향을 그려내는 것으로, 사경산수화 또는 관념산수화를 말한다.

5　송나라 화가 미불(米芾)로, 미양양(米襄陽), 또는 미남궁(米南宮)이라고도 불렸다. 그림과 글씨에 뛰어났으며, 조선의 사대부들에게도 적지 않은 영향을 미쳤다.

016 後賢更說趙承旨　후학은 조승지[6]를 거듭 말하네
017 潑墨愛作小平遠　먹으로 작은 평원도[7] 즐겨 그렸는데
018 云不屑屑求形似　형체를 비슷하게 그리는 데 급급하지 않았다 하네
019 一水一石庶或可　물길 하나 돌 하나 그런대로 혹 잘 그렸으나
020 若論界畵非長技　계화[8]로 논한다면 뛰어난 솜씨는 아니라네
021 此圖細密分毫末　이 그림 세밀하기가 털끝까지 나누었으니
022 山水樓臺俱可指　산수와 누대는 모두 손으로 짚을 수 있구나
023 一回摩挲一叫奇　한 번 붓질할 때마다 탄성을 자아내니
024 筆意頗似恕先氏　필의는 자못 서선씨[9]를 닮았네
025 帝王所都凡幾處　제왕이 도읍한 곳 모두 몇 곳이었던가
026 關洛金陵汴之涘　관중과 낙양 금릉과 변하라네[10]
027 小小都會不足說　아주 작은 도회 다 말할 수 없으니
028 邯鄲之趙郢中芊　조나라의 한단 초나라의 영[11]이라네

6 원나라 화가 조맹부(趙孟頫)로, 조승지(趙承旨)라는 말은 그가 한림원학사승지(翰林院學士承旨)를 지냈기 때문이다. 송설체라고 하는 그의 글씨는 고려 말 조선 초 우리나라에도 크게 영향을 미쳤다.

7 송나라 때 산수화의 대가인 곽희(郭熙)는 산수화의 기법으로 산 아래에서 산꼭대기를 바라보는 것을 고원(高遠), 산 앞에서 산 뒤를 엿보는 것을 심원(深遠), 가까운 산에서 먼 산을 바라보는 것을 평원(平遠)이라고 하였다.

8 계화(界畵)는 중국 회화의 화법으로 궁실과 누대, 배나 수레 따위를 그리는 데에 계척(界尺)을 사용하여 직선을 만드는 섬세한 필법을 말한다.

9 송나라 때 화가 곽충서(郭忠恕)를 가리킨다. 서선(恕先)은 그의 자이다.

10 관중(關中)은 지금의 섬서성 서안으로 주·진·전한의 수도였으며, 낙양(洛陽)은 당, 금릉(金陵)은 명나라 초기, 변하(汴河)는 북송의 수도였다.

11 한단(邯鄲)은 전국시대 조나라의 수도이며, 영(郢)은 초나라의 수도이다. 천(芊)은 초나라의 성씨(姓氏)이다.

029 鄙哉鄭人誇秉蕑　비루하구나 정나라 사람 난초 잡은 것을[12] 자랑함이여

030 殘春祓禊溱與洧　늦은 봄 진수와 유수에서 재액을 씻어내네[13]

031 成都臨安號佳麗　성도와 임안[14] 아름답다 일컬으니

032 半壁區區姑舍是　한쪽 벽에 자잘하게 우선 그려 놓았네

033 竭來燕雲氣頗旺　오고가는 연운[15]에는 기운이 자못 왕성한데

034 寥廓其奈近北鄙　광활한 북쪽 변방 가까우니 어찌 하리

035 關中卽今西安府　관중은 곧 지금의 서안부라

036 漢碑唐碣秋艸裏　한나라 비석과 당나라 묘갈 가을 풀 속에 있네[16]

037 洛陽宮殿復何有　낙양의 궁전 또 어디 있을소냐

038 江南荷桂太半死　강남의 연꽃과 계수나무 태반은 사라졌구나[17]

039 清明上河傳彩本　청명상하도 채색본 전하는데

040 空設中州風物美　드넓게 설정된 중국은 풍물도 아름답구나

041 我朝定鼎于漢陽　우리 왕조 한양에 도읍을 정하고

---

12 병간(秉蕑)은 남녀 간의 음란하고 비루한 행실을 말한다.

13 『시경』 정풍(鄭風) 진유(溱洧)에 대해 송나라 주자(朱子)의 주석에서 "정나라 풍속은 3월 상사일이면 남녀들이 모여 물 위에서 난초를 캐어 불상(不祥)을 불제(祓除-재앙을 쫓아내는 것)하였기 때문이다."라고 한 것을 말한다.

14 성도(成都)는 촉한의 수도이며, 임안(臨安)은 남송의 수도이다.

15 연운(燕雲)은 하북(河北)의 유주(幽州)와 운주(雲州)를 가리키는 것으로, 중국의 북부지역을 말하기도 한다. 또한 명대에는 북경지역 일대를 가리키기도 한다.

16 서안(西安)은 지금 중국 섬서성 서안으로 전한과 당의 수도로서 한, 당의 비석들이 많이 있으며, 현재 서안비림박물관에 수집하여 전시하고 있다.

17 강남(江南)은 남송의 수도였던 절강성 항주(杭州, 임안)와 소주(蘇州) 지역으로 주변에 서호(西湖)를 끼고 있어 명승으로 이름나 있었으며, 서호 주변에는 계수나무와 연꽃으로 유명하였다. 남송 유영(柳泳)이 항주의 풍경을 읊은 시인 「망해조사(望海潮詞)」에 '가을날 계수나무 10리에 뻗친 연꽃[三秋桂子 十里荷花]'이라는 구절이 있다.

042 卜千千世萬萬禩 천세만세 누릴 것을 기약하였으니

043 山名是華水名洌 산 이름은 화산이요 물 이름은 열수라[18]

044 鬱叢叢兮浩瀰瀰 산은 우거져 총총하고 물은 넓어 넘실거리네

045 三韓古都又可考 삼한의 옛 도읍 또한 상고할 수 있으니

046 樂浪鷄林及泗沘 낙랑 계림 그리고 사비인데[19]

047 高山麗水揔蕭瑟 높은 산 아름다운 물 모두 쓸쓸하니

048 偏西偏南失地理 서쪽과 남쪽으로 치우쳐 지리를 잃어서라네

049 爭如漢京宅于中 한경은 다투듯 한가운데 자리를 잡으니[20]

050 湖海關嶺環四履 호수와 바다 관문과 고개가 사방을 둘렀네

051 龍飛鳳舞碧峯三 용이 날고 봉황이 춤추는 푸른 삼각산 세 봉우리에

052 北岳南山更對峙 북악과 남산이 다시 마주하고 솟아 있네

053 漢城屹屹何壯哉 한양도성 우뚝 하니 얼마나 장엄한가

054 萬夫邪許築其址 일만 장부의 구령 소리[21] 터를 다지는데

055 運杵雷動隱土脈 공이 찧는 소리 우레처럼 진동하여 토맥을 감추고

056 揮椎風生斲山髓 추를 휘두르니 바람이 일고 산속 깊이 갈라져

057 延緣屈繚如縈帶 띠처럼 이어지고 굽이쳐 휘감기어

---

18 화산(華山)은 북한산, 열수(洌水)는 한강을 말한다.

19 여기서 낙랑은 평양을, 계림은 신라의 도읍 경주, 그리고 사비는 백제의 도읍이었던 부여를 말한다. 유득공은 우리 역사상 단군조선의 왕검성에서 고려의 송도까지 21개 도읍을 소재로 43수로 된 『이십일도회고시』를 지은 바 있다.

20 한양을 도읍으로 정한 배경에 대하여 『태조실록』에는 "한양을 보건대, 안팎 산수의 형세가 훌륭한 것은 옛날부터 이름난 것이요, 사방으로 통하는 도로의 거리가 고르며 배와 수레도 통할 수 있으니, 여기에 영구히 도읍을 정하는 것이 하늘과 백성의 뜻에 맞을까 합니다."고 하였다.(『태조실록』 3년 8월 24일)

21 야허(邪許)는 힘을 쓸 때 내는 '영차'하는 소리로 여우(與謣), 여야우(與邪謣)라고도 한다.

058 環合誰能窮起止　둥글게 합쳐졌으니 누가 시작과 끝을 알 수 있으랴
059 東仁西義與南禮　동쪽은 흥인문 서쪽은 돈의문 남쪽은 숭례문이라
060 八門虹蜺巧增絫　무지개 모양 여덟 성문 묘하게 쌓아 올렸구나
061 左廟右社肅且穆　왼쪽에 종묘 오른쪽에 사직단 엄숙하고 공손하며
062 按以周官定塗軌　주나라 제도를 살펴서 도로를 정하였네[22]
063 雙闕岧嶢入太清　궁궐은 높이 솟아 하늘 속으로 들어가고
064 禁苑玉樹交翠紫　금원의 아름다운 나무들 푸른빛 자주빛 섞여 있네
065 煦仁濡澤歲四百　어진 정치 베풀고 혜택이 스며들기를 4백 년
066 林葱萬井蕃生齒　수많은 집들 수풀처럼 총총하고 백성들은 늘어났네
067 連巷對陌百賈居　이어지고 마주한 거리에 수많은 가게 자리하고
068 康莊大道平如砥　사방으로 통하는 대로는 숫돌처럼 평탄하네
069 牌額映日金照耀　패액[23]은 해가 비쳐 금빛 찬란하고
070 帘旌飜風翠旖旎　주점의 깃발은 바람에 펄럭이며 푸르게 나부끼네
071 湖苧北布嶺吉貝　호남의 모시 북쪽의 삼베 영남의 길패라[24]
072 遠輸蘇杭文錦綺　멀리 소주와 항주의 화려한 비단도 실어왔네[25]
073 書畵品第分甲乙　서화는 품제로 첫째와 둘째를 나누고[26]

---

22 한양의 도로의 폭을 정할 때 『주례』를 따랐음을 말한다.

23 큰 거리나 마을 입구에 세운 관문을 패루(牌樓)라고 하고, 패루에 건 현판을 패액(牌額)이라고 한다. 패루는 중국에 있는 제도이며, 조선시대 도성에서는 마을 입구에 이문(里門)을 세웠다.

24 충청도 한산에서 생산된 모시와 함경도 종성 등 북관에서 생산된 품질이 우수한 면포를 말한다. 길패(吉貝)는 목화를 말한다.

25 중국 절강성 소주와 항주는 중국 비단의 최초 발원지이자, 실크로드의 시작점으로 예로부터 이곳의 비단이 유명하였다.

26 서화의 품격은 중국 남제(南齊) 사혁(謝赫)이 『고화품록』에서 오(3세기)에서 양(5세기)대까지 활약한

074 敦匜款識辨壬癸 대이는 관지로 시기를 분별하네[27]

075 果堆橘栗桃李梅 과전에는 귤 밤 복숭아 오얏 매실이 수북하고

076 魚積鱠鯋鰮魴鯉 어물전에는 동자개 모래무지 메기 방어 잉어 쌓여 있네

077 食單茶譜兼酒帳 식단과 다보는 술장부를 겸하였고

078 菜略禽經疊花史 채략과 금경은 화사와 겹쳐있네[28]

079 和雨和風競輪蹄 비 내리고 바람 부는데 수레와 말들이 내달리고

080 人海人城鬧僮婢 수많은 인파 속에 시동과 여종들 시끄럽게 떠드는구나

081 佛日張燈卓彩竿 부처님 오신 날 등불 밝혀 채색 장대 높이 세우고

082 元宵走橋錯錦屐 정월 대보름날 주교놀이[29]로 비단신 뒤엉켜 있네

083 風箏已見臘天飛 종이연[30] 벌써 나타나 섣달 하늘을 날고 있고

084 秋千更從端陽始 그네뛰기[31]는 다시 단오부터 시작되네

085 最是東風吹澹蕩 동풍이 살랑살랑 가장 먼저 불어오고

086 報道煙花近上巳 화사한 봄꽃은 상사일[32] 가까웠음을 알려주네

27명의 화가를 6품으로 구분한 바 있으며, 당나라 장회관(張懷瓘)은 신품, 묘품, 능품으로, 주경현(朱景玄)은 신·묘·능 이외에 일품(逸品)을 두어 4품으로 구분하였다.

27 대이(敦匜)는 고대 청동으로 만든 그릇을, 관지(款識)는 종, 솥, 그릇, 돌 등에 새긴 인명, 지명, 간지 등을 말한다. 임계(壬癸)는 천간(天干)의 아홉 번째와 열 번째로 간지, 연대를 말한다. 그릇에 새겨진 인명이나 지명, 관지를 보고 연대를 측정하는 것을 말한다.

28 식단(食單)은 음식을 적은 목록, 다보(茶譜)는 차의 내력, 종류를 적은 책, 주장(酒帳)은 술을 사고 판 내용을 기록한 장부, 채략(菜略)은 채소의 종류 등을 적은 책, 금경(禽經)은 닭, 오리 등 새에 대해 적은 책, 화사(花史)는 꽃의 내력, 종류 등을 기록한 책으로, 시전의 주사(酒肆)나 서사(書肆)의 풍경을 묘사한 것으로 보인다.

29 답교(踏橋)놀이를 말한다. 정월 대보름날 저녁이면 다리를 건너면 다리가 건강하고 병을 앓지 않는다고 하였다.

30 풍쟁(風箏)은 종이로 만든 연으로 풍쟁(風錚), 풍금(風禽)이라고도 한다.

31 추천(秋千)은 그네를 말한다.

087 提壺挈榼去賞春　술병 차고 술통 들고 봄놀이 나서는데
088 衣裳濟楚都人士　화려하게 차려입은 도성의 선비라네
089 幽蘭洞深萋露葉　유란동 깊은 곳 이슬 맺힌 나뭇잎 우거지고[33]
090 弼雲臺高飄雪蘂　필운대 높은 곳 눈꽃이 흩날리네[34]
091 垂楊垂柳萬千枝　치렁치렁 늘어진 수양버드나무 수만 가지
092 絲絲搖曳御河沚　살랑살랑 어하가를 쓸고 있네
093 更向終南高處望　다시 종남산 높은 곳에서 바라보니
094 楊花渡口迷蘅芷　양화나루 입구에는 향풀이 아른거리네
095 賈客悠悠片帆歸　상인들 유유히 돛단배 타고 돌아오고
096 漕綱戢戢萬舳艤　조운선 빽빽이 수만 척 배를 대네
097 甲第門巷槐陰靜　훌륭한 저택 골목 안은 홰나무 그늘져 고요한데
098 時見粉鴿飛迤迤　때로 흰 비둘기 줄지어 날아가는 모습 보이네
099 花前醉歸聽珂馬　꽃 앞에서 취해 돌아가는 화려한 가마 소리 들리는데
100 柳外喝導知冠膺　버드나무 밖의 '물렀거라' 소리에 고관임을 알겠네
101 吟曹秘省招文林　비성에서는 시인들을 문림에서 불러오고[35]

32 음력 3월 3일, 즉 삼월 삼짇날을 말한다.

33 유란동(幽蘭洞)은 현재 종로구 청운동 경기상업고등학교 뒤편 백악산 아래 계곡을 말한다. 『한경지략』에 "유란동은 북악 아래 있는데, 암벽에 '유란동' 석 자가 새겨져 있다. 이 동은 즉 청송당 성수침의 옛 집터인데 꽃구경하기에 좋다."고 하였다.(『한경지략』 권2, 명승) 지금도 경기상업고등학교 뒤편에 가면 '청송당구기(聽松舊舊基)'라고 새겨진 바위가 있다.

34 필운대(弼雲臺)는 현재 인왕산 아래 종로구 필운동 배화여자고등학교 뒤편에 있다. 모두 봄이 되면 도성 사람들이 꽃구경을 많이 가는 곳이었다.

35 비성(秘省)은 국가의 도서(圖書)를 편찬하거나 관리하는 비서성(秘書省)을 말하는 것으로, 규장각 외각인 교서관을 비성이라고 하였다. 1791년(정조 15) 7월 이덕무, 유득공, 박제가 등이 『국조병사(國朝兵事)』를 찬집하라는 왕명을 받고 비성에 서국(書局)을 열었다. 이때 성대중이 마침 비성에 숙직하자 홍원섭,

102 遊騎射聲連中壘 말 타고 활 쏘는 소리 진루로 이어지네
103 誰家擘阮更搊箏 완을 타고 다시 쟁을 켜는 곳 뉘 집이며[36]
104 何處含商又咀徵 상 소리 머금고 또 치 소리 내는 곳 어느 곳인가
105 檀板畵扇紛掩映 단판[37]과 그림부채 가렸다 비추었다 어지럽고
106 唱自陽春到下俚 노랫소리는 양춘으로부터 하리에 이르렀네[38]
107 民殷物阜樂大平 백성은 넉넉하고 물자는 풍족하여 태평성대 즐기니
108 漢京繁華盖如此 한경의 번화함이 대개 이와 같구나
109 東都主人西都賓 동도의 주인과 서도의 손님[39]
110 欲賦未賦但唯唯 글을 짓고자 하나 짓지 못하고 예예만 하네
111 可笑皇華董太史 우습구나 중국 사신 동태사[40]
112 挂一漏萬徒爲爾 하나만 들고 만 가지 빼먹었으니 모두 부질없는 것이요
113 帝京景物春明夢 제경경물략과 춘명몽여록[41]
114 篇章艸艸烏可擬 편장이 허술하니 어찌 비할 수가 있겠는가

박지원 등이 함께 모여 시를 지었다고 한다.(『정유각집』 권3, 시). 문림(文林)은 여러 문인이 모인 곳, 문단(文壇)을 가리킨다.

36 완(阮)은 월금(月琴)과 생김새가 비슷한 악기이며, 쟁(箏)은 현악기의 일종으로 아쟁, 대쟁 등이 있다.

37 단판(檀板)은 박달나무판으로 만든 악기로 박자를 맞추는데 쓰인다.

38 양춘(陽春)은 옛날 초나라의 가곡으로 고상하기로 유명한 「양춘백설곡(陽春白雪曲)」을 말하며, 하리(下俚)는 시골의 저속한 음악인 「하리파인(下俚巴人)」을 말한다.

39 후한 반고(班固)가 지은 서도부(西都賦)는 첫머리를 "서도의 손이 동도의 주인에게 묻기를[有西都賓問於東都主人曰]"로 시작한다.

40 명나라 사신 동월(董越)을 말한다. 그는 1488년(성종 17) 조선에 사신으로 왔다가 돌아가 조선에서 보고 들은 것과 여러 문헌을 참고하여 『조선부』를 지었다.

41 『제경경물략』은 명나라 유동·우혁정이 편찬한 것으로 당시 북경의 경물을 기록하였다. 『춘명몽여록』은 청나라 손승택이 편찬한 것으로, 명나라의 전고를 기술한 책이다.

115 曾聞畫工叅化工 일찍이 듣기로 화공이 하늘의 조화에 참여하였다니
116 謂之毫生亦可矣 붓끝이 살아있다 해도 옳은 것이네
117 隨意裁量百里尺 마음먹은 대로 백리척을 재량하고
118 蕩蕩坤輿按例比 드넓은 대지는 비례를 살피었네
119 方其吮筆拂綃際 바야흐로 붓을 빨아 비단에 떨칠 제
120 自有胸中了了揣 가슴속에 있는 것을 또렷하게 헤아렸네
121 山長水闊論向背 긴 산세와 탁 트인 물길로 방향을 논하고
122 縣白州青看遠邇 현은 희게 주는 푸르게 하여 멀고 가까움을 살피었네
123 四大部州俱可畫 온 세상[42]을 다 갖추어 그렸으니
124 何論窮髮與交趾 궁발과 교지[43]는 논하여 무엇 하리
125 咫尺萬里眞三昧 지척에다 만리 땅 담은 것이 진실로 삼매인데
126 南宗北宗謾相訾 남종과 북종[44]은 공연히 서로 헐뜯기만 하네
127 學畫先爲輿圖學 그림을 배우는 데는 여도학[45]을 우선으로 하고
128 寫山描人次第以 산을 그리고 사람을 묘사하는 것을 순서로 하네
129 所以此幅稱絶奇 이 그림 절묘하다 말할 수 있는 까닭은
130 一區一廛方寸徙 땅 한 뙈기 집 한 채를 사방 한 치에 옮겨 놓았음이네

42 사대부주(四大部州)는 불교에서 세계를 네 지역으로 구분하였는데, 여기서는 온 세상을 말한다.

43 궁발(窮髮)은 초목이 자라지 못하는 북극지방을, 교지(交趾)는 중국 남쪽 지금의 베트남 지역을 말한다. 즉 세상 구석구석까지 빠짐없이 그렸음을 말한다.

44 남종화와 북종화를 말한다. 명말청초 관료 문인화가인 동기창(董其昌)이 중국 역대 회화사를 정리하면서 화가들의 출신 성분과 화풍에 따라 남종화와 북종화를 구분하였는데, 높은 학문과 고매한 인품을 갖춘 문인화가들은 남종화 화가로, 화원이나 직업 화가들은 모두 북종화 화가로 구분하고, 남종화의 시조는 당나라 왕유(王維), 북종화의 시조는 이사훈(李思訓)으로 하였다.

45 여도학(輿圖學)은 지도를 그리는 것을 말한다.

如今且洗寒具手 이제 또 한구[46] 집었던 손을 씻고
試向晴窓設棐几 밝은 창가에 책상을 갖다 놓아 볼까
茶聲靜沸蒼蠅竅 잔잔히 찻물 끓어오르는 소리 보글보글 거리고[47]
香煙細吐金鴨嘴 금빛 오리 부리에서는 향 연기 가늘게 토해내네
緗簾窣地澹無風 땅에 닿도록 치렁치렁한 누런 발은 바람 없어 조용한데
此時讀畵差可喜 이러한 때 그림을 보니 더욱 즐겁구나
牙籤檀軸展徐徐 상아로 만든 첨자와 박달나무 축을 천천히 펼치니
某山某水窮源委 산과 물 빠짐없이 그렸네
譙樓粉堞已得此 초루와 성곽을 이미 이쪽에서 보았는데
白墖晴爐忽見彼 백탑의 아지랑이가 홀연 저쪽에서 나타나는구나
狹邪縈回穿巷陌 좁고 꼬불꼬불한 길은 돌고 돌아 마을로 뚫리고
易辨通街直如矢 큰길은 화살처럼 곧아 쉽게 분별할 수 있네
南園北麓霏紅白 남쪽 동산 북쪽 산기슭 불그스레하니
也應爛開桃與李 응당 화사하게 핀 복숭아꽃과 오얏꽃이겠네
遊人擾擾知爲誰 떠들썩하게 노는 사람 그 누구인가
馬小於蠅驢如蟻 말은 모기보다 작고 나귀는 개미만 하구나
品簫吹笙細蓊蓊 피리 생황 부는 소리 가늘게 웅웅거리고
莫非馱歸紅粧妓 나귀 타고 돌아가는 이는 붉게 화장한 기녀가 틀림없네

46 밀면으로 만든 떡을 기름에 튀겨 엿이나 꿀을 발라 만든 것으로 만지면 손이 더러워진다고 한다. 맑은 아침이나 한식(寒食)에 먹는 음식이라 하여 '한구(寒具)'라고 하였다.

47 창승(蒼蠅)은 쉬파리로, 물이 끓어 탕기의 작은 구멍에서 파리가 우는 소리처럼 앵앵거리는 것을 말한다.

149 二十四橋看的歷　이십사교 또렷이 보이고
150 一抹煙樹相因倚　한줄기 안개 낀 나무들 서로 기대어 있는데
151 樹樹如聞黃鸝聲　나무마다 꾀꼬리 우는 소리 들리는 듯하여
152 對卷擊節頻傾耳　책을 읽다가 장단 맞추며 자못 귀를 기울이네
153 酒人吟侶更堪喚　술꾼과 시인은 더욱 크게 불러대고
154 脩竹交映籬眼麂　긴 대나무 어리비친 울타리는 노루눈 같구나
155 看遍芳園到旗亭　꽃동산 두루 살펴보다가 주루에 이르렀는데
156 不覺花陰移午晷　해시계 한낮으로 옮겨간 것도 몰랐네
157 對畵如無鑑賞眼　그림을 보는 감상안이 없는 것 같지만
158 忍令明珠混薏苡　차마 명주를 율무와 혼동할까[48]
159 布置渲染入神品　포치와 선염은 신품의 경지에 들었으니
160 尋常院筆焉敢企　예사로운 화원의 필력으로 어찌 감히 꾀할까
161 畵境眞境知何殊　그림 속 경치와 실제 경치가 무엇이 다른지
162 試問春城遊春子　시험 삼아 봄날 도성의 상춘객에게 물어나 볼까
163 安得巧手臨副本　잘 그린 모사본 어찌하면 얻을 수 있을까
164 施丹抹靑鋟諸梓　붉게 칠하고 푸르게 발라 판재에 새겼네
165 不須出門西向笑　문을 나서 서쪽을 향해 웃을 필요도 없으리[49]

48 의이(薏苡)는 율무를 말한다. 후한의 마원(馬援)이 남쪽의 교지국을 정벌한 후, 교지의 율무가 알이 굵고 약용으로 효험이 크다 하여 돌아올 때 수레에 가득 싣고 돌아왔는데, 그를 비방하는 자가 수레에 가득 싣고 온 것이 모두 뇌물로 받은 명주(明珠)라고 참소하였다고 한 데서 유래하였다.

49 서향소(西向笑)는 후한 때 "사람들이 장안의 음악을 들으면 문을 나서면서 서쪽을 향해 웃음을 지었다"는 말로, 서쪽에 있는 도읍인 장안을 부러워한다는 말이다. 여기서는 한양이 중국의 도성 못지않다는 것을 뜻한다.

166 眞箇長安畵中視　진짜 도성이 그림 속에 보이는 것을
167 方今聖人奏雲門　바야흐로 지금 성인이 운문[50]을 연주하니
168 至德遠追姚與姒　지극한 덕은 멀리 순임금 우임금[51]을 좇고 있네
169 職方千里覽融結　천 리 우리 영토 합쳐지고 연결됨을 살피고
170 神鼎四面燭奇詭　사방에 펼쳐진 임금의 공덕은 기이함을 밝혔네
171 堪羞唐宋內府卷　당나라 송나라 내부 화권이 더욱 부끄러운 것은
172 卷卷皆鈐盈寸璽　화권마다 모두 한 치 가득한 도장이 찍혀 있네[52]
173 卷中所畵問何物　두루마리 속에 그린 그림이 어떤 것인지 물으니
174 沒骨花上蟲跂跂　몰골로 그린[53] 꽃에 벌레가 기어 다니는 것이라 하네
175 辨證徐熙與荊浩　서희와 형호[54]의 그림을 가려서 밝히니
176 畵學博士當前跪　화학박사[55]도 당연히 앞에서 무릎을 꿇는구나
177 此物充棟將焉用　수북 쌓인 이 물건 장차 어디에 쓰리요
178 不如覆瓿任渠毁　항아리 덮개[56]만도 못하니 함부로 훼손하네
179 始知一幅城市圖　비로소 알겠노라 한 폭의 성시도

50 운문(雲門)은 중국 주나라에 6종류의 악(樂)이 있었는데, 그중 황제(黃帝)의 악은 운문(雲門)이라고 하였다.

51 요(姚)는 순임금의 성(姓)이고, 사(姒)는 우임금의 성(姓)이다.

52 궁궐에 소장된 화권(畵券)에 여러 소장인이나 감상인이 찍혀 있는 것을 말한다.

53 붓으로 윤곽을 그리지 않고 바로 채색하는 기법으로 그린 그림을 말한다.

54 서희(徐熙, 937~975)는 중국 오대 남당의 화가로 화조와 화죽임목, 그 밖에 초충도 등을 잘 그렸으며, 몰골도(沒骨圖)를 창시하였다고 한다. 형호(荊浩)는 중국, 당말 오대 때 화가로 특히 산수화에 뛰어났다고 한다.

55 송나라 화가 미불(米芾)을 말한다.

56 부부(覆瓿)는 항아리 덮개라는 뜻으로 자기 저작이 별 가치 없음을 겸손하게 말한 것이다.

180	實合拜稽陳玉戺	절하고 조아리며 대궐에 바치는 것과 진실로 합치함을
181	四營分障各有汛	사영에서 패를 나누어 각각 지키고[57]
182	美哉滔滔漢爲紀	아름답구나 도도한 한강은 금대가 되었네
183	六廛良家各妥業	육의전의 좋은 집들 각각 편안히 생업하고
184	隷于市曹供役使	시조에 예속되어 공역에 이바지하네[58]
185	四郊漠漠多水田	사방 교외에는 아득히 논이 많은데
186	白鷺飛處看耘耔	백로 날아드는 곳에 김매는 모습 보이네
187	鱗鱗知是太倉瓦	물고기 비늘 같은 곳 바로 태창의 기와임을 알겠고
188	中有紅腐萬億秭	그 속에 묵은 곡식 억만 섬이나 있다네
189	昇平久矣歌屢豊	태평성대 계속되고 연이은 풍년 노래하니
190	或慮閭巷競華侈	혹 여항에서 화려하고 사치함을 다툴까 염려하네
191	葱蘢喬木陰第宅	울창한 교목은 저택을 그늘지게 하고
192	滾滾英俊出而仕	많고 많은 뛰어난 인재 나와서 벼슬하네
193	雨露先從輦轂下	우로 같은 임금의 은혜 먼저 도성에 미치고[59]
194	八域蒼生同漸被	팔도 백성들 한결같이 점차 은혜를 입게 되었네
195	此圖薰以沈水香	이 그림 침수향[60]을 피우고

57 조선 후기 도성은 훈련도감·금위영·어영청 등 삼영(三營)에서 나누어 맡았는데, 돈의문에서 숙정문까지는 훈련도감, 숙정문에서 광희문까지는 어영청, 광희문에서 돈의문까지는 금위영이 맡았다. 또 북한산성은 총융청이 방어와 관리를 맡았다.

58 조선시대 시전은 호조 소속의 평시서(平市署)에서 관리하였다. 육의전은 국가에서 필요로 하는 물품을 조달하는 국역을 부담하였으며, 대신 국가로부터 특정 상품에 대한 전매나 난전을 금지하는 등의 특권을 부여받았다.

59 연곡(輦轂)은 임금이 타는 수레를 말하는 것으로 서울의 별칭이다. 연곡하(輦轂下), 연하(輦下)라고도 한다.

196 敬備乙覽時時披 정중하게 올리니 을람[61]하며 때때로 살피시네
197 微才欲追文苑後 보잘것없는 재주로 문원의 뒤를 따르고자 함은
198 何異魯駘併騄駬 둔마가 준마와 다투는 것과 무엇이 다를까만
199 城市圖歌頌萬年 성시도가 만년 동안 칭송하여
200 歌復歌兮稱彼兕 노래하고 또 노래하며 저 무소뿔잔을 받들어 올리나이다

60 침수향(沈水香)은 향나무의 굳은 목심(木心) 부분으로 물에 가라앉는 것이 향기가 짙은 것으로 알려져 왔다.

61 을야지람(乙夜之覽)의 약칭으로 임금의 독서를 말한다. 을야(乙夜)는 밤 10시경으로 왕은 정무를 마친 뒤 취침하기 전에 글을 본다는 뜻에서 나온 말이다.

봄날 한양도성을 유람하고 쓰다[春城遊記]*

경인년(1770, 영조 46-역자) 3월 3일 연암 박지원, 청장관 이덕무와 함께 삼청동으로 들어갔다. 창문석교를 건너 삼청전 옛터를 찾았다. 묵은 밭에 온갖 풀이 돋아나 쫙 깔려 있어 초록즙이 옷을 물들이는 듯하였다. 청장관은 풀이름을 많이 알고 있기에 내가 뽑아서 물어보면 대답하지 못하는 것이 없었다. 그것을 기록하자면 수십 종이나 되었다. 이처럼 청장관은 박식하였다. 날이 저물어 술을 사서 마셨다.

다음날(3월 4일-역자) 남산에 오르고자 장흥방을 지나 회현방을 거쳐 갔다. 산 가까운 곳에 옛 재상이 살던 집이 많은데 허물어진 담장 안에는 오래된 소나무와 느티나무가 우뚝우뚝 솟아 있다. 높은 언덕에 올라 바라보니 백악은 둥글고 뾰족하여 마치 모자를 쓰고 있는 듯하고, 도봉산은 뾰족뾰족한 것이 병 속에 꽂아 놓은 화살 같기도 하고 필통 속의 붓 같기도 하다. 인왕산은 사람이 팔을 벌리고 있는 듯한데 그 어깨는 마치 날개 같다. 삼각산은 마치 여러 사람들이 마당에서 무엇을 구경하고 있는데, 그중 키 큰 사람이 뒤에서 내려다보고 있어 여러 사람들의 갓이 그 턱에 닿아 있는 듯하다. 도성 안 집들은 청려밭을 새로 갈아 놓아 촬촬 물이 흘러가는 듯하고, 큰길은 마치 긴 내가 들판을 가로질러 흐르면서 몇 굽이를 드러내는 듯하며, 사람과 말들은 그 내에 있는 물고기와 새우 같다. 도성

---

* 이 글을 당시 한양의 경관, 또 이덕무의 「성시전도시」에 나오는 유구국 사신과 영제교의 천록에 관한 내용, 박제가의 경회루 주춧돌과 관련된 내용이 실려 있다. 당시 서울의 주요 경관과 「성시전도시」를 이해하는데 참고가 되므로 번역하여 함께 싣는다.

의 호구가 8만이라고 하는데, 그중 이때에 마침 노래하는 사람, 우는 사람, 음식을 먹는 사람, 장기나 바둑을 두는 사람, 남을 칭찬하는 사람, 욕하는 사람, 일을 하거나 일을 꾸미려는 사람이 있다. 높은 곳에 있는 사람으로 하여금 두루 살펴볼 수 있게 한다면 웃음을 자아내게 할 것이다.

또 다음날(3월 5일–역자) 태상시(봉상시–역자)의 동대에 오르니, 육조의 누각, 어구의 수양버드나무, 경행방의 백탑(원각사탑–역자)이 보이고, 동대문 밖에서는 아지랑이가 은은하게 피어오른다. 참으로 기이한 것은 낙산 일대에 모래는 흰데 소나무는 푸르러서 아름답기가 그림 같다는 것이다. 또 작은 산 하나가 있어 마치 까마귀 머리의 엷은 먹색과 같은 것이 낙산 동쪽에서 솟아 있다. 처음에 구름인가 의심되어 물어보았더니 양주에 있는 산이라 한다. 이날 저녁 나는 흠뻑 취하여 서여오(서상수로 서화고동 감식가로 유명함–역자)의 집 살구나무꽃 밑에서 잠을 잤다.

또 다음날(3월 6일–역자) 경복궁에 갔다. 궁궐 남문 안에 다리(영제교–역자)가 있는데 다리 동쪽에 돌로 만든 천록 둘이 있고 다리 서쪽에 하나가 있다. 비늘과 수염이 살아 꿈틀거리는 듯 잘 새겨져 있다.[1] 남별궁 후정에 등에 구멍이 난 천록이 있는데 이것과 매우 닮았다. 필시 다리 서쪽의 천록 중 하나를 옮겨 놓은 것 같으나 증빙할 만한 것이 없다. 다리를 건너 북쪽으로 가니 바로 근정전 옛터이다. 계단이 3층으로 되어 있는데 층계 동서 모퉁이에 돌로 만든 개 암수 한 쌍이 있다. 그중 암컷은 새끼 한 마리를 안고 있는데, 신승 무학이 남쪽 오랑캐를 향해 짖게 하고 '어미 개가 늙으면 새끼가 뒤를 잇게 하라'고 말했다고 한다. 그러나 임진년의 병화를 면하지 못하였으니 석견의 죄란 말인가. 농담 삼아 한

1 이덕무의 「성시전도시」에 다음과 같은 부분이 있다. "어구에 흐르는 물은 이끼보다 푸르고 / 벽사와 천록 서로 꿇어 앉아 마주하고 있네[御溝流水碧於苔 辟邪天祿相對跪](87, 88)"

이야기니 아마도 믿을 수 없을 것 같다. 계단 좌우의 이무기가 새겨진 섬돌 위에 작은 웅덩이가 있다. 근래 송사宋史를 읽었는데 그것이 좌우 사관의 연지硯池였다는 것을 알았다. 근정전을 돌아서 북쪽으로 가니 일영대가 있고, 일영대를 돌아 서쪽으로 가니 곧 경회루 옛터이다. 경회루터는 못 가운데 있는데 부서진 다리가 있어 겨우 건너갈 수 있었다. 조심조심 건너가는데 식은땀이 나는 줄도 몰랐다. 경회루 누각의 돌기둥은 남아 있는데 높이가 3자가 되며 모두 48개인데, 그중 부러진 것이 8개이다. 바깥쪽 기둥은 네모이고, 안쪽에 있는 기둥은 둥근데 구름을 나는 용이 새겨져 있다. 유구琉球의 사신이 말한 세 가지 장관 중의 하나이다.[2] 연못의 물은 푸르고 깨끗하다. 솔바람이 부니 잔물결이 일어나고 연밥과 연뿌리가 가라앉았다 떠올랐다 흩어졌다 모였다 한다. 작은 붕어들이 물이 얕은 곳에 모여 물을 마시며 놀다가 사람의 발자국 소리를 듣고는 들어갔다가 다시 나온다. 연못에는 두 섬이 있는데 소나무를 심어 무성하며 그 그림자가 물결을 가르고 있다. 못 동쪽에 낚시하는 사람이 있고 서쪽에는 궁지기가 손님과 활을 쏘고 있다. 동북쪽 모퉁이에 있는 다리를 건너가니 풀들이 모두 황정(약초의 일종 –역자)이며, 돌들은 모두 옛날의 주춧돌이다. 주춧돌에는 패인 부분이 있는데, 아마도 기둥을 세웠던 자리인 것 같으며 가운데 빗물이 고여 있는데 군데군데 물이 마른 우물도 보인다. 북쪽 담장 안에 간의대가 있다. 간의대 위에는 네모난

---

2 『필원잡기』에 유구국 사자와 세 가지 장관에 관한 이야기가 실려 있다. "요즈음 유구국의 사신이 본국으로 돌아가서 사람들에게 말하기를, '내가 조선에 가서 세 가지 장관을 보았는데, 경회루의 돌기둥을 둘러싸고 있는 용의 무늬가 매우 기이하고 웅장하였으니 첫 번째 장관이요, 제일 윗자리에 앉은 재상은 긴 수염이 눈같이 희고 풍채가 준수하며 노성한 덕이 있었으니 두 번째 장관이요' 하였으니, 이는 봉원부원군인 영의정 정창손을 가리키는 말이다. 또 '사신을 대하는 관원이 큰 술잔으로 셀 수 없이 대작하여 한 섬의 술을 마실 수 있었으니, 세 번째 장관이었다.' 하였으니, 이는 성균관 사성 이숙문을 가리키는 말이다."고 하였다.(『필원잡기』 권2) 이덕무의 「성시전도시」에 "인물과 누대의 세 가지 장관 / 구양사자 기이함에 놀랐구나[人物樓坮三壯觀 球陽使者驚弔詭]"(35, 36)라고 한 시구가 있다.

옥돌 하나가 있고 간의대 서쪽에는 검은 돌 여섯 개가 있는데 길이가 대여섯 자는 되며, 넓이는 석 자로 6개의 돌을 연결하여 물길을 내었다. 간의대 아래의 돌은 벼루 같기도 하고 모자 같기도 하고 망가진 궤 같기도 한데 그 쓰임새를 알 수가 없다. 간의대는 유달리 높고 훤하여 북쪽 마을의 꽃과 나무를 조망할 수 있다. 동쪽 담장을 돌아서 가니 삼청동 석벽이 길게 드러난다. 담장 안 소나무가 모두 열 그루 있는데 황새, 참새, 백로, 구관조 등이 찾아와 그 위에 둥지를 틀고 살고 있다. 순백색을 띤 놈, 엷은 검은색 띤 놈, 연한 붉은색을 띤 놈, 머리에 벼슬을 단 놈, 부리가 젓가락 같은 놈, 꼬리가 솜 같은 놈, 알을 품은 모양을 한 놈, 가지를 물고 들어오는 놈도 있는데, 서로 다투며 사귀느라고 소리가 시끄럽다. 소나무 잎은 모두 말라 버렸고 소나무 아래에는 빠진 깃털과 빈 알껍데기가 널부러져 있다. 따라 놀러온 윤생尹生이 돌을 던져 순백색을 띤 놈의 꼬리를 맞추니 떼거리들이 놀라 날아오르니 마치 눈이 내리는 듯하다. 서남쪽으로 가니 채상대 비석이 있는데 정해년(1767, 영조 43-역자)에 친잠을 했던 곳이다. 그 북쪽에 폐허가 된 못이 있는데 내농포에서 벼를 심었던 곳이다. 위장소에 들어가서 찬 샘물을 길어서 마셨다. 뜰에는 수양버들이 많이 있는데 떨어진 버들개지가 쓸려 다니고 있다. 선생안先生案을 빌어 살펴보니 호음 정사룡이 첫머리에 있고 현판에도 또한 그가 지은 시 한 수가 있다. 다시 궁궐도를 꺼내어 살펴보니 경회루는 모두 35칸이며, 궁궐의 남문은 광화, 북문은 신무, 서문은 영추, 동문은 건춘이다.[3]

---

3 庚寅三月三日 與朴燕岩李青莊 入三淸洞. 渡倉門石橋 訪三淸殿舊址. 有廢田 百卉之所茁 班而坐 綠汁染衣. 青莊多識菜名 余擷而問之 無不對者. 錄之數十種 有是哉 青莊之博雅也. 日晩 沽酒而飮. 翌日登南山 由長興之坊 穿會賢之坊. 近山 多古宰相居 頹垣之內 古松古檜 落落存矣. 試陟其崇阜而望 白岳圓而銳如覆帽. 道峰簇簇 壺中之矢 筒中之筆也. 仁王如人之已解其拱 而其肩猶翼如也. 三角如衆夫觀場一長人自後俯而瞰之 衆夫之笠 參其頷也. 城中之屋 如青藜之田 新耕而粼粼. 大道如長川之劈野 而露其

數曲. 人與馬其川中之魚鰕也. 都中之戶 號八萬 其中此時之 方歌方哭 方飮食方博奕 方譽人方毁人 方作事謀事. 使高處人總而觀之 可發一笑也. 又翌日 登太常寺之東臺 六曹樓閣 御河楊柳 慶幸坊白塔 東門外嵐氣隱隱呈露.最奇者 駱山一帶 沙白松靑 明媚如畵. 復有一小山 如鴉頭淡黑色 出于駱山之東. 始疑爲雲問之 楊州之山也. 是夕 余甚醉 眠於徐汝五杏花之下. 又翌日 入景福宮. 宮之南門內有橋 橋東有石天祿二 橋西有一 鱗鬣蜿然良刻也.南別宮後庭 有穿背天祿 與此酷肖 必移橋西之一 而無掌故可證. 渡橋而北乃勤政殿古址. 其階三級 陛東西角 有石犬雌雄. 雌抱一子 神僧無學 所以吠南寇 謂犬老以子繼之云. 然不免壬辰之火 石犬之罪也歟. 齊諧之說 恐不可信. 左右螭石上 有小窪. 近讀宋史 知其爲左右史硯池也. 轉勤政殿 而北有日影臺. 轉日影臺 而西乃慶會樓古址也. 址在潭中 有敗橋可通. 兢兢而過 不覺汗焉. 樓之柱石也 高可三丈 凡四十八 而折者八 外柱方 內柱圓 刻雲龍狀. 琉球使臣所謂三壯觀之一也. 潭水綠淨 微風送漪 蓮房芡根 沈浮散合. 小鯽魚聚水淺處 呷浪而嬉 聞人跫入而復出. 潭有雙島 植松竦茂 其影截波. 潭之東 有釣者. 潭之西 守宮宦 與其客 射候也. 由東北角橋而渡 草皆黃精 石皆古礎. 礎有窪 似是受柱處 雨水盈其中. 往往見眢井. 北墻之內 有簡儀臺. 臺上有方玉一 臺西有黛石六. 長可五六尺廣三尺連鑿水道. 臺下之石 如硯如帽如缺櫃 其制不可考也. 臺殊高朗 可眺北里花木. 循東墻而行 三淸石壁迤迤出矣. 墻內之松 皆十 尋鸛雀鷺鷥 栖宿其上. 有純白者 有淡黑者 有軟紅者 頭垂綬者 嘴如匙者 尾如絮者 抱卵而伏者 含枝而入者 相鬪相交 其聲鮈鮈. 松葉悉枯 松下多退羽空卵. 從遊尹生 發機石 中一純白者尾 擧群驚翔如雪. 西南行 有採桑臺碑 丁亥親蠶所也. 其北有廢池 內農種稻處也. 入衛將所 汲冷泉而飮. 庭多垂楊 落絮可掃. 借看其先生案 鄭湖陰士龍爲首 扁上亦有所題詩. 復出宮圖考之 慶會樓凡三十五間 宮之南門曰光化 北門曰神武 西曰迎秋 東曰建春.(원문『영재집』권15, 잡저 춘성유기)

김홍도, 「단원도」 부분, 소장처 미상.

김홍도가 1784년(정조 8) 자신의 집인 성산동城山洞 단원檀園에서 정란鄭瀾, 강희언姜希彦과 함께 조촐한 풍류 모임을 가졌을 때의 모습을 그린 것이다. 거문고를 타고 있는 사람이 단원이다. 유득공의 시에 "완을 타고 다시 쟁을 켜는 곳 뉘 집이며 / 상 소리 머금고 또 치 소리 내는 곳 어느 곳인가 / 단판과 그림부채 가렸다 비추었다 어지럽고 / 노랫소리는 양춘으로부터 하리에 이르렀네"(103~106)라는 구절과 잘 어울린다. 벽에 완阮과 비슷한 당비파가 걸려 있다.

서유구

성시전도 시권 城市全圖 試券

삼각산 세 봉우리 깎아 세운 듯 구름 위로 솟았으니
경도 진산의 웅장함이 이와 같구나
백악은 왼쪽으로 낙산을 끌어안고
사현은 오른쪽으로 계당치를 내려다보네
종남산 한줄기 어찌 그리 아름다운가
아침엔 아지랑이 저녁엔 푸른 산기운 안석을 대하는 듯

서유구徐有榘(1764~1845)의 「성시전도시」는 1792년(정조 16) 정조의 고과에서 등위에 들지 못하였다. 그러나 그의 시는 이만수의 시와 함께 규장각의 공식기록인 『내각일력』 정조 16년(1792) 4월 27일 기사에 실려 있다. 그의 문집에도 실려 있지 않은 낙과한 그의 시가 『내각일력』에 실려 있는 것은 다소 의문이다.

서유구는 시간적으로는 고조선의 왕검성에서부터 고구려의 수도 평양, 백제의 웅진, 신라의 경주 반월성, 고려의 개경, 조선의 한양까지, 지리적으로는 장백산, 두만강, 압록강, 단단대령 등을 다루어 한양 성시를 대상으로 한 것이 아니라 우리 역사와 조선 전역을 시의 소재로 삼은 것 같다. 특히 우리 역사와 그림에 대한 묘사, 세시풍속에 대해서는 유득공의 시와 유사하여 어느 한 작품이 다른 한 작품을 모방한 것 같은 느낌이 든다.

서유구는 『고사신서』를 저술한 서명응의 손자이자, 『동국문헌비고』의 편찬에 참여하고 규장각 직제학을 지낸 서호수의 아들이다. 1790년(정조 14) 증광문과의 병과로 급제하였으며, 1792년 「성시전도시」를 제진할 당시에는 28세로 정8품 규장각 대교의 직임에 있었다. 『행포지』, 『임원경제지』, 『종저보』 등을 저술하였다.

001 有圖有圖城市圖　그림 있네 그림 있네 성시도 있네
002 畵出漢陽城與市　한양의 성과 저자를 그림으로 그렸구나
003 八百二十九萬步　8백 2십 9만 보[1]
004 林林戢戢民所止　수많은 백성들 바글거리며 살고 있네
005 借問何人作此圖　누가 이 그림 그렸느냐고 물으니
006 虎頭將軍無乃是　호두장군[2] 바로 이 사람이 아니겠는가
007 漢陽山川夫如何　한양 산천은 어떠한가
008 幹龍元自長白始　산맥은 원래 장백산[3]에서부터 시작되는데
009 長白之山萬萬仞　장백산 수만 길 뻗어 있어
010 遮截北方肅愼氏　북방 숙신씨[4]의 침입을 막았네
011 土門鴨綠奔流下　두만강[5] 압록강은 세차게 흘러내려
012 水勢東迤又西迤　수세는 동으로 서로 굽이쳐 흐르고[6]
013 單單大嶺是南支　단단대령[7]은 바로 남쪽 지맥이 되어

1 8백 2십 9만 보라고 한 것은 어디에 근거한 것인지 알 수 없으나 후술하는 내용으로 보아서 조선 전 강역을 가리키는 듯하다. 서유구는 전반적으로 한양을 대상으로 시를 지었다기보다는 조선 전 강역을 대상으로 시를 지었다는 느낌이 강하다.

2 호두장군(虎頭將軍)은 중국 동진의 화가 고개지(顧愷之)를 가리키는 것으로, 그는 일찍이 호두장군을 역임하였고, 재(才), 서(書), 치(癡)의 삼절(三絕)로 일컬어졌다.

3 장백(長白)은 백두산을 말한다.

4 숙신씨(肅愼氏)는 여진족을 말한다.

5 토문(土門)은 두만강을 가리킨다.

6 백두산 천지에서 두만강은 동쪽으로 흘러서 동해로 들어가고, 압록강은 서쪽으로 흘러서 서해로 들어가는 것을 말한다.

7 단단대령(單單大嶺)은 태백산맥, 철령에서 대관령에 이르는 산맥, 함경도와 평안도의 경계를 이루는 분수령 등 여러 설이 있다.

014 屈伏盤旋二千里 굽이굽이 빙 둘러 2천 리라네

015 三峯削立雲霄上 삼각산 세 봉우리 깎아 세운 듯 구름 위로 솟았으니

016 京都鎭山雄如此 경도 진산의 웅장함이 이와 같구나

017 白嶽左挹駱山麓 백악은 왼쪽으로 낙산을 끌어안고

018 沙峴右瞰鷄堂峙 사현은 오른쪽으로 계당치를 내려다보네[8]

019 終南一抹何窈窕 종남산 한줄기 어찌 그리 아름다운가

020 朝嵐夕翠如對几 아침엔 아지랑이 저녁엔 푸른 산기운 안석을 대하는 듯

021 有江滔滔自東來 강은 도도히 동쪽에서 흘러들어오니

022 今之漢水古洌水 지금 한수는 옛날 열수[9]라네

023 爲楊花津西入海 양화진을 지나 서쪽 바다로 들어가니

024 三南轉漕斯可艤 삼남의 조운선 댈 수 있다네

025 美哉山河國之寶 아름답구나 산과 강 나라의 보배로

026 天慳鬼秘如有俟 하늘이 아끼고 귀신이 숨기기를 기다린 듯하네

027 奧自聖祖統三韓 성조께서 삼한을 통일하시고

028 整頓山河金尺以 산하를 금척으로 정돈하였네[10]

029 于時定都龜食墨 이때 길한 땅을 점쳐 도읍을 정하니[11]

---

8 사현(沙峴)은 서울 서대문구 현저동에서 홍제동으로 넘어가는 고개로, 홍제동에 있는 모래내의 이름을 따서 붙여진 모래재를 한자명으로 표기한 데서 유래된 이름이다. 계당치(鷄堂峙)는 현재 안산 남쪽 부근으로 추정되며 정확한 위치는 알 수 없다.

9 『한서』 지리지에서 한강을 열수라고 하였다.

10 금척(金尺)은 조선 개국 초기 정도전이 태조의 공덕을 칭송하기 위하여 만든 악장인 「몽금척(夢金尺)」에서 온 말이다.

11 식묵(食墨)은 주공이 낙수에 도읍을 정할 때 쳤다는 거북점으로, 태조 이성계가 하늘의 뜻에 의해 조선을 건국하였으며, 점을 쳤을 때 한양이 길지였으므로 도읍을 정했다는 것을 말한다.

030	創業垂統萬萬禩	나라 세워 대통을 이음이 만만 년이네
031	漢山漢水築斯城	한산과 한수에 성곽을 쌓고
032	植以土圭測日晷	토규[12]을 설치하여 해그림자 측량하였네
033	八門翼翼建譙樓	날아갈 듯한 도성 팔문에 초루를 세우고
034	四達之衢平如砥	사방으로 뻗어 있는 거리는 숫돌처럼 평평하네
035	左廟右社按周官	왼쪽 종묘 오른쪽 사직단은 주나라 제도 살핀 것으로[13]
036	雙闕岧嶢雲中起	우뚝한 대궐은 구름 높이 솟았구나
037	夾道長廊百千區	도로 양옆 긴 행랑은 수백 수천 구역이요[14]
038	分居市井良家子	시정과 양가 나누어 살고 있네
039	城池宮闕百度成	금성탕지 궁궐에 온갖 제도 이루었으니
040	宏謨遠猷古無比	큰 계책과 원대한 계획은 옛날과 비할 바가 없네
041	東方古都凡幾處	우리나라 옛 도읍 모두 수 곳이나 되는데
042	檀箕以還可屈指	단군과 기자로 돌아가 손꼽아 볼 수 있네
043	浿上風煙王儉城	바람 불고 안개 낀 패수가의 왕검성[15]
044	剩水殘山近西鄙	황폐한 물과 산은 서쪽 변방과 가깝네[16]
045	白馬江水連熊津	백마강 물길 이어지는 웅진[17]

12 토규(土圭)는 중국 고대의 옥기로서 해의 그림자를 측량하던 기구를 말한다.

13 『주례』에 종묘와 사직을 궁궐 좌우측에 두도록 하였는데, 이에 따라 경복궁 좌측에 사직, 우측에 종묘를 두었다.

14 도성 내 시전 행랑은 동서로 지금 종로 1가 교보문고 부근에 있던 혜정교에서부터 종로 5가까지, 남북으로는 지금의 돈화문로를 따라 창덕궁 앞까지, 남대문로를 따라 숭례문까지 2천 칸이 넘는 규모로 조성되었다.

15 패수(浿水)는 대동강을 말하며, 왕검성(王儉城)은 단군조선과 기자조선의 도읍이었던 평양을 말한다.

16 서비(西鄙)는 도성에서 멀리 떨어져 있는 서쪽 변방으로, 여기서는 평양이 있는 평안도를 말한다.

046 可笑扶餘每南徒 우습구나 부여는 매양 남쪽으로 옮기었네[18]
047 金鰲山下半月城 금오산 아래 반월성[19]
048 三姓千年草昧耳 박 석 김 3성 천년 동안 어지러웠을 따름이네
049 高麗謾誇蜀莫鄉 고려는 촉막향을 자랑하나[20]
050 風雨羅城屢遭毁 비바람에 나성은 여러 번 훼손되었네[21]
051 其餘瑣瑣六伽倻 나머지는 자잘한 육가야로
052 曹鄶以下無譏已 조회 이하 작은 도성들은 논할 바가 못되네[22]
053 豈如我朝宅中邦 어찌 우리 왕조 나라 한가운데에 자리 잡았겠는가
054 水環于南山壬癸 남쪽에는 물이 두르고 산은 북쪽에 있고[23]
055 三江四海提四封 삼강과 사해 사방에서 끌어당기고[24]
056 山川道里均遠邇 산천과 도리의 멀고 가까움이 균형을 이루었네[25]
057 蹌蹌州郡計偕吏 과거 보려는 지방의 인재들[26] 걸음걸이 당당하고

17 웅진(공주)을 가로질러 흐르는 강은 금강이며, 백마강은 사비(부여)를 가로질러 흐르고 있다. 착오가 있었던 것 같다.

18 부여(扶餘)는 백제를 말한다. 기원전 18년 한강 남쪽 위례성에서 건국한 백제는 475년 고구려 장수왕의 공격을 받아 개로왕이 전사하고 웅진으로 천도하게 된다. 그러나 웅진은 협소하고 금강이 범람하여 왕도로서 제대로 기능을 할 수 없자 538년 성왕이 사비로 다시 천도하였다.

19 금오산(金鰲山)은 지금의 경주 남산을, 반월성은 신라의 궁성이었던 경주의 월성을 가리킨다.

20 촉막향(蜀莫鄉)은 개경의 옛 이름으로 촉막군(蜀莫郡)이라고도 한다.

21 나성(羅城)은 고려 현종(顯宗) 때 쌓은 개경의 외성이다.

22 조(曹)와 회(鄶)는 춘추시대 소국으로, 여기서는 여섯 가야와 같이 아주 작다는 뜻이다.

23 임계(壬癸)는 북쪽 방향을 말한다. 남쪽에 한강, 북쪽에 북한산이 있음을 말한다.

24 삼강(三江)은 한강, 북한강, 남한강을, 사해(四海)는 우리나라가 삼면이 바다로 둘러싸여 있음을 말하는 것이며, 사봉(四封)은 사방 또는 우리 국토를 뜻한다.

25 한양을 도읍으로 정할 때 "사방으로 통하는 도로의 거리가 고르며 배와 수레도 통할 수 있다"는 점이 고려되었다.(『태조실록』 태조 3년 8월 24일)

058 布帛錢穀爭輸委　포 비단 돈 곡식 다투어 실어 오네

059 深仁厚澤四百年　깊은 성은과 두터운 은택 내린지 4백 년

060 已見東被又西被　이미 동쪽에 미친 것을 보았거늘 다시 서쪽에도 미치네

061 方今聖人在九五　바야흐로 지금 성인이 임금의 자리에 계시니[27]

062 至治遠追姚與姒　지극한 다스림은 멀리 순임금 우임금[28] 좇는구나

063 時和年豐享太平　시절은 화평하고 풍년 들어 태평성대 누리니

064 物阜民殷抑華侈　물화는 넉넉하고 백성은 풍요하나 사치함을 억누르고

065 絲身穀腹足其中　따뜻하게 입고 배불리 먹어 그 가운데에서 족하니

066 使人方可知廉恥　사람들은 바야흐로 염치를 알게 되었다네

067 繈至輻湊四方來　줄줄이 이어서 폭주하듯 사방에서 밀려오니

068 威儀楚楚都人士　위엄 있고 출중한 도성의 선비라네

069 衣冠博雅皆徐趨　기품 있는 차림하고 모두 점잖게 걸어가면서

070 禮法雍容不忘跬　온화한 예법 잠시도 잊음이 없네

071 解使儒風比鄒魯　유교의 풍습은 추로[29]와 비견할 만하니

072 羞將俠氣爭榆枳　느릅나무와 탱자나무 다투는 듯한 협기를 부끄러워 한다네

073 國士何多詠楨幹　나라의 선비들 정간[30]을 노래함이 얼마나 많은가

26 한나라 때 1년에 한 번씩 지방관이 회계문서를 조정에 올리는데, 그것을 가지고 가는 아전을 계리(計吏)라 한다. 이때 지방에서 조정에 추천하는 인재를 계리와 함께 보내는데, 계리와 함께 간다는 뜻에서 이것을 계해(計偕)라고 하였다. 후에 인재를 선발하여 경사(京師)의 회시(會試)에 응시하게 하는 뜻으로 쓰였다.

27 『주역』에서 구오(九五)는 임금의 자리를 말한다.

28 요(姚)는 순(舜)의 성, 사(姒)는 우(禹)의 성으로 요사(姚姒)는 순임금과 우임금을 말한다.

29 추(鄒)는 맹자, 노(魯)는 공자가 태어난 곳으로 공맹의 유학이 성한 곳을 말한다.

074 人才盡是成杞梓　인재들 모두 훌륭한 재목이 되었네

075 漢家高第孝廉選　한나라는 훌륭한 인재를 효렴으로 뽑고[31]

076 晉代名閥氏族紀　진나라는 이름난 문벌의 씨족을 기록하였네[32]

077 江左二謝有擧覺　강좌에는 두 사씨의 거각이 있었고[33]

078 河東八裴先楷頠　하동의 팔배 중에는 배해 배위가 뛰어났네[34]

079 絃誦家家聞日夕　집집마다 글 읽는 소리 낮밤으로 들려오고

080 盡願明廷出而仕　모두 밝은 조정에 나아가 벼슬하기를 원하네

081 寧戚何須歌飯牛　영척이 반우가를 부를 일이 무에 있으며[35]

082 孫弘不復隱牧豕　공손홍도 다시 숨어서 돼지를 기르지 않았다 하네[36]

---

30 정간(楨榦)은 담을 쌓을 때 양단과 양변에 세우는 기둥으로, 훌륭한 인재를 뜻한다.

31 효렴(孝廉)은 중국 한 무제 때부터 시행된 인재선발제도로 지방관이 그 지방에 효행이 있고 청렴결백한 사람을 뽑아 중앙에 추천하여 등용시키는 제도로, 이때 추천된 사람을 효렴(孝廉)이라고 하였다.

32 위 문제 때 시행된 이후 진나라에 이어 남북조시대에 이르기까지 관리임용제도였던 구품중정법(九品中正法) 또는 구품관인법(九品官人法)을 말한다. 각 지방의 문벌과 인망이 있는 사람으로 군·현의 중정(中正)으로 임명하고, 중정이 해당 군·현 내의 인재를 조사하여 9품으로 등급을 나누어 임금에게 보고하면, 그 내용을 살펴 관리로 임용했던 제도이다.

33 강좌(江左)는 양자강 왼쪽, 즉 강동을 말하며, 지금의 강소성 지방이다. 이사(二謝)는 중국 남조시대 송나라의 시인 사영운(謝靈運)과 제나라의 사조(謝朓)를 가리킨다. 거각(擧覺)은 스승이 들어 보여서 학인(學人)이 깨닫는다는 뜻으로 스승과 학인이 만나는 일을 뜻한다.

34 하동(河東)은 황하의 동쪽을 말한다. 팔배(八裴)는 중국 진(晉)나라의 배휘(裴徽)·배해(裴楷)·배강(裴康)·배작(裴綽)·배찬(裴瓚)·배하(裴遐)·배위(裴頠)·배막(裴邈) 등 배씨 성을 가진 8인을 말하며, 그중 해(楷)와 위(頠)가 가장 뛰어났다고 한다.

35 영척(寧戚)은 춘추시대 위나라 사람으로 제나라 환공의 관심을 끌어 벼슬을 구하기 위해 소를 먹이다가 소의 뿔을 두드리며 노래를 불렀는데, 이에 환공이 그를 데리고 가 재상으로 삼았다고 한다. 이때 영척이 부른 노래를 '반우가(飯牛歌)'라고 하였다. 이후 곤궁한 선비가 세상에 나아가 벼슬하기를 원하는 전고로 삼았다고 한다.

36 한나라 공손홍(公孫弘)은 집이 가난하여 해변에서 돼지를 먹이다가 나이 40이 넘은 뒤에 벼슬에 올라 승상이 되었다.

083 太平宰相年年出 태평성대의 훌륭한 재상 해마다 나오고

084 槐棘春風星弁頻 봄바람 부는 관가에는 관원들 우뚝하구나[37]

085 幾人青衿映菁莪 청금 입은 뛰어난 인재 몇이나 되며[38]

086 何處朱門蔭桃李 복숭아나무 배나무 우거진 붉은 문의 저택 어느 곳인가

087 至化可但被艸木 지극한 교화 단지 초목에만 미쳤을까

088 景福于今綿葛藟 큰복 지금까지 칡덩굴처럼 이어졌네

089 寧王丕業寔念兹 영왕[39]의 큰 공업 진실로 이를 생각나게 하여

090 上天明命恒顧諟 하늘의 밝은 명 항상 돌아보았네

091 舜殿賡載歌明良 밝은 임금과 훌륭한 신하 서로 노래를 주고받고[40]

092 齊招相說奏角徵 모두 불러 서로 기뻐하며 음악을 연주하네

093 聖德天人元順應 성스러운 임금의 덕은 하늘과 사람에 순응하고

094 王政文武有張弛 다스림은 문왕과 무왕처럼 조임과 늦춤이 있었네[41]

095 仁之積累蓋已久 어진 정치 쌓이고 쌓여 덮인 지가 이미 오래니

096 京師萬井蕃生齒 도성 온 마을에 백성들이 늘어나네

---

37 괴극(槐棘)은 삼괴구극(三槐九棘)의 준말로, 삼공구경(三公九卿)을 말한다. 의정부와 육조 등이 있는 관가를 말한다. 성변(星弁)은 솔기를 오색구술로 장식하여 별처럼 반짝이는 관으로, 여기서는 관을 쓴 관원을 말한다.

38 청금(青衿)은 푸른 옷깃으로 선비, 유생을 뜻하며, 청아(菁莪)는 무성하게 돋은 다북쑥으로, 인재를 육성하는 것을 말한다.

39 하늘의 명을 받아 나라를 편안하게 한 선왕(先王)을 영왕(寧王)이라 한다. 여기서는 영조를 말한다.

40 순전(舜殿)은 순임금을, 갱재가(賡載歌)는 임금과 신하가 노래를 서로 이어 부르는 것을 말한다. 명량(明良)은 명군양신(明君良臣)의 준말로 밝은 임금과 훌륭한 신하라는 뜻이다. 임금과 신하가 서로 화합한다는 뜻이다.

41 『예기』에 "활줄을 한 번 조이고 한 번 풀어 놓는 것처럼 다스리는 것이 문왕·무왕의 도이다.[一張一弛 文武之道也]"라고 한 데서 온 말로, 나라를 다스리는 데 있어 위엄과 관용을 병용하는 것을 뜻한다.

097 海晏河清頌屢豐 바다는 평온하고 하수는 맑아[42] 거듭된 풍년 노래하고

098 紅腐太倉多積偫 태창에는 썩은 곡식[43] 쌓이고 쌓였네

099 林蔥巨細皆得之 수풀 무성하여 크고 작은 것 모두 얻을 수 있으니

100 涵育呴嚅亦至矣 함양하고 보살핌이[44] 또한 지극하구나

101 人皆義理爲茶飯 사람들은 모두 의리를 다반으로 여기고

102 士以詩書視耒耜 선비는 시와 글씨로 농사를 짓네

103 和音有時聞鼓角 언제나 화락한 북과 나팔소리 들리고

104 健兒無事眠壁壘 건장한 병사는 일이 없어 성벽에서 졸고 있네

105 周女薪楚美江漢 주나라 여인의 신초는 강수와 한수를 아름답게 하고[45]

106 鄭姝芍藥羞溱洧 정나라 소녀의 작약은 진수와 유수를 부끄러이 여기네[46]

107 于時小民各安堵 이에 백성들 각각 편안하게 되고

108 賈售其業工鬻技 상인들은 물건을 팔고 장인들은 기술을 파네

109 春城十里市樓明 봄날 도성 10리의 시정 누각 환하게 밝혀지고

42 해안(海晏)은 바다가 평온하다는 뜻이며, 하청(河淸)은 황하의 탁한 물이 1천 년마다 한 차례씩 맑아지는데, 이는 성인이 태어날 조짐이라고 하였다. 곧 태평성대를 말한다.

43 홍부(紅腐)는 오래되어서 붉게 썩은 곡식을 말한다.

44 구유(呴嚅)는 어려움을 당하여 서로 보살펴주는 것을 말한다.

45 신초(薪楚)는 초목의 이름이다. 『시경』 주남 광한(廣漢)에 "더부룩한 섶 속에 그 가시나무를 베도다[翹翹錯薪 言刈其楚]"고 하였다. 강한(江漢)은 강수(江水)와 한수(漢水)로 강 이름이다. 강한(江漢)의 풍속은 그 여자들이 놀기를 좋아하였는데, 주나라 문왕(文王)의 교화가 먼저 강한(江漢)에 미쳐서 그 음란한 풍속을 변화시켰다고 한다.

46 진유(溱洧)는 정나라에 있는 진수(溱水)와 유수(洧水)를 말한다. 『시경』 정풍 진유(溱洧)에 "진수와 유수는 바야흐로 넘실거리는데 남녀들은 모두 난초를 손에 잡았도다[溱與洧方渙渙兮 士與女方秉蘭兮]"고 하였는데, 주자(朱子)의 주에 "정나라 풍속은 3월 상사일이면 남녀들이 모여 물 위에서 난초를 캐어 불상(不祥)을 불제(祓除)하였기 때문이다."고 하였다.

110 風動帘旌翠旖旎　바람 일자 주막 깃발 푸르게 펄럭이네

111 入筒細潤關北布　통에 든 가늘고 윤기 나는 관북의 포[47]

112 爛碪輕明湖南紙　곱게 눌러 가볍고 깨끗한 호남의 종이[48]

113 賈舶商車通陸海　상인들의 배와 수레는 땅과 바다로 통하고

114 更有蕃錦與燕綺　또 변방의 비단[49]과 연경의 비단도 있네

115 殘春喝賣杏湖鰽　늦은 봄 '사시오'하는 고함소리 행호의 준치요[50]

116 薄雪貫來荳江鯉　엷은 눈발 뚫고 오는 것은 두모포[51]의 잉어라네

117 紅燈冪歷后欄橋　홍등은 주렁주렁 난간과 다리를 뒤덮고

118 發醅新醪清且旨　잘 익은 새 술은 깨끗하고 맛도 있구나

119 名園百果總時新　이름난 정원에는 온갖 과실 늘 신선하고

120 點漆丹砂爛黑紫　잘 익은 과일 검붉게 반짝이네

121 春菘嫩茁似蓴絲　봄배추 어린싹은 얇은 망사 같고

122 晩蕨香芽賽蘅芷　늦고사리 향기로운 싹은 향풀과 우열을 겨루네

123 休言荊楚歲時樂　형초의 세시 즐겁다 말하지 말고[52]

---

47 관북(關北)은 함경도 지방을 말하는 곳으로 이곳에서는 올이 가늘고 고운 삼베가 생산되었다.

48 전라도 전주와 남원에서 생산되는 종이가 품질이 매우 좋아 천하 제일로 쳤다.

49 촉금(蜀錦), 월라(越羅) 등 중국의 변방에서 생산되는 비단을 말한다.

50 행호(杏湖)는 지금의 행주산성 앞 한강 일대이며, 수(鰽)는 준치 또는 웅어라고 한다. 이곳에서는 웅어가 많이 잡혔으며, 맛이 뛰어나 궁중에 진상되었다고 한다. 허균은 "웅어는 곧 준치인데, 경강의 것이 가장 좋다."고 하였다.(『성소부부고』 권26, 도문대작)

51 두강(荳江)은 두모포(豆毛浦)를 가리킨다. 두모포는 지금의 한강 동호대교 북단인 서울 성동구 옥수동 부근에 있던 나루였다. 한강과 중랑천의 두 물이 합류하는 곳이라는 뜻에서 '두물머리', '두뭇개'라고 하였다.

52 형초(荊楚)는 지금의 호북성·호남성 일대로 춘추전국시대 초나라가 있었던 곳이다. 양나라 종름(宗懍)이란 사람이 형초 지방의 세시풍속과 고사를 모아 『형초세시기』를 편찬하였다.

124 還說漢京風俗美　도리어 한경의 풍속 아름답다고 말하라

125 二十四橋元宵月　정월 대보름 밤 스물네 다리 답교놀이에

126 人海人城浩瀰瀰　바다와 성을 이룬 수많은 사람들 넘실거리네

127 佛日燈竿齊簇簇　초파일 등간은 화살처럼 가지런하고[53]

128 火樹銀城相增纍　나무와 성에 매달린 등불[54] 총총하게 반짝이네

129 更有端午秋千女　또 단오에 그네 타는 여인 있으니

130 綠槐陰裏新粧倚　푸르른 홰나무 그늘 아래 새 단장하고 기대었네

131 莫如暮春三月初　늦은 봄 3월 초 같지는 않으나

132 寒食清明連上巳　한식 청명은 상사일에서 이어지네[55]

133 遊人自此隊隊出　나들이객 이때부터 무리지어 나오는데

134 駘蕩不復嫌夸靡　화창한 봄날 한껏 호사하게 멋을 냈구나

135 借問風光何處好　어느 곳 풍광이 좋으냐고 물으니

136 北麓南園錯錦屣　북쪽 산록 남쪽 동산 비단신 어지럽네

137 深春紅白取次開　봄은 깊어 붉은 꽃 흰 꽃 차례로 피어나고

138 晴日煙嵐迷尺咫　맑은 날 짙은 아지랑이로 지척도 분간하기 어렵네

139 青林幾處聽鶬鶊　푸른 숲 여기저기 꾀꼬리 우는 소리 들리고

140 芳艸何人騁騄駬　향기로운 풀밭에서 누가 준마를 타고 있나

141 纔看挈榼更提壺　언뜻 보니 술통 차고 다시 술병을 지니고

---

53 4월 초파일에 민가와 관청, 시장, 거리의 집집마다 등을 매달기 위하여 긴 장대를 세운 것을 말한다.

54 화수은성(火樹銀城)은 나무와 성에 환하게 등을 단 것으로, 전하여 휘황찬란한 도성의 불빛을 가리킨다.

55 한식은 양력 4월 5일이나 6일쯤이 되며, 청명은 음력으로는 3월에, 양력으로는 4월 5~6일 무렵으로 한식 하루 전날이거나 같은 날일 수 있다. 상사(上巳)는 음력 3월 첫 번째 사일(巳日)로, 이날 곡수연(曲水宴)과 답청(踏靑)놀이 등을 했다고 한다.

復道徵歌又選妓　노래 불러라 기생 불러오라 하네
酒人吟侶澹忘歸　술꾼과 시인은 돌아갈 줄 모르고
竟日名園藉落蘂　종일토록 명원에는 꽃잎이 떨어져 자자하네
不是春風偏助興　봄바람이 유독 흥을 돋음이 아니라
知在康衢煙月裏　태평세월 속에 살고 있음을 알겠네
誰能擬作東都賦　누가 동도부[56]를 따라 지으려 하는가
主人與客空唯唯　주인과 객은 공연히 예 예 하고[57]
惟有畫師知此意　오직 화가만이 이 뜻을 알아
某山某水胸中揣　어느 산 어느 물 마음속으로 헤아려서
解衣盤礴拂絹素　옷 벗고 다리 뻗고 앉아[58] 흰 비단을 펼치고
晴窓試筆殊可喜　밝은 창가에서 시험 삼아 붓을 드니 더욱 기쁘네
等閒山川不須寫　드물고 성긴 산과 내는 그리지 않고
漢城樓臺按誌視　한성의 누대는 지지를 펼쳐 살펴보네
一區一廛細裁量　땅 한 뙈기 집 한 채 자세하게 헤아려서
渲染鋪敍有妙理　선염으로 펼쳐 그리니 기묘한 이치로구나
風煙人物歷歷看　풍광과 인물 역력히 보이니
三輔黃圖差可擬　삼보황도[59]와 견줄 만하네

56 한나라 때 반고(班固)가 동도부(東都賦)·서도부(西都賦)를 지었다.

57 후한 반고가 지은 서도부는 첫머리를 "서도의 손이 동도의 주인에게 묻기를[有西都賓問於東都主人曰]"로 시작한다.

58 해의반박(解衣盤礴)은 옷을 벗고 두 다리를 뻗어 편안한 자세로 그림을 그리는 것을 말한다.

59 『삼보황도』는 당나라 때 편찬된 지리서로 장안(長安)을 둘러싼 세 위성도시를 설명한 책이다.

絶勝宣和諸畫券　뛰어난 선화[60]의 여러 화권에는
枯木竹后鈐小璽　마른 목죽 뒤에 작은 도장 찍혀 있네[61]
畵家元來界畵難　화가는 원래 계화[62]가 어려우니
對此休將院筆訾　이에 대하여 원필[63]을 헐뜯지 마소
試看京城四十里　한양도성 사십 리 한번 훑어보니
歷歷應不遺一雉　역력하게 응하여 한 치도 버릴 것이 없네
五劇三條絲繚繞　여러 갈래 도성의 가로[64] 실처럼 감고 돌아
曲折往復皆如矢　곡절과 왕복이 모두 화살처럼 곧네
川源百道向東流　시내 원류 백 갈래 모두 동쪽으로 향하고[65]
柳陰深處湜湜沚　수양버들 그늘 깊게 드리운 곳에 맑은 물 흐르네[66]
北山南麓向背明　북쪽 산 남쪽 산록 앞뒤 모두 밝게 비추고
晴嵐在此粉在彼　여기는 아지랑이가 저기는 꽃가루가 흩날리네
昇平文物見此中　태평성대의 문물 이 그림 속에서 볼 수 있으니
不羨王會圖譎詭　왕회도[67]의 진기함이 부럽지 않다네

---

60 선화(宣和)는 중국 송나라 휘종(徽宗) 대의 연호(1119~1125)이다.

61 궁궐에 소장된 화권(畵券)에 여러 소장인이나 감상인이 찍혀 있는 것을 말한다.

62 계화(界畵)는 중국 회화의 화법으로 궁실·누대, 배나 수레 따위를 그리는 데에 계척(界尺)을 사용하여 직선을 만드는 섬세한 필법(筆法)을 말한다.

63 화원(畵院)들의 그림을 말한다. 송나라 휘종 때 궁중에 화원(畵院)을 두고 천하의 이름난 화가들을 모집하여 관직을 주고 그림을 그리도록 하였는데, 이것을 원화(院畵), 원필(院筆)이라고 한다.

64 오극삼조(五極三條)는 도성의 복잡한 가로를 표현한 것이다.

65 조선시대 도성 안팎에서 흘러 개천으로 유입되는 하천은 30여 개에 이르렀다.

66 개천을 준천하면서 양안에 수양버드나무를 많이 심어 둑이 무너져 내리지 않도록 하였다. 체제공의 「준천가」에도 "맑은 물결 찰랑거리고 수양버들 그늘 짓고"라고 한 비슷한 구절이 있다.

67 옛날 주나라 무왕 때에 천하가 태평하여 먼 나라들이 찾아오자 사관이 그 일을 기록하여 「왕회편」을

173 白玉爲軸牙作籤　백옥으로 축을 만들고 상아로 첨자를 만들어[68]

174 薰以沈檀獻金戺　향목[69]으로 향을 내어 대궐에 바쳤네

175 京師寔爲八路本　도성은 진실로 팔도의 근본이 되니

176 四門闢處通四履　사대문 활짝 열린 곳 사방 곳곳과 통하네[70]

177 中外四民均霑化　서울과 지방의 모든 백성 고르게 교화되니

178 祥瑞孚應如響阺　상서로운 기운 부응함이 골짜기의 메아리 같네

179 匝域熙熙歌屢豐　온 나라 기뻐하며 여러 해 풍년들었음을 노래하니

180 太倉紅腐物億秭　태창에 붉게 썩고 있는 곡식 억만 섬 가득하네[71]

181 日下舊聞春明錄　일하구문과 춘명몽유록[72]

182 文人著述徒爲爾　문인들의 저술 부질없이 되었네

183 始知丹青妙入神　비로소 채색의 기묘함이 신의 경지에 들었음을 알아

184 試問江山似不似　시험 삼아 강과 산이 진짜인지 아닌지 물어보려네

185 流峙如今盡效靈　산과 물 지금같이 신령스러움을 다하고

186 曆數無疆膺遐祉　역수[73]는 끝없이 무궁한 복 누리네

만들었다는 고사를 말하는데, 이 고사를 바탕으로 당나라 화가 염립본(閻立本)이 「왕회도」를 그렸다고 한다.

68 첨자(籤子)는 축에 부착하여 두루마리 등을 맬 때 사용하는 비단실을 꼬아 만든 끈인 영자(纓子) 끝에 달아 두루마리나 족자를 고정시켜 주는 꽂이를 말한다.

69 침향목(沈香木)과 단목(檀木)을 말하는 것으로 모두 향목의 이름이다.

70 한양도성에서 전국으로 통하는 길을 말한다. 1770년(영조 46) 편찬된 『여지고(輿地考)』에는 서울에서 전국으로 통하는 길을 9개의 대로로 나누었다.

71 179, 180구는 앞의 97, 98구와 내용이 비슷하다.

72 『일하구문』은 청나라 학자 주이준(朱彛尊)이 각종 서적에서 북경의 고사와 옛 풍문을 찾아 모아 편찬한 책이며, 『춘명몽유록』은 청나라 학자 손승택(孫承澤)이 저술한 것으로 명나라 때의 전고를 서술한 것이다.

73 역수(曆數)는 천명(天命), 나라의 운수를 말한다.

187 磐泰鞏基天所授 반석 같은 공고한 기틀 하늘에서 받은 바요
188 金湯護國地足恃 금성탕지로 나라를 보호하니 땅은 믿을 만하네
189 人和地利俱在眼 인화와 지리 눈앞에 갖추어 있으니
190 讀畵誰知勝讀史 그림 읽는 것이 사서 읽는 것보다 낫다는 것을 누가 알랴
191 願言明時常道泰 밝은 시대 상도가 태평하기 바라노니
192 流其茀籙無涯涘 복록이 흘러감이 끝이 없어라
193 駐輦嘗見貢市征 일찍이 어가 멈추고 공계와 시전의 세금을 살피시니[74]
194 前聖後聖同其揆 전왕과 후왕의 헤아림 한결같다네[75]
195 陶勻一氣太和中 성상의 다스림이 한 기운으로 온 세상에 충만하니[76]
196 玉燭春臺日樂只 봄누대에 옥촉[77] 날마다 즐겁구나
197 生於長於老於斯 이곳에서 태어나 성장하고 늙으니
198 歌咏聖澤稱彼兕 성상의 은혜 노래하며 무소뿔잔 올리나이다
199 安得巧工臨此圖 어찌 이 그림 공교함을 얻었다 하리요
200 廣布壽傳付諸剞 널리 퍼지고 오래 전하도록 새겨서 붙이네

---

74 공시인(貢市人) 순막을 말하는 것으로, 특히 영·정조 이후 나라에 공물을 바치는 공계원(貢契員)과 시전의 상인들을 보호하기 위하여 임금이 직접 공시인들과 접촉하여 폐단을 순문하고 바로 잡았다.

75 전왕은 영조, 후왕은 정조를 가리킨다.

76 도균(陶勻)은 도공이 도기를 만드는 도구인 녹로(轆轤)로, 제왕이 천하를 다스리는 것을 말한다. 태화(太和)는 하늘과 땅 사이에 충만한 기운을 말한다.

77 춘대(春臺), 옥촉(玉燭)은 모두 태평성대를 말한다.

이희갑

성시전도 백운 城市全圖 百韻

도화서 뛰어난 화공들 왕명을 받아
성시의 온전한 모습을 작은 종이 위에 옮기는데
…
수많은 인가는 점점으로 생겨나고
강과 산 형승은 지척으로 다가오네
닷새 만에 저자 하나 그려지고 열흘에 성곽이 완성되니
봄볕 가득한 수많은 집들 붓끝에서 옮겨 다니네
이쪽 시전 이쪽 가게 모두 눈앞에 있고
무슨 리 무슨 방 손으로 가리킬 수 있구나

이희갑李羲甲(1764~1847)은 1792년 4월 초계문신으로 「성시전도시」의 제진에 참여하였으나 등위 안에 들지 못하였다.

이희갑의 시는 전반적으로 그림에 관한 내용으로 가득하다. 도화서 화원들이 왕명을 받아 그림을 그리는데, 닷새 만에 저자가 그려지고 열흘에 성곽이 완성되었다고 하였다. 또 완성된 그림을 임금께 올리니, "종일토록 펼쳐보시며 끄덕끄덕 하셨네 / 늘어선 시전을 살피실 때는 폐단을 물으시고 / 높은 곳에 그려진 성첩은 높아서 무너질까 경계하시네"라고 하여, 그림을 임금이 백성의 생활을 살피는 어람용으로 묘사하였다. 이희갑은 총 98구를 그림에 관해 할애하였는데, 마치 화원이 그림을 그리는 과정과 임금이 완성된 그림을 살펴보는 것을 옆에서 지켜보듯이 묘사하였다.

이희갑은 1790년 증광문과에 을과로 급제하여 초계문신이 되었으며, 1795년 호남암행어사를 역임하였다. 1810년 사간원 대사간이 되었으며, 1820년 판의금부사로서 동지정사로 임명되어 청나라에 다녀왔다.

001 仰觀列星環北極　우러러 쳐다 보니 여러 별 북극성을 둘러싸고
002 紫微中垣連天市　가운데 자미원은 천시와 이어졌구나[1]
003 俯察山川表東海　굽어 살펴보니 산천은 동해[2]에 나타났는데
004 元氣蜿蟺蟠地理　꿈틀거리는 원기 지리에 서려 있네
005 檀君開國何杳茫　단군이 나라 연 지 얼마나 까마득한가[3]
006 樂浪文明肇箕子　낙랑의 문명은 기자가 세운 것이라네[4]
007 羅代月城王氣冷　신라 월성[5]은 왕기가 식었고
008 麗氏崧京霸業靡　고려 송경은 왕업이 쓰러졌다네
009 聖朝受命併明運　우리 왕조 천명을 받고 천운을 밝혀서
010 元年定鼎臨漢水　개국 원년 한수가에 도읍을 정하였네[6]
011 五年城役告功訖　오 년에 성곽의 공역 마쳤음을 고하니[7]
012 延袤周匝四十里　길고 넓어 둘레가 사십 리라네

1 자미(紫微)는 태미(太微), 천시(天市)와 함께 삼원(三垣)의 하나로 중원(中垣)으로 가운데 위치하며, 천제가 거처하는 곳으로 궁궐을 상징하며, 천시(天市)는 국가의 취시교역(聚市交易) 등의 일을 관장하는 별이름으로 시전을 상징한다.

2 동해(東海)는 동방, 조선을 가리킨다.

3 『삼국유사』에 "지금부터 2천여 년 전에 단군왕검이 있어서, 아사달에 도읍을 세우고 나라를 열어 조선이라 하였으니, 요임금과 같은 시기였다."라고 하였다.

4 단군 조선에 이어 은나라의 기자가 고조선 지역에 와서 왕이 되어 백성들을 교화했다는 기자동래설을 말한다.

5 월성(月城)은 101년 신라 제5대 파사왕 때 쌓은 것으로 신라의 궁성이다.

6 태조는 조선 개국한 1392년 8월 13일 도평의사사에 명령하여 한양으로 도읍을 옮기도록 하였다.(『태조실록』 태조 1년 8월 13일)

7 한양도성은 1396년(태조 5) 봄(음력 1월 9일부터 2월 28일까지), 가을(음력 8월 6일부터 9월 24일까지)에 각각 49일 동안 축성공사를 실시하였다. 그러나 완전한 성곽이라 할 수 없었으며, 태종, 세종 대에 걸쳐 계속해서 수축하여 완성하게 된다.

013 九千九百七十步　9천 9백 7십 보[8]

014 粉堞沼山三萬雉　하얀 성곽 늪과 산으로 이어져 삼만 치라네[9]

015 東有駱山抱水門　동쪽에는 낙산이 있어 수문[10]을 둘러싸고 있는데

016 一帶烟柳金絲纚　일대에 안개 낀 버들가지 금실처럼 이어졌네

017 南望木覓對紫籞　남쪽을 바라보니 목멱산은 궁궐과 마주하고

018 烽火夜夜通邊鄙　봉화는 밤마다 변방과 소통하네[11]

019 西出沙峴傍多陘　서쪽으로 나서니 사현[12]이 맑은 골짜기 끼고 있고

020 曲城巉巖天險倚　가파른 바위 위 곡성[13]은 천험에 의지하였네

021 北築三角爲保障　북쪽에는 성을 쌓아 삼각산을 요새로 삼으니[14]

022 遙與南漢勢相掎　멀리 남한산성과 세를 서로 의지하네

023 就中位置倣周禮　그 가운데에 주례를 따라 잘 배치하니[15]

024 白岳插天雙闕起　백악은 하늘 높이 솟고 궁궐은 우뚝하네

025 左廟右社先營度　왼쪽에 종묘 오른쪽에 사직단 먼저 영도하고

---

8 『한경지략』에 "도성은 둘레가 9천 9백 7십 5보요, 높이가 40척, 리로 계산하면 40리이다."라고 하였다.

9 치(雉)는 성 위에 쌓은 낮은 담이나 방어를 위해 밖으로 돌출해서 쌓은 성곽으로, '삼만 치'라고 한 것은 도성이 아주 길다는 의미이다.

10 동쪽 낙산 부근 수문(水門)은 흥인문 부근 개천 위를 지나는 오간수문(五間水門)을 말한다.

11 조선시대에는 전국의 모든 봉수가 집결하는 중앙 봉수가 목멱산에 위치하여 목멱산봉수 또는 남산봉수라고 불렀다.

12 사현(沙峴)은 서울의 서대문구 현저동에서 홍제동으로 넘어가는 고개로, 홍제동에 있는 모래내의 이름을 따서 붙여진 모래재를 한자명으로 표기한 데서 유래된 이름이다.

13 곡성(曲城)은 성의 방어를 쉽게 하기 위해 지형을 따라 곡선으로 쌓은 성으로 한양도성에는 인왕산 정상 서쪽, 백악산 정상 동쪽에 하나씩 있다.

14 조선시대 임진·병자 양란 이후 1711년(숙종 37) 북한산성을 쌓은 것을 말한다.

15 한양에 수도를 건설할 때 『주례』에 따라 '좌묘우사(左廟右社)', '전조후시(前朝後市)' 등의 원칙을 적용한 것을 말한다.

026 前朝後市周經始　앞에 관아 두고 뒤에 시전 두니 주례에서 비롯되었네

027 政府潭潭統六曹　깊고 넓은 의정부는 육조를 통괄하고

028 薰飭百僚卯酉仕　관원은 엄정하게 묘시에서 유시까지 정사를 보네[16]

029 五部人民壯五衛　오부의 인민들은 오위를 굳건히 하고[17]

030 八門車馬通八軌　팔문의 수레와 말은 팔궤[18]로 통하네

031 大成殿高臨四方　대성전[19]은 높이 솟아 사방을 내려다보고

032 杏樹之陰泮水涘　은행나무 그늘은 반수가에 드리웠네[20]

033 崇儒化洽開兩廡　유학을 숭상하여 교화가 흡족하니 양무[21]를 열고

034 養賢誠深陳八簋　양현고에서는 정성껏 팔궤를 진열하네[22]

035 倉廩府庫相對起　창름과 부고는 서로 마주하여 솟아 있고

036 紅腐陳陳萬億秭　묵어서 썩어 가는 곡식 억만 섬이네

037 武備不踈五營門　오영문의 군비는 소홀함이 없고[23]

---

16 『경국대전』에 "모든 관아의 관원은 묘시(오전 5~7시)에 출근하여 유시(오후 5~7시)에 퇴근하였다."라고 하였다.(『경국대전』 이전 고과)

17 조선시대 한성부의 행정구역은 동·서·남·북·중부 등 오부로 나누어져 있었으며, 오위는 조선 초·중기에 군사조직으로 의흥위, 용양위, 호분위, 충좌위, 충무위를 말한다.

18 팔궤(八軌)는 여덟 대의 수레가 나란히 다닐 수 있는 대로를 말한다.

19 문묘(文廟)의 정전으로 공자의 위패를 모시는 전각이다.

20 행단(杏壇)을 말하는 것으로 공자가 생도들을 모아 놓고 강학하던 곳으로, 지금도 성균관 대성전 앞 좌우에 은행나무 두 그루가 서 있다. 반수(泮水)는 성균관 주변을 흐르는 내를 말한다. 동반수, 서반수가 있었다.

21 문묘 대성전 좌우의 동무와 서무를 말한다. 동무와 서무에는 공자의 72제자와 중국 한·당·송·원나라의 현인과 우리나라의 18현을 포함한 112위를 56위씩 나누어 종향하였다.

22 양현(養賢)은 성균관 유생들에게 식량과 물품을 공급하는 양현고를 말하며, 팔궤(八簋)는 8가지 음식을 담은 그릇으로, 유생들에게 넉넉하게 음식을 대접함을 말한다.

23 오영은 훈련도감, 총융청, 수어청, 어영청, 금위영 등 도성 방어를 담당하는 오군영을 말한다.

038	芻茭楨幹戈深庤	마초 재목 무기가 깊게 쌓여 있네[24]
039	復有鐘閣列肆中	늘어선 시전 가운데 종각이 있고
040	十字大道如平砥	십자로 난 큰길은 숫돌처럼 평평하구나
041	兩界通貨歸居積	양계[25]까지 물화가 유통되어 집집마다 쌓이고
042	八路均輸輳遠邇	전국 원근의 물자 골고루 모여드네
043	物物精巧齊插架	물건마다 정교하여 시렁에 가지런히 꽂혀 있고
044	形形色色攝層庋	형형색색으로 층층이 쌓였구나
045	翡翠火齊與文犀	비취 화제 물소 뿔이요[26]
046	綾羅綺縠又絲枲	능라 기곡 실과 모시라네
047	柱柱春帖揮珠玉	기둥마다 붙은 춘첩에는 좋은 글귀 쓰여 있고
048	處處絲管合宮徵	여기저기에서 악기로 풍악을 연주하네
049	國家休養五百年	나라에서 백성을 기른 지 5백 년
050	撲地閭閻何櫛比	땅 가득 여염집 어찌 이리 즐비한가
051	大小門戶照粉壁	크고 작은 집 하얀 벽 반짝이고
052	富貴樓臺連陌綺	부귀한 누대는 번화한 가로따라 이어져 있네
053	洛陽名園韋曲庄	낙양의 이름난 정원과 위곡의 별장이니[27]

24 추교(芻茭)는 말과 소에게 먹일 꼴, 정간(楨幹)은 담을 쌓을 때 쓰는 재목, 과(戈)는 무기로 군비를 말한다.

25 양계(兩界)는 조선시대에 군사적으로 중시되던 함경도 지역의 동계와 평안도 지역의 서계를 말한다.

26 비취(翡翠)는 푸른색의 보석, 화제(火齊)는 구슬의 일종으로 보주, 문서(文犀)는 문채가 있는 물소 뿔을 말한다.

27 위곡(韋曲)은 당나라 때 장안성 남쪽 교외에 위치하였는데, 위씨가 대대로 거주하여 위곡이라고 하였다. 경치가 좋아 명승지로 이름났으며, 이곳에 부귀한 집안의 정원과 누정, 제후들의 별장이 많았다고 한다.

054 接屋連墻制度侈　지붕과 담장 이어지고 규모도 사치하구나
055 曲折多端千岐路　굽어지고 꺾어져 복잡한 천 갈래 길
056 高低互出萬樹藥　울쑥불쑥 솟아오른 수많은 꽃나무
057 四海賢俊如雲集　사방의 어질고 뛰어난 인재 구름처럼 모여드니
058 繁華摠是都人士　모두가 화려한 도성의 선비라네
059 街頭陌上相逢處　길거리나 두렁이나 서로 만나는 곳마다
060 身披錦裘躡珠履　몸에는 비단 갖옷 걸치고 화려한 신을 신었네
061 金羈絲勒繡障泥　금굴레와 실재갈에 수놓은 말다래[28] 갖췄으니
062 驊騮驌驦與騄駬　화류 숙상 녹이 등 준마라네
063 沿門賣花何村兒　문전을 돌며 꽃 파는 이는 어느 마을 아이이며
064 携筐採桑誰家婢　광주리 차고 뽕 따는 사람은 뉘 집 여종인가
065 坐賈行商相貿易　좌고 행상 서로 물건을 사고파니
066 山梁之雉河之鯉　산에서 나는 꿩고기요[29] 물에서 잡은 잉어라네
067 一群嬌鳥啼春意　한 무리 아리따운 새는 봄을 알리고
068 市南城東遍桃李　성시 남쪽 도성 동쪽에 복숭아꽃 오얏꽃 두루 피었구나
069 金鎖語曉開葳蕤　새벽 알리는 소리에 쇠자물쇠 활짝 열리고
070 錦帘引風轉旖旎　비단 깃발은 바람을 타고 펄럭거리네
071 始知京師大都會　비로소 한양도성 대도회임을 알았으니
072 物色華麗乃如是　화려한 물색 이와 같구나

28 장니(障泥)는 말의 양쪽 배에 드리워서 흙이 튀어 오르는 것을 막는 것으로 말다래라고 한다.
29 산량(山梁)은 산에 있는 다리라는 뜻으로 꿩의 별칭으로 쓰인다.

073 畵署良工承成命　도화서[30] 뛰어난 화공들 왕명을 받아
074 城市全形移片紙　성시의 온전한 모습을 작은 종이 위에 옮기는데[31]
075 展幅經營勞意匠　종이를 펼쳐 마음속 구상을 그려내어
076 吮筆安排費摩揣　붓을 빨며 적절히 배치하고 애써 헤아리네
077 人烟多少生點綴　수많은 인가는 점점으로 생겨나고
078 江山形勝來尺咫　강과 산 형승은 지척으로 다가오네
079 五日一市十日郭　닷새 만에 저자 하나 그려지고 열흘에 성곽이 완성되니
080 萬戶春色毫端徙　봄볕 가득한 수많은 집들 붓끝에서 옮겨 다니네
081 是廛是肆皆在目　이쪽 시전 이쪽 가게 모두 눈앞에 있고
082 某里某坊可點指　무슨 리 무슨 방 손으로 가리킬 수 있구나
083 百隊旗亭一塵寄　깃발 내건 수많은 주루는 한 점 티끌처럼 붙어 있고
084 四面譙樓半幅巋　사면에는 초루가 반 폭 크기로 우뚝 솟았네
085 向背商量競毫釐　향배를 헤아려 털끝만 한 차이를 다투는데
086 黑本分明細逶迤　검은 바탕에 가늘고 구불구불한 선 또렷하구나
087 縱云筆力入妙境　필력은 신묘한 경지에 들어
088 咸仰精思出睿旨　모두 우러러 깊이 생각하여 임금의 뜻 드러내었네
089 畵野若非黃帝力　들판에 획을 긋는 것이 황제의 힘만이 아니며[32]
090 彩廚寧有白阜氏　부엌을 채색하는 것이 어찌 백부씨만 있겠는가[33]

30 조선시대 국가에 필요한 그림을 그리는 일을 맡아 보던 관아이다.

31 정조가 「성시전도」를 시제로 화원들에게 녹을 주기 위한 녹취재(祿取才)를 시행한 것을 말한다. '성시전도'를 시제로 녹취재가 처음 시행된 것은 1796년(정조 20) 6월 25일이며, 이후에도 여러 차례 시행되었다.

32 중국 고대 황제(黃帝)가 "들판에 줄을 그어 천하를 구주로 나누었다[畫野分州]"는 고사를 말한다.

091 以茲却獻龍樓上　이 그림 문득 임금께 올리니
092 三時披覽王曰唯　종일토록 펼쳐보시며 끄덕끄덕 하셨네
093 列廛省時詢弊瘼　늘어선 시전을 살피실 때는 폐단을 물으시고[34]
094 畵堞高處戒崇圮　높은 곳에 그려진 성첩은 높아서 무너질까 경계하시네
095 一副城池百萬家　한 지역 금성탕지에 백만 가
096 康濟蒼生何術以　백성들 편안하게 구제함에 무슨 수로 하겠는가
097 念茲在茲釋在茲　이를 생각해도 여기 있으며 버려도 여기 있으니
098 隨處洪恩浹人髓　가는 곳마다 큰 은혜 사람들 골수에 스미네
099 豈特烟火太平餙　어찌 다만 민가의 태평함에만 힘쓰겠는가
100 可驗蔀屋德化被　오두막[35]에도 덕화가 미쳤음을 징험할 수 있다네
101 殷民夫婦無不獲　은나라 백성은 얻지 못하는 것이 없었고[36]
102 魏國山河此足恃　위나라 산하는 이처럼 믿을 만하였다네[37]
103 是處丹青不無助　이곳이 아름다운 것은 하늘의 도움 없지 않으니
104 燕閒省識天漢喜　한가로이 은하수 살피며 기뻐하네
105 不出端門一步地　궁 밖[38]으로 한 걸음 나오지 않아도

---

33 백부(白阜)는 중국 고대 불의 신이라고 하는 염제(炎帝)의 신하로 황제(黃帝)와 염제를 도와 치우(蚩尤)를 물리친 공으로 황제에 의해 염제의 통수맥관(通水脉官)으로 봉해진 인물이다. 백부씨가 부엌을 채색하였다는 것이 무슨 의미인지 자세하지 않다.

34 순막(詢瘼)은 나라에 공물을 바치는 공계원(貢契員)과 시전의 상인들을 보호하기 위하여 임금이 직접 공시인들과 접촉하여 폐단을 순문하고 바로 잡았는데, 이를 공시인 순막이라고 하였다.

35 부옥(蔀屋)은 오두막, 가난한 백성을 뜻한다.

36 주나라가 은나라를 정벌한 후 주공(周公)이 은나라 백성에게 비유를 들어 자세하게 깨우쳐 주는 등 덕으로써 그들을 감화시킨 일을 말하는 것이다.

37 전국시대 위나라 무후(武侯)가 배를 타고 서하(西河)를 내려가면서 장군 오기(吳起)를 돌아보고 말하기를, "아름답다, 산하의 험고함이여. 이것은 위나라의 보배로다."라고 한 것을 말한다.

106 滿城熙皞宛如彼　도성 가득 평화로움 저와 같이 완연하네
107 昔我太祖應命初　옛적 우리 태조께서 처음으로 천명을 받들어
108 浮屠無學相基址　승 무학에게 터를 살피도록 하였네[39]
109 犬吠鷄鳴臨淄富　개 짖고 닭이 우니 임치[40]의 넉넉함이요
110 龍盤虎踞金陵美　용이 서리고 범이 웅크렸으니 금릉[41]의 아름다움이라네
111 玉京佳氣無時無　왕경으로서 아름다운 기운 없을 때 없었으니
112 紫閣白山兩相峙　목멱과 백악[42] 양쪽에 우뚝 솟아 있네
113 八津舟檝通漕運　여덟 나루[43] 배들 조운을 통하고
114 江漢襟帶波瀰瀰　금대를 이룬 한강에는 물결이 일렁이네
115 幾轉群巒儼拱揖　몇 번이나 돌며 뭇 산들 공손히 머리 숙이는가
116 怳如玉帛旅庭跪　옥과 비단을 공물로 바치듯 황홀하네
117 上帝東顧此與宅　하늘이 동쪽을 돌아보고 이곳에 터를 주시니
118 鬼秘神慳若有俟　귀신이 숨기고 아낀 것은 기다림이 있어서라네
119 往年溫祚福力徵　예전에 온조가 복력을 징험하여
120 暫時胥宇嗟徒爾　잠시 터를 잡은 것 참 부질없구나

38 단문(端門)은 궁궐의 남쪽 문, 즉 정문을 말한다.

39 1394년(태조 3) 8월, 태조 이성계가 한양을 도읍으로 정하고자 무학의 의견을 물으니 무학이 대답하기를 "여기는 사면이 높고 수려하며 중앙이 평평하니, 성을 쌓아 도읍을 정할 만합니다. 그러나 여러 사람의 의견을 따라서 결정하소서."라고 하였다.(『태조실록』 3년 8월 13일)

40 중국 산동성에 있는 춘추전국시대 제(齊)나라의 수도로, 당시 여러 도시 중 가장 번화하여 정치, 경제, 문화의 중심지였다.

41 명나라 초기의 수도였던 중국 강소성 남경을 가리키는 것으로 경치가 좋기로 유명하였다.

42 자각(紫閣)은 목멱산, 백산(白山)은 백악산을 말한다.

43 팔진(八津)은 팔강을 말한다. 조선시대에 한강은 나루의 수에 따라 명칭을 달리하였다. 팔강은 둑도, 서빙고, 신촌리, 용산, 마포, 토정, 서강, 망원정을 말한다.

121 至今鴻基歸聖人 지금 큰 터전 성인에게 돌아가
122 承承繼繼綿千祀 대대로 계승하여 천년이나 이어졌네
123 若稽周書憑故事 주서를 상고하여 고사에 따르면
124 元聖有圖來伻使 성인께 사자가 와서 도서를 바쳤다고 하네[44]
125 龜卜吉兆食洛墨 거북점을 치니 낙수를 지적하여 길하다 하고[45]
126 鷰翼宏謨詠豊芑 자손을 위한 큰 계책으로 풍기를 노래하네[46]
127 百世之中相土中 오랜 세월 나라 가운데 땅을 살피고
128 測圭餘規仰釜晷 토규로 측량하고 해시계로 재었다네[47]
129 從古定邑必有圖 예로부터 도읍을 정하는 데는 반드시 도서가 있었으니
130 亶爲重宸常日視 실로 임금께서 날마다 살피셨네
131 蕭相收圖贊金刀 소하는 도서를 거두어 한 고조 유방을 도왔고[48]
132 諸葛行籌畵玉壘 제갈량은 계책을 헤아려 촉땅을 얻었다네[49]

---

44 주서는 『서경』을 말하는데, 『서경』 낙고에 주공이 낙읍을 도읍 터로 잡고 성왕에게 보고하는 내용이 실려 있는데, 거기에 "내가 간수 동쪽과 전수 서쪽을 점치니 오직 낙읍이 길하다고 하였으며, 내가 또 전수 동쪽을 점치니 역시 낙읍이 길하다고 하였습니다. 사자를 보내와서 도서와 점괘를 바쳤습니다[我乃卜澗水東瀍水西 惟洛食 我又卜瀍水東 亦惟洛食 伻來以圖及獻卜]"라고 하였다 한다.

45 점을 칠 때 먼저 거북의 등에 검게 그림을 그린 후 불에 태우는데, 징조가 길하면 검게 그린 부분이 타 들어가는데 이를 식묵(食墨)이라고 한다. 낙(洛)은 주나라의 도읍지였던 낙읍(洛邑)을 말하는데, 주공(周公)이 도읍을 정할 때 거북점이 낙수를 지적하였으므로 낙수 동쪽에 도읍터를 정했다고 한다.

46 연익(燕翼)은 조상의 자손을 위한 계책을 말하며, 풍기(豊芑)는 『시경』에 풍수가에 기라는 풀로 주나라 문왕·무왕이 대대로 자손들에게 계책을 남겨 주어 편안케 해 주었던 일을 비유한 것이다.

47 규(圭)는 중국 고대에 해의 그림자를 측량하는 토규(土圭)를 말하며, 앙부구(仰釜晷)는 해시계를 말한다.

48 유방이 한 고조가 되기 전에 진나라 수도 함양에 항우보다 먼저 들어갔는데, 이때 소하(蕭何)가 함양에 보관되어 있던 진나라 승상부의 도적문서를 입수하여 보관하였다. 이것이 후일에 한나라가 천하를 통일하고 국가의 기틀을 잡을 수 있는 중요한 자료가 되었다. 금도(金刀)는 '유(劉)' 자를 파자한 것으로 '유씨(劉氏)' 성을 가진 한나라 왕조를 말한다.

49 행주(行籌)는 산가지로 수효를 셈하는 것을 말한다. 옥루(玉壘)는 중국 후한 말 촉나라의 수도인 성도

133 皇王帝伯大鋪敍 왕도와 패도 크게 펼쳤으니[50]
134 赤資鮫綃彩筆泚 붉은빛 고운 비단[51]에 붓을 적셔 그렸네
135 入事地靈相經緯 안으로 들어와 땅 신령 모시고 씨줄 날줄을 살피고
136 井羃閑架爲綱紀 정멱과 간가처럼 정연하게 법도를 세웠네[52]
137 猗歎睿思參造化 아 임금의 마음 하늘의 조화에 참여하여
138 全幅都城縮地似 종이 가득 도성을 축소해 놓은 것 같네
139 錯落囂塵辨街口 복잡하고 시끄러운 저자에서 거리 입구를 분별하고
140 周遭睥睨縈山趾 빙 둘러싼 성곽은 산자락을 휘감고 있네
141 天作金湯垂座隅 하늘이 내린 금성탕지 한쪽 모퉁이 드리웠으니
142 萬歲洪都在於此 오랜 세월 누릴 큰 도성 이곳에 있구나
143 考圖已驗邦業鞏 그림을 상고하여 이미 증험했듯 국력은 굳건하고
144 披幅仍思廟謨數 족자를 펼치니 바로 조정의 계책 생각나네
145 枕析侯生在那邊 후생[53]은 나무 베고 어느 변방에 있나
146 下簾君平隱這裏 군평[54]은 발을 내린 채 그 속에 숨어 있구나

(成都)에 있는 산 이름으로 성도 또는 촉땅을 말한다. 후한 말 조조에게 쫓겨 다니던 유비로부터 삼고초려의 예를 받은 제갈량이 '천하삼분지계(天下三分之計)'를 진언하고, 촉땅을 차지하여 그곳을 근거로 대업을 이룰 것을 건의한 것을 말한다.

50 황(皇)과 왕(王)은 왕도(王道)로 다스리는 것을 말하고, 제(帝)와 패(伯-'패'로 읽으며, 우두머리, 두목이라는 뜻으로 '패(覇)'와 통한다)는 패도(霸道)로 다스리는 것을 말한다.

51 교초(鮫綃)는 전설 속의 교인(인어)이 짰다는 비단으로 가볍고 깨끗한 비단을 말한다.

52 정멱(井羃)은 '우물 정[井]'처럼 격자형으로 된 덮개를 말하는 것으로 보인다. 간가(閑架)는 집의 칸살의 얽이, 건물의 구조, 짜임새를 말한다.

53 후생(侯生) 중국 진나라 때 방사(方士)로 노생(盧生)과 함께 시황제에게 불로장생약을 구한다고 하여 많은 재물을 받은 뒤 시황제의 부덕을 비난하며 도망쳐서 숨어버렸다고 한다.

54 중국 한나라 때 사람 엄준(嚴遵)이라는 사람으로 군평(君平)은 그의 자이다. 점을 잘 쳐서 사람이 문전성

147	況復衷心便成城	더구나 마음을 다하여 곧바로 성을 완성하였으니
148	澤物神功及虫豸	만물에 혜택을 준 신이한 공력은 벌레에도 미쳤네
149	却誦龍飛御天歌	문득 용비어천가 노래하며
150	漢都無疆賴積累	한양도성 한없이 쌓은 공덕에 의지하네
151	此圖珍重驗繼述	이 그림 진귀하고 선왕의 뜻 잘 이었음을 증험하니
152	前聖後聖元一揆	전왕과 후왕 원래 한 법도라네[55]
153	特地摹寫非無心	특별히 그림을 그리게 한 것은 의도가 없지 않으니
154	隨境摩挲詎得已	곳곳마다 다듬고 만지기를 어찌 그만 둘 수 있으랴
155	山頓水回朶清秀	산이 절하고 물이 휘돌아 흐르는 명당은 맑고 수려하며
156	星羅霧馳鬧鞭弭	별이 펼쳐지고 안개가 치달리듯 채찍 소리 시끄럽네
157	卽令林葱各得所	곧 무성한 숲같이 많은 백성들 각기 제자리를 얻게 하고
158	鼓舞鮐背與鯢齒	노인과 아이[56]들은 흥겹게 춤을 추네
159	熙熙四民恒產饒	백성들은 먹고사는 것이 넉넉하여 즐겁고
160	桑柘影底散鷄豕	뽕나무 그늘 아래로 닭 돼지 쏘다니네
161	靜聽康衢烟火中	거리와 민가 속 이야기 조용히 들으니
162	擊壤歌聲異無俚	땅을 치며 노래하는 소리[57] 속됨이 없다네

시를 이루고 많은 돈을 벌었지만 평생 점치는 일을 하면서 은거하였다고 한다.

55 『맹자』 이루하(離婁下)에 "앞의 성인과 뒤의 성인의 그 도리가 똑같다[先聖後聖 其揆一也]"라고 말한 데에서 나온 것이다.

56 태배(鮐背)는 복어의 등껍질을 말하는 것으로, 복어의 등껍질처럼 검은 점이 생긴 노인 또는 장수(長壽)를 뜻한다. 예치(鯢齒)는 작은 고기의 이빨을 말하는 것으로 어린 아이의 이빨 또는 어린 아이를 뜻한다.

57 격양가(擊壤歌)는 중국 요임금 때에 한 노인이 배불리 먹고 땅을 치면서 노래를 불렀다는 고사에서 '격양가'라고 하였는데, 풍년이 들어서 농부들이 태평세월을 즐기며 부르는 노래이다.

163 千里邦畿一幅圖 천 리 도성과 교외를 한 폭에 담아 그리니
164 歷歷斯民止所止 백성들 살고 있는 모습 또렷하구나
165 縱橫街路如網蛛 종횡으로 뻗은 가로는 거미줄 같고
166 絡續行旅似垤蟻 끊임없이 오가는 사람들 개미둑과 비슷하네
167 圖中人是城中人 그림 속 사람 바로 도성 사람이니
168 也頌洪基萬萬禩 큰 기틀 만만년 이어지기를 칭송하네
169 時和歲豊俱晏然 태평하고 풍년 들어 다 함께 편안하니
170 女悅男欣咸樂只 남녀 모두 기뻐하고 즐거워하네
171 流動天機活畫外 하늘의 조화 유동하여 그림 밖에서 살아 있으니
172 無聲之樂盈人耳 소리 없는 음악[58] 사람들 귀에 쟁쟁하구나
173 白髮黃髫箇中人 노인과 어린아이 그중에 있어
174 共醉春臺泰和配 봄날 누대에서 태평성대 함께 즐기네
175 妙筆淋漓地效靈 묘한 필력 넘쳐 땅은 신령스러움 보이고
176 寶籙錦長天降祉 국운은 비단처럼 장구하니 하늘에서 내린 복이네
177 京兆實爲諸都本 서울은 실로 여러 도회의 근본이 되니
178 輦轂之下少能呰 도성[59]에서는 헐뜯을 것이 적구나
179 七分新圖乙覽餘 흡사하게 그린 새 그림 임금께서 살펴보시고
180 丙枕憂勤稍舒矣 밤늦도록[60] 근심하시더니 조금씩 풀어지셨네

---

58 『예기』에 "공자께서 '소리 없는 음악, 의식 없는 예절, 복제 없는 거상, 이것을 삼무라고 한다'고 말씀하셨다[孔子曰 無聲之樂 無體之禮 無服之喪 此之謂三無]"라고 하였다. 겉으로 드러나는 형식보다는 내면에서 우러나오는 참다운 덕을 말한다.

59 연곡(輦轂)은 임금이 타는 수레를 말하는 것으로, '연곡지하(輦轂之下)'는 임금과 가깝다는 말로, 곧 도성을 말한다.

181 誰知閭巷諸赤子　누가 알겠는가 여항의 여러 백성을[61]

182 眞面一一登玉扆　실제 모습 하나하나 대궐에 올렸다네

183 至治不下成康世　훌륭한 정치는 성강[62]의 치세에 못지않아

184 鵲棲門前臥鞭簦　대문 앞에는 까치가 집을 짓고 채찍은 누워 있네

185 一城士女荷煦濡　온 도성 사람들 따뜻한 보살핌을 받고

186 賓旅高拱五雲裏　귀한 나그네 오색구름 속에 높이 앉아 있네[63]

187 屛畵豳風堪正美　빈풍을 그린 병풍 그림[64] 참으로 아름다우니

188 壁模嘉陵何足擬　벽에 그려진 가릉[65] 어찌 비길 수 있으리오

189 更顧三百六十州　다시 전국 삼백육십 주[66]를 돌아보고

190 輿地稍詳歸太史　지역[67]마다 조금씩 세밀하게 하니 태사[68]를 따른 것이네

---

60 병침(丙枕)은 임금이 잠자리에 드는 시각을 말한다. 밤을 다섯으로 나누었을 때 세 번째 병야(丙夜, 밤 11시~새벽 1시), 곧 3경(更)을 말하는 것으로, 임금이 정무에 열중하다가 늦게 잠자리에 드는 것을 비유한다.

61 적자(赤子)는 발가벗은 어린아이를 말하는데, 임금에게 있어서 백성은 어린아이와 같이 보살펴야 할 대상이라는 의미에서 백성을 뜻한다.

62 주나라 성왕(成王)과 그 아들 강왕(康王)을 말하는 것이다. 이 시대에 약 40년 동안 천하가 안정되고 죄수가 없어 감옥이 텅 비는 등 태평시대를 이루었다고 한다.

63 오운(五雲)은 오색구름으로 왕이 거처하는 곳, 궁궐을 뜻한다.

64 빈풍은 『시경』의 편명으로 주나라 주공이 나이가 어리고 경험이 부족한 성왕을 등극시킨 뒤, 백성들의 농사짓는 어려움을 인식시키기 위하여 지은 것이라고 한다. 후대에 임금이 백성의 일을 염려하는 훌륭한 덕을 모범으로 삼고자 빈풍 칠월의 시를 그림으로 그린 빈풍도, 빈풍칠월도 등이 많이 그려졌다.

65 가릉(嘉陵)은 사천성 봉현 가릉 계곡에서 발원하는 강 이름이다. 중국 당나라 때 화가 오도자(吳道子)가 가릉 삼백의 정경을 단 하루 만에 벽화로 그렸다고 한다.

66 조선의 지방 행정 구역은 전국을 팔도로 나누어 고을의 크기에 따라 지방관의 등급을 조정하고, 작은 군현을 통합하여 전국에 약 330여 개의 군현을 두었다.

67 여지(輿地)는 땅은 만물을 싣고 있는 수레라는 뜻으로, 지구, 대지를 말한다.

68 태사(太史)는 중국에서 역사를 기록하고 편찬하는 일을 맡은 사관(史官)을 말한다.

191 分爲各圖各全圖 나누면 각각의 그림이나 모두는 전도되니
192 地形風俗四標抵 지형과 풍속은 사방 경계에 이르렀네
193 聲教所覃皆經理 임금의 교화가 미치는 곳 모두 맡아 다스리니
194 萬里青邱致步鞋 우리 동방 일만 리에 발자취 이르렀네
195 明主以之恢遠略 밝은 임금께서 이로써 원대한 계획 생각하시어
196 物情裁量稱金錘 형편을 헤아리고 경중을 살피셨네
197 一圖權輿八域大 한 폭 그림으로 시작하여 전국으로 커지니
198 盛事明時窃有企 좋은 때 성대한 일 마음속 꾀함이 있었네
199 小臣敢贊全成圖 소신 감히 그림이 완성되었음을 찬하여
200 詩成百韻愧虫技 일백운 시를 지었으니 보잘것없는 재주 부끄럽나이다

4

개인의 삶이 반영된 작품

성시전도 일백운 城市全圖 一百韻

땅에 버려진 생선 반은 썩어 비린내 풍기고
사람 마주치자 날뛰는 건 죄다 돼지라네
빈 되 손에 쥐고 쌀 내어준다고 희죽거리면서
쓸데없이 소리 높여 되를 세며 뻔뻔하게 서 있구나
누더기 걸친 사내는 잔뜩 취해 아무 것도 모른 채
상여다리 거꾸로 베고 한낮에 잠을 자고 있네

이학규李學逵(1770~1835)의 시에는 그의 생애, 특히 유배생활과 그로 인한 암울한 정서가 담겨 있다. 남인 실학자 이용휴의 외손자였던 이학규는 1801년(순조 1) 2월 신유사옥에 연루되어 그해 4월 전라도 능주로 유배되었다. 그리고 이 해 10월 다시 내종제 황사영의 백서사건으로 다시 김해로 이배되었다. 이후 그는 1824년(순조 24) 4월까지 24년간 유배생활을 하였다. 이학규의 「성시전도시」는 1810년(순조 10) 김해에서 창작되었으며, 여기에는 한양에 대한 향수, 가족과 친구들에 대한 걱정과 그리움, 그리고 유배지에서 겪는 곤궁한 생활이 그대로 녹아 있다.

이학규의 시에 나타난 계절은 주로 늦가을이나 겨울이며 우울하고 스산하다. 또한 당시 사회적 부조리와 부패에 대한 비판의식이 강하게 드러나 있다. 다른 「성시전도시」가 대부분 태평성대와 임금의 성덕을 찬양하였으며 계절적으로는 주로 봄이며 대체로 밝고 아름답게 묘사하였다는 점과 비교하면 이학규의 시는 매우 독특하다고 하겠다.

仁王南臨江漢水　인왕산은 남으로 한수를 내려다보고
天作高城四十里　하늘이 만든 높은 성곽 40리라
太祖龍飛昔定鼎　태조 임금 왕위에 올라 옛적 도읍을 정하시고[1]
高僧胥宇神所使　고승이 터를 잡은 것도 신이 시킨 바이네[2]
倭奴陷京旋中興　왜적이 도성을 함락하였지만 다시 일으키고[3]
董生作賦窮事始　동월이 부를 지어 일의 시원을 궁구하였네[4]
北宮草木皆象緯　북쪽 궁궐의 초목은 별처럼 두루 펼쳐지고[5]
天居縹緲壓城市　대궐은 아득히 높아 성시를 압도하네
先王手攬城市圖　선왕께서 손수 성시도를 잡으시고
宣命詞臣略指似　글 짓는 신하에게 대략 집어주시듯 명하셨네[6]
豆人寸馬渾可數　콩알만 한 사람과 한 치 크기 말 모두 헤아릴 수 있으니
暎以玻瓈翁以紙　돋보기로 비춰 보듯 종이 위에 담았구나[7]

---

1 1392년 7월 17일 조선을 건국한 태조 이성계는 그해 8월 13일 도평의사사에 한양으로 도읍을 옮길 것을 명하였다. 1394년 8월 24일 한양천도를 최종 결정하였고, 같은 해 10월 25일 개경을 출발하여 10월 28일 옛 한양부 객사에 머물렀다.

2 고승은 태조 이성계의 왕사 무학대사(1327~1405)를 말한다. 태조 이성계는 처음 계룡산으로 도읍을 옮기려고 하였으나 이곳이 남방에 치우쳐 있고, 풍수상 이롭지 못하다고 하여 다시 한양으로 도읍을 옮길 것을 결정하였다. 이때 무학대사가 태조의 명으로 도읍지를 물색하던 중 왕십리에 와서 지세를 살피고 있었는데, 소를 타고 지나던 한 노인이 무학대사를 보고 서북쪽으로 10리를 더 가라는 가르침을 받았다고 하는 설화가 전해진다.

3 1592년(선조 25) 임진왜란을 말한다.

4 동생(董生)은 명나라 사신 동월(董越)로 1488년 조선에 왔다가 돌아간 후 조선에서 얻은 각종 견문과 감회들을 정리하여 『조선부』를 지었다.

5 상위(象緯)는 일월과 금, 목, 수, 화, 토 오성, 즉 하늘의 별자리를 말한다.

6 정조가 1792년(정조 16) 4월 금직의 신하들에게 '성시전도 백운고시'를 지어 올리라고 한 것을 말한다.

7 박제가의 「성시전도시」에 "콩알만 한 사람과 손마디만 한 말은 도리어 크고[豆人寸馬還笨伯]"(27), "화공은 털끝같이 세밀하게 그려 넣으려는 생각에 / 돋보기로 비춰 보듯 종이 위에 줄여 담았네[畫工思入秋

013 楚亭詩句解語畫　초정의 시는 말을 알아듣는 그림이라[8]
014 細瑣應須論物理　세세하게 살피어 경물과 이치를 논하였구나
015 清讌未敢動盤礴　한가하게 다리 뻗고 앉아 움직이지 않아도 되니
016 壯觀誰曾煩跋履　좋은 경관 보려고 누가 번거롭게 발품을 팔겠나
017 雲從以南漫平遠　운종가 남쪽은 넓고 평평하여 아득하고
018 平衢大道紛邐迆　평탄하고 큰길 복잡하게 이어져 있구나
019 行廊瓦霤不知數　기와로 덮은 시전 행랑은 셀 수 없이 많고
020 傍街列肆相依倚　길가에 늘어선 점포는 서로 의지하여 기대 있네
021 朙月珠子光玓瓅　명월 같은 구슬은 반짝반짝 빛나고
022 織文帶組風旖旎　무늬 새겨진 띠는 바람에 나부끼네
023 穹窿大鍾塞廣廈　큰 종 걸린 종루[9]는 넓은 집 가렸는데
024 堀堁飛上追蠡委　먼지가 날아올라 종꼭지에 쌓여 있구나[10]
025 一行蹴鞠對褰衣　한 무리 공 차려고 옷 걷고 마주 섰는데
026 百座跏趺傍凭匭　많은 사람 가부좌하거나 상자에 걸터앉아 있네
027 臨街結氂足工夫　길가에서 털 짜는 사람은 솜씨도 좋고
028 油窗板屋澄可喜　판잣집 유지창은 환하고 밝아서 좋구나
029 衣風汗雨鬨一嘆　바람에 옷 날리고 비 오듯 땀 흘리며 시끄럽게 탄식하고

毫細 映以玻瓈縮以紙]"(15, 16)라고 하였다.

8 초정은 박제가의 호이다. 정조가 박제가의 「성시전도시」를 '말을 알아듣는 그림 같다[解語畫]'고 평하였다.

9 궁륭(穹窿)은 높고 둥글게 만든 지붕을 말하는데, 여기서는 종루를 가리킨다.

10 퇴려(追蠡)는 종을 매단 끈이 오래되어 끊어지려고 하는 것을 벌레가 갉아 먹은 것으로 표현한 것이다.

盲師琴曲愁半死　장님 악사의 거문고 가락은 다 죽어가듯 시름에 차 있네
街兒拍手讙動人　거리 아이들 손뼉 치며 떠들어대니 사람들 놀라고
鳶攫其臠目前駛　솔개는 고기를 낚아채어 눈앞에서 획 달아나네
都人之子美且鬈　서울 사람 자제 잘 생기고 수염도 좋은데
持箑遮面不傍視　부채로 얼굴 가린 채 돌아보지도 않는구나
平頭小奴油裲襠　뭉툭 머리 어린 종은 기름 먹인 배자를 입고
驢鳴逆風風掠耳　치부는 바람에 나귀는 울고 바람은 귀를 때리네
肥馬達官左轡絛　살찐 말 탄 고관은 왼손으로 고삐를 잡고
皐比寵錫高軒被　하사 받은 호피는 수레 높이 걸쳤네
青衣引路虛喝人　푸른 옷 입은 길잡이 '물렀거라' 소리치니
衆中卻立肅相企　뭇 사람들 문득 서서 숙연한 채 하네
繩囊虎子鎭相隨　새끼로 엮은 자루에 요강[11]을 넣고 따르는데
東倭紙傘清無滓　왜국에서 만든 종이 우산은 깨끗하여 티가 없구나
紅簾步轎訶且前　붉은 발 내린 가마가 '쉬이' 소리치며 나가는데
轎聳襜襜人接趾　높이 들린 가마는 발걸음에 맞춰 흔들거리네
宮人羃䍦首膩光　멱리[12] 쓴 궁인의 머리는 윤이 나서 반짝이고
果下驕嘶不受箠　과하마[13]는 울부짖으며 채찍을 피하는구나
興仁東門風射眸　동쪽 흥인문 바람은 눈을 찌르듯 세찬데

11 호자(虎子)는 오줌 그릇, 요강을 말한다. 중국 한나라 때 이광(李廣)이라는 사람이 호랑이를 잡아 호랑이 머리로 오줌 그릇을 하였다고 한 데서 유래하였다.

12 멱리(羃䍦)는 궁중 여인들이 말을 탈 때 쓰는 쓰개의 일종이다.

13 과하마(果下馬)는 과일나무 밑으로 타고 지나갈 수 있는 작은 말을 말한다.

048 牛馬運柴來無已 땔나무 실은 소와 말 끊임없이 모여드네[14]

049 常時墮樵貴不遺 상시로 떨어지는 나뭇가지 귀하여 버리지 못해

050 持杷埽地塵隨跬 빗자루 들고 땅을 쓰니 걸음따라 먼지만 일어나네

051 驪黃百隊坐評直 검은 말 누런 말 백 마리에 앉아서 값을 매기는데

052 午橋駔儈誰能紀 오교의 거간꾼 누가 적어 놓겠는가[15]

053 黌宮八月槐葉黃 8월 성균관에는 홰나무잎 노랗게 물들었는데

054 荊闈穰穰來多士 과장에는 줄줄이 많은 선비 몰려드네

055 烏巾萬額露平墊 수많은 선비 쓴 검은 두건 울쑥불쑥하고

056 蠟紙千燈火微燬 납지등 수천 개 희미하게 타오르네

057 高亭一角碧松園 한쪽 구석 높은 정자는 벽송원이요[16]

058 密邇銅鋪連玉戺 가까이 있는 문은 대궐과 이어지네[17]

059 宮門月覲鹵簿廻 창경궁 월근문으로 임금 행렬 순회하고[18]

060 春塘雨色鑾儀徙 비 내리는 춘당대에 임금 행차 옮겨가네[19]

---

14 『한경지략』에 “도성에서 쓰이는 땔감은 곧 경강 상·하류의 나무장수들이 운반하여 강가에 내려두면 도성 사람들이 매일 와서 지고 가 영리하여 생계를 유지하였다. 또한 서울 가까이 있는 사람들은 소나 말에 싣고 성안으로 들어왔는데 한 바리의 땔감 값이 백전 내외를 넘지 않았다.”고 하였다.(『한경지략』 권2, 시전)

15 오교(午橋)는 지금의 청계천 5가 방산시장 부근에 있었던 마전교를 말한다. 부근에 소와 말을 매매하는 마전이 있었기 때문에 ‘마전교’라고 하였으며, 시장이 주로 한낮에 열렸기 때문에 ‘오교(午橋)’라고 하였다. 장쾌(駔儈)는 중도위, 거간꾼을 말한다.

16 벽송원(碧松園)은 성균관에 소나무가 울창하게 들어선 벽송정을 말한다. 『한경지략』에 “향관청은 명륜당 북쪽에 있다. 소나무가 울창하여 벽송정이라고 한다.”고 하였다.(『한경지략』 권1, 성균관)

17 동포(銅鋪)는 구리로 만든 고리, 문을 말한다. 성균관은 창경궁 동북쪽 집춘문과 연결되어 있어, 이 문을 통하여 왕래하였다.

18 월근문은 창경궁 동쪽에 있는 문으로, 경모궁과 통하는 문이다. 정조가 사도세자의 사당인 경모궁으로 갈 때 이 문을 이용하였다.

061 空翠緜緜粉城回　아지랑이 하늘하늘 하얀 성곽을 감돌고
062 南山對面平如砥　마주 대한 남산은 숫돌처럼 평편하네
063 蔓草緣垣菜畦長　담장에는 넝쿨풀 얽혀 있고 채소밭고랑 길게 났는데
064 慶會樓閣空荒址　경회루 누각이 있었던 곳은 황량한 빈터라네[20]
065 京兆府暗柳毵毵　경조부 버드나무는 짙푸르러 어스름하고[21]
066 舍人廳閑池瀰瀰　사인청 연못은 한가롭게 일렁이네[22]
067 東城之北北城西　동성 북쪽 북성 서쪽[23]
068 遊人陸續恒來此　구경꾼 끊임없이 이곳으로 몰려드네
069 百道穿堋射矦正　백보 밖에서 쏜 화살 과녁에 적중하고
070 一水緣谿漂聲邇　한줄기 시냇물따라 빨래 소리 가까워지네
071 徘徊唱臚松籟寂　이곳저곳 돌며 소리 질러 부르니[24] 솔바람도 고요하고
072 踊躍用兵莎地陊　힘차게 뛰며 무예를 익히니 잔디밭이 문드러지는구나
073 名園巨樹皆參天　이름난 정원의 큰 나무는 모두 하늘을 찌르고
074 紙鳶撲撲罥復起　종이연은 하늘 가득 엉켰다 다시 솟아오르네
075 長廊隱暎蒼翠屏　긴 행랑 은은히 비추니 푸른빛 병풍이요

---

19 춘당대는 창덕궁 후원에 있는 건물로 선비들을 시험하고 열무하는 곳이다.

20 경복궁은 임진왜란 때 모든 전각이 불에 타서 소실되었으며, 이후 고종 때 중건될 때까지 폐궁으로 남아 있었다. 『한경지략』에 "경회루의 누각은 불에 타 버렸으나 석주는 지금도 촘촘히 서 있으니 예전 건물의 장대하고 화려함을 알 수 있을 것 같다."고 하였다.(『한경지략』 권1, 궁궐 경복궁)

21 경조부는 한성부로 육조거리 동쪽 이조와 호조 사이, 현재 세종로 미국대사관 부근에 있었다.

22 사인청은 의정부 사인(舍人, 정4품)들이 집무를 보던 곳으로 현재 경복궁 앞 광화문시민공원에 있었다.

23 동성(東城) 북쪽은 혜화문 밖 북둔(北屯)을, 북성(北城) 서쪽은 인왕산 필운대를 가리키는 것으로 보인다. 두 곳 모두 경치가 좋아 상춘객들이 많이 모여 들었다.

24 창려(唱臚)는 조정에서 행사할 때 윗사람의 말을 아랫사람에게 전하면서 크게 소리치는 것을 말한다.

076 盆山水竹頗淸美　화분 속 산과 수죽은 자못 맑고 아름답구나

077 朱毦骨朶畵復新　붉은 깃털과 골타[25]로 장식한 행렬은 더욱 새롭게 그렸는데

078 行人側竚門半闔　행인들 옆으로 비켜서고 문은 반쯤 열려 있네

079 其中袞袞生公侯　그중에서 많은 공경들이 생겨나

080 戚聯世祿旋從仕　인척을 맺고 대대로 녹을 먹으며 벼슬길에 나아가네

081 遺籯自足爲子孫　자손들 자족하도록 넉넉한 재산 물려주니

082 掌綸豈必耽文史　벼슬하는데 어찌 반드시 글을 읽어야 하겠는가

083 三邊六鎭不到憂　삼변 육진의 변방에도 근심이 없고

084 只愁肉食老無齒　고기 먹으려니 늙어서 이가 없음을 근심할 뿐이네

085 傍山人家小角門　산 옆 인가에 작은 일각문 서 있는데

086 埽地如鏡淸晝晷　거울같이 마당을 쓸어 해그림자 깨끗하구나

087 曹家巨筆紅擘窠　조가의 큰 문장을 쓴 붉은 벽과체[26]

088 隨喜石色還淸泚　다 함께 기뻐하니 돌빛마저 깨끗하구나

089 主翁白首謾食貧　백발의 늙은 주인 끼니조차 잇기 어려우나

090 好事元不愁窳呰　풍류를 좋아하여 원래부터 가난을 근심하지 않네

091 喬松一尺鐵屈盤　한 척 높이 소나무 철사처럼 구불구불 서려 있고

092 穠桃百子花離披　복숭아꽃 활짝 피어 어지러이 흩날리네

093 教將蒲鴿動蹁躚　오이 덩굴은 이리저리 뻗어가도록 하고

---

25 주이(朱毦)는 붉은 새의 깃털로 무기나 군복, 말안장 등을 장식한다. 골타(骨朶)는 임금이 거둥할 때 장식하는 의장의 하나이다.

26 조가(曹家)는 누구를 가리키는지 분명치 않다. 거필(巨筆)은 뛰어난 문장을 뜻하며, 벽과(擘窠)는 제액(題額) 등에 큰 글씨를 쓰는 서법을 말한다.

094 養得草龍煩戢舂　포도 넝쿨은 무성하게도 길렀구나

095 開川四月燈市出　4월 개천에는 등을 내다 걸었는데[27]

096 自製百巧呈手技　온갖 재주 부려 만들어 솜씨를 자랑하네

097 憑空攢葉湧芙蕖　공중에 매달린 잎에서 연꽃이 솟아오르는데

098 乘風撇尾騰鯶鯉　바람을 타고 꼬리 치며 잉어들이 뛰어오르네[28]

099 卻聞訶騶巷口迴　문득 시끄럽게 말을 몰아 골목 도는 소리 들리고

100 弼雲萬樹生繁蘤　필운대 수많은 나무에는 꽃들이 만발하네

101 長筵大几巖下屋　바위 밑에 휘장치고 큰 잔치 열렸는데

102 貴重豈必凌峛崺　귀하고 중하다고 어찌 낮은 산자락 얕보겠는가

103 花餻蜜餌出行廚　화고와 밀이 싸서 들고 나들이 가는데[29]

104 絲管啁啾陳遊妓　풍악 소리 시끌벅적 기생들 놀고 있네

105 南橋水閣頗沮洳　남쪽 수각교[30]는 자못 질척질척하니

106 春城白日愁沒屐　봄날 한낮에도 신이 빠질까 걱정이네

107 三南大路此都會　삼남대로 모두 이곳으로 모여드는데[31]

108 人馬絡繹如行蟻　사람과 말의 행렬은 개미 떼 가는 것 같구나

---

27 4월 초파일에 등불놀이를 말한다. 4월 초파일이 다가오면 수일 전부터 각 점포에서 여러 가지 빛깔의 화등(花燈)을 만들어 달아 놓으면 손님들이 구름처럼 모여 그것을 사갔다. 이것을 '등시'라 했다.

28 연꽃등과 잉어등의 형상을 묘사한 것이다. 『경도잡지』에 "등의 종류에는 마늘등·연꽃등·수박등·학등·잉어등·자라등·병등·항아리등·배등·북등·칠성등·수자등(壽字燈)이 있는데, 모두가 그 형상을 따른 이름이다."라고 하였다.(『경도잡지』 세시, 4월 초파일)

29 화고는 찹쌀가루를 반죽하여 얇게 펴놓고 꽃잎을 장식하여 만든 떡이며, 밀이는 꿀을 발라 만든 과자를 말한다. 행주(行廚)는 여행할 때 임시로 음식을 만드는 곳을 말한다.

30 수각교는 숭례문을 들어와서 놓여 있는 첫 번째 다리로 숭례문에서 광통교로 이어지는 도로인 남대문로와 남산 아래 창동에서 발원하는 창동천이 만나는 지점에 있었다.

31 한양도성에서 남대문을 지나 충청·전라·경상도 방향으로 가는 길을 말한다.

109 紅門百丈絶臨衢　백 길 높이 홍문은 불그스레 길가에 섰고[32]
110 雪樓五月凉隱几　설루[33]는 5월에도 안석이 서늘하네
111 逢迎詔使動修新　중국 사신 맞이하려 새 단장을 하였는데
112 曲房瑣闥無傾圮　곡방[34]과 대문 허물어진 데가 없구나
113 城外人家八棹楔　성밖 인가에 팔정려문 있는데[35]
114 江都節義古無比　강도절의 옛일은 비할 바도 없네[36]
115 舟梁御路沙似泥　배다리 어로에는 모래가 진흙처럼 깔려 있고
116 壽亭神祠樹如綺　수정신사[37]의 나무는 비단같이 곱구나
117 煙巖羃井踐更地　바위에 안개 끼고 우물 덮여 있는 땅 다시 밟으니
118 亦有百貨堆如坻　또한 온갖 물화 구릉처럼 쌓여 있네
119 委地微聞半魚鯹　땅에 버려진 생선 반은 썩어 비린내 풍기고

32 여기서 홍문은 뒤에 '중국 사신을 맞이하려[逢迎詔使]'는 말이 나오는 것으로 보아 모화관의 영은문을 가리킨다.

33 설루(雪樓)는 중국 사신을 접대하는 태평관의 명설루(明雪樓)를 가리키는 것으로 보인다.

34 곡방(曲房)은 후미진 곳에 있는 은밀한 방을 말한다.

35 조선 중기 효자 열녀 집안으로 이름난 이지남(李至男)의 집안을 말한다. 『한경지략』에 "자연암은 숭례문 밖에 있다. 효자인 소격서 참봉 이지남 집안의 정려가 있는데, 충신, 효자, 효녀, 절부, 열녀가 한 집안에 8사람이 되어서 모두 아울러 정려를 세웠다. 인조 대에 '효자삼세(孝子三世)'라고 편액이 내려져 대문에 세우니, 세칭 팔홍문가라고 하였다."라고 하였다.(『한경지략』 권2, 각동) 도설(棹楔)은 정려문을 말한다.

36 1636년(인조 14) 12월 병자호란 때 봉림대군, 인평대군 등 왕자와 비빈, 종실, 조신들이 강화도로 피난하였으나, 청군의 급습으로 강화도가 함락되자 봉림대군 등 200여 명이 청군에게 붙잡혔고, 우의정을 지낸 선원 김상용, 전공조판서 이상길 등은 스스로 불을 질러 자결하였으며, 많은 부녀자들도 순절한 사실을 말한다.

37 후한 말 촉한의 장수 한수정후(漢壽亭侯) 관우의 사당인 관왕묘를 말한다. 임진왜란 때 명나라가 원군과 함께 관왕묘를 세울 것을 요구하여 남대문 밖에 남관왕묘(1598년)와 동대문 밖에 동관왕묘(1604년)가 세워졌다.

120 逢人突出皆豢豕 사람 마주치자 날뛰는 건 죄다 돼지라네
121 笑渠糶米手空升 빈 되 손에 쥐고 쌀 내어준다고 희죽거리면서
122 公肬唱籌立無恥 쓸데없이 소리 높여 되를 세며 뻔뻔하게 서 있구나
123 懸鶉之夫醉無知 누더기 걸친 사내는 잔뜩 취해 아무 것도 모른 채
124 倒枕輀杠睡日裏 상여다리 거꾸로 베고 한낮에 잠을 자고 있네
125 小渠冰溜委巷空 도랑은 얼어붙고 골목은 휑한데
126 鴉鳴啄腐殘腥胣 까마귀 까악 대며 썩은 고기 찌꺼기 쪼아 먹는구나
127 鴉頭小婢盎在頂 까만 머리 어린 여종은 물동이를 이고
128 盎鳴欲濺首反頫 찰랑거리는 물 넘쳐흐를까 머리를 곧추 세우네
129 一道鈴聲馱米迴 한 길에는 방울 울리며 쌀 실은 짐바리 돌고 있는데
130 太倉十里紛委庤 태창 십리 어지럽게 늘어섰구나[38]
131 江邊小兒解倒騎 강변의 아이들은 말을 거꾸로 타고서
132 邨歌一曲歸江沚 촌스러운 노래 부르며 강따라 돌아가네
133 芳草晴沙革橋路 예쁜 꽃풀 깨끗한 모래밭의 혁교 길[39]
134 古館沈沈嶽色峙 옛 관사는 침침한데 산색은 우뚝하네
135 盤松池漫秋水綠 반송지에는 가을이 가득하여 물빛이 푸르고[40]
136 鷰子樓墟夕陽紫 연자루 빈터에는 저녁 노을 붉구나[41]

38 광흥창, 대흥창, 총융창 등 한강변에 있는 큰 미곡 창고들을 말한다.

39 혁교(革橋)는 돈의문 밖 모화관 아래 서지(西池) 옆에 있었던 다리로 석교(石橋)라고도 하였다. '예쁜 꽃풀 깨끗한 모래밭'이라는 수식어로 보아 모화관 주변 사장(沙場)의 풍경을 묘사한 것을 보인다.

40 돈의문 밖 서지(西池, 현재 서대문구 천연동 금화초등학교 자리에 있었다)를 말한다. 못가에 수십 보의 그늘을 드리운 가지가 구불구불한 소나무가 있다고 해서 '반송지'라고 하였다.

41 도성 내 연자루는 모화관과 홍인문 남쪽 훈련원에 있었다. 여기서는 모화관 옆에 있었던 연자루를

137 點兵朱旗甲仗齊 병사 점호에 붉은 깃발과 무기 의장은 정연하고
138 調馬黃衫警蹕擬 누런 옷 입고 말을 모니 임금 행차[42] 같구나
139 一片飛鞚毋嶽來 한 필의 말 나는 듯 모악[43]을 넘어오는데
140 龍灣驛騎隨點指 용만[44]에서 오는 역마 지시대로 따르네
141 西山樵子暝踏霜 서산의 나무꾼은 저물녘 서리 밟고 돌아가는데
142 樵歌咽咽行且止 나무꾼 구슬프게 노래하며 가다 서다 하는구나
143 寰好青泥古坊曲 청니방 옛 마을은 참 좋은데[45]
144 圓山一點穹魂硊 둥그재 한 봉우리 우뚝 솟아 있네[46]
145 田閒野水目廢園 밭은 묵어서 물이 흐르고 전원은 황폐한데
146 峴上春烽仍古壘 고개 위 봉화는 옛 보루 그대로 이네
147 書生四十巖下屋 서생은 사십에도 바위 밑 오두막에 살고 있으니

가리킨다.

42 경필(警蹕)은 천자(天子)가 나갈 때에는 경(警)이라 외치고, 들어올 때에는 필(蹕)이라 외쳐서 통행을 금하는 것을 말하는 것으로, 곧 임금의 행차를 뜻한다.

43 지금의 서울 서대문구 홍제동으로 넘어가는 무악재를 말한다.

44 평안도 의주를 가리킨다.

45 조선시대 한양에는 '청니방(靑泥坊)'이라는 지명은 확인되지 않는다. 다만 이학규의 문집에 "도성 서쪽 청니방 옛집의 맑은 계곡 깊구나 늦가을 서풍이 불어오면 국화꽃 무성하게 피었네"라고 하였다.(『낙하생집』 책19, 각시재집 견국지부) 또 이학규가 정약용에게 보낸 편지에 다음과 같은 글이 있다. "옛날 반송방에 작은 집이 있었다. 비록 서늘한 마루와 따뜻한 방이 있는 즐거움은 없었으나 바람과 서리를 막고 복랍(여름 삼복과 겨울 납일에 지내는 제사로, 다정한 술자리를 뜻함-역자)을 흉내 낼 수는 있었다. 30년을 이곳에서 지냈는데, 두건이 걸리고 이마가 부딪힐 정도로 작은 집이지만 할아버지께서 한가하게 거닐지 않은 곳이 없으며, 소복 모인 나무와 주먹만 한 돌의 경치가 있는데, 선대 아저씨가 가꾸고 흙을 북돋아 심었을 따름이다. 또한 장서 천여 권이 있었고, 노비 4, 5명이 있었다."고 하였다.(『낙하생집』 책15, 문의당집[경진], 답정참의약용서) 이러한 사실로 보아 청니방은 반송방을 가리키는 것을 알 수 있다.

46 원산(圓山)은 원교(圓嶠)로, 산이 둥글고 곱다하여 둥그재라고 하였다. 지금의 서울 서대문구 충정로 2가와 냉천동 뒤에 있는 금화산을 가리킨다.

卻有衡門宛在是　은자의 집[47] 완연히 여기에 있네
因依石色淨茅茨　돌빛따라 초가집도 깨끗하고
領略林光蔭桃李　숲빛 살펴보니 복숭아 오얏나무 우거졌구나
小檻晴開臘雪朙　조그만 난간을 활짝 여니 눈이 쌓여 환하고
南皐石戰爭風靡　남쪽 언덕에는 석전으로 바람에 쓰러지듯 하네[48]
卻喜西林杏花天　문득 서쪽 숲 살구꽃 경치 반가운데
鴶鵴亂鳴催田耜　뻐꾸기 요란스레 울며 밭갈이를 재촉하네
從來占地在高寒　예로부터 좋은 터는 높고 추운 곳에 있어
度城更鼓聞尺咫　시각을 알리는 북소리 성을 넘어 지척에서 들려오네
誰家畵角月同孤　누구 집 화각소리인지 달처럼 외롭고[49]
何處疎燈曉相竢　어느 곳 희미한 등불인지 동트기를 기다리네
嚭連杖屨自近鄰　이웃 사는 노인장 찾아와 머무르며
檢閱書籤每高庋　높은 시렁 서책을 살펴보네
與玄豈無子雲兒　태현경을 배우는데 어찌 자운의 제자가 없겠으며[50]
誦詩卻有康成婢　정강성의 여종은 시경을 외웠다 하네[51]

---

47 형문(衡門)은 나무를 가로질러 만든 보잘것없는 문으로, 안분자족하는 은자의 거처를 뜻한다.

48 『경도잡지』에 "삼문(숭례문, 돈의문, 소의문) 밖과 아현 주민들이 만리동 고개에서 돌을 던지며 서로 싸웠는데, 속설에 삼문 밖 편이 이기면 경기 일대에 풍년이 들고 아현 편이 이기면 팔도에 풍년이 든다고 한다. 용산과 마포에 사는 불량 소년들 중에는 패를 지어 아현 편을 돕는다. 바야흐로 싸움이 한창 심해지면 고함소리가 땅을 흔들 정도이며, 이마가 깨지고 팔이 부러져도 후회하지 않는다. 관에서 가끔 이를 금하였다. 성안의 아이들도 이를 따라 하였으므로 행인들이 모두 돌에 맞을까 무서워 피해 돌아간다."고 하였다.(『경도잡지』 권2, 상원)

49 화각(畵角)은 표면에 그림이 그려져 있는 쇠뿔로 만든 악기의 일종이다.

50 자운(子雲)은 한나라 학자 양웅(揚雄)의 자이다. 자운아(子雲兒)는 양웅의 제자 후파(侯芭)를 가리킨다. 그가 양웅에게 『태현경』과 『법언』을 배웠다고 한다.

163 江中後夜風水惡　깊은 밤 강 가운데 비바람 궂은데
164 春渚一別愁芳芷　봄날 물가에서 이별하자니 친구들 근심하는구나[52]
165 湖鄉八載淹衰病　시골에서 8년 병으로 골골거리는데
166 京華十輩猶譏訕　서울의 여러 친구들 오히려 나무란다네
167 殘山剩水自不同　황량한 산과 물도 낯이 설어
168 高歌痛飮聊復爾　고래 소리지르며 흠뻑 취해 그저 그렇게 지낸다네
169 移居有媿穉川隱　시골로 옮겼으나 갈치천의 은거에는 부끄럽고[53]
170 賦園無爲子山鄙　전원을 노래해도 유자산의 질박함에는 미치지 못하네[54]
171 西橋詩客今許渾　서교의 시인 지금의 허혼으로[55]
172 卜築田園埒好時　전원에 터 잡고 집 지으니 호치 못지않구나[56]
173 秋容小圃散牛羊　가을빛 텃밭에는 소와 양 뛰어놀고

---

51 정강성(鄭康成)은 후한 말 학자 정현(鄭玄)으로 훈고학과 경학의 시조로서 『주역』, 『상서』, 『모시』, 『주례』, 『예기』, 『논어』 등 경서를 주석하였다.

52 이학규는 1801년(순조 원년) 신유사옥 때 그의 삼종숙(三從叔) 이승훈(李承薰)에게 연좌되어, 천주교와는 무관하였지만 그해 4월 전라도 능주로 유배를 가게 되는데, 이때의 심사를 표현한 것으로 보인다.

53 치천(穉川)은 중국 진(晋)나라 갈홍(葛洪)으로 자가 치천(穉川)이다. 그는 『포박자』와 『신선전』의 저자로 나부산(羅浮山)에서 선약을 만들어 먹고는 신선이 되었다고 한다. 이학규 자신의 유배생활을 갈지천의 은거에 비유한 것이다.

54 자산(子山)은 중국 남북조시대 북주(北周)의 시인 유신(庾信)의 자이다. 그가 지은 「소원부(小園賦)」가 있는데, "나에게 몇 이랑 되는 작은 장원이 있는데, 적막하여 사람들이 찾아오지 않는 곳으로, 애오라지 비바람이나 피하는 곳이다."라고 하였다.

55 허혼(許渾)은 당나라 시인으로 정묘교(丁卯橋)라는 다리 곁에 별장을 짓고 살았으므로 정묘교는 시인 묵객이 사는 곳에 비유되곤 한다.

56 호치(好時)는 한나라의 육가(陸賈)의 전원을 말한다. 육가는 한 고조 유방의 명을 받고 남월(南越)을 한나라로 귀순하게 만들었으나 고조가 죽은 후 여태후가 정권을 잡자 병을 핑계로 벼슬에서 물러나 호치(好時)에 있는 전답이 비옥하여 그곳에 가서 정착하였다고 한다. 후에 은거하여 전원에서 농사짓는 것을 비유하여 호치전(好時田)이라고 하였다.

174 春色高陵樹桑梓 봄날 높은 언덕에 뽕나무 가래나무 심었네
175 況乃耕種舊宮墟 하물며 옛 궁터에는 밭 갈고 씨 뿌렸는데
176 回巖古木森磈礧 회암과 고목으로 숲은 높고 험하구나
177 西林杏亭尤絶奇 서쪽 숲 살구나무 정자는 더욱 빼어나
178 講堂新築土功揆 강당을 새로 지으려 공력을 헤아려보네
179 時來拄杖一望之 때때로 지팡이 짚고 와서 바라보는데
180 嘆羡豈是爲華侈 부러워 감탄함이 어찌 이것이 화려하고 사치해서이랴
181 窮鄕野色逼霜霰 궁벽한 시골에 눈서리 내려
182 故園風物收梨柹 배와 감 수확하니 옛 고향의 풍경이라
183 眼前況是我輩客 지금 더군다나 우리들은 나그네 신세라
184 一席郫醪倒菊蘂 한자리에서 막걸리에 국화꽃 띄워 마신다네
185 自聞移家住近郊 집을 옮겨 근교에 산다는 소식 들었는데
186 數椽雖存壁棟毁 두어 칸 집은 벽과 기둥 허물어졌다 하네
187 炊煙半屋堗無泥 반 쓰러진 집 구들에는 흙을 못 발라 밥 짓는 연기 새고
188 霖雨連蹊草未薙 장맛비에 오솔길에 난 풀도 깎지 못했네
189 兒生未晬失懷抱 아이는 태어나 돌도 지나지 않아 품을 떠나 잃어버리고[57]
190 親老經秊闕滫瀡 늙으신 부모는 해가 지나도록 봉양하지 못하였네[58]
191 天寒歲暮百憂集 추운 날씨 한 해가 저무는데 온갖 근심 쌓여서
192 閉門十日委牀第 열흘 동안 문을 닫고 자리에 누웠다네

57 이학규는 김해 유배 중이었던 1804년 겨울, 셋째 아이가 죽었다는 소식을 듣게 된다.

58 수수(滫瀡)는 맛있는 음식으로 부모를 봉양하는 것을 말한다. 이학규는 유복자로 태어났으며, 1819년 여름 김해 유배지에 있을 때 그의 어머니가 세상을 떠났다.

193	安得此圖兼此詩	어찌하면 이 그림과 이 시를 얻을 수 있을까
194	爲將棗梨煩剜剞	장차 대추나무 배나무에 새기려하네
195	書齋十月作紙障	10월 서재 문에 발라 놓으면
196	擧眼何異行九軌	눈 들어 바라보면 도성을 걷는 것과 무엇이 다르냐
197	下澤歸田宛疇昔	시골로 내려온 지 바로 엊그제 인데
198	衆山鼓琴溢宮徵	뭇 산은 북과 거문고로 풍악소리 넘치는구나
199	向風一笑問人客	바람 향해 한번 웃으며 손님들에게 묻기를
200	我詩豈謂不鄙俚	내 시 어찌 속되지 않다고 말하겠는가

「성시전도시」의 유형과 그 특징

1. 「성시전도시」의 유형

「성시전도시」는 '성시전도'를 시제로 한 만큼 공간적으로는 한양도성을 중심으로 성저십리와 한강, 외사산을 대상으로 하고 있으며, 시간적으로는 이 시가 창작된 18세기 말 서울을 담고 있다. 이것은 1792년(정조 16) 창작된 응제시는 물론 의작시인 신택권의 시도 마찬가지이다. 다만 이학규의 시는 1810년, 신관호의 시는 1866년경 창작되어 각각 약 20년, 70년의 시간적 차이가 있다. 그러나 당시 서울은 오늘날처럼 급속한 도시 변화를 겪었던 시기가 아니므로 「성시전도시」는 대체로 18세기 말을 전후한 서울의 경관과 사회상을 담고 있다고 할 수 있다.

안대회는 「성시전도시」를 공간의 선택과 묘사의 태도, 언어의 구사에 따라 3가지 유형으로 분류한 바 있다. 첫째 부류는 18세기 한양의 풍경을 사실적으로 묘사하기보다는 중국의 옛 제도와 연관시키는 의고적 작시태도를 취하고 있으며, 시의 음조는 고풍스럽고 장중하며 풍속적 소재와 비속한 표현을 배제한 반면 과장된 찬미의 태도를 보인 것으로 신광하의 시를 예로 들었다. 두 번째 부류는 비교적 풍부하게 서울의 풍경을 드러내고, 묘사의 태도도 사실적이지만, 풍속적 소재와 비속한 표현을 채택하지 않고 전아한 표현을 견지한 작품으로 이덕무와 이만수, 유득공의 작품이 여기에 속한다고 하였다. 세 번째 부류는 서울의 풍경을 사실적이고 구체적으로 묘사하려는 경향이 강한 것으로 박제가, 신택권, 이학규, 신관호의 작품이 여기에

속한다고 분류하였다.[1]

필자는 「성시전도시」에 등장하는 소재에 중점을 두고 13종의 「성시전도시」를 분석하였다.[2] 그 결과 「성시전도시」의 구성내용은 대체로 산, 강 등 자연경관과 성곽, 궁궐, 시전, 가로, 건물, 명승 등 도시경관으로 나눌 수 있으며, 놀이와 세시풍속, 인물과 동물도 시를 구성하는 중요한 요소로 자리하고 있었다. 또한 그림으로서 「성시전도」에 대한 묘사, 태평성대와 임금의 성덕을 찬양하는 내용, 천문에 관한 내용, 우리나라와 중국의 역사, 옛 도읍, 인물, 고사 등의 묘사도 시의 상당한 부분을 차지하고 있었다.[3] 13종 「성시전도시」의 구성내용은 다음 표와 같다.

[표 1] 13종 「성시전도시」의 주요 구성내용

구성	1. 자연경관	2. 도시경관	3. 그림 「성시전도」	4. 태평성대와 임금의 성덕 찬양	5. 천문	6. 우리 역사 인물 지명 고사	7. 중국 역사 인물 지명 고사	8. 개인의 생애
세부 내용	① 산 ② 강	① 성곽 ② 궁궐 ③ 종묘/사직 ④ 관아 ⑤ 거리/마을 ⑥ 시전 ⑦ 개천 ⑧ 사적/명승 ⑨ 놀이/풍류/세시풍속 ⑩ 인물/동물	그림의 제작 배경 및 제작 과정, 화법, 장황 등	영·정조대 태평성대, 임금에 대한 축수 등	28수, 북극성, 태미, 자미, 천시 등	단군조선~고려에 이르는 역대 도읍, 조선개국과 한양정도 등	주·한·남북조, 당·송·명초에 이르는 인물, 지명 등	관직, 유배, 개인적 관심 등

위 표에서 '1. 자연경관'과 '2. 도시경관'은 '성시전도'라는 주제성을 가장 확실하게 보여주는 부분이다. '2. 도시경관'에서 ①~⑧은 당시 한양의 주요 도시 시설과

1 안대회, 「성시전도시와 18세기 서울의 풍경」, 『고전문학연구』 Vol.35, 한국고전문학회, 2009, 224쪽.

2 부록 「13종 성시전도시에 나타난 주요 소재」 참조.

3 「성시전도시」에 나타난 서울의 풍경에 대해 안대회는 1) 한양의 지세와 연혁, 2) 궁궐과 관서, 3) 성곽, 대문, 다리, 4) 시장과 물산, 5) 관리 행차, 6) 거리와 유동인구, 7) 도회의 승경지와 유람객, 8) 도시 유흥문화, 9) 성 밖의 풍경, 10) 세시풍속의 열 가지로 정리한 바 있다.(안대회, 앞의 글, 233쪽)

명소에 해당하는 것으로 정적인 요소이며, '⑨ 놀이·풍류·세시풍속'과 '⑩ 인물·동물'은 도성 안팎에서 생동하는 사람들과 동물의 모습을 보여주는 동적인 요소이다. '3. 그림 「성시전도」'는 '성시전도'를 시제로 한 문학작품으로서, '4. 태평성대와 임금의 성덕 찬양'은 임금의 명에 의해 지은 응제시로서의 성격을 보여주는 요소이다. 전체적으로 1~4에 해당하는 부분이 응제시로서 '성시전도'의 주제성을 보여주는 요소라면, 5~7의 천문, 우리와 중국의 역사, 인물, 지명, 고사 등과 관련된 부분은 태평성대와 임금의 성덕을 찬양하고, 왕도로서 한양의 권위를 높이기 위한 문학적 수사라고 할 수 있다. 마지막으로 '8. 개인의 생애'에 관한 부분은 작가의 관직이나 유배생활, 개인의 관심사를 묘사한 것으로 작품에 따라 차이가 크다.

이와 같은 구성내용을 기준으로 13종의 「성시전도시」를 분류해 보면, 첫 번째 유형은 1, 2번 항목에 충실한 작품으로 「성시전도시」로서 주제성에 충실하며, 한양의 경관을 구체적이고 사실적으로 묘사하는 데 중점을 두었다. 여기에는 이덕무, 박제가, 신택권, 신관호의 작품이 해당한다. 두 번째 유형은 4, 5, 6, 7번 항목에 비교적 많은 부분을 할애한 작품으로 한양의 경관을 사실적으로 묘사하기보다는 조선왕조의 화려한 문물제도, 왕도로서 한양의 뛰어난 입지, 그리고 태평성대와 임금의 성덕에 대한 찬양에 중점을 두었다. 그러기 위하여 천문과 도교, 우리나라와 중국의 역사, 옛 도읍, 인물, 고사 등을 많이 동원함으로써 역사성과 의고성이 강하다. 신광하, 이만수, 이집두, 정동간, 김희순의 작품이 여기에 해당한다. 세 번째 유형은 「성시전도」의 장황粧潢 등 그림 형식, 기법 등 '3. 그림 「성시전도」'에 중점을 둔 시이다. 유득공, 서유구, 이희갑의 작품이 여기에 해당한다. 이 3인의 작품은 시풍詩風은 두 번째 유형과 비슷하지만, 그림으로서 「성시전도」의 묘사에 치중함으로써 마치 그림을 보면서 시를 지은 듯한 느낌을 준다. 네 번째 유형은 '8. 개인의 생애'에 관한 내용을 많이 담고 있는 시로 이학규의 작품이 여기에 해당한다. 신택권과 신관호의 시도 자신의 생애와 관련한 내용을 담고 있으나 두 작품은 기본적으로 '성시전도'라는 주제성에 더 충실한 작품이라고 할 수 있다.

2. '성시전도'라는 주제성에 충실한 작품

① 이덕무와 박제가의 「성시전도시」

이덕무와 박제가의 시는 「성시전도시」로서 주제성에 가장 충실하면서도 서로 대조적이다. 이덕무는 한양의 경관을 크게 도성 안과 밖으로 나누고, 도성 안은 성곽-산-궁궐-건물/명승-거리-개천-시전으로, 도성 밖은 숭례문·돈의문·흥인문·혜화문 밖으로 나누고, 그런 다음 각 공간·장소에 따라 특징적인 형상을 묘사하였다.

[표 2] 이덕무의 시에 등장하는 한양의 경관

도성 안							도성 밖			
성곽	산	궁궐	건물/명승	거리	개천	시전	숭례문 밖	돈의문 밖	흥인문 밖	혜화문 밖
성곽	삼각산 백악산 목멱산 낙산, 인왕산 무악, 원교 응봉(창덕궁뒤)	경복궁 동궐 (창덕궁 창경궁)	관왕묘, 의정부 훈련원, 모화관 영은문, 북영, 세검천, 세검정, 조지서, 삼청동문, 초단, 백세청풍, 세심대, 필운대, 장용영	아회, 종루 원각사백탑 반자현우노 소 사람들 초헌, 가마, 안마	경진수평 백옥주 양안 누대 오간수문	시전행랑, 면전, 어물전, 생선전, 싸전, 좌고, 행상, 주사	강창 나루 돛배	원기놀이 반송지	동적전 화양정 마장	북둔

이덕무는 도성에 '井'모양으로 가로 세로 선을 그어 한 구역씩 읽어가듯이 시를 썼다. 마치 읊어야 할 소재와 분량을 미리 구상한 다음 창작을 한 듯 정연한 느낌을 준다. 소재별 분량도 대개 한 소재당 4구를 배정하되, 중요하거나 여러 소재가 합쳐진 경우 8~16구를 배정하였다. 이덕무는 한양의 경관을 공간적으로 균형 있게 묘사함으로써 당시 한양의 대강大綱을 이해하는 데 유용하다.

또한 시의 특성상 다소 과장이 있을 법하지만, 이덕무의 시에서는 그런 점을 찾아보기 어렵다. 이덕무의 시를 보면 당시 한양의 모습을 담은 지도나 지리지, 그림과 대체로 일치하는 바가 많다. 남산의 형상을 "달리는 말이 안장을 벗는 형국"(75)

이라고 하였는데, 이는 『한경지략』에서 남산을 "달리는 말이 안장을 벗은 형국과 같다"고 한 것과 일치한다. 낙산의 묘사에서 "푸르스름한 아지랑이 피어오르고 탁월한 글씨 드높으니 / 학사가 살았던 집 이름 기재로다"(79, 80)라고 하였다. 탁월한 글씨는 『한경지략』에서 "타락산 아래 … 석벽에 '홍천취벽' 네 자가 새겨져 있는데 표암 강세황의 글씨이다"라고 한 것을 말한다. 그리고 기재企齋는 "신광한의 집은 타락산 아래 어의동에 있었는데, 세간에 명승지로 알려졌으며, 사람들이 '신대申臺'라고

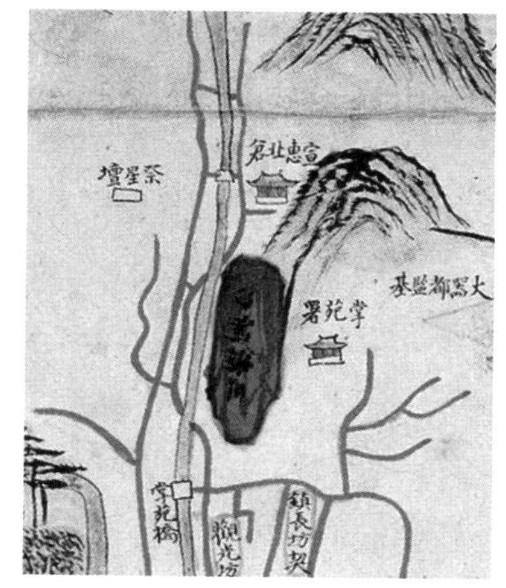

「한양도성도」에 표기된 '三淸洞門',
삼성미술관 리움 소장

불렀다"라고 한 기재企齋 신광한申光漢(1484~1555)의 집을 가리킨다. "삼청동문 바위에 붉게 새겨 있고"(121)라고 한 것은 『한경지략』에서 "시냇가에 석벽이 있고, 벽 위에 '삼청동문' 네 글자가 새겨져 있다"라고 하였으며, 「한양도성도」에도 검은 바위에 붉은 글씨로 '三淸洞門(삼청동문)'이라고 표시되어 있다. 지금도 종로구 삼청동 국무총리 공관 건너편 암벽에 '삼청동문' 각자가 새겨져 남아 있다.

이덕무는 스스로 "한성에서 태어나고 자라서 / 눈으로 또렷이 보았으니 어찌 기쁘지 않으리"(61, 62)라고 하였다. 그는 1742년(영조 18) 한성부 중부 관인방 대사동 4가(지금의 탑골 공원 뒷편)에서 태어났으며, 주변 사물에 대해 매우 세밀하게 관찰하였다. 한 예로 유득공은 「춘성유기春城遊記」에서 "청장관(이덕무의 호)은 풀이름을 많이 알고 있기에 내가 뽑아서 물어 보면 대답을 못하는 것이 없었다. 그것을 기록하자면 수십 종이나 되었다. 이처럼 청장관은 박식하였다."라고 하여 이덕무가 명물도수학名物度數學에 매우 밝았음을 찬탄하였다. 이덕무가 한양의 경관을 이와 같이 사실적으로 묘사한 데는 평소 그의 실학적인 탐구정신에서 비롯되었을 것이다.

박제가의 시는 「성시전도시」 중 가장 많이 알려진 작품이다. 고종 때 문신 이유

원은 박제가의 「성시전도시」에 대해 다음과 같이 말하였다.

> 성시전도는 그림이 아니고 시인데, 박제가의 작품이다. 그 체가 죽지사와 같고, 종이 가득 펼쳐진 것이 우리나라의 풍속이 아닌 것이 없다. 그것이 중국에 들어가게 되자 정조가 깊이 헤아려 살피고는 그 사람을 벌하였다. 이 시는 남회南匯의 오성란吳省蘭이 편집한 『예해주진藝海珠塵』에 실려 있다.(『임하필기』 권30, 춘명일사 성시전도)

놀라운 것은 박제가의 시가 중국에까지 알려졌다는 것이고, 또 얼마나 자세한지 그것을 중국에 들어가게 한 사람을 정조가 처벌하였다는 것이다.

박제가는 "화공은 털끝같이 세밀하게 그려 넣으려는 생각에 / 돋보기로 비춰 보듯 종이 위에 줄여 담았네"(15, 16)라고 그림의 세세함을 묘사하였으며, 실제 자신도 한양을 그렇게 묘사하였다. 박제가의 이러한 의도가 가장 잘 드러난 대목은 시전(47~88), 세시풍속(89~108), 거리풍경(109~152)이다. 박제가는 이 부분에 총 52운 104구를 할애하여 세밀하게 묘사하였다.

시전의 경우 박제가는 선전, 면주전, 잡곡전, 미전, 장목전, 채소전, 모전, 어물전과 치전, 생선전 등 다양한 점포와 염전국, 주막, 기방, 약방 등을 소재로 하였다. 물품의 묘사에서 "잣나무 잎으로 과실 닦으니 윤이 반질반질 나고 / 목화씨로 계란을 싸니 입으로 핥은 듯 깨끗하구나 / 두부 파는 광주리 탑처럼 높게 쌓여 있고 / 참외 가득한 망태기 그물코는 노루눈처럼 늘어졌네"(59~62)라고 하였다. 이러한 묘사는 그림으로는 읽어내기 어려운, 가까이에서 세밀하게 관찰하여야 확인할 수 있는 장면이다.

거리풍경에서는 다양한 인물과 동물, 거리에서 펼쳐지는 놀이를 중심으로 묘사하였다. 이규경은 "이서들은 굽실굽실 허리를 굽히고 / 시정들은 찍찍 이 사이로 침을 뱉네"라고 한 박제가의 인물묘사를 두고, "세상에서 비쇄하고 외설적인 모습을 비판한 것으로 잘 형용하였다."라고 평하였다. 원숭이를 묘사하면서 "새끼 원숭이 실감나게 아녀자와 아이들에게 으르렁대고 / 사람의 뜻 알아들어 무릎 꿇고 절도 잘하네"(95, 96)라고 하여 원숭이의 표정과 몸놀림을 실감나게 전달하였다. 거리의 놀이로는 설희, 줄타기, 꼭두각시놀이 등을 묘사하였다. "우리나라 줄타기는 세상에 없는 것이라 / 줄 위를 걷고 공중에 거꾸로 서는 것이 거미가 매달린 듯"(91, 92)라고 하여 거미에 비유하며 줄타기의 아슬아슬한 묘기를 형용하였다.

세시풍속으로는 정월 대보름과 4월 등시燈市를 중심으로 묘사하였다. 특히 4월 초파일에 대해 다른 시들이 대개 관등觀燈을 묘사한 것과는 달리 박제가는 "물에 바가지 띄워 두드리니 물장구소리 들리고"(107)라고 하여 수부희를 묘사한 것이 주목된다.

박제가의 묘사는 대체로 그림만을 보고는 표현하기에 한계가 있는, 근접 관찰을 통해서만 확인할 수 있는 매우 정밀한 묘사라고 할 수 있다.

반면 박제가는 한양의 경관에는 크게 비중을 두지 않았다. 성곽과 궁궐, 종묘와 사직, 산과 강, 도로와 물길의 경우 윤곽을 그리는 정도로 간략하게 묘사하였다. 육조거리, 사대문과 사소문, 창덕궁과 창경궁, 경희궁, 대보단, 흥인문과 방성, 혜화문 밖 북둔, 경회루, 태평관과 명설루, 선혜청과 균역청, 남산의 봉수, 교외의 마장 등이 등장하지만, 소재의 다양성 면에서 이덕무에 비하여 상대적으로 빈약하다.

이덕무와 박제가의 시를 비교해 보자면, 이덕무가 높은 산에 올라가 도성을 내려다보듯 큰 구도를 중심으로 묘사하였다면, 박제가는 시전과 거리 속으로 들어가 가까이서 관찰하듯 묘사하였다. 자연스럽게 이덕무는 도성을 공간적으로 넓고 균형 있게 묘사하였으며, 박제가는 시전, 세시풍속, 거리풍경에 집중하여 그 부분을 세세하게 묘사하였다. 따라서 멀리서 바라본 이덕무의 시는 공간과 장소, 건물이 중심이며 사람이나 동물의 움직임이 보이지 않는다. 그러다 보니 생동감과 재미가 부족하다. 반면 시전과 거리 속으로 들어간 박제가의 시에서는 자연경관과 공간은 크게 축소되었지만, 대신 시장과 거리풍경, 사람과 동물의 움직임을 세밀하게 묘사하여 생동감과 해학이 넘친다.

이상과 같이 이덕무와 박제가의 시는 서로 대조적이지만, 이덕무가 구성한 정적인 공간 속에 박제가의 생동감 넘치는 거리 풍경과 인정세태를 담는다면, 당시 한양의 모습을 생생하게 재현할 수 있을 만큼, 두 작품은 상보적 관계를 이루고 있다.

② 신택권의 「성시전도시」

신택권의 시는 1792년 대궐의 금직 신하들이 지어 올린 「성시전도시」를 모방하여 지었으나, 다른 어떤 시보다도 '성시전도'라는 시제에 충실하다. 신택권은 1792년 「성시전도시」의 제진에서 장원을 한 신광하와 평생 시우詩友로 교유하였는데, 그가 '성시전도'를 시제로 의작한 것은 이러한 신광하와 교분의 영향이 컸다.[4]

신택권의 시는 궁궐과 종묘사직, 성곽, 시전, 담배, 술, 집주름, 관아, 성균관, 과거, 임금 행차, 국가제례, 혼례, 상례, 치안, 세시풍속, 태평성대, 하급관원 등을 소재로 하였는데, 내용상 각 소재가 한편의 시로서 독립성을 가지면서도 전체가 '성시전도'라는 하나의 주제로 통합된다.

특히 담배(47~56), 술(57~66), 집주름(67~74), 과거(89~98), 혼례(119~128), 상례(129~134), 하급 관원(179~194구) 등에 대한 묘사가 주목된다. 담배를 두고 "위로는 재상으로부터 아래로 하인까지 / 안으로 규방에서 밖으로 고을 기생에 이르기까지 / 입 있는 사람이라면 누가 즐기지 않으리요 / 귀하고 천하고 현명하고 어리석고 간에 하나같이 빠져서 / 손님 맞는 첫 예로 담배 밖에 없으며 / 비변사의 공사에서도 이것을 지나칠 수 없구나"(51~56)라고 하였다. 조선 후기 담배의 유행을 함축적으로 묘사하였다. 이옥의 『백운필白雲筆』에는 조선 후기 당배에 대해서 다음과 같이 적고 있다.

> 내가 일찍이 듣건대, 담배가 처음 전래되었을 때에는 술로 쪄서 복용했는데도 피우

4 이종묵, 「저암 신택권의 삶과 시세계」, 『한국한시작가연구』 17권, 한국한시학회, 2013, 103쪽.

는 자들이 현기증을 느꼈다고 한다. 그러므로 오륙십 년 전에는 담배 피우는 자들이 열에 두셋이었는데, 지금은 안으로 부인에서 아래로 어린아이에 이르기까지 피우지 않은 이가 없다. 심지어는 네댓 살 먹은 어린아이까지도 여러 대를 연달아 피우면서 달기가 우유 같다고 하니, 또한 시속이 크게 변한 것이다. 나 또한 여러 번 목격한 사실이다.[5]

술과 관련해서는 "형조와 한성부에서 술 빚기를 금하니 / 길가에 어지럽게 흩어져 매질만 더하네"(65, 66)라고 하여, 조선 후기 주금酒禁과 관련된 사실을 다루었다. 혼례의 경우 "장가들고 시집가는데 화려함을 자랑하고 / 무장이 호위하는 왕실은 호사스러움을 다투네"(127, 128)라고 하여 화려하고 호사스러운 혼인풍속을 묘사하였으며, 상례는 "무덤과 화려한 집 한차례 꿈 같으니 / 노랫소리 곡소리 슬픔과 기쁨 이치는 같다네"(133, 134)라고 하여 인생의 무상함을 노래하였다. 오늘날 부동산 중개인이라고 할 수 있는 '집주릅[가쾌(家儈)]'이라는 직업을 다룬 것도 특이하다. "특별히 집주릅이라는 것이 있어 생업으로 삼는데 / 큰 집인지 작은 집인지 속으로 헤아리네 / 천 냥짜리 집을 매매하고 백 냥의 대가를 받고 / 동쪽 집에 살면서 서쪽 집을 가리키네"(69~72)라고 하여, 집주릅이 하는 일과 지나치게 이악스러운 모습을 풍자하고 있다. 과거에 대해서는 "인간의 영욕이 이 순간에 결정되니 / 세상은 구름과 진흙처럼 피차가 달라졌네"(97, 98)라고 하였다. 이 부분은 작가의 생애와도 관련이 있다. 그는 1763년(영조 39) 42세의 늦은 나이로 증광사마시에 합격하였다. 그리고 20년 동안을 성균관 유생으로 있다가 1785년(정조 9) 64세의 고령에 창릉 참봉, 사재감 봉사, 종부시 직장, 사옹원 주부, 사직서 주부 등을 지냈다. 대과에 낙방하고, 결국 음직으로 낮은 벼슬을 전전한 신택권은 과거에 대해 남다른 회한을 가졌을 것이다. 신택권의 담배, 술, 혼례, 상례, 집주릅 등의 묘사는 당시 한양의 사회풍속

---

5 실시학사 고전문학연구회, 『완역 이옥전집』 3, 휴머니스트, 2009, 378~382쪽.

을 살펴보는 데도 중요한 의미를 지닌다 하겠다.

신택권의 시는 박제가와 이덕무의 시와 유사한 점이 있다. 신택권의 시에 등장하는 인물은 시졸, 시골노파, 한량, 마후배, 액례, 공장, 색기, 집주름, 표하군, 중관, 차사, 찬알, 축사, 향배, 군교, 향군, 녹사, 갈도, 순장, 감군, 진배관 등 대부분 하급 관료나 하층민이다. 이와 같은 인물을 소재로 선택한 것이나 동작에 대한 묘사는 박제가의 시와 통한다고 할 수 있다. 특히 하급 관료들이 많이 등장하는 것 역시 그의 관직생활과 밀접한 관련이 있다 하겠다.

신택권은 시는 크게 비유나 상징, 과장 없이 대상을 있는 그대로 자연스럽게 묘사하였다. 신택권의 시에서 중국의 옛 도읍이나 고사를 언급한 것은 "왕도의 형세는 낙읍과 같아 / 삼하와 비슷하고 악비를 바라보네"(17, 18)라고 한 것이 유일하다. 이런 면에서 신택권의 시는 이덕무의 시와 유사하며, 한양 성시의 모습을 사실에 가깝게 묘사하였다고 할 수 있다. 신택권은 생활주변의 일상을 소재로 사실을 기록하고 풍속을 관찰한 시를 과감 없이 평담하게 묘사하였는데,[6] 「성시전도시」에서도 이러한 작시 태도는 그대로 반영되었다고 할 수 있다.

③ 신관호의 「성시전도시」

신관호의 시는 지금까지 알려진 13종의 「성시전도시」 중 가장 후대에 창작된 것이다. 시에 '삼군사명三軍司命'이라는 훈련대장의 기旗가 나오는 것으로 보아서 그가 훈련대장으로 임명된 1866년(고종 3)쯤[7] 이 시를 지은 것이 아닐까 추측된다.

신관호는 무장으로서 군국지사에 대한 관심을 적극적으로 시에 나타내었다. "미욱한 신하 일찍부터 궁마업을 닦아 / 군국의 일 감히 소홀히 할 수 없었네"(159,

---

6 이종묵, 앞의 글, 103쪽 참조.

7 『고종실록』에 따르면 신관호가 훈련대장에 제수된 것은 1866년(고종 3) 10월 24일이다. 또한 그가 이 시를 지을 때 '관호(觀浩)'라는 이름을 쓰고 있는데, 그가 이름을 '헌(櫶)'으로 바꾼 시점이 1868년(고종 5)경이다.

160)라고 하였다. 자신은 궁술과 마술 등 무예를 익힌 무장이며, 무장으로서 나라를 지키는 일에 강한 사명감이 드러나 있다. “도성 남쪽 10리 노량진 조련에는 / 삼군사명 깃발 이리저리 펄럭이네 / 방 원 곡 직의 진과 좌우의 영이라 / 현무진과 육화진은 생사의 문이라네 / 38면 대기치와 대오방기요 / 풍운조사진 바르고 가지런하구나”(161~166)라고 하여, 자신이 훈련대장으로서 한강 노량진에서 군사들에게 진법을 조련하는 장면을 시에 담았다. 또 “씩씩하구나 10만 병사여 / 장대하구나 3천 치의 긴 성곽이여 / 강화 개성의 유수부와 남한 북한의 산성이라 / 유수부와 웅건한 진지는 입술과 이가 되었네”(167~170)라고 하였다. 강화·개성 유수부와 남한·북한산성이 도성방어의 요해처로서 입술과 이와 같은 밀접한 관계에 있음을 묘사하였다.

신관호는 임진왜란 당시 명나라의 구원에 대한 내용을 자세하게 묘사하였다. “또한 임진왜란 때 황은을 입어 / 재조의 잊기 어려운 은혜 이와 같다네”(79, 80)라고 하였으며, 명나라 신종의 은혜를 기리기 위해 대보단을 설치한 사실과 대보단 앞에 피었다는 대명홍大明紅에 관한 이야기, 그리고 명나라 장수 형개邢玠와 양호楊鎬를 제사하는 선무사를 건립한 사실 등을 자세하게 묘사하였다.(77~86) 그리고 후반부에 “임진 병자 난 때 지키지 못함은 신하의 부끄러움이네 / 어진 정치는 저절로 부국강병술을 이룩하니”(172, 173)라고 하여 국방의 중요성을 강조하고 있다. 이 역시 신관호가 무장으로서 국가 안위의 중요함을 강조한 것이라고 하겠다.

궁중의 음악과 춤에 관한 일을 맡아보던 장악원에 대한 묘사(147~156)는 신관호가 다양한 분야에 관심을 가지고 있었다는 것을 보여주는 대목이다. 장악원의 음악 연습과 금척무와 용비어천가, 세종 대에 예악을 정비할 때 해주에서 나온 거서(巨黍)로 율려를 정비하고, 남양에서 나온 채석으로 경쇠를 만들었다는 고사를 언급하였다. 뿐만 아니라 포구락抛毬樂(고려 때 공던지기 놀이를 형상화한 춤), 회소곡會蘇曲(신라시대 여성들이 길쌈놀이를 하며 부르던 노래), 녹명, 인지, 처용무 등 악가무樂歌舞를 묘사하였다. 이와 같은 세종 대 예악의 정비와 앞서 언급한 임진왜란과 관련한 내용을 시의 소재로 삼은 점은 신광하의 시와 유사하다.

신관호의 시는 「성시전도시」로서의 주제성에도 충실하다. 먼저 소재를 폭넓게 다루었다. 한양의 주요 공간·건축물로서 성곽과 사대문, 육조의 관아, 기로소, 춘영, 몽답정, 선혜청의 창고, 관가정, 석양루, 조양루, 8정려문, 성균관, 한강 등을 소재로 하였다. 특히 시전과 관련하여 "적간관 밖의 진기한 물건이 아닌 것이 없고 / 유리창 안의 사치한 물건이 아닌 것이 없네"(24, 25)라고 하여, 일본이나 청나라로부터 들어온 상품들이 시장에서 널리 거래되었음을 알 수 있다. 또 중부 징청방, 북부 안국방과 수진방, 동부 천달방과 서부 황화방, 그리고 남부 훈도방, 명례방 등 도성의 주요 행정구역을 소개하였는데, 이는 한성부의 5부 49방의 편제를 설명한 것이다.

세시풍속으로는 정월 대보름 다리밟기, 초파일의 등시燈市, 씨름, 석전石戰 등을 묘사하였다. 특히 민간에서 마마신을 쫓기 위해 굿을 하는 장면과 점을 보는 장면을 묘사하였다. "뉘 집에서 마마신 쫓으려 굿하는가 / 무당은 방울 흔들며 해괴한 말 전하구나 / 뉘 집에서 무슨 일 있어 사주팔자 보는가 / 장님이 상을 한번 보자 담장 따라 가는구나"(125~128)라고 하였다. 장님이 관상을 본다는 역설적 표현도 재미있지만, 그런 장님의 한마디에 덜컥 겁이 나서 제대로 걸음을 걷지 못해 담장을 짚고 조심조심 가는 모습을 매우 해학적으로 표현하였다. 유장儒將으로서 신관호의 문학적 자질을 보여주는 대목이다.

한강 노량진에서 진법 훈련에 대한 묘사는 노량진이 군사훈련장으로도 활용되었다는 점을 시사해준다. 신관호의 시는 무장으로서 군국지사와 관련된 내용을 많이 포함하고 있지만, 전반적으로 「성시전도시」로서 주제성에 충실하다고 할 수 있다.

3. 역사성과 의고성이 강한 작품

① 신광하와 이만수의 「성시전도시」

신광하와 이만수의 시는 전반적으로 도성의 모습을 화려하고 장중하게 묘사하고 태평성대를 찬양하였다. 그리고 이를 위하여 천문과 중국의 옛 도읍, 도교, 고사를 다양하게 끌어들였다는 공통점이 있다.

신광하는 조선 건국과 한양 정도, 세종 대의 예악과 문물, 선조 대의 임진왜란, 영조 대의 태평성대 등 역사적 사실을 주요 소재로 다루었다. "예악이 크게 갖추어진 것은 세종 때이니 / 때마침 흑서가 바닷가에 나타났네 / 박연이 때맞추어 율려를 정하여 / 대궐에서 황종으로 음악을 연주하니"(81~84)라고 하였다. 여기에 대해 성현의 「악학궤범서」에는 다음과 내용이 실려 있다.

> 공손히 생각하옵건대 세종대왕께서는 하늘이 내신 성인으로 음률에 정통하였다. 과거의 조속한 습관을 씻으려 하였더니, 거서巨黍가 해주에서 산출되고 채석彩石이 남양에서 나왔으니, 이것은 하늘이 화평한 기운을 우리나라에 펴서 큰일을 하실 임금에게 내려주시어 새로운 제작을 이루게 한 것이다. 그리하여 거서를 가지고 음률의 계정階程을 측정하고 돌로 경을 만들고, 또 악강樂腔을 만들고 악에 인하여 악보를 만들어서 음정의 장단을 살피었다.(『속동문선』 권16, 악학궤범서)

세종 때 예악을 비롯하여 문물과 제도가 정비되었음을 강조한 것이다. 선조 때는 왜란을 당하였으나 명의 구원으로 왜적을 물리쳤으며, 전란 이후 태평성대가 계속되어 영조 대에는 주초朱草, 백치白雉 등 상서로운 징조가 나타났음을 22구(93~114)에 걸쳐 길게 묘사하였다.

신광하는 시의 첫머리에서 "장엄하구나 성시전도여 / 장안과 낙양 어디와 닮았나"(1, 2)라고 하여 한양을 중국 주나라, 한나라의 도읍이었던 장안과 낙양에 비유하였으며, 춘추전국시대 제나라의 임치, 북송의 변경, 명나라 초기의 금릉 등과 한양을 견주고 있다. 또한 구궁九宮, 구시九市, 구문九門 등 중국 천자의 도읍과 관련된 어휘를 사용하여 한양의 위상을 높이고자 하였다. 황도黃道, 삼원三元, 오위五緯, 태을太乙, 구진鉤陳, 자원紫垣, 천시天市, 추자娵訾 등 하늘의 별자리를 동원하여 한양을 묘사한 것도 같은 맥락이라고 할 수 있다.

신광하의 시에서는 한양의 경관이나 풍물을 읽어내기가 어렵다. 시의 초반에 "수양버들 복숭아꽃 오얏꽃 피는 2, 3월 / 젊은이와 기녀들 흥겹게 노니는데 / 아침에는 북쪽 마을 저녁에는 남쪽 거리에서 노니니 / 김씨 장씨 아니면 허씨 사씨라네 / 백 잔의 포도주를 기울여 마시고 / 천금을 기생 입에 털어 넣는구나"(11~16)라고 하였다. 여기에서 작가는 태평성대를 묘사할 의도였겠으나, 오히려 권문세도가의 무절제한 유흥과 쾌락이 연상된다. 시의 전개도 일정한 질서 없이 공간적으로 뒤섞여 있다. 시전과 주루의 풍경을 읊다가 궁궐 후원으로 옮겨가고,(57~72) 사복시를 언급하다가 경강의 포구로, 다시 육조거리로 시선이 옮겨간다.(149~155) 도성의 경관과 관련해서는 남산을 제외하고 주변 산과 사대문, 세시풍속이나 사적 명승에 대해서도 거의 언급이 없다. 신광하의 시는 1792년 「성시전도시」의 제진에서 장원을 하였으나, '성시전도'를 시제로 한 작시의 목적에 비추어볼 때, 주제성이 약하다고 할 수 있다.

이만수의 시도 신광하와 마찬가지로 초반부터 양계兩戒, 중성中星, 태미좌太微座 등 하늘의 별자리와 한양을 연관 짓고, 요임금의 기주冀州, 한나라의 장안과 낙양, 당나라의 다섯 도읍, 북송의 변하와 남송의 임안(7~12) 등 중국 역대 도읍에 견주어 한양의 권위를 높이고자 하였다. 또한 한양의 화려함과 태평성대를 찬양하는 데 중점을 두었다. 궁궐 묘사를 보면 "오색구름 가득한 곳에 궁궐이 자리하고 / 요대와 계궁은 하늘 높이 솟아 있네 / 구실팔창의 명당 열려 있고 / 천문만호 우뚝 솟아 있네 / 대궐문과 회랑은 금빛 전각으로 이어지고 / 자신전 앞은 계단도 드높구나 / 곡수에 잔을 띄우니 상서로운 무지개가 흐르고 / 높은 누각의 물시계는 봄을 알리네 / 꽃과 나무 우거진 상원은 참으로 좋고 / 예주루 안에는 그림과 사서 쌓여 있네 / 한 점 티끌 없는 삼청의 신선 세계 / 규성과 벽성의 상서로운 빛은 밤마다 붉게 빛나네"(35~46)라고 하였다. 오색구름, 요대와 계궁, 구실팔창, 청쇄와 금옥, 자신전과 옥사, 곡수유상과 상서로운 무지개, 예주루의 그림과 사서, 삼청계, 규성과 벽성 등에서 태평성대와 화려한 도성의 형상을 엿볼 수 있다. 후반에서도 신선이 산다는 삼신산과 천제가 살고 있는 옥경 등(161~168) 태평성대를 찬양하는 시어가 반복되고 있다.

이만수의 시에서 빈번하게 인용된 중국의 고사도 한양 경관의 화려함이나 태평성대를 찬양하기 위함이다. 적현신주, 구실팔창, 오화사인 등은 화려한 한양의 경관을, 구구팔삭, 곡수우상, 아집서원, 동산기 등[8]은 태평성대 속에서 누리는 도성의 화려한 풍류를 비유한 것이다. 응제시로서 태평성대를 칭송하는 것은 당연하겠지만, 이만수는 특히 이런 부분을 강조하였다.

이만수는 개천, 시전을 비교적 비중 있게 다루었다. 개천에 대해서는 1444년(세종 26) 세종 때 어효첨의 상소로 준천이 시작되었음과 1760년(영조 36) 영조의 경진준천에 대해 묘사하였다.(79~84) 시전에 대해서는 제87~112구까지 모두 26구로 많은 분량을 할애하였다. 그러나 옥찰·단사·공청 등 도교의 선약과 월라·촉금·대시 등 중국 비단과 모시(97, 98)를 언급하였으나 한양 시전의 형상을 구체적으로 보여주지는 못하였다.

② 이집두의 「성시전도시」

이집두의 시는 크게 서두와 전반부 '구폭요도九幅瑤圖'에 대한 묘사, 그리고 이후

8 적현신주(赤縣神州)는 전국시대 제나라의 음양가 추연(鄒衍)이 중원(中原)을 신주적현(神州赤縣)이라고 한 데서 유래한 것으로, 여기서는 한양을 가리킨다. 구실팔창(九室八囪)은 주나라 때에 명당을 지어 놓고 이를 제왕이 조회·제사·정책·교화를 거행하는 장소로 사용하였는데, 그 구조가 아홉 개의 실마다 여덟 개의 창을 영롱하게 설치한 것으로, 여기서는 한양의 화려한 궁궐을 말한다. 오화사인(五花舍人)은 중국 당나라 때 중서사인의 별칭으로 중요한 군국정사가 있으면, 중서사인들이 자기의 소견을 적어내고 각자의 이름을 잡서(雜書)하였는데, 이것을 오화판사(五花判事)라 한 데서 유래하였다. 의정부 사인들을 오화사인에 비유한 것이다. 구구팔삭(九丘八索)에서 구구(九丘)는 중국 9주의 지지이고, 팔삭(八索)은 팔괘에 관한 책으로 고서를 말한다. 여기서는 운각, 곧 교서관에 많은 서적들이 보관되어 있음을 말한다. 곡수우상(曲水羽觴)은 중국 진(晉)나라 왕희지가 사안, 손작 등 40여 인과 함께 회계 산음의 난정에서 모임을 가진 곡수유상지회(曲水流觴之會)의 고사를 말한다. 아집서원(雅集西園)은 중국 송나라의 소식, 황정견, 진관, 조무구 등의 문인들이 서원에서 아회를 가진 고사를 말한다. 조선 후기 한양에는 이를 본받아 시인묵객들이 인왕산을 중심으로 많은 시회를 열고 풍류를 즐겼다.

한양 성시에 대한 묘사로 나누어진다. 이집두는 서두에서 "누워서 쳐다보니 태미가 성궐을 두르고 / 눈부신 푸른 하늘은 한 장의 종이라네"(1, 2)라고 하여 하늘을 한 폭의 그림에 비유하였다. 여기에 백옥경, 청도, 상제, 삼천계 등 도교와 불교적 요소를 더하여(5~8) 서두에서부터 광활하고 장중한 시의 분위기를 자아내었다. 이 점은 이만수 시의 분위기와 유사하다.

이집두는 제11~40구까지 「구폭요도」를 묘사하였는데, 이는 하늘의 형상이 지상으로 내려와 형성된 모습을 그린 그림이다. 이것은 중국의 전통적인 우주관을 반영한 것으로, 각 폭마다 하늘의 별자리와 중국 대륙의 9주를 연결하고, 여기에 각 주의 고사를 소개하였다. 제1폭은 기주冀州와 요순과 관련된 내용을 담았으며, 제2폭은 양주揚州의 월越나라 지역으로 예로부터 운하가 발달하여 교통과 교역의 중심지로서 사람들이 많이 모여 살았음을 묘사하였다. 제3폭은 형주荊州로 춘추시대 초楚나라가 자리하였던 곳으로 공고한 강역을 묘사하였다. 제4폭은 청주靑州로 전국시대 제齊나라 땅이었으며, 수도 임치는 당시 가장 번화한 곳으로 정치, 경제, 문화의 중심지였다. 제5폭의 서주徐州는 공자가 태어난 노魯나라 지역으로 주나라 제도와 공자의 가르침이 가장 잘 실현된 곳임을 묘사하였다. 제6·7폭은 연주兗州와 예주豫州, 제8폭은 진秦나라의 옹주雍州와 함곡을 그렸으며, 당나라 시인 두목杜牧의 「아방궁부」를 인용하여 아방궁의 광대하고 화려함을 이야기하였다. 조선은 유주幽州와 함께 9폭에 포함하여 묘사하였다.

이집두가 전반부에서 하늘의 별자리와 중국 9주의 고사를 끌어들여 「구폭요도」를 길게 묘사한 것은 장중한 시의 분위기를 이끌어내기 위한 문학적 수사임과 동시에 왕도로서 한양의 공고한 입지와 번화한 문물, 그리고 조선왕조, 특히 정조 대의 태평성대를 찬양하고자 한 것이다. 그리고 「구폭요도」에 나타나는 이와 같은 분위기는 이집두의 시 전체에 짙게 깔려 있다.

이집두의 시에서 한양의 경관과 관련해서는 시전의 묘사(79~90)가 주목된다. 시전은 박제가를 제외한 다른 「성시전도시」에서는 주로 점포와 물건에 초점을 맞추어 정적인데 비하여, 이집두는 시전 사람들과 그들의 움직임에 초점을 맞추고 있기 때문이다. '손짓하여 부르고', '수많은 장사꾼 모여들고', '셋이요 다섯이요 소리 질러대고', '싸게 사서 비싸게 파느라 물건들을 옮기고', '여인은 연지분을 사고', 나그네는 베와 모시 찾고', '좌판들은 자리를 다툼 하고', '팔도에서 수레와 상자 모여들고' 등에서는 시장의 분주하고 시끌벅적함을 느낄 수 있다. 이집두의 시전에 대한 묘사는 박제가에 비할 바는 아니지만, 나름대로 생동감과 활력이 넘친다.

이집두의 시에는 인왕산, 백악산, 목멱산, 한강 등 자연환경, 성곽, 대로와 가옥 등 도시경관, 시전, 거리 풍경과 사람들의 모습 등 생활상, 궁궐과 육조거리, 규장각, 장용영, 성균관 등 관아, 그리고 경강의 나루 등이 소재로 등장한다. 이덕무처럼 이집두도 "이 몸 한양에서 태어나고 자라서 / 눈으로 한양 속을 자못 넓게 보았네"(45, 46)라고 하였지만, 시의 소재도 한정적이며 묘사의 구체성도 떨어진다. 이것은 전반부 「구폭요도」에서 느껴지는 화락하고 한가한 태평성대의 분위기가 시 전체를 지배하고 있기 때문이다.

③ 정동간과 김희순의 「성시전도시」

정동간과 김희순은 소중화 의식을 강조하고, 지리적으로 중국과 조선을 하나로 연결시키고자 하였다는 데에 공통점이 있다. 또한 중국의 역대 도읍, 고사, 제도 등을 빈번하게 인용하고 있는 점은 신광하, 이만수의 시와 닮았다.

정동간은 조선을 "하늘 아래 작은 중화"(17)라고 표현했을 정도로 소중화 의식을 강하게 드러내었다. 소중화小中華는 조선 후기 성리학을 국가 이념으로 정립시키는 과정에서 문화민족인 중화中華와 오랑캐인 이夷를 엄격히 구분하면서 조선이 문화적으로 중화에 버금간다는 뜻으로 사용한 말이다. 특히 명나라가 멸망한 후 오직 조선만이 유일한 화華라고 자처하게 되었고, 병자호란을 겪은 이후 이러한 의식은 더욱 강화되었다. 정동간이 기자箕子의 동래(32)나 조선의 문물과 제도를 하·은·주 3대에 견준 것(81, 82)도 같은 맥락이라고 할 수 있다. 또한 "서쪽 곤륜산은 가없이 커서 / 한줄기 동쪽으로 내달아 백두로 솟았고"(21, 22)라고 하여 전설상 중국의 영산靈山인 곤륜산이 동쪽으로 뻗어 백두산으로 솟았다고 하였다. 이것은 문화뿐만 아니라 지리적으로도 조선을 중국과 하나로 연결시키고자 한 소중화 의식의 소산이라 하겠다.

김희순도 "문명 융성한 중화의 땅 / 항산과 대산의 산맥은 비단실을 펼친 듯 / 흩어지고 내려앉았다 솟아오른 수많은 산줄기 / 한줄기 날아 바다를 건너 / 이내 백두가 되어 우리 동방 진무하고 / 장백 태백 푸르게 뻗어 있네"(9~14)라고 하여 중화의 문명이 조선으로 전해졌을 뿐만 아니라 중국 오악의 하나인 항산恒山의 산맥이 백두산이 되었다고 하였다. 이것은 정동간이 조선을 소중화라 하고 중국의 곤륜산이 동쪽으로 내달아 백두산으로 솟았다고 한 것과 같은 맥락이다.

정동간의 시는 역사와 문물, 제도에 초점을 두었다. 이 과정에서 중국의 경전과 고사를 빈번하게 인용하였다. 특히 『서경』(11회), 『시경』(6회)을 많이 인용하였으며, 『주례』, 『예기』, 『맹자』 등 경서와 『사기』, 『후한서』 등 사서도 많이 인용하였다. 서두를 『서경』에 나오는 요임금이 기주冀州에 도읍을 정한 것과 주공周公이 낙읍洛邑에 도읍을 정한 고사(1~4)로 시작하였으며, 태조 이성계가 한양을 도읍으로 정하기 위하여 무악에 올라 지리를 살핀 일을 『시경』에서 주나라 선조인 공유公劉가 빈豳 땅에 이르러 칼을 차고 산을 오르내리는 것에 비유하였다.(47, 48) 『맹자』에서는 수세收稅제도(155, 156)를 인용하였으며, 『후한서』의 명덕마황후明德馬皇后의 고사(114)를 인용하여 태평성대를 찬양하였다. 우리 역사와 관련해서는 단군신화, 기자조선, 그리고 태조 이성계가 태어난 함경도 영흥 흑석리에 상서로운 기운이 어리었다는 이성계의 탄생설화(31~36)를 언급하였다.

정동간은 한양에 대해 경관이나 인정세태보다는 문물제도에 초점을 두었는데, 종묘제례(93, 94)나 사직단의 제도(99~102), 시전의 부세나 순막제도(155~157) 등이 그러한 예이다.

김희순도 중국의 역대 도읍, 고사, 제도 등을 빈번하게 인용하였다. "듣건대 태초에 원기가 쌓여 / 깊고 큰 혼돈으로 끝도 시작도 없었는데 / 맑은 것 하늘 되고 탁한 것 땅이 되어 / 위로 아래로 이어지니 모두 물이라네"(1~4)라고 하여 천지개벽부터 시를 시작하였다. 이어 "성인께서 만물을 다스려 천지가 열리고 / 천하를 별자리로 나누어 많은 나라 우뚝 섰네 / 포판 박읍 장안 낙읍 처음 천명을 받았으니 / 복희 황제 순임금 우임금 주나라 한나라라"(5~8)라고 하였다. 김희순은 삼황의 하나인 복희씨와 오제의 첫 번째 인물인 황제를 언급하였으며, 순이 우禹나라를 세우고 도읍한 포판蒲坂, 탕湯이 상商나라를 세우고 도읍한 박읍亳邑, 그리고 주, 한의 도읍이었던 낙읍과 장안을 내세우는 등 매우 상고적 태도를 취하고 있다. 김희순이 조선의 관제를 묘사하면서 천관天官, 지부地府, 춘조春曹, 사구司寇 등 중국 주나라 관제의 명칭을 그대로 사용한 것(83~88)도 같은 맥락이라고 할 수 있다.

김희순은 한양의 크고 화려한 저택을 한나라 육가陸賈의 호치好畤(127, 128)와 진晉나라 석숭石崇의 별장 금곡원金谷園, 당나라 이덕유李德裕의 별장 평천장平泉莊에 비유하였으며,(131~132) 좋은 술집으로 진晉나라 죽림칠현의 한 사람이었던 왕융王戎의 황공로黃公壚의 고사(163)를 인용하였다. 맛있는 음식과 술로는 붉은 낙타고기로 끓여 맛이 좋은 자타갱紫駝羹, 파란 거품이 둥둥 일어나는 좋은 술의 대명사인 녹의주綠蟻酒를 언급하였다.(135, 136) 김희순은 한양의 풍류와 번화한 모습을 묘사하는데 제117~180구까지 총 64구를 할애하였다. 그러나 대부분 중국의 고사를 인용하고 있어 당시 한양의 현실과는 상당히 동떨어져 있었다. 전반적으로 김희순은 한양의 구체적인 형상을 묘사하기보다는 중국의 고사나 천문, 도교적 비유를 통해 장고함과 태평성대를 강조하였다.

4. 그림 「성시전도」에 비중을 둔 작품

① 유득공과 서유구의 「성시전도시」

유득공과 서유구의 시는 우리 역사와 그림에 관한 묘사에서 어느 한 작품이 다른

[표 3] 유득공과 서유구의 시 중 '우리나라 옛 도읍' 묘사

유득공의 시, 제45~52구 / 제27, 28구		서유구의 시, 제41~54구	
三韓古都又可考	삼한의 옛 도읍 또한 상고할 수 있으니	東方古都凡幾處	우리나라 옛 도읍 모두 수 곳이나 되는데
樂浪鷄林及泗沘	낙랑 계림 그리고 사비인데	檀箕以還可屈指	단군과 기자로 돌아가 손꼽아 볼 수 있네
高山麗水揚蕭瑟	높은 산 아름다운 물 모두 쓸쓸하니	浿上風煙王儉城	바람 불고 안개 낀 패수가의 왕검성
偏西偏南失地理	서쪽과 남쪽으로 치우쳐 지리를 잃어서라네	剩水殘山近西鄙	황폐한 물과 산은 서쪽 변방과 가깝네
爭如漢京宅于中	한경은 다투듯 한가운데 자리를 잡으니	白馬江水連熊津	백마강 물길 이어지는 웅진
湖海關嶺環四履	호수와 바다 관문과 고개 사방을 둘렀네	可笑扶餘每南徒	우습구나 부여는 매양 남쪽으로 옮기었네
龍飛鳳舞碧峯三	용이 날고 봉황이 춤추는 푸른 삼각산 세 봉우리에	金鰲山下半月城	금오산 아래 반월성
北岳南山更對峙	북악과 남산이 다시 마주하고 솟아 있네	三姓千年草昧耳	박·석·김 3성 천년 동안 어지러웠을 따름이네
		高麗謾誇蜀莫鄉	고려는 촉막향(개경의 옛 이름)을 자랑하나
		風雨羅城屢遭毀	비바람에 나성은 여러 번 훼손되었네
		其餘瑣瑣六伽倻	나머지는 자잘한 육가야로
小小都會不足說	아주 작은 도회 다 말할 수 없으니	曹鄶以下無譏已	조회 이하 작은 도성들은 논할 바가 못되네
邯鄲之趙郢中芊	조나라의 한단 초나라의 영이라네	豈如我朝宅中邦	어찌 우리 왕조 나라 한가운데에 자리 잡았겠는가
		水環于南山壬癸	남쪽에는 물을 두르고 산은 북쪽에 있다네

한 작품을 모방하지 않았을까 의심될 정도로 소재의 선택, 창작태도 등에 있어서 유사하다. 먼저 우리 역사에 관한 내용을 비교해 보자.[표 3 참고]

유득공은 고구려의 낙랑, 신라의 계림, 백제의 사비 등을, 서유구는 고조선의 왕검성에서부터 고구려의 평양, 백제의 웅진, 신라의 경주 반월성, 고려의 개경을 언급하였다. 유득공이 옛 도읍들이 서쪽과 남쪽으로 치우쳐 있어 지리적 이점을 잃어버렸다고 한 것이나, 서유구가 한양이 국토의 한가운데에 자리잡았다는 점을 강조한 것은 같은 의미이다. 또한 유득공이 중국 조趙나라 한단邯鄲과 초楚나라 영郢을, 서유구가 조曹·회鄶 두 나라를 예로 들어 상대적으로 한양의 장대함을 역설하고자한 점도 유사하다.

그림에 대한 묘사에서도 유득공과 서유구는 유사한 면이 많다.[표 4 참고]

①은 그림의 장황에 관한 것이다. 축의 재료가 박달나무와 백옥이라는 차이가 있지만, 두 작품 모두 그림의 장황을 시에서 읊었다는 점과 첨자의 재료를 상아라고 한 점이 같다. ②는 그림의 세밀함을 표현하면서 모두 '일구일전一區一廛'이라는 동

[표 4] 유득공과 서유구의 시 '그림'에 관한 묘사

	유득공의 그림에 대한 묘사	서유구의 그림에 대한 묘사
①	137牙籤檀軸展徐徐 상아로 만든 첨자와 박달나무 축을 천천히 펼치니	173白玉爲軸牙作籤 백옥으로 축을 만들고 상아로 첨자를 만들어
②	129所以此幅稱絶奇 이 그림 절묘하다 말할 수 있는 까닭은 130一區一廛方寸徙 땅 한 뙈기 집 한 채를 사방 한 치에 옮겨 놓았음이네	155一區一廛細裁量 땅 한 뙈기 집 한 채 자세하게 헤아려서 156渲染鋪敍有妙理 선염으로 펼쳐 그리니 기묘한 이치로구나
③	113帝京景物春明夢 제경경물략과 춘명몽여록 114篇章艸艸烏可擬 편장이 허술하니 어찌 비할 수가 있겠는가	181日下舊聞春明錄 일하구문과 춘명몽유록 182文人著述徒爲爾 문인들의 저술 부질없이 되었네
④	19一水一石庶或可 물길 하나 돌 하나 그런대로 혹 잘 그렸으나 20若論界畵非長技 계화로 논한다면 뛰어난 솜씨는 아니라네 (…) 159布置渲染入神品 포치와 선염은 신품의 경지에 들었으니 160尋常院筆焉敢企 예사로운 화원의 필력으로 어찌 감히 꾀할까	161畵家元來界畵難 화가는 원래 계화가 어려우니 162對此休將院筆訾 이를 대하여 원필들 헐뜯지 마소
⑤	161畵境眞境知何殊 그림 속 경치와 실제 경치가 무엇이 다른지 162試問春城遊春子 시험삼아 봄날 도성의 상춘객에게 물어나 볼까	183始知丹靑妙入神 비로소 채색의 기묘함이 신의 경지에 들었음을 알아 184試問江山似不似 시험삼아 강과 산이 진짜인지 아닌지 물어보려네
⑥	171堪羞唐宋內府卷 당나라 송나라 내부 화권이 더욱 부끄러운 것은 172卷卷皆鈐盈寸璽 화권마다 모두 한 치 가득한 도장이 찍혀 있네	159絶勝宣和諸畵券 뛰어난 선화(송 휘종 연호)의 여러 화권에는 160枯木竹后鈐小璽 마른 목죽 뒤에 작은 도장 찍혀 있네
⑦	13借問古來幾畵師 묻노니 예로부터 화사가 몇이었던가 14宋元人寫意而已 송나라 원나라 화가는 생각을 그렸을 따름이네 15先輩爭推米南宮 선배들은 미남궁(미불)을 다투어 추대하고 16後賢更說趙承旨 후학들은 조승지(조맹부)를 거듭 말하네 17潑墨愛作小平遠 먹으로 작은 평원도 즐겨 그렸는데 18云不屑屑求形似 형체를 비슷하게 그리는 데 급급하지 않았다 하네 (…) 23一回摩挲一叫奇 한번 붓질할 때마다 탄성을 자아내니 24筆意頗似恕先氏 필의는 자못 서선씨(곽충서)를 닮았네 (…) 109東都主人西都賓 동도의 주인과 서도의 손님 110欲賦未賦但唯唯 글을 짓고자하나 짓지 못하고 예예만 하네 (…) 126南宗北宗謾相訾 남종과 북종은 공연히 서로 헐뜯기만 하네 127學畵先爲輿圖學 그림을 배우는 데는 여도학을 우선으로 하고 128寫山描人次第以 산을 그리고 사람을 묘사하는 것을 순서로 하네 (…) 173卷中所畵問何物 두루마리 속에 그린 그림 어떤 것인지 물으니 174沒骨花上蟲跂跂 몰골로 그린 꽃에 벌레가 기어 다니는 것이라 하네 175辨證徐熙與荊浩 서희와 형호의 그림을 가려서 밝히니 176畵學博士當前跪 화학박사도 당연히 앞에서 무릎을 꿇는구나	1有圖有圖城市圖 그림 있네 그림 있네 성시도 있네 2畵出漢陽城與市 한양의 성과 저자를 그림으로 그렸구나 3八百二十九萬步 8백 2십 9만 보 4林林戢戢民所止 수많은 백성들 바글거리며 살고 있네 5借問何人作此圖 누가 이 그림 그렸느냐고 물으니 6虎頭將軍無乃是 호두장군(고개지) 바로 이 사람이 아니겠는가 (…) 147誰能擬作東都賦 누가 동도부를 따라 지었다고 의심하겠는가 148主人與客空唯唯 주인과 객은 공연히 예 예 하고 149惟有畵師知此意 오직 화가만이 이 뜻을 알아 150某山某水胸中揣 어느 산 어느 물 마음속으로 헤아려서 151解衣盤礴拂絹素 옷 벗고 다리 뻗고 앉아 흰 비단을 펼쳤네 152晴窓試筆殊可喜 밝은 창가에서 시험삼아 붓을 드니 더욱 기쁘네 153等閒山川不須寫 드물고 성긴 산과 내는 그리지 않고 154漢城樓臺按誌視 한성의 누대는 지지를 펼쳐 살펴보네 (…) 157風煙人物歷歷看 풍광과 인물 역력히 보이니 158三輔黃圖差可擬 삼보황도와 견줄 만하구나

일한 표현을 썼다. ③은 그림이 사서史書보다 정밀하고 뛰어나다는 점을 강조한 것인데, 그림과 사서를 비교하고자 한 착상과 그 대상으로 『춘명몽유록』을 꼽았다는 점에서 서로 비슷하다. ④는 계화, 원필 등의 언급이나 선염의 뛰어남에 대한 묘사(유득공 159, 서유구 156)가 유사하다. ⑤는 화경畵境과 진경眞境을 구분하기 어려워서 사람들에게 물어보고 싶을 정도로 그림이 사실적이라는 점을 묘사한 것이다. ⑥은 궁궐 내부에 보관된 화권畵券에 여러 소장인과 감상인이 많이 찍혀 있다는 점을 두 작품이 똑같이 언급하였다.

⑦에서 유득공은 중국 송의 미불米芾, 원의 조맹부趙孟頫, 송의 초기 곽충서郭忠恕, 당말 오대 때 활동한 서희徐熙와 형호荊浩 등 중국 역대 화가를 언급하였다. 또 남종화, 북종화 등 화파, 평원도·계화·포치·선염·몰골 등 화법에 관한 용어를 사용하고 있다. 이 때문에 유득공의 시는 한편의 화론과 같은 느낌을 받는다. 정조가 그의 시를 '모두 그림 같다'고 한 것도 이점을 고려하여 평한 말이다.[9] 서유구 역시 고개지顧愷之, 삼보황도三輔黃圖 등을 등장시켜 그림의 뛰어남을 묘사하고 있다. 특히 유득공(109, 110)과 서유구(147, 148)가 똑같이 반고의 「서도부」 첫 부분인 "서도의 손님이 동도의 주인에게 묻기를[有西都賓問於東都主]"이라는 구절을 인용하고 있는 것도 닮았다.

유득공의 시에는 중국의 역대 도읍이 많이 등장한다. 주·한의 관중關中과 낙양洛陽, 촉한의 성도成都, 북송의 변하汴河, 남송의 임안臨安, 명의 금릉金陵과 연경燕京, 전국시대 조의 한단邯鄲, 초의 영郢 등이 그것이다. 『제경경물략』, 『춘명몽여록』과 같은 중국의 서책, 패액牌額과 같은 건축에서도 중국적 색채를 느낄 수 있다. 이점은 그림에서 중국의 여러 화가들이 등장한 것과 맥을 같이하여 유득공의 시에서 의고적 분위기를 강하게 해준다.

9 안대회, 앞의 글, 2009, 228쪽.

서유구는 장백산, 두만강, 압록강, 단단대령 등을 언급함으로써(9~14) 한양을 대상으로 시를 지은 것이 아니라 우리 국토 전체를 시의 소재로 삼은 것 같다. 또한 서유구는 인재 선발을 비중있게 묘사하면서 한의 효렴孝廉, 위진의 구품중정법九品中正法과 같은 제도와 남조시대 송나라의 사영운謝靈運과 제나라의 사조謝朓, 진나라의 팔배八裴, 춘추시대 제나라 영척甯戚의 반우가飯牛歌, 한나라의 공손홍公孫弘 등 인재 등용과 관련된 여러 중국의 고사를 인용하였다.(75~82)

그림을 묘사하는데 집중한 유득공과 서유구의 시는 한양 경관에 대한 내용이 상대적으로 빈약하다. 유득공의 시에는 궁궐에 대한 구체적인 언급이 없다. 거리의 풍경은 비교적 많은 분량을 차지하고 있지만 도성다운 특색이 잘 드러나지 않는다. 서유구의 시에도 궁궐, 의정부나 육조 등 한양의 핵심 경관에 대한 묘사가 빠져 있으며, 장소나 건물에 대한 구체적인 언급 없이 막연하게 태평성대를 묘사하는데 그치고 있다.

② 이희갑의「성시전도시」

이희갑도 유득공, 서유구와 마찬가지로 그림에 대하여 많은 부분을 할애하였다. 전반부 제73~106구까지 34구에 걸쳐 그림의 제작 배경과 과정, 한양 성시의 모습, 임금이 그림을 살펴보는 모습 등이 구체적으로 담겨 있다. "도화서 뛰어난 화공들 왕명을 받아 / 성시의 온전한 모습 작은 종이 위에 옮기는데"(73, 74)라고 하여 도화서 화공들이 왕명으로「성시전도」를 그렸다고 하였다. 또 "닷새 만에 저자 하나 그려지고 열흘에 성곽이 완성되니 / 봄볕 가득한 수많은 집 붓끝에서 옮겨 다니네"(79, 80)라고 하여 그림이 완성되어 가는 과정을 묘사하였다. 이어 "향배를 헤아려 털끝만 한 차이를 다투는데 / 검은 바탕에 가늘고 구불구불한 선 또렷하구나 / 필력은 신묘한 경지에 들어 / 모두 우러러 깊이 생각하여 임금의 뜻 드러내었네"(85~88)라고 하여 완성된 그림이 세밀하고 임금의 뜻을 잘 나타내었다고 평하였다. 그리고 "이 그림 문득 임금께 올리니 / 종일토록 펼쳐보시며 끄덕끄덕 하셨네"(91, 92)라고 하여 완성된 그림에 대해 임금이 만족감을 표시하고 있음을 묘사하였다. 또 이희갑은 "늘어선 시전을 살피실 때는 폐단을 물으시고 / 높은 곳에 그려진 성첩은 높아서 무너질까 경계하시네"(93, 94)라고 하였으며, "흡사하게 그린 새 그림 임금께서 살펴보시고 / 밤늦도록 근심하시더니 조금씩 풀어지셨네"(179, 180)라고 하였다. 즉 그림을 임금이 백성들의 생활을 살피는 어람용으로 묘사하였다. 이희갑은 전반부 제73~106구(34구), 후반부 제137~200구(64구), 총 98구에 걸쳐 그림에 관해 할애하였는데, 그림을 그리는 과정과 임금이 그림을 살펴보는 것을 옆에서 지켜보듯이 시를 지었다.

한양의 모습과 관련해서 이희갑의 시는 시간적, 공간적으로 비교적 짜임새를 갖추었다. 조선의 건국과 정도과정을 설명하면서 "개국 원년 한수가에 도읍을 정하였네"(10)라고 하였는데, 이것은 태조가 1392년 7월 17일 조선을 건국하고 왕위에 오른 지 한 달이 채 되지 않은 8월 13일에 한양으로 도읍을 옮길 것을 명한 것을 말한다. 또 "오 년에는 성곽의 공역을 마쳤음을 고하니 / 길고 넓어 둘레가 사십 리라네"(11, 12)라고 한 것은 태조 5년(1396) 봄과 가을 성곽 축성공사를 실시한 것을 말한다.

이희갑은 도성 주변에서 도성 안으로, 큰 줄기와 경관에서 구체적인 경물로 시야를 좁혀가면서 한양의 모습을 묘사하였다. 먼저 낙산, 목멱산, 사현과 곡성(인왕산), 삼각산 등 도성 주변이 산으로 둘러싸여 있음을 비교적 자세하게 설명하였다.(15~22) 도성 안은 중앙에 백악과 경복궁이 자리잡은 다음, 좌묘우사, 전조후시, 의정부와 육조, 오부와 오위, 그리고 도성의 팔문과 넓은 도로 등의 큰 구조를 설명하고, 주례에 따라 이상적으로 배치되었음을 강조하였다. 그러나 성균관은 비교적 자세하게 다루었지만, 군영, 시전, 민가, 거리 풍경 등 몇 가지만 상징적으로 묘사하고 도성의 다양한 인물, 세시풍속, 풍류, 주요 건물이나 명승 등은 시의 소재에서 빠져 있다.

5. 개인의 삶이 반영된 작품 : 이학규의 「성시전도시」

이학규의 시에는 한양도성의 풍물과 함께 자신의 불우한 생애가 담겨져 있다. 제1구에서부터 제162구까지는 한양도성의 풍물을 묘사하였지만, 이후 내용은 모두 자신의 고단한 유배생활을 담았다. 따라서 이학규의 「성시전도시」를 이해하기 위해서는 먼저 그의 생애를 좀 자세하게 살펴볼 필요가 있다.

이학규는 1770년(영조 46) 한양 서부 황화방黃華坊(지금의 중구 정동 일대)에서 태어났다. 그의 어머니는 남인 실학자 이용휴李用休의 딸이다. 즉 이용휴는 그의 외조부가 되며, 이가환李家煥이 그의 외삼촌이 된다. 그는 10세가 될 때까지 외가에서 외조부 이용휴로부터 당나라 시인들의 절구를 배우며 자랐다. 그리고 이학규는 15세에 정재만丁載萬의 딸과 혼인하였다. 이즈음 그는 조부 때부터 거주해 온 서부 반송방盤松坊(지금의 서대문구 천연동 일대)에서 거쳐하면서 다산 정약용, 자하 신위, 이명규 등과 교유하였다.

남인 실학자인 외가의 학문적 분위기 속에서 성장한 이학규는 약관의 나이에 명성을 얻고 정조의 인정을 받았다. 그는 26세인 1795년(정조 19)에 벼슬 없이 정조의 특명으로 『규장전운』과 『어제전서』의 편찬에 참여하였으며, 28세인 1797년(정조 21) 여름에는 원자궁에 내리기 위해 정조가 손수 편수한 책을 찬진하여 정조로부터 문사文詞와 자학字學에 밝다는 칭찬을 듣게 된다. 그리고 30세인 1799년(정조 23) 봄에는 왕명으로 「무이구곡도가」를 제진하게 된다.

그러나 1801년(순조 1) 2월 신유사옥으로 이학규는 인생의 큰 고비를 맞게 된다. 사학邪學, 즉 천주교의 주도자로 지목된 그의 삼종숙 이승훈李承薰이 처형되고, 외삼촌인 이가환도 고문 끝에 세상을 떠나게 되었으며, 이학규 자신도 의금부에 구금되어 4월 전라도 능주(지금의 화순)로 유배되었다. 그리고 이 해 10월 다시 내종제 황사영黃嗣永(정약용의 맏형 정약현의 사위)의 백서사건으로 다시 김해로 이배되었다. 이후 그는 1824년(순조 24) 4월 그의 아들이 의금부에 소청하여 풀려날 때까지 24년간 유배생활을 하게 된다. '인수옥因樹屋(나무를 의지해서 지은 집)', '박화옥匏花屋(박꽃이 핀 집)'이라고 서정적으로 당호堂號를 지었지만, 그는 김해 유배지에서 궁핍한 생활을 하였다. 특히 유배생활 10년째 되던 해 마련하고 지은 박화옥은 '높이는 한 길이 안 되고, 너비 아홉 치가 되지 않는다'라고 표현하였다. 또한 그는 긴 유배생활 동안 아이, 아내, 노모를 먼저 떠나보내는 슬픈 가족사를 겪게 되었다. 그리고 1824년 유배에서 풀려났으나 그는 서울에 정착하지 못하고 인천 소래산에 우거하다가 다시 김해로 내려갔으며, 말년에는 충주로 이거하여 그곳에서 생을 마치게 된다.[10]

이학규의 「성시전도시」는 그의 문집인 『낙하생집』 책9 「인수옥집」 경오庚午에 실려 있다. 『낙하생집』은 편차가 '권'의 분류 없이 20책으로 되어 있으며, 대체로 쓰인 연대순으로 배열되어 있다. 따라서 '경오'는 이학규가 「성시전도」를 지은 시기가 1810년(순조 10) 경오년이며, 김해에서 지었다는 것을 말한다. 서울에서 멀리 떨어진 김해 유배지에서 지은 이학규의 「성시전도시」에는 한양에 대한 기억, 가족과 친구들에 대한 걱정과 그리움, 그리고 김해에서 겪는 고단한 유배생활이 그대로 녹아 있다.

이학규는 젊은 날 정조의 특명으로 규장각에서 도서편찬 작업에 참여하였던 바, 「성시전도시」의 존재를 알고 있었다. "선왕께서 손수 성시도를 잡으시고 / 글 짓는 신하에게 대략 집어주시듯 명하셨네"(9, 10)라고 하여, 이학규는 「성시전도시」의 창작이 어떻게 이루어졌는지도 잘 알고 있었다. 또한 그가 시를 짓게 된 데에는 박제가의 「성시전도시」의 영향이 컸던 것으로 보인다. "콩알만 한 사람과 한 치 크기 말 모두 헤아릴 수 있으니 / 돋보기로 비춰 보듯 종이 위에 담았구나"(11, 12)라고 한 구절은 바로 박제가의 「성시전도시」를 인용한 것이다. 또 "초정의 시는 말을

10 이상 이학규의 생애에 대해서는, 백원철, 「낙하생 이학규의 생애와 문학」, 『한국한문학연구』 제6집, 한국한문학회, 1982, 99~107쪽 참조.

알아듣는 그림이라 / 세세하게 살피어 경물과 이치를 논하였구나"(13, 14)라고 하였는데, 초정은 박제가의 호로, 1792년 정조가 박제가의 「성시전도시」에 '이하二下'의 점수를 매기고, '말을 알아듣는 그림 같다[解語畫]'고 평한 것을 말한다. 앞에 설명한 바와 같이 박제가의 시는 여러 「성시전도시」 중 가장 널리 알려져 사람들의 입에 오르내리고 있었으며, 심지어는 중국에까지 널리 알려져 있었다.

이학규의 시에 등장한 계절은 주로 늦가을이나 겨울이다. "동쪽 흥인문 바람은 눈을 찌를 듯 세찬데"(47), "도랑은 얼어붙고 골목은 휑한데"(125), "서산의 나무꾼은 저물녘 서리 밟고 돌아가는데"(141), "조그만 난간을 활짝 여니 눈이 쌓여 환하고"(151) 등이 그러하다. 응제시이건 의작시이건 대부분 「성시전도시」는 태평성대를 노래하고 임금의 덕을 찬양하였다. 따라서 계절적으로는 주로 봄이며, 임금의 교화가 넉넉하게 미친 도성을 밝고 아름답게 묘사하고 있다. 나아가 중국의 고사나 천문, 불교나 도교적 색채를 가미하여 시 자체는 물론 한양도성의 풍경을 장엄하고 화려하게 그렸다. 그런데 이학규의 시에서는 이러한 점을 전혀 찾아볼 수 없다.

늦가을, 겨울을 배경으로 하는 이학규의 시는 우울하고 스산하며, 지치고 고단한 삶의 풍경들이 자주 등장한다. "바람에 옷 날리고 비 오듯 땀 흘리며 시끄럽게 탄식하고 / 장님 악사의 거문고 가락 다 죽어가듯 시름에 차 있네"(29, 30)라고 하였다. 땀, 탄식, 시름과 같은 시어에는 고단한 삶의 풍경이 짙게 드리워져 있다. "땅에 버려진 생선 반은 썩어 비린내 풍기니"(119), "서산의 나무꾼은 저물녘 서리 밟고 돌아가는데 / 나무꾼 구슬프게 노래하며 가다 서다 하는구나"(141, 142), "밭은 묵어서 물이 흐르고 전원은 황폐한데"(145) 등에서도 마찬가지이다. 저물녘까지 일을 하고 서리를 밟으며 돌아가는 나무꾼의 구슬픈 노래와 가다 서다를 반복하는 무거운 발걸음에서도 힘겨운 삶의 무게를 느낄 수 있다. 이것은 다른 한편으로 이학규 자신의 삶, 유배지에서의 궁핍한 생활을 반영한 것이기도 하다.

왜 이렇게 고단한 삶을 살아야 하는가? 이학규는 이러한 이면에 누적되어 있는 사회적 부조리와 부패한 현실을 비판하고 있다. "그중에서 많은 공경들이 생겨나

/ 인척을 맺고 대대로 녹을 먹으며 벼슬길에 나아가네 / 자손들 자족하도록 넉넉한 재산 물려주니 / 벼슬하는데 어찌 반드시 글을 읽어야 하겠는가"(79~82)라고 하였다. 권문세가끼리 친인척을 맺고 대대로 벼슬을 독점하는 세태를 비판하고 있다. "빈 되 손에 쥐고 쌀 내어준다고 희죽거리면서 / 쓸데없이 소리 높여 되를 세며 뻔뻔하게 서 있구나"(121, 122)라고 하여 춘궁기에 환곡을 나누어주며 되를 속이고 있는 하급관리의 부패를 비판하였다. 앞의 권문세가에 관한 구절은 당시 중앙의 세도정치를, 뒤의 환곡에 관한 구절은 당시 지방의 삼정문란을 상징적으로 비판하고 있는 듯하다.

이학규는 인물의 묘사에서도 이러한 비판의식을 드러내고 있다. "서울 사람 자제 잘 생기고 수염도 좋은데 / 부채로 얼굴을 가린 채 돌아보지도 않는구나(33, 34)"라고 하였다. 이것은 서울 양반 자제들의 기품 있는 풍모와 수줍음을 표현한 것은 결코 아니다. 이학규의 붓끝은 오직 자신들만 알고 주변에 곤궁함을 애써 외면하고자 부채로 얼굴을 가리고 주변은 돌아보지도 않는, 잘 생기고 수염 좋은 겉모습만 그럴듯한 서울의 권문세가 자제의 이기적이며 몰인정한 태도를 통렬하게 비판하는 데로 향하고 있다. "살찐 말 탄 고관은 왼손으로 고삐를 잡고 / 하사 받은 호피는 높은 수레에 걸쳤네 / 푸른 옷 입은 길잡이 '물렀거라' 소리치니 / 뭇 사람들 문득 서서 숙연한 채 하네"(37, 38)라고 한 구절 역시 권세를 앞세워 거드름을 피우는 관리의 거만한 모습을 묘사한 것이다. 반면, 장님 악사, 뭉툭 머리 어린 종, 끼니조차 잇기 어려운 백발의 늙은 주인, 누더기 걸친 사내, 물동이를 인 까만 머리 여종, 서산의 나무꾼 등의 모습에서는 궁핍함이 그대로 묻어난다. 이와 같은 하층민의 등장은 권문세가의 자제나 거드름 피우는 관리와는 대조를 이루어 양자의 물질적 빈부와 사회적 부조리를 더욱 선명하게 드러내고 있다.

이학규는 자신이 살았던 서울 옛 집에 대한 향수를 표현하였다. "청니방 옛 마을 참으로 좋은데 / 둥그재 한봉우리 우뚝 솟아 있네"(143, 144)라고 하였다. 앞서 언급한 바와 같이 이학규는 황화방 외가에서 태어나 10세가 될 때까지 외조부 이용휴에 계서 수학하였지만, 그의 집은 서부 반송방에 있었다. 그가 반송방을 어떤 연유로 청니방으로 불렀는지 알 수 없으나, 그의 글 여러 곳에서 "옛날 집이 청니방에 있었다", "도성 서쪽 청니방 옛집의 맑은 계곡 깊구나 / 늦가을 서풍이 불어오면 국화꽃 무성하게 피었네"(『낙하생집』 책19, 각시재집 견국지부)라고 하였다. 그가 정약용에게 보내는 편지 속에 청니방 옛집을 회상하는 내용이 실려 있다.

> 옛날 반송방에 작은 집이 있었다. 비록 서늘한 마루와 따뜻한 방이 있는 즐거움은 없었으나 바람과 서리를 막고 복랍(여름 삼복과 겨울 납일에 지내는 제사로, 다정한 술자리를 뜻함-역자)을 흉내낼 수는 있었습니다. 30년을 이곳에서 지냈는데, 두건이 걸리고 이마가 부딪힐 정도로 작은 집이지만 할아버지께서 한가하게 거닐지 않은 곳이 없으며, 소복하게 모인 나무와 주먹만 한 돌의 경치가 있는데, 선대 아저씨가 가꾸고 흙을 북돋아 심었을 따름입니다. 또한 장서 천여 권이 있었고, 노비 4,5명이 있었습니다.(『낙하생집』 책15, 문의당집[경오] 정참의 약용의 글에 답하다)

이 글 첫머리에 "옛날 반송방에 작은 집이 있었다"라고 하여, 청니방이 도성 서쪽 서부 반송방임을 알 수 있다. 서울에서 멀리 떨어진 유배지 김해의 궁핍한 생활 속에서 시를 지은 만큼 서울의 옛집에 대한 그리움이 시에 녹아들어가는 것은 자연스러운 현상이었을 것이다.

이학규의 시에서 후반부 제163구부터는 유배생활에 관한 것이다. "깊은 밤 강 가운데 비바람 궂은데 / 봄날 물가에서 이별하자니 친구들 근심하는구나"(163, 164)라고 하였다. 밝은 대낮이 아니라 한밤중에 비바람을 맞으며 물가에서 친구들과 쫓기듯 하는 이별은 예사롭지 않다. 이 구절은 그가 1801년(순종 1) 신유사옥에 연루되어 그해 4월 전라도 능주로 유배를 떠나는 시점의 암담한 심사를 회고한 것으로 보인다.

그는 처음에는 유배 생활에 잘 적응하지 못하였던 것으로 보인다. "시골에서 8년 병으로 골골거리는데 / 서울의 여러 친구들 오히려 나무란다네 / 황량한 산과 물도 낯이 설어 / 고래 소리 지르며 흠뻑 취해 그저 그렇게 지낸다네"(165~168)라고 하였다. 낯선 유배지에서 8년 동안 병으로 골골 하거나 술에 취해 낙담하여 시간을 보낸 작가의 생활을 읽을 수 있다.

그러나 그는 점차 이러한 절망에서 벗어나 현실에 순응하였다. 그는 유배생활을 진晉나라 갈홍葛洪의 은거나 남북조시대 북주北周의 시인 유신庾信과 당나라 허혼許渾의 전원생활에 비유하며(169~172) 스스로를 달래기도 하였다. 그리고 자신의 집을 직접 짓기도 하였다. "서쪽 숲 살구나무 정자 더욱 빼어나 / 강당을 새로 지으려 공력을 헤아려보네"(177, 178)라고 하였다. 김해 유배지에서 그가 지은 집이 바로 인수옥因樹屋과 박화옥匏花屋이다. 유배생활 초기에 낙담하여 절망적인 시간을 보내던 이학규는 점차 현실을 받아들이고 유배생활에 순응한 듯하다.[11]

그는 유배지에서 가족들을 떠나보내는 슬픈 가족사를 겪게 된다. "아이는 태어나 돌도 지나지 않아 잃어버리고 / 늙으신 부모는 해가 지나도록 봉양하지 못하였네"(189, 190)라고 하였다. 김해 유배 중이었던 1804년 겨울, 이학규는 셋째 아이가 죽었다는 소식을 듣게 된다. 그리고 이 시를 지은 시점인 1810년경 서울에 남은 아내가 시어머니를 봉양하고 있었지만, 그가 유배생활에서 풀려나기 전인 1815년 먼저 아내 정씨가, 이어 1819년 여름 그의 어머니도 세상을 떠나게 되는 슬픔을 겪게 되었다.

이와 같이 이학규의 시에는 '성시전도'라는 주제성을 넘어 자신의 불우한 생애가 진하게 녹아 있다. 이것은 상대적으로 「성시전도시」로서 이학규의 시의 주제성을 약하게 만들고 있다. 1792년 당시 창작된 응제시는 물론이고 의작시라고 하더라도 신택권과 신관호의 시는 이덕무나 박제가의 시에 버금갈 만큼 한양도성에 대한 다양한 정보를 제공해 주고 있다. 그러나 이학규는 애초부터 이러한 점에서 자유로웠

11 백원철, 앞의 글, 105쪽 참조.

던 것처럼 보인다. 그의 문집에 실린 시의 제목은 「성시전도 일백운城市全圖一百韻」이다. 이점은 신택권이 「성시전도 의응제 백운고시城市全圖擬應製白韻古詩」라고 하여 '응제시를 모방하여' 시를 지었다는 것을 밝힌 것과 신관호가 「봉화 금직제신 성시전도 응제 백운奉和禁直諸臣城市全圖應製百韻」이라고 하여 '금직의 여러 신하가 응제하여 지은 성시전도 백운에 화운하여'라고 제목을 붙인 것에서도 알 수 있다. 이학규는 '성시전도'라는 제목을 붙였으나, 의작이 아니라 가족과 친구가 있는 한양 성시에 대한 향수를 담은 새로운 시를 창작하였다고 할 수 있다.

이학규의 「성시전도시」에 담겨 있는 한양의 풍물을 보면 서두에서 한양의 형세와 역사를 언급하고, 「성시전도시」의 창작 배경과 박제가의 시를 언급한 다음, 그림 속 한양을 살펴보듯이 한양의 풍물을 묘사하였다. 운종가 시전과 종루, 흥인문, 성균관, 창경궁, 남산, 폐궁이 된 경복궁, 육조거리, 개천, 필운대, 수각교, 영은문, 명설루(태평관), 수정신사(관왕묘), 반송지와 연자루 등이 이학규의 시에 묘사된 한양의 경관이다. 그러나 한양도성의 형상을 체계적이고 구체적으로 묘사하지는 못하였다. 오히려 다른 「성시전도시」가 궁극적으로는 태평성대를 칭송하고 임금의 덕을 찬양하고 있으나, 앞에서 언급한 바와 같이 서울 도성을, 나아가 당시 조선 사회의 부조리를 비판하고 있다. 이런 점은 그가 시를 지은 시점이 유배생활 중이었고, 서울을 떠난 지 10년이나 되었으며, 청니방 옛집의 묘사에서 볼 수 있듯이 먼 김해에서 서울에 대한 기억을 더듬고 향수를 담아 시를 지었다는 점을 고려할 때 당연하다고 하겠다.

13종 「성시전도시」에 나타나는 주요 소재*

자연경관

		이덕무	박제가	신광하	유득공	이만수	이집
산	북한산	13부아악 25화산 33면악	4배부총산	41화산 73국망봉	2한산 43화산 51세 봉우리	13화악 141삼각산	
	백악산	69백악			52북악	51북악	52백악
	인왕산	82곡성					49인산
	타락산	77낙봉				141타락산	
	목멱산	73자각봉	177남산	174종남산	52남산 93종남산	142목멱	52종남 131자각봉
	기타	81기봉(무악산) 82원교 116응봉		73관악산		142무악	
강	한강	26한수	4원수	42한수	2한수 43열수 94양화나루	14청한금대	50한수 133팔강

도시경관

	이덕무	박제가	신광하	유득공	이만수	이집
① 성곽	46팔문 49석성 65구천구백칠십보 83서성 171숭례문 175돈의문 179홍인문 183혜화문	2성곽40리 17도성 10칠문 161홍인문과 치성	4성곽40리 57구문 173설성	1한양성둘레40리 9도성1리10타 53도성건설과정 60팔문 59홍인문 59돈의문 59숭례문	60삼영 각분루 140도성 삼백치 145구천구백무 146설성 148격석 150팔문 153산루분첩	8중성만고 53설성

* 글자 앞의 번호는 해당 시구이다. 중복해서 나타나는 경우 글자 뒤에 괄호 안에 번호를 표기하였다.

정동간	서유구	이희갑	김희순	신택권	이학규	신관호
각산 필봉	15삼봉 16진산 31한산	21삼각산	33백운봉 187삼봉	5연화봉		62삼각산
악	17백악	24,112백악				
인왕산		20곡성	42인왕산	15인왕산	1인왕산	
봉	17낙산	15낙산	42낙산			
두봉	종남산	17목멱산 112목멱	37자작봉 43종남산 45잠두봉		62남산	100남산
	18사현 18계당치	19사현 22남한산성			139모악 144원산(원교)	
수 강	21한수열수 23양화진 31한수 115행호 115두강	10한수 13팔진 114청한금대	39한수	3삼강	1한수	64한수 116노량진

정동간	서유구	이희갑	김희순	신택권	이학규	신관호
첩천치 대문수문장	31성곽 33팔문 163도성40리 176사문	11성곽공역 둘레40리 구천구백칠십보 30팔문 140성곽	46성곽	4,19,23성곽 31수성절목 135도성순찰	2고성40리 61분성 47홍인문	5숭례문 6홍인문/돈의문 58숭례문 51도성1만보 168삼천치 성곽

		이덕무	박제가	신광하	유득공	이만수	이집
② 궁궐	공통	33궁궐	1한양궁궐 18대도궁전	6대궐누각 55태을(궁궐) 123궁궐	4붉은누대푸른전각 63쌍궐/금원	35요대계궁 구십팔창 자신전 52백년성궐	64익익비 자
	경복궁	85구궁/벽사/천록	165구궁 경회루주춧돌	49경회루 50광화문		51오문(광화문) 53친잠단 54경회루	
	창덕궁	89창덕창경궁 93징광루 94푸른기와(선정전) 96만년지(희우정) 99규장각 101북원 103선원전	33돈화문/홍화문 35창덕궁/창경궁 36건양문 37춘당 39북원 40황단(대보단)				
	창경궁			143창경궁			
	경희궁		41경희궁				
③ 종묘사직		37좌묘우사	3좌묘우사	51좌묘우사 86사백년종묘 121태묘	61좌묘우사	49청묘	
④ 거리 마을	가로체계/규모	142오극삼조	9육조백도 25항백	3십이가 7오극삼조 53운종대가	62주관정도 68강장대도 142통가	72청승어로 73삼분오조 74강장팔달구궤 85운종가 172구규	63장구십자 78남북동서 05육조가
	가옥	047팔만여가	13사만호	169십만호	3오만가	113십만호	
	마을	47오부49방	11민가오부통괄				
⑤ 관아	의정부 육조	45육조 109녹괴 황문	9육조	49육서 55구진(삼공) 56도수/사공	184시조(호조)	59육조법제 61괴극문전 의정부와 육조 63오화사인 (의정부사인) 121천부	95육조
	성균관(문묘)	41성균관 78현성문장	38반궁(성균관)	122성균관		67부자궁	158삼옹 159반궁 161근궁/유
	규장각	96규장각		165~168아각학사		44규장각(예주루)	108영주 125규화성(

정동간	서유구	이희갑	김희순	신택권	이학규	신관호
궐궁장 봉쌍궐	36쌍궐	24궁궐	59쌍궐/어원/내지 65동각문	6궁궐	7북궁	8구중궁궐
복궁		77오문(광화문)		7경회루	64경회루	73공상 친잠단
정전				11창덕궁 12건양문		81공북문
				11창경궁	59창경궁 월근문 60춘당대	
				13경희궁		
묘우사 묘제례 구단석 직단)	35좌묘우사	25좌묘우사	55좌묘우사	9좌조 10우사		104비궁
자대도 가로	034사달지구 165오극삼조	30팔궤 40십자대도 55천기로 165종횡가로	56경위구궤 78청승어로 99십자통구	20대도구궤 118주도	17운종가대도	3운종가 94대도
			58천문만호			
		29오부		67여항 164종현 156이현 163회현방	143청니방(반송방)	9349방5부 95징청방/안국방/수진방 96중부/북부 97옛사동 99천달방/황화방 100훈동방/명례방
우부서		27의정부육조	50사공 79육시 83춘조(예조) 84천관(이조) 85지부(호조) 87사구(형조)	65추조 81육조 84백사	66사인청(의정부)	10분액제사 15백사백시 106중추부
균관 /좌우횡당/ 제례/벽반궁		314성균관 대성전/은행나무/ 반수/양현고/양무		85성균관 벽수/문선궁/ 비천당/명륜당	53성균관 과장 벽송원	141명륜당 유생
각(규장각)				193규장각		41규장각

		이덕무	박제가	신광하	유득공	이만수	이집
⑤ 관아	삼(오)영/장용영	111연무장(훈련원) 115북영	12삼영	55오영	181사영	60삼영	
	장용영	127이영(장용영)					126장용영
	사헌부						
	선혜/균역청		175선혜청 175균역청				
	한성부						
	사복시			150천한(사복시)			
	교서관				101비성	65운각(교서관)	
	기타관아	118백추지(조지서)			184시조(평시서)	66누원(대루원)	
⑥ 시전	점포 물품	48삼시(세저자) 157좌우천보랑 (시전행랑) 159금사(비단전) -사라 연견 능 곡 기 161어사(어물전) -갈치/농어/준 치/쏘가리/숭 어/붕어/잉어 163미사(싸전) 165주사 -웅백/성홍 167좌고 행상	47이현/종루/칠패 /도성삼대시 50봉성융모 연경비단 52북관마포 한산모시 53쌀/콩/벼/기장/ 조/피/맥 54느릅/녹/닥/옻/소 /오동/가래나무 55콩/마늘/생강/파 /부추/겨자/버섯 56포도/대추/밤/ 귤/배/감 57생선포/꿩고기 58문어/조기/ 가자미 59과실 60계란 61두부 62참외 79염전국 83약방 81대장장이 갖바치	50광화문외구시 (시전) 59콩 조 수수 기장 벼 조피 60포/면/구슬/ 패각/능/라/기 61귤/유자/ 복숭아/살구/ 감/대추/밤 62오리/기러기/ 망둥어/뱅어/ 숭어/철갑상어/ 다랑어 63술/장/의복	67백고(百賈) 183육전(六廛) 71호남모시 북쪽삼베 영남길패 72소주 항주 비단 75과전 귤/밤/복숭아/ 오얏/매실 76어물전 동자개모래무지 메기방어잉어	93신포(新鋪) 94파사보장 95현금고가 96매화 97옥찰 단사 공청 98월라 촉금 대시 99능금 배 귤 유자 은행 복숭아 매화 100붕어/숭어/ 자가사리/ 모래무지/ 가물치/방어/ 잉어 101사해의 수륙품 108향사(香肆) 111육의전 170열사(列肆)	79신시(新 ※행위에 두어 묘 79기정백대 80곡루와 높 81손짓하여 꾼 부르 82많은 물 83셋이요 다 84싸게 사 게 팔고 85미인 연지 86한량 베 모 87기이한 88좌판들 자 89팔도의 수 90골목 거리 인 물건
	순막						
	주루기방	165주사 웅백/성홍		65기정백대 사슴고기 계수향	70염정(주점깃발) 155기정	93백대기정 107주루	

정동간	서유구	이희갑	김희순	신택권	이학규	신관호
오영		29오위 37오영문	79오위 82군영	21본병장 83오영 135삼영		13춘영 53한량 135삼영 163진법
				194장용영		
			81상대부(사헌부)	185사헌부		134해치관(사헌부)
				82양창		67혜창
				141한성부	65경조부(한성부)	
			167천한(사복시)			45사복시
			200운각(교서관)			
		73도화서		141의금부 151준천사 179승문원(승원) 187승정원 188홍문관		12,197영수각 (기로소) 42양원 (내의원 장악원) 147장악원
백전(百廛) 백미 주구(珠具) 고운옷감/삼/ 모시 고객(賈客) 매화소아	37장랑백천구 111관북포 112호남종이 114변방비단 연경비단 115행호준치 116두모포잉어	39열사 45비취/화제/서작 46능/라/기/곡/실/ 모시 65좌고행상 66찡고기/잉어 81시전시사 (是廛是肆)	101삼조시 103촉기 104섬등 105고운의복 107조호 109어염/채소/ 과일	8운종시 35열사 36백화 37좌고 포목/과일/생전 38입전 사/하/금/기 39시정 41마구(언치 뱃대) 42실 모사 44땔감 45약방 계피/부자/인삼 황기/백출/탱자	19행랑부지수 21열사	18팔백주랑 19일랑일전 20육주비 21온갖 물건 25적관관 밖 물건 26유리창 사치품 27한산모시 28종성 마포/ 자주 해자 29어물 소금 과일 채소 30탐라의 귤과 감 32즉청지 35게 파는 아낙 35숯 파는 사릉인 39종현 매약옹
순막	193공시	93순막				
	110춘성시루 110염정(주점깃발) 117홍등난간 118잘익은 새술	83백대기정	112주기	62~64색주가		37광통교색주가

		이덕무	박제가	신광하	유득공	이만수	이집
⑦ 개천		147금천 148경진준천 151경진수평 153개천양안 155오간수문	25천거 43어구 183준천 어효첨	71어구	92어하	77중앙일도어구수 78이십사교 80경진고표 81세종 어효첨 82경진준천 83십리제방 85광통교 154수관(오간수문)	130오교(수
⑧ 사적 명승	도성안	135원각사대종 133백탑14층 103진전(선원전) 105경모궁 121삼청동문 122초단	40대보단	057종소리 구문개 106북단 125경모궁 144함춘원	140백탑	086대종 079원각사부도 50북단	
	인왕산 지역	124백세청풍 125필운대			90필운동	126필봉	
	백악산 지역				89유란동		
	타락산 지역	79홍천취벽 80신대					
	목멱산 지역	74취미루 76봉수	177봉수				131평안화
	개천 이남		173태평관 명설루				
	창의문 밖	117세검천 세검정					
	돈의문 밖	113모화관 연자루 177반송지					
	흥인문 밖	107동관왕묘 180적전 181화양정 182마장 184북둔	163북둔 179마장	074우단 117선농단 116적전			
	숭례문 밖	107남관왕묘					

정동간	서유구	이희갑	김희순	신택권	이학규	신관호
	167천원백도동류	15수문(오간수문)		147-165다리이름 장통교/광통교/장창교/수표교/하량교/효경교/마전교/신교/장경교/응란교/성균관향교/황참의교/파자전교/중학교/십자교/이교/자수궁교/종침교/혜정교/군기시교/송기교/수각교/수침교/청녕위교	52오교(마전교) 95개천 105수각교	16도랑반수 개천수 37광통교 97통운교
첨문		39종각	125삼청동	149종루	23종루	4종루 98백탑 82대보단 14몽답정
심대 운대			126육각현		100필운대	
						109조양루/석양루
수		18봉화				
					110설루(명설루)	
					109홍문백장 133혁교길 135반송지 136연자루	84선무사
						71관가정
					113팔정려문 116수정신사	111팔정려문

		이덕무	박제가	신광하	유득공	이만수	이집두
⑨ 놀이 세시풍속		131아집	89설희 광대 91줄타기 93꼭두각시 97지패 99경측 101-102종이연 104-108초파일연등 107수부희(물장구)		12등시 81연등 82대보름 주교놀이 연날리기 84단오 그네뛰기 86상사일 봄놀이	125시단아집서원 126필봉풍류 131단오 그네 132상사일	
⑩ 인물 공물	인물	127이영의 젊은 장수 130고상한 모임 131푸른 옷 입은 아이 132춤추는 기녀 143초헌과 하례 144서교와 여종 145유한공자 176원기놀이 180적무의 농부	64무명수건쓴여인 65닭무게다는모습 66돼지진사람 67땔감사려는사람 68말이빨살피는사람 69말거간꾼 70싸움말리는사람 71거문고타는사람 72피리부는사람 81대장장이갖바치 85화장한젊은여인 88너나다투는사람 90설희하는광대 115장님과아이들 117개백정 119급제소식알리는사람 121좋은말낭군 123숭양초립액례 125대통맨늙은이 126총각머리아이들 129이서와시정 131안장없이말탄마부 132바구니끼고팔짱낀여종 133큰버선신은내시 134곁눈질치마자락내시 136좀도둑과불량배 137순라군 139초헌탄관리 141일산든시종 146가마탄정승 147영사 149회색서모쓴사람 150검은각대찬사람 170나무하는아이들 171활쏘는사람 172화살만지는사람 178봉수대사훤	12젊은이와 기녀 120위사 128문무관리 159왕손과 도위 160승상과 장군 161호위군	80인해인성 시동 여종 88도성선비 100갈도 고관 148나귀 탄 기녀 153술꾼	61붉은 어대찬 관원 67성균관 선비 70조정관원 103상가 소아 107주루 기객 108향가게 여종 125시단 아집	69시인묵객 70춤추는 기ᄉ 81손짓하는 장 85아리따운 ᄋ 86한량 88한 줄로 늘 좌판 96가마 탄 관 97조회행렬 98배외하는 ᄉ 107대궐 근신

정동간	서유구	이희갑	김희순	신택권	이학규	신관호
사일	125대보름 다리밟기 127초파일등시 129단오그네뛰기 132상사일 청명/한식		74상사일 113정월 대보름 113초파일	119혼례 129상례 141대보름 다리밟기 168상사일 169답청 170관등	95사월 등놀이 103화전 밀이 풍악소리 152석전	121대보름 다리밟기 122초파일등시 124씨름 석전 125마마신 굿
석의 관원 림의 학자 옥 찬 재상 을 머금은 낭리 세는 상인 파는 아이 짓고 술마시 사람 고 있는 교위	68도성 선비 84관가의 관원 104성벽에서 졸고 있는 병사 133상춘객 143술꾼	63꽃파는 아이 64뽕따는 여종 58도성의 선비 65좌고행상 158노인과 아이	69붉은 슬갑 승상 70한림원 학사 106거간꾼 121말모는 사내종 122짧은 소매 기생 124노래꾼 술꾼 137대문 가득 절하는 사람 144술집 찻집 사람 176호위군	21도성순찰 본병장 41마구사는 시졸 42시골노파 61한량과 마후배 62액례와 공장 84공무보는 관리 88시험보는 선비 94낙방한 선비 95유가하는 급제자 101금부의 관원 102도로 순찰하는 사령 104표하군 107상언 찬 중관 108분부 전하는 차사 115헌관 116찬알과 축사 117감찰 120백마 탄 사람 123새색시 126여덟 쌍의 여종 128호위하는 무장 135순경하는 군교 139지방에서 온 군인 181녹사 185사헌부갈도 186가마탄 상궁 187승정원 관원 188홍문관 관원 189패를 반납하는 순장 190감군 191진배관	25공차려는 한무리 26책상다리한사람 27털짜는 사람 30장님악사 31거리아이박수소리 33부채로 얼굴 가린 서울사람 35뭉툭머리 어린종 37살찐 말 탄 고관 39물렀거라 갈도 45멱리 쓴 궁인 52오교거간꾼 54과장의 선비 89백발의 주인 104풍악소리 기생 121빈 대질하는 아전 123누더기 걸친 사내 127까만 머리 여종 131강변에서 말타는 아이들 137점호받는 병사 140용만에서 온 역마 141서산의 나무꾼	33꽃게 파는 아낙 35숲 파는 사람 39구리개 늙은이 41규장각 각신 42양원의 기생 43초립 쓴 별감 44태사혜 신고 청포 입은 관리 53한량 117버드나무에 말 매는 사람 119술 권하는 사람 120악기 연주하는 사람 126굿하는 무당 127사주팔자 보는 장님 130짧은다리 얹은 할멈 132의관 갖춘 문무 관원 135삼영의 반당 136초엽선 쓴 정승

		이덕무	박제가	신광하	유득공	이만수	이집두
⑩ 인물 공물	동물		65닭 66돼지 67나무 실은 소 68말 95원숭이 109송골매 111비둘기 113거위/오리 118개 179양떼/준마		98흰비둘기		

천문/도교

		이덕무	박제가	신광하	유득공	이만수	이집두
천문 / 도교	천문	015석목 100규성		40삼원 47오위 천문 54황도 55태을 구진 136은하수 영실 137남북침서 황도적도 138동서전도 147이십팔방 148자원천시추자 163동벽도서		5양계 중성 태미좌 46규성 벽성	1태미 3각도 9북극성 10은한 13묘성 필성 17견우성 21진성 22천시 천성 26허성 위성 30천궁 33오규 34구검 35정성 귀성 39기성 미성 109동정(정성
	도교					36요대계궁 45삼청계 165삼신산 166봉영 167옥경	4신선 5백옥경 6청도 7상제 12구폭요도

정동간	서유구	이희갑	김희순	신택권	이학규	신관호
ㅏ귀 ㅑ/돼지		160닭/돼지	166염소/돼지 167말	192양/돼지	3솔개 4울부짖는 과하마 36울부짖는 나귀 48땔감 실은 소와 말 51검은 말 누런 말 120날뛰는 돼지 126까마귀 129짐바리 실은 나귀	36비쩍 마른 말 45마구간의 말

정동간	서유구	이희갑	김희순	신택권	이학규	신관호
		1북극성 2자미원 천시 104은한	6구토성분 52정중성		7상위	

우리 역사 · 지명 · 인물 · 고사

		이덕무	박제가	신광하	유득공	이만수	이집두
우리 나라	역사	14온조 백제건국 17숙종 남경설치 23명황제 국호승인	166임진왜란	81세종 때 예악정비 87기성팔조 94임진란			120기성법도 (고조선) 121고려국 122백제
	국명						121고려국 122백제
	지명	16낙랑 17남경	187제주도 187백두산 188울릉도 188압록강	41불함(백두산) 42우통(오대산) 46숙신 46몽사 110남해 175평양 175송도	46낙랑 46계림 46사비	20송도 20패경(평양) 59개부(개성)	119동경
	인물	13오간 14온조 17숙종(고려)	183어효첨 184정인지	37하륜 37정도전 83박연 94선조		21태조 21태종 81세종 81어효첨	55태조
	고사	1금척 19오덕구 35구양사자의 세 가지 장관		33금척 39오덕구 82흑서 109주초 110남해 백치 173설성		153설성	53설성 54금척

정동간	서유구	이희갑	김희순	신택권	이학규	신관호
국7천년 향산강신 군신화) 동강 청인 자조선)		5단군개국 6기자조선	49홍무모월모일		5임진왜란	79,172임진왜란 172병자난
라 려	10숙신	7신라 9고려				
두 만강 향산 동강 림 악	8장백산 11압록강 11두만강 13단단대령 43패수가 왕검성 (고구려) 45백마강 웅진 (백제) 47금오산 반월성 (신라) 49고려 촉망향 50나성(개경) 52육가야	6낙랑 7월성(신라) 8송경(고려) 41양계	13백두 14장백 14태백	48진안(전라도) 48삼등(평안도)		169강화 169송도 169남한산성 169북한산성
도전 륜 조	42단군 89영왕(영조)	5단군 6기자 107태조 108무학 119온조	195선군(태조)	1태조	3태조 4고승(무학)	60태조 60태종 151세종
석리(함경도) 조 탄생설화) 척	28금척		31금척			59고려오산대 60신라화랑희 152남양경쇠 해주흑서

중국 역사 · 지명 · 인물 · 고사

		이덕무	박제가	신광하	유득공	이만수	이집두
중국	국명	31주 15연 16,32한		77주/한	14송/원 28조/초 171당/송	9당 10송/조/진 7,90,189주 9,89,135,190한 158삼고(하은주)	15이기국(요 18월/교지국 36진(秦) 29노 140위 164,189주 190하
	도읍 지명	31낙양 32장안 58변하	32변하	2장안 3낙양 17임치 22변경 24금릉 146신풍 195기주 196회수한수	26,35,166장안 26,37낙양 26금릉 28한단/영 31성도/임안 33연운 72소주/항주 124궁발/교지	8기주 9한대 이경 당 오도 10변하/임안	14기주/상산 17양주 21형 25청주 29서 33연성 34예 35옹주 36함 39유주 44낙양/장안
	인물	7동월 8서긍 60협제씨 102삼황	19동월 20예겸 21손목 22서긍 23여지가 24직방씨 45소리(이소도) 157곽하양(곽희) 158조승지(조맹부) 199장화	23구영(구십주) 78,131요순 87기자 92동월 97선광 −주 선왕 −한 광무제 194삼황오제	15미불(미남궁) 16조승지(조맹부) 24서선씨(곽충서) 111동태사(동월) 168순우 175서희 형호 176화학박사(미불)	8요임금 106군평자(한엄준) 194순우	15요임금 16태황(고공 113문왕무왕 114요순우 141용면(이공 192삼황오제
	고사	14구식(식묵) 193무일도		12한 장대기 14김장허사 38식묵 113사중요 193무일도	167운문	23식묵 24풍수유기 41곡수유상 56문유 요계 125서원아집 126동산기 195격양가 197사중요 201화봉축	15모궁토계이 16도혈니도타 108영주 110화저요전 113산봉성화 186화봉축
	도서	2삼보황도 7조선부 8고려도경 57청명상하도 59한궁화 193무일도 199재경경물략 199급취편	19조선부 21계림유사 22고려도경 32청명상하도 159왕회도 160급취장	87홍범구주 91조선부	39청명상하도 77식단 77다보 78채략 78금경 113재경경물략 113춘명몽여록	6삼보황도 6직방기 189왕회도	37아방부

정동간	서유구	이희갑	김희순	신택권	이학규	신관호
ㅏ/은/주 9,198주 한 초 강	52조(曹)/회(鄶) 71추(鄒)/노(魯) 76한/진(晉)	101은 183주 102위	8한 8,80주			76하은주
주 읍 륜산 한수가방성	77강좌 78하동	53낙양/위곡 109임치 110금릉 132촉땅 188가릉	7포판/박읍/장안 8낙읍 10항산/태산 21태화산	17낙읍 18삼하 18악비		63곤륜산
요임금 자 류 수 공단보 순우	6호두장군(고개지) 42기자 62순우 77사영운 사조 78하동 팔배 81영척 82공손홍 91순전 94문왕무왕	89황제 131소하 132유방/제갈량 146군평자(엄준) 145후생 183성강(성왕강왕)	8복희/황제 8,178순우 87고요 128육생		6동월 161양웅 162정강성 169유신 170갈지천 171허혼	74태사 90동월 192기자
통기 수유기 남예장 계모궁 로월석 가리 림 원진객경 주기 명정식	29식묵 77강좌 이사 78하동 팔배 81영척반우가 82공손홍목시 91순전갱재가 124형초세시	53낙양명원 위곡별장 89황제분획 124도래평사 125식묵	128육생호치 131석숭금곡원 이덕유평천장 135자타갱 136녹의주 141연조풍 163황공주로	10구룡씨	161양웅태현경 162정강성의 여종 169갈지천은거 170자산의 전원부 171서교의 허혼	75빈풍 192기자홍범구주
통기	147동도부 158삼보황도 167일하구문 172왕희도 181춘명몽여록	123주서 187빈풍도			6조선부	89조선부

참고문헌

『태조실록』, 『영조실록』, 『정조실록』, 『고종실록』, 『내각일력』, 『경국대전』, 『신증동국여지승람』, 『택리지』, 『여지고』, 『경도잡지』, 『동국세시기』, 『열양세시기』, 『한경지략』, 『동국여지비고』, 『한양가』, 『속동문선』, 『연려실기술』, 『오주연문장전산고』, 『임하필기』, 『진택선생문집』, 『정유각집』, 『극원유고』, 『청장관전서』, 『아정유고』, 『영재집』, 『산고』, 『동시』, 『산목헌집』, 『저암만고』, 『낙하생집』, 『신대장군전집』, 『순재고』, 『기언』, 『연암집』, 『관아재고』, 『번암집』, 『삼국사기』, 『삼국유사』

- 강관식, 『조선 후기 궁중화원의 연구』 상, 돌베개, 2001
- 강명관, 「조선 후기 서울과 한시의 변화」, 『문학작품에 나타난 서울의 형상』, 한샘출판사, 1994
- 강명관, 「조선 후기 한시와 회화의 교섭-풍속화와 기속시를 중심으로」, 『한국한문학연구』 30, 한국한문학회, 2002
- 고동환, 『조선 후기 서울상업발달사연구』, 지식산업사, 1988
- 고동환, 『조선시대 서울도시사』, 태학사, 2007
- 곽인희, 『조선 후기 시의도 연구』, 동국대학교 대학원 미술사학과 박사학위논문, 2013
- 국립중앙박물관, 『조선시대 풍속화』, 국립중앙박물관, 2002
- 김대길, 「조선 후기 서울에서의 삼금정책 시행과 그 추이」, 『서울학연구』 13, 서울학연구소, 1999
- 김명순, 『조선 후기 한시의 민풍수용연구』, 보고사, 2005
- 김명순, 「기속시의 성격과 조선후기의 양상」, 『동방한문학』 33, 2007
- 김영상, 『서울육백년』 1~5, 대학당, 1997
- 김정자, 「조선 후기 정조대의 정국과 시전정책-공시인 순막을 중심으로」, 『한국학논총』 39, 국민대학교 한국학연구소, 2013
- 김혈조 옮김, 『열하일기』 1~3, 돌베개, 2009
- 김희경, 『조선 후기 성시풍속도 연구』, 홍익대학교 미술사학과 석사학위논문, 2003
- 박정로, 「성시전도」, 『향토서울』 43, 서울특별시사편찬위원회, 1985
- 박현욱, 『서울의 옛 물길 옛 다리』, 시월, 2006
- 박현욱, 「도로 정비와 개천 준설」, 『서울2천년사 13-조선시대 서울의 도시경관』, 서울특별시

시사편찬위원회, 2013
• 박현욱, 「이집두의 성시전도시」, 『향토서울』 87, 서울특별시 시사편찬위원회, 2014
• 박현욱, 「성시전도시의 유형과 18세기 서울의 경관-13종 성시전도시를 중심으로」, 『향토서울』 90, 서울역사편찬원, 2015
• 백원철, 「낙하생 이학규의 생애와 문학」, 『한국한문학연구』 6, 한국한문학회, 1982
• 백원철, 『낙하생 이학규의 문학 연구』, 보고사, 2005
• 서울역사박물관, 『도성대지도』, 서울역사박물관, 2004
• 서울역사박물관, 『서울지도』, 서울역사박물관, 2006
• 송지원, 「조선시대 장악원의 악인과 음악교육연구」, 『한국어교육학회 학술발표회』, 한국어교육학회, 2008
• 수원박물관, 『수원』, 수원박물관, 2009
• 실시학사고전문학연구회, 『완역 이옥전집』 3, 휴머니스트, 2009
• 안대회, 「성시전도시 9종」, 『문헌과해석』 2009년 봄, 통권46호, 문헌과해석사, 2009
• 안대회, 「성시전도시와 18세기 서울의 풍경」, 『고전문학연구』 35, 한국고전문학회, 2009
• 안대회, 「새로 찾은 '성시전도시' 세 편과 '평양전도시' 한 편」, 『문헌과해석』 2013년 봄, 통권62호, 문헌과해석사, 2013
• 윤 정, 「영조의 경희궁 개호와 이어의 정치사적 의미」, 『서울학연구』 34, 서울학연구소, 2009
• 이수미, 「'태평성시도' 소고」, 『조선시대 풍속화』, 국립중앙박물관, 2002
• 이수미, 『국립중앙박물관 소장 '태평성시도' 병풍 연구』, 서울대학교 고고미술사학과 박사학위논문, 2004
• 이우성, 「18세기 서울의 도시적 양상」, 『향토서울』 17, 서울특별시 시사편찬위원회, 1963
• 이종묵, 「저암 신택권의 삶과 시세계」, 『한국한시작가연구』 17, 한국한시학회, 2013
• 이지원, 「17~18세기 서울의 방역제 운영」, 『조선 후기 서울의 사회와 생활』, 서울학연구소, 1998
• 정옥자, 『조선 후기 문화운동사』, 일조각, 1997(증판)
• 한상권, 「영조·정조의 새로운 상업관과 서울 상업정책」, 『서울상업사연구』, 서울학연구소, 1998
• 한영규·정은주, 「이학규의 '성시전도시' 창작 배경과 그 특성」, 『한자한문교육』 29, 한국한자한문교육학회, 2012
• 허영환, 『서울 지도』, 범우사, 1994
• 楊東勝 編, 『清明上河圖·(明) 仇英』, 天津人民美術出版社, 2009

찾아보기

–번역문과 원문이 같은 경우 '번역어(원문)'로 표기하였다.
–번역문과 원문이 다를 경우 '번역어[원문]'으로 표기하였다. 예) 형조[秋曹] 80
–쪽번호 뒤에 '*'가 붙은 것은 원문에만 있는 어휘이다. 예) 추조(秋曹) 80*
–한글로만 표기된 것은 번역어에만 있는 경우이다.

ㄱ

ㄷ

ㅁ

ㅅ

ㅇ

ㅈ

ㅌ

ㅍ

ㅎ